CE QU'UNE FEMME VEUT

JUDI FENNELL

MERJINN PRESS

Ce Qu'une Femme Veut

Que se passe-t-il quand trois frères irrésistiblement sexy perdent un pari au poker contre leur sœur entreprenante ? Ils sont engagés pour son entreprise de nettoyage. Désormais, les Manley Maids sont à votre service. Satisfaction garantie. C'est ce que veut une femme...

* * *

C'est son manoir ; il est juste là pour le nettoyer.

Le rêve de l'entrepreneur Sean Manley de se faire un nom dans le secteur des complexes hôteliers de luxe a mordu la poussière... et les lapins. Et les paons. Et les lamas. La propriété qu'il prévoyait d'acheter à vil prix est maintenant remplie d'une ménagerie gérée par son excentrique héritière. À cause d'un pari perdu au poker, il doit nettoyer derrière eux.

Livvy Carolla a hâte de se débarrasser du manoir et des bagages familiaux qui l'accompagnent. Elle doit juste passer à travers la stupide chasse au trésor exigée par le testament de sa grand-mère. L'offre du séduisant domestique pour l'aider rend la tâche moins pénible, mais Livvy ne réalise pas que Sean joue un jeu différent.

Si tout est permis en amour comme en guerre et au poker, comment peuvent-ils tous deux gagner quand les cartes sont jouées d'avance contre eux ?

Soirée entre mecs... Plus une

Sean Patrick Manley fixait la quinte flush, neuf maximum, qu'il avait en main. Il détestait vraiment le fait qu'il allait gagner cette partie. Oh, ça ne le dérangeait pas de plumer ses frères, mais prendre l'argent de sa sœur qui travaillait dur n'était pas quelque chose dont il pouvait se vanter. Pourtant... elle *avait* demandé...

— Tapis, dit-il en gardant son visage impassible et en poussant le reste de ses jetons au centre de la table.

Bryan et Liam haussèrent les sourcils, mais Sean ne dit pas un mot. Mary-Alice Catherine avait voulu jouer « comme l'un des garçons » et c'est ainsi qu'ils jouaient : sans pitié. Pas de favoritisme parce qu'elle était novice au poker — ou leur petite sœur.

Bryan jeta un coup d'œil à ses cartes, en effleurant les bords comme d'habitude. Une habitude distrayante, ce qui était évidemment la raison pour laquelle Bryan l'avait adoptée. — Je suis. Il empila ses jetons restants à côté de la pile de Sean.

Sean cacha son sourire. Ça ne le dérangeait pas de prendre l'argent de Bryan.

Liam se pencha en arrière dans sa chaise et tapota le dos de ses cartes avec son index, aussi illisible que d'habitude. — Mary-Alice, tu es sûre...

— Ne fais pas ça, Liam, dit Mac, se hérissant comme toujours à l'utilisation de son prénom. Joue la main comme tu le ferais normalement.

Liam tapota ses cartes. — Très bien. Sa pile rejoignit le tas.

Sean l'observa, puis son frère. Il ne savait jamais avec Liam.

Mac se mordillait la lèvre inférieure et s'agitait sur sa chaise. Sean avait presque pitié d'elle. Presque. Mais elle les avait assez embêtés pour participer à leur partie. Ils avaient essayé de lui dire qu'elle ne pouvait pas se permettre les mises, mais elle n'avait pas voulu écouter. Alors, pour qu'elle arrête une bonne fois pour toutes, ils l'avaient laissée entrer, pensant qu'une fois qu'elle aurait perdu jusqu'à sa chemise, au sens figuré, elle arrêterait de les ennuyer. Il y avait certaines choses auxquelles les sœurs n'étaient tout simplement pas censées participer.

— D'accord, alors comment je vous relance si je n'ai pas assez de jetons?

— Mac, mets juste le reste des tiens. N'augmente pas la mise. Tu ne peux pas te permettre de perdre plus. Sean lui sourit.

Il fut surpris quand elle lui lança un regard de pure colère. Qui aurait cru qu'elle en était capable? Elle les avait toujours amadoués pour obtenir ce qu'elle voulait quand elle était enfant. Le fait qu'elle ait été traitée comme une princesse toute sa vie par eux, ses chevaliers galants, y était probablement pour quelque chose, donc ce comportement était inhabituel pour elle.

— Réponds juste à la question. Quelles règles avez-vous pour ça?

Bryan ébouriffa à nouveau ses cartes. — On mise quelque chose de gros. Comme l'appartement de Sean pour une semaine ou ma Maserati ou la maison de vacances de Liam. Comme tu n'as rien de comparable, contente-toi de suivre.

Mac regarda à nouveau sa main, mordillant maintenant le coin opposé de sa bouche. Elle repoussa une mèche de cheveux derrière son oreille. — Je vous relance tous.

Sean commença à protester, mais Bryan leva la main. — Quelle est la mise, Mac?

Mac posa ses cartes face cachée sur le feutre vert devant elle. — Si je perds, le gagnant obtient quatre semaines de ménage gratuites.

— Et si tu gagnes? demanda Liam.

Mac posa ses mains sur ses cartes. — Si je gagne, vous me devez chacun quatre semaines de travail, gratuitement, pour Manley Maids.

— Quoi? Tu es folle? Je ne vais pas être la femme de ménage de quelqu'un pendant quatre *heures*, encore moins quatre semaines. Bryan se rejeta en arrière sur sa chaise comme si quelqu'un avait électrifié la table de poker.

— Oh, eh bien, si tu ne penses pas pouvoir me battre... Elle regarda Liam.

Liam l'étudia à travers des yeux plissés. — Quatre semaines, hein? Il tapota ses cartes. — Je suis. Avec la maison de Kiawah pour la même période.

Sean étudia Liam. Un bluff? Non. Le loyer de la maison de vacances ne ruinerait pas son frère, mais Liam ne risquerait pas la servitude. Il devait avoir une main gagnante. Si elle était meilleure que sa quinte flush, Sean ne perdrait que l'argent et le séjour à l'hôtel, sans risquer de mettre un tablier. — Moi aussi. Une semaine au resort quand il sera opérationnel. *Si* jamais il était opérationnel, mais il ne prévoyait pas de perdre. Ni cette main. Ni le resort non plus.

Bryan les regarda tous les trois comme s'ils avaient perdu la tête. — Donc, l'un d'entre nous va se retrouver avec deux vacances, un service de femme de ménage et l'utilisation d'une Maserati pendant quatre semaines?

— Sauf si je gagne, dit Mac, en tambourinant des ongles sur le feutre. Une réaction typique de débutante. Elle était trop anxieuse.

— Tu suis? Sean donna un coup de coude à Bryan.

— Putain, ouais. Bryan jeta un full sur la table. — Venez à Papa. Il tendit la main vers la pile de jetons.

— Attends, Bry. Liam posa sa main sur la table. Quatre trois les fixaient. — Désolé pour ça, Mac. Liam se leva.

Sean n'était pas surpris de ne pas recevoir d'excuses de Liam. Les frères avaient chacun eu leur tour de gagner. L'argent était sans importance ; ils aimaient se surpasser les uns les autres et se réunir une fois par mois. Mais Mac...

Pourtant, il devait remettre Liam à sa place. — Bonne main, Lee, mais pas assez bonne. Sean étala sa quinte flush avec fierté.

— Merde. Liam se rassit.

— Putain de merde. Bryan insistait toujours pour avoir le dernier mot.

Seule Mac ne réagit pas. Mais au moins, il n'y aurait plus de question sur sa participation à leurs parties à l'avenir.

Sean commença à empiler les jetons, réfléchissant à quand il pourrait prendre congé assez longtemps pour les vacances qu'il venait de gagner à son frère. Le plus tôt serait le mieux, puisqu'il ne pouvait pas faire grand-chose sur le projet Martinson tant que tout le bazar de l'héritage ne serait pas finalisé.

Le silence s'abattit sur la table tandis qu'il empilait les jetons. Plus de trois mille euros. Pas mal.

Ses frères essayaient de ne pas regarder Mac. Sean aussi, mais il aperçut le tressaillement de ses lèvres. Elle essayait probablement de ne pas pleurer. Ouais, mille euros, c'était beaucoup pour Mac, surtout quand elle investissait tout ce qu'elle avait dans son entreprise de nettoyage. Peut-être qu'il le lui glisserait quand Liam et Bry ne regarderaient pas.

— Désolé, Mac, mais c'est comme ça qu'on joue.

— Ouais, Mac. On t'avait prévenue, ajouta Bryan.

— Je sais. Elle s'éclaircit la gorge. — C'est juste...

— Quoi, Mac? Liam s'accouda à la table.

— C'est juste que... un valet ne bat pas un neuf?

— Valet? Le visage de Liam devint vert.

L'estomac de Sean se glaça. — Valet?

La bouche de Bryan s'ouvrit, mais, pour une fois, il resta sans voix.

— Oui. Valet. Mac étala ses cartes sur la table. Cinq cœurs, dans l'ordre croissant.

Valet maximum.

— Je crois, chers frères, que vous avez tous besoin d'être équipés d'uniformes Manley Maids.

Chapitre Un

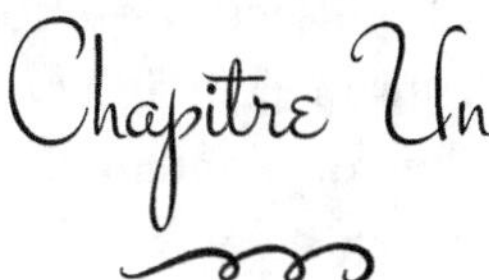

Les portes de l'Enfer - alias la propriété familiale - étaient grandes ouvertes et accueillantes.

Eh bien, il y avait une première fois à tout.

Livvy Carolla tira son sac de sport de l'arrière de la Baja et le jeta sur son épaule, faisant voleter le bas de sa jupe bohème autour d'elle, ce qui envoya le paon qui flânait sur la pelouse bien entretenue de la propriété de sa grand-mère se précipiter vers un abri.

Qui avait des paons errant sur leur pelouse dans la banlieue de Philadelphie comme s'ils étaient des maharajahs ou quelque chose du genre?

Ses parents de sang bleu du côté paternel, voilà qui.

Home sweet freakin' home. *Papa chéri* ne piquerait-il pas une crise s'il savait qu'elle était ici?

Il y avait une certaine satisfaction à entrer dans l'antre du vieux. Surtout maintenant que c'était le sien.

Qui l'aurait cru? Que sa grand-mère paternelle, si soucieuse de protéger sa réputation et consciente de son rang social, survivrait à son fils dépravé et laisserait tout - *tout* - à la petite-fille qu'elle avait à peine reconnue.

M. Scanlon, l'avocat de la succession, lui avait assuré qu'elle n'avait qu'à remplir les conditions du testament au cours des deux prochaines semaines, et la maison ainsi que les fonds qui l'accompagnaient seraient à ses ordres.

Ah, l'ironie. Sa grand-mère, d'après ce que sa mère lui avait dit lors d'un rare moment de lucidité - disons plutôt de *sobriété* - avant que Livvy ne soit emmenée, avait menacé de déshériter son propre fils de vingt ans qui avait osé mettre enceinte une fille à peine sortie du lycée, venant du mauvais côté de la ville, sans le sou et avec encore moins de perspectives d'avenir que de piéger le fils de riche local de la manière la plus vieille qui soit.

Ainsi, Merriweather Martinson était intervenue et avait manigancé un moyen (traduisez : acheté la mère) d'obtenir la garde de Livvy qui, à l'âge tendre de cinq ans, ne voulait rien de plus qu'une famille aimante avec de la nourriture sur la table, puisque sa mère n'était pas capable de fournir cette dernière et que son père était, eh bien, *absent* était une description gentille. Puis il y avait eu l'accident de voiture qui l'avait définitivement emporté.

Livvy s'était donc retrouvée expédiée en pension sans la moindre reconnaissance de leurs liens de sang ni un mot gentil de la part de sa nouvelle tutrice. Bon sang, cette femme n'avait même jamais esquissé un sourire, et les lettres de Livvy suppliant pour une quelconque connexion, une visite, un retour à la maison, *quelque chose*, étaient restées sans réponse.

Sauf cette fois-là, quand elle avait sept ans. C'était tout. La vieille dame lui avait accordé une seule visite, et ensuite Livvy n'avait plus jamais voulu revenir.

Pourtant, elle était là. Tout cela grâce à cette même grand-mère qui n'avait rien voulu avoir à faire avec elle. Dommage que sa mère ne soit pas en vie pour le voir, mais après tout, la jeune mère célibataire de vingt-quatre ans n'avait pas fait grand-chose pour garder le contact après avoir vendu son enfant, euh, cédé sa garde, alors peut-être que *Maman* ne se soucierait pas vraiment du retour de Livvy sur la scène du crime.

Ah, mais c'était de l'histoire ancienne. Elle avait survécu, réussi à rester employée et vécu sa vie selon ses propres termes. Sans une clause du testament de Merriweather, elle ne serait même pas ici.

Mais elle était là, alors autant s'y mettre.

Prenant une dernière bouchée de sa pomme, elle leva les yeux vers la monstruosité. C'était ainsi qu'elle avait toujours pensé à cet endroit. Les Martinson, la famille de son père, étaient d'anciens nobles anglais qui avaient immigré dans les années 1800, apparemment en apportant la moitié de leur manoir anglais avec eux, complet avec des fenêtres à meneaux de style Tudor et des portes en chêne sculpté de la taille d'éléphants. Des lions de pierre gardaient l'allée, et les gargouilles sur la ligne de toit se fondaient dans le décor des nuages qui s'amoncelaient. Menaçant. De mauvais augure. Elle avait été submergée à tant de niveaux lors de cette unique visite, et ses sentiments n'avaient pas changé. L'endroit était ostentatoire. Excessif. Obscène.

Et maintenant, il était à elle.

Livvy jeta le trognon de pomme dans le parterre de fleurs - bon compost - et saisit la cage de voyage d'Orwell sur la banquette arrière, en veillant à ce que la housse ne laisse entrevoir aucun aperçu du paysage. Le Gris du Gabon devenait fou quand il était en cage à l'extérieur, alors ce que ce grand bavard ne savait pas ne blesserait pas ses oreilles.

Elle gravit les marches de marbre blanc jusqu'à la porte d'entrée, ses bottes laissant des traces de frottement. Tant pis. Quelque chose à faire pour le majordome.

— Il y a quelqu'un?

Elle poussa la porte sur un couloir vide. Étrange, il y a vingt ans, le majordome - Rupert? Jeeves? - gardait la porte comme une mère ourse. De toute évidence, les choses s'étaient relâchées depuis la mort de sa grand-mère.

Grand-mère. Le mot semblait étrange. Livvy ferma les portes, réalisant qu'elle n'avait jamais vraiment considéré la vieille femme comme sa grand-mère. Mais, techniquement, en tant que génitrice du ver qui avait mis sa mère enceinte puis s'était enfui aux premiers signes de grossesse, c'était ce qu'était Merriweather Knightsbridge Martinson.

— Il y a quelqu'un à la maison?

Livvy scruta l'immense vestibule, se souvenant vivement des murs rayés bordeaux et crème encombrés de tableaux encadrés de dorure et moisis d'ancêtres corpulents ficelés comme des œufs de Pâques. Cela faisait probablement des siècles que rien n'avait changé ici. Ces gens étaient tellement accrochés à leur héritage qu'elle pouvait sentir le lourd manteau de l'ascendance Martinson former une prise d'étranglement autour de sa gorge.

Pas qu'elle aurait quoi que ce soit à voir avec ça. Ils n'avaient pas voulu d'elle enfant ; elle ne voulait certainement pas d'eux en tant qu'adulte.

— Bonjour? Rupert? Jeeves?

Quel était son nom? Elle s'avança davantage dans l'entrée silencieuse.

— Pas de Rupert ni de Jeeves ici.

Elle sursauta lorsqu'un homme sortit de la porte sur la gauche. Grand, brun et délicieux, avec le corps d'un athlète olympique et le visage d'un de leurs dieux, il avait des cheveux noirs ondulés qui balayaient le haut de son col et mettaient en valeur une paire d'yeux si bleus qu'ils auraient pu être faux - sauf qu'il n'y avait rien de faux chez ce type. Des épaules qui semblaient avoir été créées uniquement dans le but d'envelopper une femme dans des bras puissants, aux abdominaux sculptés qui lui mettaient l'eau à la bouche, en passant par des jambes aux muscles qui tendaient les coutures de son pantalon, ce gars était tout un homme.

— Que puis-je faire pour vous?

Il y avait probablement beaucoup de choses qu'il pourrait faire pour elle. Et à elle, et avec elle...

— Qui êtes-vous?

Elle tira sur le devant de son chemisier pour le fermer sur son caraco, mais c'était plutôt difficile à faire d'une seule main.

— Qui êtes-*vous*? rétorqua-t-il, soulevant un... *aspirateur*? ... dans ses mains.

— J'ai demandé en premier.

Que faisait-il avec un aspirateur?

— Vous... *quoi*?

— Euh, je veux dire... Elle secoua ses boucles et releva le menton, essayant de se faire paraître plus grande. Non pas qu'elle ait honte de sa taille — ou de son manque de taille — mais cela l'aidait quand elle se sentait hors de son élément. Et elle l'était définitivement, car être dans cet endroit, avec un beau mec tenant un aspirateur, était si étrange qu'elle n'aurait pas été surprise d'être tombée dans le terrier du lapin d'Alice. — Je, euh, vous ai posé une question.

— Et alors? Il posa le réservoir, puis s'appuya sur le tube.

— Et j'aimerais une réponse.

— Et moi, j'aimerais être sur une plage tropicale, mais on n'obtient pas toujours ce qu'on veut, n'est-ce pas?

— Vous savez, vous êtes plutôt effronté pour un garçon de piscine.

— Au cas où cela vous aurait échappé, *ceci*, dit-il en agitant le tube, n'est pas une épuisette. C'est un aspirateur.

— Donc, cela fait de vous quoi? La femme de ménage?

Il détourna le regard. Un point pour elle.

— Écoutez, qui êtes-vous et que voulez-vous? Je n'ai pas le temps de rester planté ici toute la journée. Sa mâchoire tiquait furieusement.

— Pourquoi? Vous avez des étagères à dépoussiérer?

Une rougeur grimpa le long de son cou depuis l'endroit où son polo vert menthe s'ouvrait en V, révélant de jolis poils noirs et bouclés sur sa poitrine, juste à gauche de l'insigne...

Manley Maids.

Oh, mince. Il *était* vraiment la femme de ménage. C'était parfait!

— Écoutez, mademoiselle. Y a-t-il quelque chose dont vous avez besoin?

Euh... ouais. Elle se mordit la lèvre en essayant d'avaler un sourire. Sa grand-mère avait visiblement un sacré sens de l'humour. Ce n'était peut-être pas une si bonne chose qu'elle n'ait jamais connu la vieille harpie. — D'accord. Désolée. C'est juste que je suis Livvy Carolla et je cherchais le type qui dirige ce mausolée.

— *Vous êtes* Livvy Carolla? *Olivia* Carolla?

Elle détestait ce nom. Olive, Oliver Twist, Olivia Fig Newton-John... Les surnoms n'avaient pas été amusants. Les « camarades » de pensionnat n'étaient que des brutes de cour de récréation mieux habillées.

— Je préfère Livvy. Et oui, c'est moi. Pourquoi?

Le garçon de piscine — *l'homme de ménage* — gémit.

— Hé, vraiment, ce n'est pas la peine de faire une crise. Je m'appelle Livvy et j'ai besoin de voir Jeeves. Rupert. Peu importe.

— Évidemment, marmonna le garçon de piscine, euh, l'homme de ménage.

Elle aurait préféré qu'il *soit* le garçon de piscine — bien meilleur uniforme. — J'aimerais m'installer, donc si vous pouviez m'indiquer sa direction, j'apprécierais beaucoup.

Elle posa la cage d'Orwell sur le sol pour réajuster la sangle de son sac. Quelques plumes et des cosses de graines s'échappèrent de sous la couverture pour se répandre sur le sol.

— Hé, je viens juste de nettoyer ça, dit le garçon de piscine.

— Vous plaisantez.

— Non, je ne plaisante pas. Un sourcil monta vers le nord. — Et c'était pénible à faire, donc si vous pouviez nettoyer ça, j'apprécierais.

Il avait l'air si indigné. — D'accord, *M. Belvedere*, je vous propose un marché. Je nettoie le bazar si vous dites à Rupert que je suis là.

— Désolé, ma petite dame, pour l'instant il n'y a que moi, et, eh bien, moi.

— Vous.

— Moi.

Elle leva les sourcils. Elle s'était entraînée à n'en lever qu'un seul, mais jusqu'à présent, ce tour lui avait échappé. — Donc, c'est vous qui dirigez l'endroit alors?

— Princesse, diriger cet endroit n'est rien comparé à ce que je fais dans la vraie vie.

— Oh? Donc c'est un fantasme que vous êtes en train de réaliser? Ce n'est pas tout à fait la tenue de femme de chambre qui va généralement avec ce genre de chose, mais peu importe ce qui vous fait plaisir. Juste, ne m'appelez pas *Princesse.*

— Désolé. Le garçon de piscine se gratta le menton. — Bon, voilà la situation. Le testament a mis à la retraite chaque employé. Jusqu'au livreur de journaux de dix ans. Il n'y a personne ici à part moi. Et maintenant vous. Et si j'ai bien compris, vous êtes maintenant en possession de ce, comment l'avez-vous appelé? Mausolée?

Elle hocha la tête, son amusement tempéré. Tout le monde était parti? Était-ce un défi que la vieille harpie lançait depuis sa tombe? Quelque chose pour faire prouver à Livvy qu'elle était digne du nom Martinson?

Ou pour prouver qu'elle ne l'*était pas*?

Eh bien, elle n'allait pas danser au rythme de cette femme, surtout pas dans la mort. En fait, Livvy était contente que tout le monde soit parti. Ainsi, elle n'aurait pas à les licencier quand elle vendrait l'endroit, ce qu'elle ferait dès qu'elle découvrirait quelles stupides stipulations sa grand-mère avait inventées pour la forcer à vivre ici pendant deux semaines.

D'accord, peut-être qu'elle dansait encore un peu au rythme de la femme. Mais plus pour longtemps. Bientôt, elle serait libre avec des millions à utiliser comme bon lui semblait. Et elle voulait faire tellement de bien avec. Contrairement à son *illustre* soi-disant famille.

— Donc. Livvy hissa le sac sur son épaule et s'agenouilla pour ramasser les plumes dans sa main. — Cela change les choses. J'espérais que le majordome pourrait me montrer les ficelles, mais je suppose que ce n'est pas possible. Elle repositionna le sac en se relevant.

— Les seules ficelles que j'ai vues sont celles qui retiennent certains rideaux dans le salon, bien que je pense qu'il y ait un vrai cordon de sonnette dans la tour de la chapelle, dit le Beau Mec Avec Un Aspirateur.

— Ouais. Il sonne aussi de façon horriblement matinale. Oh, comme elle se souvenait s'être réveillée au son de cette cloche un dimanche matin. Elle n'arrivait toujours pas à croire qu'il y avait une vraie chapelle de l'autre côté de la propriété. Cela semblait plus qu'un peu excessif, même pour *sa* famille.

Le garçon de piscine sourit. — En fait, c'est silencieux depuis que je suis arrivé. Personne pour la sonner.

Elle partagea le sourire. — Un plus dans cette situation. Très bien. Eh bien, dans ce cas, pourquoi ne pas monter mes affaires à l'étage — elle souleva le sac et la cage — puis je redescendrai et nous pourrons discuter.

— Bien sûr. D'accord. Je serai dans la... Il agita la main vers le coin éloigné. — Peu importe quelle pièce c'est, en train de terminer.

— D'accord. À tout à l'heure.

— Très bien. Il se retourna.

— Euh, hé?

— Oui? Il regarda par-dessus son épaule. Bon sang, la façon dont ce pantalon moulait ses fesses...

— Votre nom? Je ne l'ai pas saisi.

— C'est parce que je ne l'ai pas lancé.

— Très drôle. Alors, c'est quoi?

— Euh... Sean.

— Eh bien, Euh Sean, à tout à l'heure.

Sean sentit son regard sur lui tout le long du chemin jusqu'à la porte.

Ses magnifiques yeux ambrés. Sur un corps d'un mètre cinquante-deux à peine, criant le sex-appeal avec plus de courbes qu'une piste de course, des lèvres mûres pour être embrassées, un visage qui aurait fait honte à Hélène de Troie, et toute l'attitude pour l'accompagner.

Comment était-il censé la mettre à la porte quand son premier instinct était de la traîner vers le meuble le plus proche, d'arracher ces vêtements bohèmes de ce corps délectable, et de la dévorer pendant des heures? De saisir ces boucles auburn qui cascadaient dans son dos comme une invitation et de les enrouler autour de son poing, cambrant son cou pour qu'il puisse-

Nom de Dieu. Le détective privé qu'il avait engagé pour enquêter sur les stipulations du testament n'avait pas mentionné que la petite-fille était un canon.

Il n'avait pas non plus mentionné qu'elle emménagerait, ou qu'ils seraient les seuls habitants de la *Casa Martinson*. Il avait pensé que vivre sur place était une bonne idée quand Mac lui avait expliqué les spécificités du travail, mais maintenant...

Sean posa l'aspirateur et se dirigea vers la vitrine. Vu sa réaction face à elle, il ferait mieux de découvrir rapidement quelles étaient ces stipulations. L'échec n'était pas une option. Cette propriété allait faire sa réputation dans l'industrie hôtelière et valider tout ce pour quoi il avait travaillé. Il misait tout dessus, à hauteur de millions de dollars de revenus.

Sa société Heritage achetait des bâtiments historiques, la plupart en mauvais état, et les restaurait à leur ancien standard et beauté pour en faire des chambres d'hôtes. Jusqu'à présent, ça avait été une situation gagnant-gagnant. Les localités adoraient sauver leurs vieux bâtiments, et lui adorait les bénéfices.

Mais son rêve avait toujours été d'être plus grand. Il voulait des complexes hôteliers de luxe. Il voulait être *la* destination dans cette partie de l'État, avec l'intention de s'étendre à d'autres régions. Être aussi réussi dans sa carrière que ses frères et sœurs l'étaient dans les leurs.

La propriété Martinson était sa chance de commencer à développer l'entreprise. Le niveau suivant de son rêve. Et tant qu'il y avait une chance de le réaliser, il n'était pas prêt à abandonner.

Alors quand Merriweather avait jeté un pavé dans la mare, mettant en péril son nom, son compte en banque et l'argent de ses frères, il s'était retrouvé dos au mur. Il *devait* acheter cet endroit au prix inférieur au marché qu'elle avait promis ou il perdrait tout. Il n'avait vraiment pas besoin de son changement d'avis ou de son sentiment de désir mal placé pour tout gâcher.

Gâcher n'était pas le bon choix de mot.

Sean replaça les statuettes en porcelaine dans la vitrine, en faisant attention à ne pas les cogner les unes contre les autres. Il y avait quelques pièces de valeur ici. Qu'est-ce qui avait bien pu pousser cette femme à léguer cet endroit à une petite-fille qu'elle n'avait jamais reconnue? Selon le détective, Mme Martinson n'avait même pas envoyé une carte d'anniversaire à sa seule descendante vivante. Aucun contact même quand son fils, le père d'Olivia, était mort. Quelle froideur. Il n'avait pas douté que son plan se déroulerait comme elle l'avait promis.

Pourtant, il était évidemment impossible de deviner ce qui se passait dans l'esprit de quelqu'un à la fin de sa vie. Et la vieille femme avait été minutieuse, bon sang. Son avocat avait essayé de trouver un moyen d'annuler le legs, mais en vain. C'était béton. Olivia Bombshell Carolla avait toutes les cartes en main.

La référence au poker était ironiquement appropriée.

Il avait pensé que la victoire de Mac était un coup de maître quand il avait vu le nom de Martinson sur sa liste de clients. Il avait sauté sur l'occasion ; si Dame Fortune lui avait donné les moyens de s'assurer la propriété, il n'allait pas la remettre en question.

Jusqu'à maintenant.

Parce qu'avec des millions en jeu, une bombe comme patronne, et à peine trois semaines pour la mettre à la porte de chez elle, au lieu d'être le maître des lieux, il était la fichue *femme de chambre*.

Chapitre Deux

Serpentant à travers le dédale de couloirs intérieurs qui composaient le deuxième étage, Livvy s'arrêta pour jeter un coup d'œil à travers l'une des fenêtres en arc. Oui, le labyrinthe extérieur était toujours là. Elle s'était perdue dans ce monstre de haies lors de cette unique visite il y a toutes ces années. Cette chose lui donnait encore la chair de poule, tout comme le reste de cet endroit. Elle n'arrivait pas à croire qu'elle descendait de ces gens. Sans l'aventure de sa mère avec le garçon riche local en vacances d'été, elle ne serait pas là.

Ce labyrinthe devait disparaître. Tout comme les paons en liberté. Les paons étaient notoirement méchants et elle devait penser à ses bébés.

Mais le Garçon de la Piscine? Elle le garderait dans le coin un moment. Il y avait définitivement quelque chose à dire sur le plaisir des yeux.

Elle déposa son sac et la cage d'Orwell dans la première chambre qu'elle trouva après avoir monté l'escalier incurvé, la Chambre Bleue, ou un autre surnom fade, elle en était sûre. Des rideaux d'un bleu pâle presque blanc contre des murs crème, un tapis cranberry et des meubles de style Louis XV dorés si ornés que c'était un témoignage de l'expertise du Garçon de la Piscine en matière de nettoyage que les moutons de poussière n'aient pas établi des colonies dans les volutes.

Elle retira la housse de la cage, se préparant à la version du perroquet de « Just a Gigolo », sa chanson préférée au réveil. Elle lui donna de l'eau et se fit un rapide examen dans la salle de bains digne des thermes romains pour enlever la crasse du voyage de son visage, boutonna son chemisier, puis sortit pour jeter un coup d'œil à L'Héritage.

En haut des escaliers, elle fit un pas en avant et s'arrêta. Elle regarda la rampe, jeta un coup d'œil autour d'elle et sourit. Personne ne le saurait et, à toutes fins utiles, c'était sa maison, n'est-ce pas?

Exact.

Dans les rayons déclinants du jour qui pénétraient dans le vestibule à travers une immense fenêtre ovale, Livvy remonta sa jupe entre ses cuisses et passa une jambe par-dessus la rampe. Elle déboutonna son chemisier pour pouvoir bien agripper la rampe, regarda derrière elle, puis se lança.

La sensation lui chatouilla le ventre comme ses cheveux lui caressaient les joues tandis qu'elle descendait à reculons. Elle avait voulu faire cela chaque jour des dix qu'elle avait passés ici lors de cette visite d'il y a longtemps, mais avec un majordome dont le visage aurait pu être plus ridé qu'un raisin sec et une gouvernante dont l'humeur aurait rendu un citron doux, il n'y avait eu qu'une seule opportunité. Et la Dame Dragon l'avait attrapée.

Livvy atteignit le bas sans incident, le surf sur rampe étant l'une des bonnes compétences qu'elle avait acquises en pension. *Dame Dragon*. Drôle, elle avait oublié ce surnom pour la femme.

En bas, elle atterrit sur un pied et commença à passer l'autre par-dessus la rampe, mais sa jupe s'emmêla dans sa botte de combat. Elle s'agrippa au balustre le plus proche, le tordant en essayant d'éviter de tomber, tout en tentant simultanément de détacher le tissu du rivet avant que l'un ou l'autre ne se déchire.

Apparemment, ses compétences en surf sur rampe étaient un peu rouillées. Heureusement, cependant, personne n'était là pour en être témoin.

La porte de la pièce *je-ne-sais-quoi* s'ouvrit et Um Sean en sortit.

Évidemment.

— Tu n'as pas vraiment glissé, n'est-ce pas? Son rire n'enlevait rien à sa démarche de beau gosse sur le sol en marbre.

— Bien sûr que si. Quel genre d'enfant ne voudrait pas faire ça? J'en ai enfin eu l'occasion.

Il se pencha pour décrocher l'ourlet de sa jupe pendant qu'elle faisait une folle tentative pour s'assurer que toutes les parties pertinentes étaient couvertes.

Des yeux saphir rencontrèrent les siens à travers les balustres, son regard s'attardant brièvement sur celui qui était tordu. — Que dirait *Grand-maman*? Il se redressa avec un *tss-tss* et remit le balustre en place.

— Eh bien, ce que *Grand-maman* ne sait pas ne lui fera pas de mal, n'est-ce pas? Haussant les épaules, Livvy remit en place la bretelle de son caraco et croisa les bords de son chemisier sur son ventre.

— Alors, Um Sean. Elle essaya une marche digne sur la dernière marche vers le sol en marbre blanc veiné de noir, souhaitant porter quelque chose de plus glamour que des bottes de combat. Quelles sont exactement tes fonctions ici? Tu gères cet endroit pour Merriweather depuis longtemps?

Sean glissa ses mains dans les poches latérales de son pantalon de travail en coton. — Longtemps? Non. Gérer l'endroit, eh bien, ça dépendrait de ta définition de la gestion. Il fit un geste vers le corridor lointain. Tu veux manger quelque chose? J'allais justement déjeuner.

— Ça me va. Montre le chemin, MacDuff. Elle tendit la main pour qu'il la précède.

— Princesse, c'est irlandais, pas écossais.

Cheveux noirs, yeux bleus, sexy, irlandais à faire frissonner la peau.

Ils passèrent devant une vieille armure que l'ancienne gouvernante de sa grand-mère, Mme Tidwell, lui avait dit être hantée. Quelqu'un avait probablement truqué le truc pour faire bouger son bras avec du fil de pêche ou quelque chose pour effrayer la vieille acariâtre. Livvy se souvenait avoir été terrifiée par la gouvernante quand elle était enfant. Merriweather avait certainement eu beaucoup de vieux croûtons autour d'elle à l'époque. De vieux croûtons et pas d'enfants.

Cette unique visite avait suffi. Drôle qu'elle soit maintenant l'unique bénéficiaire. Elle ne s'y attendait pas, bien qu'elle serait la première à admettre que Merriweather le lui devait.

Oh, bien sûr, la matriarche autoproclamée avait payé les factures de la pension, mais Livvy ne parlait pas de ce qui, pour sa grand-mère, n'avait été qu'une bagatelle. Non, la femme lui devait pour la disparition prématurée de sa mère, induite par l'alcool, provoquée par le temps libre que l'argent du renvoi lui avait offert après que les avocats de Merriweather étaient venus prendre la garde de Livvy.

Livvy repoussa ce cauchemar dans le placard le plus éloigné de son esprit. Le pire avait été qu'elle avait su ce qui se passait - même au tendre âge de cinq ans quand ils l'avaient envoyée. Si seulement Merriweather lui avait donné un semblant d'amour. L'enfer, la pitié aurait été quelque chose, mais l'indifférence silencieuse l'avait rongée toutes ces années. Pourquoi n'était-elle pas assez bien pour être appelée une Martinson? Quel péché avait-elle commis? Pourquoi déverser sur elle la colère contre ses parents, une victime innocente de toutes les parties impliquées?

Il n'y avait eu aucune réponse, et après un certain temps, Livvy avait cessé de poser des questions. Cessé d'écrire des lettres. Cessé d'espérer appartenir. À la place, elle avait trouvé la détermination dans son âme pour se créer une vie différente. Et une fois tous les *i* pointés et les *t* barrés, elle aurait l'argent pour investir dans des installations et des équipements appropriés pour fabriquer ses produits de boulangerie biologiques et pour se donner la vie dont elle avait toujours rêvé, au diable les Martinson.

L'arche menant à la salle de banquet, alias la salle à manger, prenait plus de temps à traverser que la ferme entière où elle vivait.

— Des souvenirs? Une voix profonde derrière elle l'arracha à ses pensées.

La pointe d'une de ses bottes accrocha le talon de l'autre. *Des souvenirs.* — On pourrait appeler ça comme ça.

La porte arquée menant à la cuisine était entrouverte. *Tsss-tsss*, en effet. Jeeves/Rupert n'avait jamais permis que la porte soit déverrouillée. La cuisine était l'endroit où *le personnel* faisait tout le sale boulot. Il avait toujours pris soin de fermer cette porte chaque fois qu'elle s'y était faufilée pour une friandise.

Ou peut-être avait-il reçu l'ordre de la garder confinée. Qui sait, mais avec le souhait de la famille de garder la *petite indiscrétion* de l'héritier hors des tabloïds, c'était certainement plausible.

Livvy poussa la porte pour l'ouvrir complètement.

Oh, bon sang. *La cuisine avait été rénovée.*

Elle posa le pied sur le parquet de chêne poli vieux de deux cents ans, maintenant recouvert d'une douzaine de couches de polyuréthane. La cire ne donnait pas cet éclat. La cire ne protégerait pas non plus le sol des milliers de kilos d'appareils en acier inoxydable qui bordaient désormais les murs. Sub-Zero, Wolf, Bosch, Viking... Les produits haut de gamme brillaient devant elle. Des plans de travail en granit, mouchetés de noir, avec des bords à double moulure. Un comptoir de préparation à hauteur de cuisson avec une roue de chariot de casseroles en cuivre suspendue au-dessus. Mini-réfrigérateurs et machine à glaçons. Des éviers de toutes tailles et deux cuisinières à six feux de qualité professionnelle.

L'immense cheminée d'origine ornait toujours le mur du fond et, à travers la fenêtre de la porte arrière, elle vit que le jardin d'herbes aromatiques prospérait toujours.

Avec tout ce nouvel équipement et le meilleur de l'ancienne cuisine, elle pourrait avoir l'endroit parfait pour faire ses pains et ses tartes. Ce serait divin d'avoir autant d'espace de travail, et avec le jardin d'herbes si bien établi, elle aurait ses propres ingrédients cultivés biologiquement pour pouvoir—

Livvy s'arrêta net. Elle devait stopper ce train de pensées avant qu'il ne quitte la gare. La seule chose qu'elle *pourrait faire* serait de vendre l'endroit. Point final. Elle n'avait besoin de *rien* de sa grand-mère et de la famille qui l'avait pratiquement reniée dès sa conception, à l'exception de l'argent que la vente de leur fierté lui rapporterait.

Sean essaya de ne pas la heurter quand elle s'arrêta, mais son élan le porta en avant. Il la rattrapa alors qu'elle trébuchait. — Olivia? Qu'est-ce qui ne va pas?

Rien du tout, répondirent ses hormones. Elle sentait le savon à la lavande et les pommes et quelque chose de bien trop féminin pour son état d'esprit.

— Hein? Elle se retourna pour le regarder, une boucle couleur vin s'accrochant au bout de son nez, et Sean se sentit attiré par ses yeux.

Confus, vulnérables, un peu perdus... Puis il y avait ce sourire sexy sur une bouche trop tentante qui était beaucoup trop proche pour son confort—

Recule-toi de l'ennemie, Manley.

Son cerveau était d'accord avec ça, mais le reste de lui-même était en train de se mutiner. Reculer? Bien sûr.

— Sean? Sa voix était douce alors qu'elle se léchait les lèvres, sa main fine agrippant son bras.

Si son nom était murmuré comme ça au milieu de la nuit, il n'aurait aucune défense.

— Tu voulais quelque chose? Elle leva les yeux vers lui.

Oh, il voulait, en effet.

— Euh, déjeuner. Tu veux déjeuner? Bon sang, ce pantalon léger — la réaction de son corps n'était pas facile à cacher. Mac devait vraiment changer l'uniforme. Un jean serait mieux.

Ou cette armure.

Il se dirigea vers le comptoir, espérant que le granit le refroidirait. Mais quand il se retourna vers elle, ses cheveux s'étalant alors qu'elle pivotait pour le suivre, ses boucles tombant sur une épaule pour draper la courbe proéminente de sa poitrine, Sean se retrouva à rivaliser avec le granit pour le titre de Chose la Plus Dure de la Cuisine.

Il se dirigea vers le réfrigérateur Sub-Zero, tourna le dos à Olivia, et espéra qu'un souffle arctique réglerait le problème — mais, *bien sûr, le problème* le suivit.

— Les courses font partie de tes tâches? Elle regarda par-dessus son épaule.

Le pot de ketchup à moitié vide, deux œufs et un hot-dog se moquèrent de lui. — Je comptais m'en occuper, cracha-t-il. Personne ne m'a envoyé de liste de tes goûts et dégoûts, Olivia, alors j'ai pensé attendre que tu arrives. Je crois qu'il y a quelques plats surgelés dans le congélateur.

— Je m'appelle Livvy. À moins que tu ne veuilles redevenir le Garçon de Piscine. *Livvy* ouvrit le congélateur vertical à côté du réfrigérateur. — Une tourte au poulet? Elle prit l'emballage. Ses sourcils parfaitement arqués s'élevèrent tandis qu'elle le regardait. — C'est de ça que tu te nourris? Quarante grammes de matières grasses, tripolyphosphate de sodium, glutamate monosodique, huile de soja liquide et partiellement hydrogénée, mono et diglycérides, benzoate de sodium... Tu veux que je continue à lire sur le colmatage de tes artères?

— Tu es quoi, une sorte de fanatique de la santé?

— Je trouve ce terme extrêmement offensant, tu sais. Elle croisa les bras, rendant ses courbes encore plus proéminentes. — Ce n'est pas parce que j'ai décidé de ne pas remplir mon corps de produits chimiques que je suis fanatique. Les gens qui mangent des additifs, des conservateurs et toutes les autres poisons que les grandes entreprises mettent dans leur « nourriture » — elle ponctua le dernier mot avec des guillemets aériens — sont les vrais fous.

— Alors tu manges quoi? De la laitue et du tofu?

— Non. Je mange normalement. Et mes clients aussi. Des produits entièrement naturels sans hormones, sans conservateurs, sans pesticides, juste de la nourriture comme la nature l'a voulue. Biologique.

Des clients. Ah, oui. La princesse Olivia Bombshell Carolla — *Livvy* — était une aspirante fermière. Sean en avait bien ri. Une boulangère-fermière bio vivant en coopérative avait hérité de la fortune des Martinson ; une fortune constituée et investie dans un nombre incalculable d'entreprises qui la feraient fuir en courant si elle lisait leur portefeuille.

Il prit un carton sur l'étagère. — Tu peux prendre les œufs.

— Du polystyrène? Pourquoi ne pas jeter directement du mercure dans le sol pendant que tu y es? Elle fit volte-face, lui offrant un rapide aperçu de ses jambes sexy sous sa jupe. — Tu as une idée de... oh! Ils sont là!

Sean secoua la tête face à ce changement de sujet. C'était comme essayer de suivre un colibri volant de fleur en fleur. — Qui est là?

— Mes bébés! Elle sautilla jusqu'à la porte de derrière, l'ouvrant en grand sans se soucier de l'entaille que la poignée en laiton ferait dans le comptoir derrière.

Sean n'avait jamais bougé aussi vite de sa vie. Mme Martinson avait dépensé une petite fortune — non, une *grosse* fortune — pour moderniser cette cuisine. C'était la seule pièce qu'il n'aurait pas à toucher quand il prendrait le contrôle. Du moins, s'il pouvait empêcher Livvy de la détruire jusqu'à ce qu'il la fasse partir d'ici.

Mais... des *bébés*? Elle avait des *enfants*?

Sean secoua la tête. Ce détective avait des comptes à rendre. Nulle part il n'avait mentionné d'enfants. Bon sang. Comment était-il censé jeter une femme avec des enfants hors de leur maison ancestrale?

Des millions de dollars, Manley.

Ah oui. C'est comme ça.

Chapitre Trois

Trébuchant presque sur une brique qui s'était délogée du chemin sinueux, Livvy atteignit le camion juste au moment où le chauffeur descendait de la cabine.

— Où voulez-vous que je les mette, madame? Il lui tendit un bloc-notes.

Livvy parcourut la liste, s'assurant que son voisin Kerry n'avait oublié personne. Elle signa le bon de livraison et jeta un coup d'œil au ciel menaçant.

— Il y a une grange juste au bout de cette allée. Je vais vous accompagner et nous pourrons décharger là-bas. La grange avait été la première chose qui lui était venue à l'esprit quand M. Scanlon l'avait appelée à l'improviste pour lui annoncer le décès de sa grand-mère et l'Héritage. Elle se souvenait bien d'avoir échappé à l'atmosphère lugubre du manoir, digne des *Hauts de Hurlevent*, il y a toutes ces années, pour se réfugier dans la grange au doux parfum, avec tous ces chevaux et ces chats.

Elle grimpa dans la cabine et lissa sa jupe sur ses jambes. Le chauffeur avait fait bonne route. Elle ne l'attendait pas avant une heure, sinon elle aurait déjà enfilé un jean.

Elle haussa les épaules. Si les « petits » ruinaient sa jupe, elle était enfin en mesure de s'en offrir une nouvelle.

La grange, éclairée à contre-jour par un ciel gris, était exactement comme dans son souvenir, jusqu'aux hibiscus dans les parterres de fleurs près des deux portes. *Qui paysage une grange?*

Les mêmes personnes qui avaient des paons en liberté.

Ces paons en liberté surgirent de l'arrière du bâtiment et traversèrent la pelouse en courant.

Des bardeaux de cèdre coiffaient le bâtiment en pierre qui, avec les mêmes fenêtres à meneaux arquées que la maison et des volets gris tourterelle, aurait pu passer pour un charmant cottage. Ses bébés allaient être traités comme des stars.

Le chauffeur recula le camion jusqu'aux portes de la grange, puis alla à l'arrière et sortit la rampe. Livvy le suivit, se rappelant la dernière fois qu'elle était venue ici. Les stalles, toutes les dix, avaient été remplies de foin, et les fenêtres à l'arrière laissaient entrer beaucoup d'air frais et de soleil. Les Martinson s'étaient essayés à l'élevage de chevaux, bien que ces biens aient été vendus avant que Merriweather ne tombe malade. Dommage. Livvy n'aurait pas été contre l'idée d'avoir des chevaux, mais comme elle ne gardait pas la propriété, c'était un point discutable.

— Vous avez des laisses ou quelque chose, madame? demanda le chauffeur.

Elle secoua la tête en souriant. — Laissez-les simplement sortir. Ils m'obéiront.

Ils avaient entendu sa voix. Les portes s'ouvrirent sur un chœur de grognements, de braiments et de bêlements tandis que la version mini-ferme de l'arche de Noé se déversait dans la cour. Kerry enverrait les chiens plus tard. Ils avaient tendance à mordiller les talons des moutons quand ils étaient excités, et le voyage jusqu'ici les exciterait très certainement.

Le bélier et ses brebis descendirent la rampe en grondant, suivis de leurs petits. Sa propre nouvelle génération. Comme elle aimait leurs douces toisons qui finiraient par devenir emmêlées et ternes comme celles de leurs parents. Elle détestait cette partie, mais leur laine terne leur assurait du foin.

Elle prit Buttercup dans ses bras et frotta la joue de l'agneau contre la sienne. Les trois jours entre le voyage au cabinet d'avocats et leur arrivée ici semblaient une éternité loin de sa petite famille. Buttercup bêla et raidit ses pattes. Maman Daisy donna un léger coup de tête dans la cuisse de Livvy. — D'accord, Dais, tiens. Vous m'avez juste manqué les gars.

Les chèvres sortirent ensuite du camion en bondissant, suivies par les alpagas. Rhett lui cracha dessus, ce qui n'était pas inattendu. Il lui crachait généralement dessus. Scarlett le suivit de près. La *hembra* était devenue plus soumise depuis que Livvy les avait surpris « dans l'acte ». Avec un peu de chance, il y aurait des bébés alpagas l'année prochaine à la même époque, bien qu'avec l'Héritage, le prix que rapporterait leur toison ne soit plus l'enjeu majeur qu'il avait été.

La troupe d'oies et de canards sortit en se dandinant derrière pour former leur cercle rituel autour d'elle en attendant leur nourriture. Elle dut se frayer un chemin jusqu'au camion pour attraper l'un des sacs d'aliments, mais très vite, tout le monde mangeait joyeusement, les cris laissant place à un picorage satisfait. Bon, d'accord, Calypso avait peut-être juste mordu l'aile de Calliope, mais ce n'était rien de nouveau.

Une fois les oiseaux calmés, Livvy grimpa à l'arrière du camion. Bien sûr, Reggie était là, assis sur sa couverture dans la caisse, son groin noir fouillant dans les plis. Elle se demanda combien de biscuits pour chien Kerry y avait cachés pour le tenir tranquille pendant le voyage.

— Allez, Reggie. Installons tout le monde. Le cochon nain grogna à l'entente de son nom, puis se mit péniblement sur ses pattes, son harnais tintant avec les clochettes qu'elle y avait accrochées. Reggie se prenait pour un chat. Et il avait effectivement appris la furtivité d'un félin, mais, malheureusement, il lui manquait la grâce. Les clochettes la prévenaient avant qu'il ne bondisse — sur elle, sur les meubles, sur les nénuphars dans l'étang de leur ancienne maison...

Elle saisit une paire de cages à poules, soulevant les volatiles caquetants hors du camion, et claqua de la langue pour conduire la ménagerie dans leur nouveau foyer avant que les orages prévus pour aujourd'hui — et le ciel gris en attestait — ne frappent.

Le chauffeur, un gros sac d'aliments jeté sur une épaule, ouvrit la porte de la grange, et lui et Livvy s'arrêtèrent brusquement.

Quelqu'un avait rempli la grange non pas de foin, mais de cartons. Des piles et des piles de boîtes en carton. Du sol au plafond, scotchées et étiquetées comme si c'était un entrepôt. Des caisses en bois contenant des masses emballées et filmées qui ressemblaient à des meubles remplissaient chaque stalle, et l'allée le long de l'avant était encombrée de mobilier de jardin. Les souris auraient du mal à trouver un endroit pour nicher, sans parler de la ménagerie qu'elle avait amenée.

— Euh, madame ? Y a-t-il des enclos quelque part par ici pour ce qui était censé être dans cette grange ? Je dois y aller. J'ai d'autres livraisons à faire.

Des enclos. Bien sûr. Derrière, il y avait des enclos à ciel ouvert. Elle devrait trouver des bâches pour construire un abri temporaire — ou prendre le dessus-de-lit de la Chambre Bleue — mais les enclos feraient l'affaire en cas de besoin.

Pendant que le chauffeur déchargeait le reste des sacs d'aliments sur une pile de bancs juste à l'intérieur de la porte de la grange, elle conduisit les animaux vers l'arrière. Les enclos ne seraient pas le Ritz, mais après tout, ils ne vivaient pas exactement comme des rois à l'autre endroit.

Sauf qu'il semblait qu'ils ne vivraient *nulle part* parce qu'il n'y avait *pas* d'enclos.

Ses enfants allaient devoir rentrer chez eux. Livvy ferma les yeux et essaya de penser à quelqu'un à qui elle pourrait demander de s'occuper d'eux pendant qu'elle serait coincée ici. Mais la liste était la même que celle qu'elle avait établie avant d'organiser leur venue : personne. Kerry aidait un peu, mais lui et Sherwood avaient leur propre ferme à gérer. Pareil pour Sheila, Marci et Jenny. Richard avait accaparé tous les étudiants pour ses vacances avant qu'elle n'ait eu la chance de le faire. La vie était bien remplie dans leur communauté coopérative et s'occuper de ses animaux ne ferait que surcharger tout le monde.

Regardant le chauffeur et son camion redescendre l'allée, Livvy posa son derrière sur la pelouse soigneusement entretenue, rendue élastique par ce qu'elle était sûre d'être une quantité astronomique de produits chimiques pour qu'elle ressemble à un terrain de golf, croisa les jambes sous elle et posa son menton dans sa main.

Du vert à perte de vue. Des kiosques aux bardeaux blancs artistiquement disposés. Un étang d'ornement avec une cascade gargouillante. Des pergolas couvertes de glycines au-dessus de sets de café en fer forgé. Des topiaires en forme de créatures mythiques. Tout ce terrain et pas une chose utile à trouver. Tout pour la frime.

Pourquoi n'était-elle pas surprise ?

Reggie vint renifler son oreille, son salut habituel quand ils étaient à la maison sur le canapé. Elle le gratta sous le menton. Reggie ferma les yeux, s'accroupit et allongea le cou, grognant de plaisir.

Les moutons commencèrent à fouiller l'herbe, suivis par les chèvres et les alpagas. Livvy bondit sur ses pieds, délogeant le menton de Reggie de son genou. Elle ne voulait pas que les animaux ingèrent le poison qui avait été répandu sur la pelouse. Elle les rassembla vers l'avant de la grange, essayant de réfléchir à sa prochaine action.

Peut-être pourraient-ils dormir dans la chapelle. Après tout, il y avait un précédent. Plus de deux mille ans de précédent, donc ce n'était pas comme si Dieu avait quelque chose contre le fait de partager un endroit pour dormir avec un tas d'animaux de la ferme.

Puis un nuage noir apparut au-dessus de la grange avec un grondement de tonnerre. Ils n'atteindraient pas la chapelle avant que l'orage n'éclate.

Elle n'avait pas d'autre choix. Il ne restait qu'un seul endroit où aller.

Sean descendit de l'échelle. Pas question qu'il enlève ces rideaux. Ils semblaient plus difficiles à remettre en place qu'une palette entière de chevrons sur un toit à quatre pans.

Il atteignit le bas de l'échelle de quatre mètres, puis la posa doucement sur le côté, en faisant attention à ne pas heurter le canapé qu'il avait déplacé avant de l'installer. Les dimensions magnifiques de la pièce offriraient de grandes opportunités de réception une fois les rénovations terminées. Cet espace, avec son accès par porte-fenêtre à la terrasse en ardoise, ferait la salle de réception parfaite pour un mariage intime. Le paysagiste qu'il avait fait venir pour examiner les lieux avait suggéré de déplacer l'un des kiosques du terrain de croquet près de la terrasse pour pouvoir accueillir les cérémonies en cas de pluie.

Sean récupéra le chariot roulant et y plaça l'échelle en biais. Même avec son pick-up juste dehors, il ne voulait pas soulever cette chose encombrante, même sur quelques mètres, au risque de faire tomber l'échelle ou d'endommager les boiseries. Maintenant qu'il avait fini avec les pièces du rez-de-chaussée de ce côté de la maison, il allait ramener cette échelle à son camion, puis monter à l'étage où les plafonds étaient un peu plus bas. Avec encore toute une moitié de manoir à nettoyer, il allait avoir besoin du mois entier pour finir cet endroit.

Il manœuvra le chariot et l'échelle jusqu'aux portes-fenêtres, reconnaissant que la pluie ait tenu — et pour la terrasse de six mètres de large. L'ardoise là-bas avait besoin de quelques retouches, mais il connaissait exactement la personne qu'il fallait pour ça. À condition, bien sûr, qu'il finisse par avoir cette propriété.

Bon sang. Comment allait-il la faire partir d'ici? La pauvre enfant bâtarde rejetée avec une dent contre le monde venait de franchir la porte du bastion familial, le réclamant pour elle-même. Elle ne partirait pas pour n'importe quelle raison. Et il devait faire attention à ne pas se faire virer avant que le reste de son temps ne soit écoulé.

Il devait devenir son nouveau meilleur ami. La charmer, se lier d'amitié avec elle, devenir son pote. Jouer l'Homme-du-Peuple face à l'Héritière-Lésée. Nous-Contre-La-Famille. Faire d'eux des âmes sœurs. La cajoler pour lui faire croire qu'il avait ses intérêts à cœur. Rien de tout cela ne serait un problème. Le problème serait quand il découvrirait quelles étaient ces maudites stipulations et qu'il devrait la battre à ce jeu-là.

L'idée ne semblait pas si mauvaise il y a environ une heure. Il n'était pas du genre à perdre l'argent de ses frères, mais il ne l'avait pas encore rencontrée à ce moment-là. Maintenant, c'était une femme vivante et respirante. Avec des enfants.

Nom de Dieu. Qui aurait cru que Merriweather Martinson avait un cœur enfoui quelque part sous les couches de cols amidonnés et d'étoles de fourrure?

Sean déverrouilla les portes-fenêtres et fit rouler l'échelle à travers. Peut-être qu'une fois qu'il aurait chassé Livvy et rendu cet endroit rentable, il lui verserait une allocation mensuelle. Elle aurait de l'argent pour rénover cette ferme délabrée qu'elle appelait sa maison, et il se sentirait moins coupable de la renvoyer, elle et ses enfants. Gagnant-gagnant pour tout le monde.

L'éruption de bruits de basse-cour aurait dû l'avertir que ce ne serait pas si simple.

Chapitre Quatre

Sean fit volte-face en entendant le vacarme, stupéfait de voir une foule désordonnée d'oiseaux et d'animaux de ferme se diriger vers lui. Avec une gitane chaussée de bottes qui courait à leurs côtés.

Il resta là, incrédule — et admiratif — jusqu'à ce que quelque chose le heurte au tibia. Nom de Dieu!

Sean détacha son regard de la cohue pour voir une tête grise et cornue reculer pour une nouvelle attaque contre sa jambe. Une chèvre?

Se sentant comme un matador maladroit, Sean esquiva l'importun, réussissant à ne pas trébucher sur le gros canard blanc à sa droite, mais se faisant heurter l'épaule par un lama.

Un lama.

Un lama qui courait vers —

— Non! Sean pivota et courut de nouveau dans la pièce qu'il venait de passer la majeure partie du dernier jour et demi à nettoyer, pour y trouver deux chèvres sur le canapé blanc, une autre mâchonnant le bord du tapis, et ce stupide lama littéralement en train de se pavaner devant la vitrine.

Et était-ce bien ce qu'il pensait devant le buffet? Oh, mon Dieu, oui. Au moins le canard avait laissé ce petit « cadeau » sur le marbre, pas sur le tapis — pas que les chèvres s'en soucieraient.

— Oh, non! Le cri de détresse de Livvy était plus faible que celui qu'il voulait pousser.

Les meubles allaient devoir être retapissés, et si ce lama frottait encore une fois son cou ridicule contre cette vitrine, il allait la renverser. Et oublions les chèvres. Le tapis était fichu en à peine quinze secondes.

Il se retourna juste à temps pour voir le reste de l'arche de Noé se dandiner à travers les portes. Y compris un cochon.

Un cochon. Qui diable avait un cochon?

Eh bien, c'était évident. De toute évidence, c'était la femme autour de laquelle les chiens — bon, les *chèvres* — de l'enfer se rassemblaient.

— Rhett, arrête ça! cria Livvy, frappant le lama. *Rhett*. Évidemment. — Dodger, descends de ce canapé tout de suite! La chèvre leva les yeux du coussin à franges qu'elle dénudait avec un battement de cils, puis retourna aussitôt à son grignotage. — Calliope! Non! Dehors! *Dehors*!

Ouais, Calliope l'oie n'écoutait pas. Ou s'en fichait.

Pas que ça importait encore. Le tapis était fichu.

Livvy courut sur le tapis, chassant et donnant des coups de pied, sa jupe voltigeant de tous côtés.

Les animaux l'évitaient simplement et trouvaient autre chose à ruiner.

Sean regarda du chaos à l'échelle sur la terrasse, et élabora rapidement un plan.

Il courut dehors, évitant le bélier qui essayait de le frapper aux parties, puis traîna deux banquettes en fer forgé à travers le porche et colla leurs côtés contre la maison. Ensuite, il manœuvra le chariot d'échelle contre elles et bourra les coussins dans les trous d'échappement, créant un enclos de fortune. Tout ce qu'il avait à faire était d'amener le joueur de flûte à les conduire dehors.

— Livvy! Par ici, cria-t-il par-dessus le chœur de couinements, de cris et de braiments.

Livvy rejeta une mèche de boucles de son visage quand elle jeta un coup d'œil par-dessus le dos du lama qu'elle poussait et le soulagement brilla dans son sourire. — Bonne idée.

Un par un, elle chassa, bouscula ou porta les animaux à travers les portes-fenêtres. Sean les ferma ensuite et les barricada de son corps pour empêcher les diablotins de rentrer.

Cela prit une bonne dizaine de minutes, et plus du tapis d'Aubusson qu'il ne pourrait jamais être réparé, mais toutes les créatures furent bientôt installées dans l'enclos improvisé.

Livvy s'appuya contre la porte à côté de lui, ses courbes se soulevant beaucoup trop à son goût.

Eh bien, non, ce n'était pas tout à fait vrai. Ça lui plaisait définitivement. Mais il n'avait définitivement pas *besoin* que ça lui plaise.

— Merci, dit-elle, essayant de reprendre son souffle. Je ne sais pas ce qui leur a pris. Normalement, ils se tiennent bien dans la maison.

— Tu les *laisses* entrer dans ta maison?

— Eh bien, pas en règle générale. Mais quand ma grange fuyait pendant un ouragan, je n'avais pas vraiment le choix. À part les nécessaires, euh, appels de la nature, ils se sont très bien comportés.

— Ouais, eh bien, on dirait qu'ils ont oublié leurs bonnes manières aujourd'hui. Et c'est quoi cette ménagerie?

— Ce sont mes animaux de compagnie.

— Ce sont des animaux de ferme, pas des animaux de compagnie.

— Pourquoi les animaux de ferme ne peuvent-ils pas être des animaux de compagnie?

— Tu veux que j'accepte qu'avoir un cochon, c'est comme avoir un chien?

— En fait, Reggie ressemble plus à un chat qu'à un chien.

Sean serra les dents. — C'est du pareil au même.

— Pas un amateur de chats, à ce que je vois.

— Je suis plutôt un homme à chiens.

— Bien. Les chiens seront bientôt là.

Plus de folie? — Quelle chance.

— Écoute, Monsieur Piscine. Elle le piqua dans le côté et ça lui fit mal, bon sang. — C'est ma maison et ce sont mes animaux. Fais avec.

— Tu as vu ce qu'ils ont fait à cette pièce? C'est comme ça que tu veux vivre? Tes ancêtres n'ont pas construit une grange là-bas pour rien, tu sais.

— Laisse mes ancêtres en dehors de ça. Je me fiche de ce qu'ils ont fait, ou de ce qu'ils veulent. C'est mon endroit maintenant et si je veux que les chèvres aient une aire de jeux dans le salon de réception, ce ne sont pas tes affaires.

— Tu ne peux pas honnêtement dire que tu vas permettre à ces animaux de détruire tous ces meubles anciens.

— Pourquoi ça t'intéresse?

— Ça m'intéresse parce que... Euh, oui, bonne question. Quelle allait être sa réponse? — Parce que c'est mon travail de prendre soin de cet endroit. Je viens de finir de nettoyer cette pièce, tu sais. Maintenant, c'est un désastre.

Elle ferma les yeux en secouant la tête. Quand elle les rouvrit, Sean y vit une lueur de rire pétiller dans ses yeux ambrés. — Sean, Sean, Sean. Tu dois vraiment te détendre. Ce ne sont que des *objets*. Ils ont été enfermés dans un camion pendant des heures. Si la grange avait été vide, ils auraient pu se dégourdir là-bas, mais quelqu'un y a entassé un tas de cartons et de meubles. Je n'avais pas d'autre endroit où les mettre sans qu'ils mangent toute l'herbe.

— Et dis-moi encore une fois pourquoi des tapis de collection seraient meilleurs pour leur digestion que l'herbe? Je croyais que l'herbe était bio?

— Elle le serait si elle n'était pas imbibée de suffisamment de produits chimiques pour rendre la pelouse digne d'un terrain de golf.

Exactement. Cette pelouse était magnifique. Il ne faudrait pas grand-chose pour la transformer en un fairway idéal.

— Alors, qu'est-ce que tu vas faire d'eux maintenant?

Elle tordit ses jolies lèvres en forme de cœur sur le côté et Sean se demanda quelle sensation elles auraient contre les siennes. Quel goût elles auraient...

Ouais, ouais, arrête de penser à ces jolies lèvres en forme de cœur. Et il pouvait oublier l'idée de l'embrasser. Elle était l'ennemie.

Tout comme le cochon qui essayait de se faufiler entre eux deux, les clochettes de son collier sonnant comme un Père Noël ivre.

— Je dois vider la grange avant de pouvoir les y mettre. Tu penses que le nettoyage de la grange fait partie de ta mission? Elle le poussa doucement de l'épaule et le regarda par en dessous, à travers ses cils.

Ce n'était pas du jeu. Ce regard avait probablement été créé par Aphrodite pour faire fléchir les genoux et la volonté des hommes. Et Livvy le maîtrisait à la perfection. Bon sang.

On dirait qu'il venait d'ajouter du travail à sa journée, car il n'était pas question d'avoir une basse-cour à l'intérieur de son futur Hideaway Hills Resort.

Mais soudain, le ciel s'ouvrit, déversant des trombes d'eau dignes de Noé et de *sa* ménagerie.

— Oh non! Livvy s'élança de la porte, rassembla les animaux, puis lui lança un regard noir. — Alors?

— Alors quoi? Il n'avait pas bougé. Et il n'en avait pas l'intention.

— Tu ne vas pas m'aider?

— T'aider à quoi?

— À les faire rentrer.

— Rentrer? Je croyais qu'on venait de décider de vider la grange.

— Mais ils sont en train de se mouiller.

— Ce sont des animaux. Ils ont l'habitude.

— Non, ils n'ont pas l'habitude. Et je ne veux pas qu'ils tombent malades. Allez. Elle poussa le cochon et tira sur la porte.

Sean l'attrapa avant qu'elle ne s'écarte de plus de cinq centimètres du cadre. — Tu ne vas pas les laisser rentrer.

Des cils noirs et pointus encadraient des yeux dorés fulminants. — Si, je vais le faire.

— Non, tu ne vas pas le faire. Ce sont des animaux. Des animaux de ferme.

— Qui n'ont pas de grange. Maintenant, arrête de discuter et bouge!

Pour une si petite chose, elle avait vraiment de la force. Sa hanche le heurta à mi-cuisse et il dut faire un pas de côté pour ne pas perdre l'équilibre.

C'était la brèche dont elle avait besoin. En un éclair, elle saisit les deux poignées de la porte et les ouvrit en grand. Les animaux se précipitèrent à l'intérieur.

Merde. On aurait dit qu'ils n'avaient jamais vu la pluie auparavant.

Il ne pouvait plus en dire autant du tapis d'Aubusson. La seule consolation était qu'il avait déjà été ruiné, tout comme les meubles l'étaient maintenant. Oh, bon sang.

Le tonnerre fit trembler les carreaux des portes-fenêtres.

— Je ferais mieux de les fermer, dit Livvy, la mère du clan, en se poussant de l'un des fauteuils à oreilles.

— Pourquoi s'embêter? Sean rejeta d'une main ses cheveux trempés de son front et attrapa le bras de Livvy de l'autre. — Le sol est déjà trempé. De plus, tu voulais une grange. Maintenant, tu en as une. Avec le décor de Versailles.

Elle avait déjà un doigt pointé dans sa direction, mais, au milieu de son mouvement, les mots restèrent coincés dans sa bouche. Elle le regarda, puis se regarda elle-même, puis tous les animaux, et éclata de rire.

Ce qui le fit rire à son tour.

Mais avec sa jupe en désordre plaquée contre ses jambes et le tissu mouillé, presque transparent, faisant de même avec son corps, le rire mourut dans la gorge de Sean.

Il fut remplacé par quelque chose de beaucoup plus lourd. Expectatif. Il ne pouvait pas détourner le regard.

Elle était délectable. La pluie suivait la ligne de sa clavicule, quelques gouttes s'accumulant dans le creux avant de glisser sur sa poitrine sous le fin tissu de son caraco. Sean traça cette ligne du regard, son souffle devenant de plus en plus court à chaque tache de rousseur qu'il comptait.

Le rire de Livvy s'estompa et Sean croisa son regard.

La vulnérabilité qu'il avait vue auparavant avait été remplacée par quelque chose de... plus.

Il voulait *plus*.

Il ne comprenait pas pourquoi ; elle n'était pas son type habituel. Mais cela n'avait pas d'importance. Quand Livvy le regardait comme elle le faisait, *l'air* qu'elle avait, cela n'avait pas d'importance. Il la désirait.

Il fit un pas vers elle. Un petit pas, mais ses cils frémirent et ses lèvres, luisantes d'eau de pluie, formèrent un petit O. Il voulait le lécher.

Alors il le fit.

D'une manière ou d'une autre, elle se retrouva dans ses bras, leurs corps se touchant, leurs souffles se mêlant, ses boucles effleurant sa poitrine au niveau du V de sa chemise, et sa langue glissa pour goûter ses lèvres. Juste un effleurement, mais il n'y eut aucune hésitation de sa part. Son souffle se coupa juste assez pour créer la petite ouverture dont il avait besoin et il approfondit le baiser.

Le tonnerre résonna dans la pièce — ou peut-être était-ce le sang qui rugissait dans ses veines alors que son corps s'enflammait. Il enroula ses bras autour de ses épaules, pressant la courbe incroyablement fine de sa taille contre lui, ses seins — ses seins mouillés et fermes — écrasés contre sa poitrine, et il ne put s'empêcher de gémir lorsque ses hanches bougèrent contre lui.

Bon sang, elle l'excitait et il se fichait qu'elle le sache. Parce que franchement... comment pouvait-elle ne pas s'en rendre compte ?

Il glissa une main dans l'enchevêtrement de boucles qu'il rêvait de voir étalées sur les oreillers à l'étage, et maintint sa tête dans le bon angle. Sa langue plongea, rencontrant la sienne, ses lèvres mordillant les siennes, ses mamelons pressés contre sa poitrine, envoyant des signaux tumultueux à chaque terminaison nerveuse de son corps.

Elle était minuscule, presque fragile, mais, bon sang, comme elle savait embrasser. Le frottement féroce de ses ongles sur son dos sous sa chemise, la façon dont elle se penchait contre lui, sans rien retenir...

Le léger gémissement au fond de sa gorge... Cela le défaisait complètement.

Il descendit sa main plus bas, empoignant ses fesses, la tirant dans la bonne position. Il aurait adoré enrouler ses jambes autour de lui, mais cela aurait signifié lâcher la chute sensuelle de cheveux humides qui caressait sa peau, et ce n'était tout simplement pas une option pour le moment. Il pouvait l'imaginer drapée sur lui alors qu'elle le chevaucherait, ses seins, lourds dans ses paumes, se balançant au rythme de leurs mouvements.

Bon sang, cette image... Il approfondit le baiser, sa langue faisant ce que son sexe désirait. Il était si dur que c'en était douloureux...

Il glissa ses lèvres sur sa joue, goûtant la trace de son excitation sous la pluie, lui renversant la tête en arrière, sentant son souffle rauque contre son oreille. Il plongea dans le creux sous sa mâchoire, son pouls battant contre ses lèvres alors qu'il les faisait remonter jusqu'à son lobe, l'attrapant entre ses dents, tirant, et sa tête bascula en arrière. Une peau moite et crémeuse s'offrait à lui, un effleurement de ses lèvres, le tourbillon de sa langue-

Bon sang, il était dans de beaux draps. Ce n'était pas prévu dans son plan. Il était censé concevoir un stratagème pour la faire sortir d'ici, pas l'embrasser à en perdre la raison.

Pourtant, il ne semblait pas pouvoir s'arrêter. L'embrasser n'était peut-être pas la décision *professionnelle* la plus intelligente qu'il ait jamais prise, mais bon Dieu, il pensait que ce pourrait être la meilleure décision de *vie* qu'il ait jamais prise.

Et c'est alors que ce maudit cochon lui donna un coup de tête dans les fesses.

Chapitre Cinq

Sean tourna brusquement la tête pour plonger dans ces yeux dans lesquels il avait voulu se noyer quelques instants plus tôt — et où il voulait se perdre à nouveau.

Mais, bon sang, c'était vraiment une mauvaise idée.

— Si ton cochon se prend pour un chat, pourquoi agit-il comme un chien de garde ?

Il avait besoin de remettre un peu de bon sens dans la situation et si les cochons de garde étaient la solution, alors il était vraiment dans de beaux draps.

Mais cela fonctionna ; les yeux de Livvy pétillèrent de rire.

— Reggie est un peu, euh, jaloux de quiconque reçoit plus d'attention que lui. Ça pourrait être Calliope, ça pourrait être Rhett. Il n'a rien contre toi en particulier.

Oh que si, Reggie avait quelque chose contre lui. Le *museau* du cochon était contre lui. Dans un endroit très inopportun. Un seul coup de tête de l'animal et Sean chanterait soprano pendant un moment.

— Tu veux bien le rappeler ?

Livvy gloussa à nouveau et fit un pas en arrière. Sean ressentit immédiatement le manque. Mais il sentit aussi Reggie s'éloigner. L'animal le fusilla du regard en le faisant.

Sean hocha la tête vers l'animal.

— Efficace.

Livvy haussa les épaules — et cela fit bien trop de choses agréables à la fine chemise encore plaquée sur sa poitrine. Si Reggie n'avait pas grogné en guise d'avertissement, Sean aurait à nouveau comblé l'espace entre eux.

Cependant, ce ne serait pas malin. Il devait rester très, très loin de Livvy Carolla.

Mais alors elle rejeta ses boucles par-dessus son épaule, la courbe de son cou lui rappelant qu'il n'avait pas encore eu l'occasion de goûter cette partie d'elle.

— Pourquoi as-tu fait ça?

Parce que c'était une meilleure idée que de la monter à l'étage et de la déshabiller.

— Tu veux dire t'embrasser?

Elle mordilla son index et Sean eut envie de gémir. Le bout de sa langue, une touche de rose, ce goût sucré-acidulé de pommes...

— Euh, ouais. Ça.

— Un homme a besoin d'une raison pour vouloir embrasser une femme sexy?

Elle renifla.

— Oh, je t'en prie. J'ai l'air d'un caniche noyé.

Elle passa ses mains devant sa jupe et baissa les yeux...

Et vit ce qu'il voyait.

Ces yeux ambrés revinrent brusquement vers les siens.

Il essaya de cacher son sourire.

— Je ne crois pas.

— Ouais, eh bien...

Elle ramena ses cheveux vers l'avant et voûta les épaules, croisant les bras pour plus de protection. *Sa* protection à lui, si seulement elle savait.

— Tu as l'habitude d'embrasser des femmes trempées par la pluie? Ça doit faire de toi un gars plutôt populaire. Je suis surprise que personne n'ait encore réarrangé ton joli minois.

— Tu ne te débattais pas vraiment.

— Tu ne m'en donnais pas vraiment l'occasion.

— Joli essai, Princesse, mais ton soupir et cette langue glissant dans ma bouche étaient une pure invitation. Ne me mets pas tout ça sur le dos. Je me serais arrêté à tout moment si tu avais protesté.

Et s'il croyait ça, il n'aurait aucun doute sur le fait qu'il finirait par obtenir cet endroit.

— Je pourrais te virer, tu sais.

— Oui. Tu pourrais. Mais qui te ferait visiter alors? Te donnerait les clés? Nettoierait ta grange?

Sean utilisa la bravade pour masquer la peur très réelle qu'elle le vire. À quoi avait-il pensé? Rompre le contrat avec Manley Maids était la dernière chose qu'il voulait qu'elle fasse.

— Écoute, je suis désolé.

Il souffla et passa ses mains dans ses cheveux.

— Ça ne se reproduira plus. Je suppose que j'ai mal interprété l'intérêt.

Bien sûr. Ce n'était peut-être pas la raison pour laquelle ses tétons l'avaient salué au début, mais elle avait été aussi prise dans l'instant que lui.

Mais le projet était ce qui importait : la faire échouer. Il ferait tout ce qu'il fallait pour rester ici.

Y compris se tenir éloigné d'une Livvy Carolla très sexy.

Mal interprété l'intérêt. Oh, il n'avait rien mal interprété du tout, mais Livvy n'était pas prête à l'admettre. Qu'est-ce qui lui avait pris de l'embrasser comme ça? L'homme était un parfait inconnu.

"Parfait" étant le mot-clé.

Elle ne pouvait certainement pas le contredire. Elle n'avait pas protesté parce qu'embrasser lui avait semblé la chose à faire.

La chose à faire — bah. Maintenant elle pensait comme sa mère.

Bien sûr, si Maman n'avait pas pensé qu'embrasser *le ver* était la chose à faire, Livvy ne serait pas là, à regarder le plus beau mec qu'elle ait jamais rencontré.

— Bien. Excuses acceptées. Faisons en sorte que ça ne se reproduise pas, d'accord?

Le tonnerre fit à nouveau trembler les vitres alors que la pluie s'intensifiait. Un autre éclair fit renâcler Rhett dans le coin. Daisy commença à grogner et les chèvres se sautèrent dessus, essayant d'atteindre un terrain plus élevé. Reggie fit ce qu'il faisait toujours pendant un orage — il se précipita entre ses jambes, toussant comme s'il avait quelque chose coincé dans le museau.

Et puis elle entendit la version criarde de *Yellow Submarine* résonner dans le hall d'entrée : Orwell au summum de sa peur.

— Surveille-les, dit-elle à Sean en poussant Reggie vers lui par son collier à clochette. Je reviens tout de suite.

— Les surveiller?

Sean prit le harnais pendant une seconde, puis le lâcha comme s'il était en feu.

— Que veux-tu dire par *les surveiller*?

— Laisse Reggie se tenir à côté de toi et ne laisse pas les autres commencer à se mordiller. Surtout les alpagas. J'ai besoin que leur toison reste en bon état.

Si Sean avait ressenti une quelconque attirance pour elle avant ce moment, elle devait avoir disparu maintenant ; il la regardait comme si elle avait perdu la tête. Mais c'était inévitable. Orwell ne ferait que devenir plus bruyant et se mettrait dans tous ses états, et il lui faudrait des jours pour se calmer. Un perroquet psychotique n'était pas une bonne compagnie.

Elle se précipita par la porte, grimaçant alors qu'Orwell entamait le refrain.

Montant les marches deux par deux, Livvy vola jusqu'à sa chambre, attrapa la cage du perroquet et fila dans le placard. Dès que l'obscurité l'enveloppa, Orwell se calma. Voyager et être seul pendant un orage : ses deux pires cauchemars.

Livvy maîtrisa sa respiration et chercha le loquet de la cage. Il irait bien une fois sur son épaule.

Effectivement, il sauta sur sa main, puis grimpa le long de son bras, lui faisant regretter de ne pas avoir porté de manches longues. Il se pencha et, avec un bruit de baiser sonore, lui donna la version sans morsure d'un baiser de perroquet.

— Bon garçon, Orwell, dit-il.

— Bon garçon, Orwell. Livvy lui caressa la tête, puis ouvrit la porte du placard.

Pour trouver Sean debout dans l'embrasure de la porte de sa chambre.

— Que fais-tu ici? demanda-t-elle.

— Qu'est-ce que c'était? demanda Sean au même moment, alors qu'un autre coup de tonnerre couvrait leurs paroles.

Orwell enfouit sa tête sous les cheveux de Livvy.

— Sean, que fais-tu ici? Tu ne m'as pas entendue? Tu dois surveiller les alpagas.

— Surveiller les alpagas ne fait pas partie de ma description de poste. Et ton fichu cochon a failli me casser la rotule au dernier éclair. Il fit un pas dans la chambre et regarda son épaule. Un oiseau? Tu es montée ici en courant pour un oiseau?

Elle souffla et secoua la tête, puis le contourna. — Oui, je suis montée en courant pour un oiseau. Tu ne l'as pas entendu crier? Elle se dirigea vers les escaliers. Rhett pouvait être très capricieux et Daisy pouvait être trop protectrice envers ses agneaux. Livvy ne pouvait pas se permettre d'avoir leur laine abîmée.

Elle s'arrêta sur la deuxième marche en partant du bas. En fait, elle *pouvait* se permettre d'avoir leur laine abîmée. Imaginez ça.

Puis elle secoua la tête. Peu importait ce qu'elle pouvait se permettre ; elle n'avait pas besoin d'animaux névrosés. Elle avait travaillé dur pour leur donner un sentiment de sécurité après l'instabilité de leur vie avant qu'elle ne les sauve.

Elle descendit les deux dernières marches alors que Sean la rattrapait. Il la suivit de retour dans la pièce pour trouver-

Oh, joie. Rhett et Scarlett avaient trouvé une nouvelle façon d'ignorer l'orage.

En plein milieu du tapis.

Chapitre Six

Oh mon Dieu. Les animaux *le faisaient* au beau milieu de la pièce. Sur le tapis à moitié dévoré.

Sean éclata de rire. C'était de la folie. Une folie pure et absurde. Il se trouvait là, dans une pièce meublée d'antiquités inestimables, prévoyant de la transformer en salle de réception pour des mariages sans limite de dépenses, et voilà qu'un accouplement d'alpagas se déroulait sous ses yeux. Et l'une des femmes les plus sexy qu'il ait vues depuis longtemps — qu'il venait d'embrasser au grand risque de son emploi et de l'avenir de son entreprise — se tenait là dans des vêtements mouillés presque transparents avec un perroquet sur l'épaule.

Un perroquet chanteur. Dont la version fausse de « I'm In The Mood For Love » était hilarant de propos.

— Chut! Orwell! Vilain garçon! Vilain garçon! Livvy essaya de fermer le bec du perroquet. — Aïe!

Ouais, elle n'avait pas réussi.

Mais Rhett, mon vieux, lui, avait réussi. Avec un grognement à faire frissonner, l'alpaga se retira de sa dame, puis se mit à parader dans la pièce comme s'il venait d'accomplir le plus grand service au monde.

Sean jeta un coup d'œil à Livvy, dont les tétons étaient *toujours* visibles sous sa chemise. Il n'allait certainement pas en vouloir à Rhett pour une seule seconde de fanfaronnade. Dieu sait que *lui* ferait la même chose si ça ne le faisait pas virer — faire l'amour avec elle *et* s'en vanter, bien sûr.

Sean secoua la tête. Il fallait se concentrer sur *le travail*. Pas sur *la femme*. Même si elle *était* le travail.

Et puis la sonnette retentit.

— J'y vais, dit-il en sautant par-dessus un chevreau, manquant de peu de se prendre un coup dans les parties alors que le petit bondissait au même moment.

Il laissa Livvy dans l'asile et sprinta vers la porte, l'ouvrant alors qu'un éclair dessinait la silhouette de l'homme qui se tenait là, tel Lurch.

— Je peux vous aider?

Des yeux perçants le transpercèrent sous des sourcils proéminents, la pluie dégoulinant d'un parapluie sur les chaussures de Sean. — Je suis venu voir Mademoiselle Olivia Carolla.

— Elle est un peu occupée pour le moment. J'imagine que vous voulez attendre?

— Merci. Je suis Benjamin Scanlon, son avocat. Ou plutôt, l'avocat de la succession.

Sean s'efforça de ne pas laisser apparaître son sourire et de cacher le calcul dans ses yeux. L'avocat. Le gars qu'il essayait de contacter depuis la mort de Mme Martinson. Celui qui détenait les clés de ce royaume. Et qui allait les remettre à Livvy — du moins, pas si Sean pouvait l'en empêcher.

— Pas de problème du tout. Vous pouvez attendre ici. Il dirigea l'avocat vers le bureau d'époque victorienne. — Vous voulez un café ou quelque chose? Une bière?

— J'adorerais une bière, mais dans ce bazar — l'avocat hocha la tête alors qu'un autre coup de tonnerre résonnait au-dessus, accompagné d'une série de grognements et de hennissements venant de la pièce au bout du couloir — je ferais mieux de m'abstenir puisque je conduis. Ce sera donc un café.

C'était exactement l'excuse dont Sean avait besoin pour s'assurer que Livvy s'en sortait toute seule avec le zoo. Et que cela l'occuperait suffisamment longtemps pour qu'il puisse obtenir quelques informations de son avocat.

Ignorant sa conscience coupable, Sean ferma la porte du bureau, courut le long du couloir jusqu'au salon, passa sur la pointe des pieds quand Livvy avait le dos tourné, sortit par les portes-fenêtres au fond du couloir, et se glissa vers celles du salon donnant sur la terrasse, priant pour qu'un agneau curieux trouve l'ouverture qu'il avait créée avec la porte.

Livvy fit volte-face alors que Rhett essayait de mordre Orwell et qu'Orwell tentait de lui rendre la pareille. Ces deux-là ne s'entendaient jamais et l'électricité de l'orage ne faisait que les rendre plus nerveux.

Un peu comme l'effet que lui faisait l'électricité qu'elle ressentait avec Sean.

Livvy renifla. Elle avait embrassé la femme de chambre. Les filles de l'école seraient surprises. Et encore plus une fois qu'elles auraient vu ladite « femme de chambre ». Beau gosse et il savait embrasser. Il avait probablement eu tellement de pratique pour la deuxième chose à cause de la première qu'elle ne devrait pas vraiment être surprise.

Rhett cracha bruyamment sur Orwell, mais l'oiseau réussit à l'esquiver, laissant la joue de Livvy comme cible parfaite, effaçant le souvenir du baiser de Sean plus rapidement que tout autre chose. Beurk.

— Ça suffit, Rhett. Elle essaya de pousser la brute sur le côté, mais il s'était coincé à côté du meuble vitrine et ne bougeait pas d'un pouce.

Une parfaite analogie de sa vie et de la famille dont elle venait.

Mais les choses changeraient une fois que cet endroit lui appartiendrait. Elle pourrait en faire ce qu'elle voudrait. Le vendre, le donner, ou même le raser, et personne ne pourrait lui dire le contraire. Elle pourrait enfin mettre le passé derrière elle et leur faire payer l'enfer indifférent qu'ils lui avaient fait vivre. À sa mère aussi.

Et en parlant d'enfer... Les oies s'étaient installées sur le buffet et picoraient les chevreaux qui essayaient de sauter pour les rejoindre. Randy, bien nommé, y était presque arrivé, mais il glissa et atterrit sur Buttercup, qui s'enfuit avec un bêlement sonore et fonça droit vers l'ouverture des portes-fenêtres —

Comment diable cela était-il arrivé? Elle aurait juré les avoir fermées.

Et puis ça n'avait plus d'importance de savoir comment c'était arrivé parce que Buttercup s'était échappé dans la tempête.

Livvy se lança à la poursuite du petit agneau effrayé. Daisy eut la même idée. Elles se rencontrèrent dans un grand fracas contre le cadre de la porte, la jambe de Livvy en prenant le plus gros. Ou plutôt, ses fesses, alors qu'elle atterrissait dans un bruit sourd qui lui secoua la colonne vertébrale, le marbre froid et mouillé n'étant pas la surface idéale pour atterrir.

Daisy sortit.

Cela n'encouragea que davantage le reste des triplés de la brebis à suivre. Et puis les chevreaux emboîtèrent le pas, ce qui, naturellement, poussa leur mère à les suivre dans une nouvelle parade.

Livvy se releva tant bien que mal, poussa Digger sur le côté, et se jeta à travers la porte sur le dos de Daisy juste avant que la brebis ne puisse foncer dans le canapé en fer forgé et libérer tout le monde.

Maudissant la pluie, sa grand-mère, Daisy, Buttercup, et surtout Randy pour avoir déclenché tout ça, Livvy réussit à tous les rassembler après quinze minutes qui lui parurent plus comme quinze ans.

Où diable était passé ce sexy type de femme de chambre qui était venu avec cet endroit? Ç'avait été beaucoup plus facile quand il était là pour l'aider.

Finalement, les cheveux si mouillés qu'il ne restait plus une seule boucle, sa chemise faisant office d'éponge et sa jupe étant plus un obstacle qu'autre chose, Livvy réussit à rassembler tous les animaux à l'intérieur où ils reprirent joyeusement leur mastication du tapis. Cela lui rappela qu'elle devait aller chercher leur nourriture dans la grange où le chauffeur l'avait laissée.

Au moins, c'était sec. Dommage qu'elle ne puisse pas en dire autant pour tout le reste dans cette pièce. Enfin, à l'exception d'Orwell. Qui chantait un medley des Beatles à pleins poumons, perché à quatre mètres de haut sur le corbeau soutenant les rideaux.

Comment était-elle censée le faire descendre de là?

— Vous êtes sûr qu'elle n'est pas encore disponible? demanda l'avocat en posant la minuscule tasse en porcelaine — les seuls verres que Sean avait pu trouver — sur le bureau en acajou.

Sean avait heureusement trouvé un vieux pot de café instantané dans l'un des placards, et il priait pour ne pas accidentellement tuer l'homme avec du café avarié avant d'obtenir les réponses qu'il voulait.

— Elle ne va pas tarder. Quelques, euh, problèmes d'élevage.

— Conjugaux? Vous êtes marié?

Ça ne pouvait pas être aussi facile, si?

— Oh, pas encore. Techniquement, ce n'était pas un mensonge. Scanlon n'avait pas précisé *avec qui* Sean était marié, et il *avait* pensé à l'équivalent des droits conjugaux dans ce salon il y a une demi-heure.

Ouais, ouais, de la sémantique, mais il avait besoin de cette propriété — presque au point de compromettre ses principes.

Non. Il n'y avait pas de « presque ». Les principes avaient été compromis dès qu'il avait enfilé cet uniforme en sachant qu'il allait devoir se battre à cause du testament. Mais il avait besoin de cette propriété. Il en avait *besoin*. Le reste de son entreprise, bon sang, son avenir, dépendait de cette affaire, mettant ainsi ses principes hors jeu. Mais ce serait beaucoup plus facile s'il ne l'appréciait pas autant.

— Donc, euh... Sean posa sa propre tasse de café, remonta le devant de son pantalon et s'assit dans un fauteuil à côté d'une autre cheminée ornée. Cette maison en comptait dix, chacune d'un style différent et chacune avec ses encadrements d'origine en marbre ou en pierre. Il avait fait ses recherches et la description de chacune faisait déjà partie de sa maquette de brochure. Oui, il était allé si loin dans ses plans. Ça faisait un moment avant que Merriweather ne jette son grain de sable dans l'engrenage. Que deviez-vous dire à Livvy?

Scanlon afficha un sourire qui disait « je ne suis pas né de la dernière pluie, mon garçon ». — J'ai bien peur de ne pouvoir en discuter qu'avec elle. Vous comprenez.

Malheureusement, il comprenait. Cette tactique n'avait donc pas fonctionné.

— D'accord. Alors... depuis combien de temps connaissiez-vous Mme Martinson?

L'avocat se cala dans son siège et ses lèvres se détendirent en l'ombre d'un sourire. — Mon cabinet représente les intérêts des Martinson depuis des générations.

— Je parie que vous connaissez tous les squelettes dans les placards, hein?

Les yeux de Scanlon se plissèrent. — Je ne suis pas autorisé à discuter des affaires de la famille Martinson.

— Bien sûr. Je voulais juste dire que Livvy est probablement une parmi tant d'autres que l'argent des Martinson a cachées. Ça a dû vraiment agacer Mme Martinson que sa petite-fille soit la seule personne à qui elle pouvait tout laisser.

Oui, il pêchait aux informations puisqu'il savait déjà que Livvy n'avait pas été la seule option de Merriweather, mais que pouvait bien savoir le *major-dome*, n'est-ce pas? Et s'il lisait correctement l'avocat, le gars avait été soit amoureux, soit en admiration devant la *grande dame*. L'un ou l'autre pouvait le pousser à la défendre. Et avec un peu de chance, à lâcher quelque chose.

— Mme Martinson n'était pas obligée de tout léguer à Mlle Carolla. Elle pouvait faire ce qu'elle voulait de la succession. C'était la sienne. La famille a toujours été importante pour Mme Martinson, et c'est pourquoi elle a choisi de faire ce qu'elle a fait.

Mais avec des conditions.

— C'est un peu un pari, non? Je veux dire, donner tout cet argent et cette propriété à la petite-fille avec qui elle a à peine parlé? Comment savait-elle que Livvy n'allait pas tout dépenser en fêtes ou avec des chasseurs de fortune? Sean fit semblant de boire une gorgée de café. Peut-être que Mme Martinson était, vous savez. Il tapota sa tempe. La vieillesse et tout ça.

L'avocat, lui-même plus tout jeune, s'offusqua comme il se doit. — Merriweather Martinson était saine d'esprit et de corps lorsqu'elle a rédigé son testament. Je peux personnellement en attester. Elle savait exactement ce qu'elle faisait. Elle voulait donner à sa petite-fille une chance de connaître son histoire. C'est pourquoi le testament a été établi... Scanlon reposa sa tasse de café. Eh bien. Il s'éclaircit la gorge. C'est pourquoi je suis ici. Je ne suis pas autorisé à en dire plus.

L'histoire familiale était la clé.

— Et si Livvy ne voulait pas l'accepter?

La tasse de Scanlon cliqueta dans la soucoupe. — Ne pas l'accepter? Je doute fortement que cela arrive. Qui refuserait un legs aussi généreux?

— C'est vrai. Cette propriété doit valoir une fortune. C'était le cas. Sean savait exactement combien, au centime près.

L'avocat examina la tenue de Sean. — Je comprends que ce soit votre première pensée, mais l'argent n'est pas tout.

Dit par un type en costume à mille dollars et boutons de manchette en or. Vieille fortune si Sean en avait jamais vu. Ce « géré les affaires des Martinson depuis des générations » scellait l'affaire. Le gars ne savait pas ce que c'était d'être *si près* de laisser sa marque. Ne savait pas ce que c'était d'avoir tout qui repose sur une seule affaire. Pas comme Sean. Et ce n'était que l'aspect monétaire. Sans parler du fait que son estime de soi était liée à la réussite de ce projet. Qu'il serait le Manley le moins réussi s'il n'y arrivait pas.

Sean n'alla pas jusque-là. Toute sa vie, il avait dû travailler plus dur que ses frères. Il y était habitué. Mais ça... C'était hors de son contrôle à moins qu'il ne puisse découvrir les conditions et battre Livvy à ce jeu.

Il ne comprenait pas. Mme Martinson avait approuvé ses plans ces trois dernières années, examinant toujours les projets et suggérant d'autres modifications. Elle avait aimé l'idée de préserver la beauté historique du lieu — ainsi que l'héritage continu du nom de famille. Elle avait même signé des documents à cet effet, mais son avocat avait dit que les manœuvres juridiques de son nouveau testament pourraient rendre la bataille délicate. Et coûteuse. Si coûteuse qu'il ne serait jamais en mesure de faire ce qu'il voulait avec la propriété *s'il* finissait par l'emporter.

C'était un risque calculé, mais le risque calculé faisait partie intégrante de ses affaires.

Tout ce qu'il avait à faire était de convaincre Livvy d'abandonner.

Chapitre Sept

Livvy ressemblait à un rat mouillé lorsqu'elle ouvrit la porte du bureau.

— Salut, je me demandais si tu pouvais aller chercher cette échelle... Oh. Je suis désolée. Je ne savais pas que tu avais de la compagnie.

Elle se retourna pour partir, laissant tomber suffisamment d'eau sur le tapis bordeaux pour que Sean doive l'aspirer avec un Shop-Vac ou risquer qu'une colonie de moisissures ne s'installe dans les fibres. S'il devait remplacer encore plus de tapis dans cet endroit, ses marges bénéficiaires allaient disparaître.

Et puis Scanlon se leva.

— Mademoiselle Carolla?

Livvy se retourna.

— Monsieur Scanlon?

Elle fit deux pas dans la pièce. Sur le tapis. Le trempant complètement.

Un éclair illumina l'extérieur et Sean soupira en se levant. En plus de s'inquiéter de la possibilité de moisissures, il avait aussi gravé dans son esprit — *encore une fois* — l'image indélébile du corps svelte sous les vêtements moulants.

Il enfonça ses mains dans les poches avant de son pantalon pour créer un peu d'espace supplémentaire afin que la réaction immédiate de son corps ne soit pas évidente pour tout le monde. Il avait besoin d'une douche froide.

Le tonnerre gronda au-dessus.

Ou il pouvait sortir. C'était du pareil au même.

— Que faites-vous ici, Monsieur Scanlon?

Livvy passa une main dans ses cheveux, donnant vie aux boucles comme de minuscules tire-bouchons.

Sean faillit gémir. Les mots « bouchon » et « Livvy » ne devraient jamais se trouver dans la même phrase dans son monde. Jamais.

— Bonjour, Mademoiselle Carolla.

Ce maudit avocat dégoulinait de plus de charme qu'un pensionnat suisse.

— J'étais justement en train de dire à votre...

L'avocat regarda par-dessus ses lunettes perchées au bout de son nez et Sean eut l'impression de se faire réprimander par le directeur.

— Votre gouvernant, ici présent, que nous avons des documents importants à discuter.

Livvy ricana au terme de *gouvernant* et mit ses mains derrière son dos, faisant une sorte de lent pas de deux texan en s'approchant d'eux, les lèvres frémissantes.

— Oh, je suis sûre que mon *gouvernant*, dit-elle en lui faisant un clin d'œil, était sur le point de venir me chercher. N'est-ce pas, Se...

— Bien sûr que j'allais le faire.

Il n'avait pas besoin qu'elle dise son nom à l'avocat, pas si Mme Martinson l'avait mentionné. Le type saurait qui il était et tout le plan pourrait lui exploser au visage.

— Alors, puis-je vous apporter quelque chose, Livvy? Un café ou...

— Un plat surgelé?

Ses lèvres frémirent à nouveau.

Celles de Sean firent de même.

— J'allais suggérer un hot-dog.

— Ah.

Elle hocha la tête et se pencha vers lui.

— Je suis sûre que M. Scanlon apprécie une meilleure cuisine que les hot-dogs et les plats surgelés. N'est-ce pas, Monsieur Scanlon?

L'avocat les regardait comme s'ils parlaient une langue étrangère. Sean comprenait pourquoi. Personne ne pouvait suivre cette conversation à moins d'avoir été là depuis le début de leur relation.

Whoa. Une minute. Ils n'avaient *pas* de relation. Ils ne *pouvaient pas* avoir de relation.

— *Vilain garçon!*

Sean aurait pu attribuer ce cri strident à sa conscience morale si ce n'était pour l'oiseau qui vola dans la pièce et atterrit sur l'épaule de Livvy.

— *Vilain garçon, Orwell*, répéta le perroquet.

Livvy tendit la main pour caresser les plumes de l'oiseau et Sean aurait pu jurer qu'il y eut un silence expectatif dans la pièce lorsqu'Orwell articula ce que Sean, du moins, imaginait que ce toucher ressentait avec un « *Ahhh* ».

Il secoua la tête. Ne. Pas. S'impliquer.

Bien.

— *Vilain garçon, Orwell*, dit l'oiseau une fois de plus avec conviction.

M. Scanlon fixa l'oiseau un moment avant de remonter ses lunettes sur son nez, puis souleva une mallette sur le bureau.

— Pourquoi ne nous asseyons-nous pas, Mademoiselle Carolla?

— Euh, bien sûr. Juste une minute.

Elle glissa son poing sous les serres du perroquet et souleva l'oiseau pour qu'ils soient bec à nez.

— Qu'as-tu fait, Orwell?

— Fait?

Sean et Scanlon parlèrent en même temps.

Elle les regarda, puis reporta son attention sur l'oiseau.

— Pourquoi as-tu été un vilain garçon, Orwell?

Orwell gloussa du fond de sa gorge et le son fit frissonner Sean.

— *Timmmmmmmmmberrrrrrrrr!* cria le perroquet, rejetant sa tête en arrière en le chantant vers le plafond à caissons.

Sean croisa le regard de Livvy.

— Timber?

Elle ferma les yeux.

— Je n'aime pas le son de ça.

Sean non plus.

— Eh bien, peut-être que votre *gouvernant* — le vieux adorait visiblement l'appeler ainsi — pourrait aller vérifier pendant que nous nous mettons au travail, Mademoiselle Carolla?

Elle regarda Sean.

— Si ça ne te dérange pas, Se...?

— Non, pas du tout.

Sean la coupa encore une fois et prit l'oiseau. Si ça le dérangeait? Oui, ça le dérangeait. Il n'était pas un glorifié gardien d'animaux.

Mais il n'avait pas non plus de raison légitime de rester. Alors, avec les deux qui le regardaient très ostensiblement, il prit le maudit oiseau et retourna travailler, essayant de trouver un moyen de savoir de quoi ils parlaient.

Et puis il trouva un moyen. On dirait que ses principes allaient être à nouveau compromis.

— Alors, Monsieur Scanlon, que faites-vous ici?

Livvy prit à contrecœur le siège en face de l'avocat, trop rappelée de la dernière fois qu'elle avait été ici et que *Grand-mère* lui avait fait le discours sur « voici ce qu'on attend de toi » le premier jour. Cela avait donné *tout à fait* le ton pour le reste de la visite.

— Je pensais avoir signé tous les papiers nécessaires dans votre bureau.

— C'est le cas. J'agis simplement conformément aux souhaits de votre grand-mère.

Ah ha. Les *souhaits*. Ce terme oblique pour désigner la servitude légale avait une belle sonorité. Dommage que ça lui reste encore en travers de la gorge. — D'accord. Alors quels sont-ils? Je dois rester dans la bulle magique des Martinson sans franchir les grilles d'entrée pour le reste de ma vie mortelle ou quoi? Sacrifier mon premier-né sur l'autel des Martinson pour devenir digne? Me prosterner dans la galerie des portraits ancestraux jusqu'à ce que j'expie le péché d'être née bâtarde? Qu'est-ce que ma chère *grand-mère* a prévu cette fois?

L'avocat se renversa dans son siège, l'air un peu contrarié. Elle ne pouvait pas lui en vouloir puisqu'elle y était allée un peu fort, mais bon sang. Un héritage restait un héritage. De quel droit sa grand-mère tirait-elle les ficelles depuis sa tombe?

Et qui saurait si elle ne suivait *pas* la lettre de la loi? M. Scanlon? Elle n'aurait qu'à le payer. Les riches faisaient ça tout le temps. On pouvait s'en tirer avec n'importe quoi pour le bon montant. Les filles de son dortoir à l'école l'avaient prouvé maintes et maintes fois.

— En fait, Mademoiselle Carolla, je crois bien qu'il est fait mention de la galerie, mais Madame Martinson a laissé des instructions spécifiques.

— J'en suis sûre, marmonna Livvy.

— Pardon?

Livvy secoua la tête. Ce n'était pas la faute du vieux monsieur si sa grand-mère avait eu un complexe de Dieu. Elle espérait juste qu'il était bien payé. — D'accord, très bien. Peu importe. Dites-moi juste ce qu'il en est que je puisse m'y mettre.

M. Scanlon arqua les sourcils, ce qui, vu la façon dont ils remontaient à mi-chemin de son front dégarni, lui donnait l'air de M. Patate avec ses parties du visage interchangeables.

Elle toussa dans son poing pour cacher son rire. Il ressemblait vraiment à M. Patate.

— Je ne peux pas simplement vous les *donner*, Mademoiselle Carolla. Madame Martinson a laissé des instructions spécifiques et la première est que je note l'heure exacte à laquelle je vous remets le premier document.

— Le *premier* document? Livvy se pencha en avant, les mains jointes sur ses genoux. Il y en a d'autres?

Pendant combien de temps exactement devait-elle danser au rythme de Merriweather? La maison perdait de son attrait à chaque instant.

Et quand un fracas retentit dans la pièce d'à côté, l'attrait ne fit que diminuer.

Bien qu'il remontât d'un cran lorsqu'elle entendit un juron masculin étouffé qu'elle était presque sûre d'être celui de Sean — elle avait travaillé très dur pour s'assurer que le vocabulaire d'Orwell reste au pire classé PG.

M. Scanlon déverrouilla les loquets en laiton de sa mallette avec un *clic* très sonore et autoritaire. Volontairement, elle en était sûre. Il avait trop longtemps fréquenté Merriweather.

Bien sûr, le fait qu'elle se soit redressée, ait croisé ses chevilles et joint ses mains sur ses genoux montrait à quel point le conditionnement pouvait être efficace. Le pensionnat avait été excellent — si c'est ainsi qu'elle pouvait l'appeler — pour le conditionnement.

Sauf que, hé, elle était dans sa propre maison et n'avait plus à faire ce que quiconque lui disait.

Livvy s'affala dans le fauteuil, croisa une jambe sur l'autre et lui donna un petit mouvement de balancier, savourant le fait qu'elle n'avait plus à suivre les règles de qui que ce soit.

M. Scanlon lui tendit le premier document. — Si vous voulez bien lire ceci, s'il vous plaît. Puis il nota quelque chose dans le journal qu'il avait également-ment sorti de sa mallette.

Livvy se mordilla l'intérieur de la joue et souleva le papier. C'était l'écriture de sa grand-mère. Livvy avait vu ce gribouillis impérial assez souvent sur les chèques que la directrice s'assurait qu'elle voie. Tout ça faisait partie de cette histoire de gratitude que tout le monde pensait qu'elle devait ressentir.

Elle secoua le papier et le premier mot lui sauta aux yeux. *Olivia.*

Eh bien, cela résumait tout en un mot. Pas d'émotions désordonnées comme « Ma chère petite-fille » ou « Ma chérie Olivia ». Comme si cela pouvait jamais arriver.

Livvy s'éclaircit la gorge.

Olivia.

Mon avocat possède tous les documents pertinents rendant ce que je m'apprête à expliquer légal et contraignant, mais je suis sûre que tu ne veux pas t'embêter avec tout ce jargon juridique, alors j'irai droit au but.

Le nom Martinson est révéré depuis des siècles. Ce n'est pas donné à tout le monde de le revendiquer, et ceux qui le font devraient en connaître l'histoire. Puisque l'étude de l'histoire n'était pas l'un de tes points forts à l'Académie, j'ai créé une série d'indices à suivre. Le premier te mènera au suivant, et ainsi de suite, jusqu'à ce que tu atteignes le dernier.

Tu as deux semaines à la minute à partir de maintenant pour trouver les indices et présenter le dernier au cabinet de mon avocat, après quoi tu pourras réclamer ton héritage, sinon la propriété sera vendue conformément aux conditions que j'ai spécifiées à M. Scanlon.

Je suis consciente, Olivia, de ta haine pour cette famille. De ton désir de t'en détacher, donc je m'attends à ce que ton premier instinct soit de jeter tout ça. Mais réfléchis à ce que signifie tourner le dos à cette maison et à notre immense fortune. Es-tu prête à tout abandonner? Prête à renier tout le bien que ton cœur saignant pourrait en faire? Le choix t'appartient.

Le temps presse.

Ne me déçois pas, Olivia.

Ne me déçois pas. Pas de signature car ce n'était pas nécessaire. Juste la directive. Merriweather Knightsbridge Martinson avait-elle jamais *demandé* quoi que ce soit dans sa vie? Livvy en doutait.

Elle posa le papier sur le bureau. L'égocentrisme typique de cette vieille harpie. Elle ne s'attendait pas vraiment à autre chose.

Elle aurait tellement aimé dire à la vieille femme d'aller se faire voir, mais c'est exactement ce que Merriweather avait prévu. Cette femme n'avait jamais eu rien de bon à dire sur elle ou à son sujet. Elle était l'Indiscrétion de Larry. L'Erreur de Larry. Le Malheureux Accident de Larry. Tout en majuscules.

Eh bien, maintenant elle était l'Héritière de Larry. Ou, plus précisément, l'Héritière de Merriweather. L'ironie n'était-elle pas délicieuse?

Elle n'allait pas gâcher cette opportunité. Pas quand Merriweather avait visé son point faible. L'argent lui permettrait de faire ce qu'elle voulait : développer son entreprise et aider la coopérative. Prendre soin de ses animaux et ne plus jamais avoir à s'inquiéter de payer le loyer. Elle pourrait même se permettre de faire des dons à des causes qu'elle jugeait valables. C'était son ticket pour faire de sa vie tout ce qu'elle voulait qu'elle soit. — D'accord, M. Scanlon. Comment dois-je procéder?

L'avocat retira ses lunettes et les plia soigneusement, puis les glissa dans la poche de poitrine de sa veste. — Quand je vous donnerai ce papier, le chronomètre se déclenchera.

Livvy se contint. Quelle mise en scène. — Très bien. Allons-y. Que les jeux commencent.

Chapitre Huit

Sean détestait vraiment le poker. Sans ce stupide jeu, il ne serait pas dans cette situation délicate.

Ce maudit oiseau était pire que les chèvres, les moutons, le cochon et cet alpaga casse-pieds réunis.

Sean avait failli perdre un doigt en essayant de faire taire le perroquet, et les plumes que cette fichue bestiole perdait partout n'étaient que la partie visible de l'iceberg.

Les perroquets avaient besoin de couches. Urgemment.

En fait, réalisa-t-il en examinant l'Aubusson ruiné lorsqu'il ramena Orwell dans la pièce, *tous* les animaux avaient besoin de couches. Dieu merci, le sol était en marbre ; le désordre serait facile à nettoyer, mais ce serait à lui de s'en charger à moins qu'il ne puisse faire appel au sens de l'équité de Livvy.

Si elle ressemblait en quoi que ce soit à sa grand-mère, Sean ne se faisait pas beaucoup d'illusions.

Bon sang. Il n'avait pas besoin de ce cauchemar. À ce stade, la chambre était de toute façon perdue, et s'il ne découvrait pas ce qui se passait dans le bureau, il pourrait dire adieu au reste aussi.

Après avoir vérifié que les portes-fenêtres donnant sur l'extérieur étaient fermées, Sean lança Orwell dans les airs, où l'oiseau se posa sur l'une des tringles à rideaux — qui serait sans doute bientôt couverte de fientes d'oiseau — puis il laissa la ménagerie seule et ferma les portes du vestibule.

Il se dirigea vers la porte du bureau, écoutant à l'ouverture qu'il avait délibérément laissée.

— Alors quoi? Je dois jurer de donner le nom de la vieille peau, je veux dire, de ma grand-mère, à mon premier-né, ou quelque chose comme ça? Livvy secoua un morceau de papier, puis alluma la lampe du bureau.

— « Voici le premier indice pour le premier objet que vous devez trouver », lut-elle. Super. Une chasse au trésor. N'était-elle pas un peu vieille pour ce genre de jeux? Livvy approcha le papier. « Vous pardonnerez à une vieille femme une indulgence en vers. Il semble que le jeu l'exige et je trouve, à la fin de ma vie, que j'aime satisfaire mes caprices. » Livvy renifla. *Maintenant* elle veut avoir le sens de l'humour. Son timing est nul.

— Veuillez continuer, dit Scanlon avec un reniflement.

Sean appréciait le fait que Livvy et lui partageaient la même opinion sur Merriweather — la vieille peau. Ouais, il pouvait voir comment ce surnom lui allait bien.

Il pouvait aussi voir les fesses de Livvy remuer légèrement sur la chaise. Sean leva les yeux au ciel. *Concentre-toi sur le problème, Manley.*

L'une des bottes de combat de Livvy se balançait de façon erratique. Elle rejeta ses cheveux en arrière. — Bon, d'accord. Alors, indice numéro un.

Le dos de Livvy se redressa un peu, son menton s'abaissa, et sa voix baissa d'une octave. Elle avait peut-être même ajouté un léger accent britannique aux mots, ce que Sean comprit aussi. Merriweather Martinson semblait effectivement être le parfait parangon de l'aristocratie britannique. Une image, il en était sûr, qu'elle avait délibérément cultivée.

> *« Les pages sont vieilles, de centaines d'années,*
> *Du temps où son bienfaiteur instillait maintes frayeurs,*
> *Chez le clergé, les nobles, et même les paysans,*
> *Bien que quelques loyaux reçurent des présents :*
> *Comme le premier Martinson, qui n'avait pas fui*
> *Quand la mère d'une reine perdit la vie. »*

Livvy posa ses deux pieds au sol et plaça le papier sur le bureau de Scanlon — son bureau, en fait. Elle tapota la lettre. — Qu'est-ce que ça veut dire? Où est l'indice là-dedans?

Des énigmes. Sean jura dans sa barbe. Il n'avait jamais eu de problème avec les chiffres, mais les lettres avaient toujours été un défi pour lui. La dyslexie l'avait tourmenté tout au long de sa scolarité, et bien qu'il ait mis au point des stratégies d'adaptation, les choses comme les homonymes et les homophones — et les *énigmes* — avaient rendu sa vie infernale. C'était bien sa veine que son avenir dépende d'énigmes.

— Alors, qu'est-ce que ça veut dire? Je dois trouver de vieux documents?

L'avocat s'éclaircit la gorge. — La seule précision que je peux apporter est que si vous choisissez de renoncer à cette opportunité ou si vous ne parvenez pas à la mener à bien, vous aurez droit à une petite rente de la succession. Au-delà de cela, les instructions de Mme Martinson étaient claires.

— Ouais, ouais, je sais. Suivez la route de briques jaunes et vous arrivez à Oz. L'Épouvantail inclus. La question est de savoir si *Grand-mère* se voit comme Glinda ou la Méchante Sorcière de l'Ouest?

Sean savait laquelle il choisirait en ce moment. Bon sang. Cette vieille femme les manipulait tous les deux.

— C'est peut-être un livre. Livvy se leva et donna un coup de talon dans la chaise Louis XIV avec cette ridicule botte.

Sean grimaça. Il espérait de tout cœur qu'elle n'avait pas fait de bosse sur cette chaise, sinon elle venait d'en diminuer la valeur de plusieurs centaines de dollars.

Et puis elle se tint debout juste au moment où un nouvel éclair traversa la fenêtre de devant, illuminant sa jupe et lui rappelant à quoi ressemblaient exactement ces jambes drapées sur la balustrade, toute cette peau lisse et crémeuse.

Son foutu pantalon le serrait à nouveau. Sean retint un juron. Quand était-ce la dernière fois qu'il avait couché avec quelqu'un? Ça devait être l'explication, parce que les lutines aux cheveux frisés, avec une attitude — et une fortune potentielle — plus grandes que les siennes, n'étaient pas sa tasse de thé.

Thé. Oh, merde. Il avait laissé la bouilloire allumée quand il avait fait bouillir l'eau pour le café.

Génial. Mettre le feu à l'endroit ne ferait qu'aggraver ses problèmes.

Chapitre Neuf

— J'ai hâte de vous revoir dans deux semaines, Mademoiselle Carolla.

Plus tôt, si Livvy en avait le choix.

— Conduisez prudemment, Monsieur Scanlon.

Elle ferma l'imposante porte d'entrée. Dans deux semaines, tout serait terminé. Pour le meilleur ou pour le pire, elle en aurait fini.

Pourquoi avait-elle le désagréable pressentiment que ce serait pour le pire?

Sean se matérialisa de derrière l'une des gigantesques colonnes près du salon. Elle n'avait pas encore décidé où il se situait sur l'échelle du bien au mal.

— La réunion s'est bien passée? demanda-t-il, un sourcil plus haut que l'autre. Oh, bien sûr. *Lui* pouvait faire le coup du sourcil. Y avait-il quelque chose qui n'était pas parfait chez ce type?

Avec la façon dont ce pantalon épousait ses cuisses (et ses fesses, se rappela-t-elle ; n'oublions pas comment il moulait ses fesses), la manière dont la chemise ondulait sur les contours de ces abdominaux... Il était dans la colonne du Meilleur.

Non. Pire.

Non. Meilleur.

Ah, merde. Il pouvait bien être l'Homme le Plus Sexy du Monde selon le magazine qui organisait le sondage cette semaine-là, ça ne changeait rien. Elle était ici pour gagner cet héritage afin de pouvoir le vendre et empocher l'argent, et il ne serait pas très content qu'elle le prive de son emploi.

Et si tu te contentais de coucher avec lui?

Voilà une idée. Elle savait déjà que le gars embrassait comme un dieu, elle parierait qu'il serait un amant de classe mondi—

— Allô? Livvy?

Une grande main bronzée s'agita devant son visage, interrompant cette délicieuse image. Ce qui était probablement une bonne chose car elle pouvait sentir un rougissement poindre et elle ne voulait pas avoir à expliquer *ça*. — Oh. Quoi? Orwell va bien?

Sean grimaça. — Eh bien, c'est certainement un mangeur en bonne santé. Tous tes animaux le sont.

Bien sûr qu'ils l'étaient ; c'était tout l'intérêt de la nourriture biologique.

— Les choses se sont bien passées? Il fit un geste vers le papier qu'elle avait arraché du bureau de sa grand-mère comme s'il s'agissait d'un prêt exigible.

Et, oui, elle se rendait compte à quel point cette analogie était appropriée.

— Sais-tu s'il y a un vieux livre quelque part ici? Quelque chose de vraiment ancien sur une reine qui perd la tête? Marie-Antoinette, peut-être. Elle ne pouvait pas nommer beaucoup de reines qui avaient perdu la tête de façon célèbre.

— La Révolution française? Sean se frotta la mâchoire. — Il y a une bibliothèque dans l'aile ouest si tu veux aller voir là-bas.

— C'est vrai. J'avais oublié la bibliothèque. Bonne idée. Elle aurait dû s'en souvenir. C'était l'une des pièces interdites à une enfant de sept ans aux doigts collants. Au cours des années qui avaient suivi sa seule et unique prestation de commande avec Merriweather, elle n'avait jamais su si Rupert avait voulu dire collant comme le beurre de cacahuète qu'elle adorait à l'époque, ou, eh bien, autre chose. Heureusement qu'à sept ans, elle ne connaissait pas cet autre sens. — Je vais juste me changer — elle faillit lui demander s'il voulait l'aider — et j'y vais.

— Tu veux que je vienne avec toi? demanda-t-il alors qu'ils se dirigeaient vers l'escalier principal. — Je pourrais t'aider à chercher.

— Tu n'aimes pas mes animaux, n'est-ce pas?

— Ce ne sont pas les animaux qui me dérangent. Ce sont leurs habitudes alimentaires et sanitaires.

— Au moins, tu es honnête.

— Euh, ouais. Il détourna le regard et se frotta la nuque. — Désolé, mais tout le monde n'est pas un amoureux des animaux.

— C'est vrai. Ma grand-mère, par exemple. Livvy monta la première marche. — Elle avait des chevaux dans l'écurie pendant un moment, mais je suis sûre que *chère Grand-maman* aurait une crise cardiaque si elle savait que des chèvres sautaient sur ses meubles. C'est peut-être pour ça que ça ne me dérange pas le moins du monde.

— J'en déduis que tu n'aimais pas ta grand-mère.

Elle s'arrêta au milieu de sa montée et regarda Sean. — Je ne *connaissais* pas ma grand-mère. Elle ne m'en a jamais donné l'occasion. Cependant, je la connaissais *de réputation*. Sa réputation était vénérée dans mon école. Peut-être parce qu'elle avait fait don de quelques ailes, mais la femme elle-même? Je ne sais pas si quelqu'un a jamais *connu* ma grand-mère. C'était une femme dure.

— Quand on a le genre de responsabilités qu'elle avait, il faut l'être.

Livvy haussa les épaules. — Dans les affaires, oui. Mais avec sa seule petite-fille? Elle haussa à nouveau les épaules. Cette blessure était si ancienne qu'elle était oubliée, les plaies cicatrisées et recouvertes d'une nouvelle peau. Du genre dur et calleux. — Écoute, je suis trempée. Si tu veux vraiment m'aider, on se retrouve à la bibliothèque, d'accord?

Sean essora le bas de sa chemise. — Ouais, j'aurais besoin de me changer aussi. À tout à l'heure.

Livvy tira sur les poignées des portes massives en chêne de la bibliothèque qu'elle n'avait pas eu le droit de toucher vingt ans auparavant. Se faire prendre avec les mains pleines de beurre de cacahuète sur les poignées en laiton avait été un événement mémorable — tout comme l'heure qu'elle avait passée à les nettoyer par la suite sous l'œil sévère de Mme Tidwell.

— Alors, pourquoi cherchons-nous un livre sur une reine décapitée? Sean se pencha au-dessus d'elle et l'aida à ouvrir la porte, ses biceps se contractant. Livvy capta une bouffée d'odeur *masculine* lorsqu'elle passa devant lui. Curieux, elle avait souvent pensé aux hommes en sueur avec un facteur *beurk*, mais la légère odeur de transpiration qui s'attardait sur lui sous l'odeur de la pluie n'était définitivement pas *beurk*.

Et elle ne devrait pas le remarquer. Elle avait un *travail* à faire, pas un *homme d'entretien* à faire. — Pour ma plus grande surprise, il s'avère que ma grand-mère a le sens de l'humour. Et elle aime les poèmes. Qui l'eût cru. Quoi qu'il en soit, elle a dit que je dois trouver quelque chose de spécifique dans ce livre ou je n'obtiendrai pas le château.

— Je pensais que le château, euh, la maison, n'était pas importante pour toi. Sean passa un doigt le long des plaques en laiton au bord d'une étagère au-dessus de sa tête.

— C'est une façon de voir les choses. Elle vérifia la date sur celui devant elle : 1100. Elle était presque certaine que Marie-Antoinette était née après cette date. Non, ce n'est pas la maison elle-même. Je veux dire, cet endroit est trop grand pour une seule personne.

Sean fit rouler une échelle de bibliothèque le long de la tringle qui entourait la pièce à cet effet. — Tu ne vas pas rester célibataire toute ta vie. C'est une super maison pour des enfants. Cette armure dans l'entrée pourrait les divertir pendant des heures.

Ou les terrifier.

— Les enfants, c'est loin pour moi. Si jamais j'en ai.

— Tu ne veux pas d'enfants?

Elle était habituée à l'incrédulité ; c'était la réaction de la plupart des gens quand ce sujet était abordé, mais comme elle n'avait pas eu les meilleurs modèles parentaux, pourquoi perpétuer l'angoisse? Sans parler du fait qu'elle ne serait probablement pas très douée pour ça, puisqu'elle n'avait aucune idée de ce qui constituait la « normalité », grâce à la façon dont elle n'avait *pas* été élevée. — Toutes les femmes ne sont pas programmées avec le gène de la procréation, tu sais. Elle saisit le livre le plus proche d'elle. Guillaume d'Orange. *Beurk*. L'histoire n'avait jamais été son point fort. Elle le remit en place.

— Je ne voulais pas t'offenser. Il monta sur un barreau, puis fit glisser un livre à moitié hors de l'étagère. Je comprends pourquoi tu voudrais te débarrasser de cet endroit dans ce cas.

— C'est le plan. Le plus offrant obtient l'héritage des Martinson et *Grand-mère* se retourne dans sa tombe pour l'éternité.

Il repoussa le livre en place. — Ouille. C'est dur.

D'accord, il avait peut-être raison. Après tout, elle était une femme adulte ; le désintérêt de sa grand-mère ne devrait plus la blesser. Elle avait des amis, sa propre famille à quatre pattes, une entreprise. Et maintenant, elle aurait assez d'argent pour entretenir cette famille et cette entreprise comme elle le souhaitait. Tout ça grâce à la femme qui ne s'était pas souciée de savoir si elle vivait ou mourait pendant toutes ces années. Livvy ne comprenait pas pourquoi Merriweather lui avait légué quoi que ce soit, et surtout cette maison.

Sean grimpa trois barreaux de plus sur l'échelle, lui offrant une belle vue. Elle rit d'elle-même. Toujours en manque de la femme de ménage.

— Tu as trouvé quelque chose?

— Pas encore. Il traça du doigt le dos d'un livre, ses lèvres formant silencieusement les mots. C'était une manie mignonne et complètement inattendue.

Il redescendit, fit rouler l'échelle vers la droite et remonta.

Elle allait devoir découvrir qui avait conçu ces pantalons parce qu'ils faisaient des merveilles pour les fesses d'un homme — bien que ce soit peut-être juste parce que Sean avait de superbes fesses.

— Livvy?

Elle secoua la tête pour sortir de son bain hormonal et leva les yeux. Au-delà de ses fesses.

— Tiens. Il lui tendit un livre. Essaie celui-ci.

— Ce n'est pas à propos de Marie-Antoinette.

— Je sais. C'est une copie de la Grande Bible d'Henri VIII, dont la reine était...

— Décapitée, répondirent-ils ensemble.

— Anne Boleyn.

— La mère d'Élisabeth Ire. Ça colle. Elle ouvrit la couverture.

Là, soigneusement pliés, se trouvaient deux morceaux de papier. Le premier était encore une autre note de sa chère *Grand-mère*.

Bien joué, Olivia. Tu tiens la bible familiale des Martinson. Henri VIII l'a donnée au premier Martinson qui s'est fait un nom. Nous retraçons notre lignée à partir de lui.

En réalité, leur lignée pouvait être retracée à partir du père de *ce* Martinson, et de son père avant lui, et ainsi de suite, mais évidemment, pour Merriweather, à moins d'avoir un titre après son nom, on ne comptait pas.

Ce qui laissait Livvy où?

— Qu'est-ce que c'est? demanda Sean.

Livvy brandit la lettre et déplia la partie du bas. — Un autre poème.

L'honneur d'une famille à défendre
Une réputation à redresser.
Cet héritage je ne céderai

Que si la récompense restante tu identifies.

À redresser? Sa réputation allait très bien, mercibeaucoup. Peu importe ce que pensait Merriweather, son illégitimité ne la définissait pas. Elle était une femme d'affaires honnête. Travailleuse. Offrant un bon service client et un produit délicieux. Respectant les normes qu'elle s'était fixées. Elle n'avait certainement rien à se reprocher et n'avait *pas* une mauvaise réputation.

Le vieux Larry le Ver, en revanche, avait plus à se faire pardonner, mais comme il était mort, il n'y avait pas grand-chose qu'elle puisse faire pour sa réputation. Sa grand-mère ne pouvait pas honnêtement s'attendre à ce qu'elle la restaure, donc cette énigme agaçante n'avait aucun sens.

Elle déplia l'autre morceau de papier. Super. Du latin. Beaucoup de *-us* et *-um*, un tas de *V*... tout cela n'avait aucune importance puisqu'elle connaissait le latin aussi bien que l'histoire britannique.

Ce n'avaient pas exactement été ses matières préférées. La cuisine et les sciences animales, en revanche, ainsi que les parties sur le recyclage et le bio de ses cours de sciences, ça c'était son truc.

— Qu'est-ce que c'est? Sean regarda par-dessus son épaule.

Livvy lui tendit les notes. — Aucune idée. Un autre mauvais poème de Merriweather et un dessin d'Henri VIII avec un tas de latin. Une lettre d'amour, peut-être?

Sean siffla. — Un de tes ancêtres a reçu une lettre d'amour d'Henri VIII? Et a vécu pour le raconter? C'est incroyable en soi. Comment est ton latin?

— À peu près aussi bon que le chant d'Orwell.

— Ah, si bon que ça, hein?

Elle leva les yeux au ciel. — Donc maintenant, *Grand-mère* veut que j'apprenne le latin. Vieille femme sournoise, manipulatrice et vindicative.

— Ou tu peux découvrir quel genre de document c'est et le faire traduire.

— Et tu connais un spécialiste des documents du XVIe siècle, peut-être?

— Non. Mais internet peut-être.

Bien sûr. Internet. Comment avait-elle pu oublier?

Principalement parce qu'elle n'avait pas d'ordinateur. Les fonds discrétionnaires n'étaient pas disponibles pour cet achat, ni pour un téléphone portable avec cette capacité.

Elle allait devoir parler à M. Scanlon pour obtenir une avance sur son héritage. Bien que, connaissant la façon dont la Dame Dragon organisait cette chasse au trésor, Livvy ne serait pas surprise qu'elle interdise toute avance jusqu'à ce que cet endroit lui appartienne, libre de toute charge. — Ils n'auraient pas un ordinateur par ici, par hasard?

Sean secoua la tête. — Aucun ordinateur que j'aie trouvé. À part les améliorations dans la cuisine, cet endroit est encore fermement ancré dans le siècle dernier. Pas de télécommandes pour les télévisions, pas d'ordinateur, et n'en parlons pas des fenêtres à faible émissivité.

Elle était prête à parier qu'il y avait eu un ordinateur ici. Merriweather n'aurait pas pu s'en passer, ne serait-ce que pour suivre les marchés mondiaux. La femme était âgée mais rusée, et Livvy parierait qu'elle l'avait fait retirer de la maison juste pour rendre ses recherches plus difficiles. — Et une bibliothèque publique?

Sean réfléchit un instant, puis acquiesça. — À environ une demi-heure d'ici. Il regarda l'horloge sur le manteau au-dessus d'une autre cheminée monstrueuse. — Mais je crois qu'elle ferme à seize heures. Tu n'as pas assez de temps.

Elle remit le document dans la bible et plaça le tout sur un autre vieux tome posé sur un support dans le coin.

Pas assez de temps. Elle avait le sentiment que ce serait son mantra pendant que le petit jeu de *Grandmama* se déroulait.

Sean dut se retenir de ne pas courir hors de cette bibliothèque pour rejoindre sa chambre dans les quartiers des domestiques. Mme Martinson n'avait peut-être pas d'ordinateur ici, mais lui en avait un. Officiellement, il l'avait apporté pour aider à la gestion de son entreprise, mais comme il avait vendu presque tout, gérer son entreprise consistait à faire en sorte que tout cela tourne à son avantage.

Mais il n'avait pas besoin d'un ordinateur pour savoir ce qu'était ce document. Il avait vu suffisamment de lettres patentes lors de ses recherches sur cet endroit, des papiers de la Couronne accordant le titre et les terres au porteur, dans ce cas, le tout premier *Martinson* — le Martinson en majuscules et en italique — à détenir un titre et à fonder la dynastie.

S'il pouvait comprendre comment ce document était lié à l'indice suivant, cela pourrait être la *fin* de la dynastie, car il aurait une longueur d'avance sur Livvy et pourrait arriver au dernier indice avant elle. S'il continuait ainsi, il l'empêcherait de remplir les conditions du testament.

Certes, ce n'était pas la méthode la plus honnête, mais tous les coups étaient permis en affaires. Surtout quand il avait tout misé sur cette entreprise.

Il avait fait les recherches, contracté la planification préliminaire et prévu un parcours de golf de taille tournoi sur les propriétés environnantes. De plus, il n'allait pas laisser tomber ses frères. Cette propriété ferait sa réputation. Son entreprise. Son avenir.

Ou le briserait.

Chapitre Dix

— Tu comptes toujours dîner de triphosphates? demanda Livvy en entrant dans la cuisine une heure plus tard, bien sèche après sa douche — tant de la pluie que de celle dans sa salle de bains romaine — dans une nouvelle tenue avec Orwell perché sur son épaule. Il avait enfoui sa tête sous ses cheveux et ronflait doucement dans son cou. Le stress le fatiguait toujours.

— En fait, j'allais plutôt faire des œufs brouillés avec des saucisses. Tu en veux? Sean leva la poêle contenant la nourriture qui, en toute logique, n'aurait pas dû être aussi appétissante, mais la pomme de tout à l'heure n'avait pas fait long feu.

— Il y a du ketchup?

— Tu aimes les œufs sanguinolents? Il sourit, et quand il le fit, *waouh, mon chou.* Ses yeux brillaient comme le soleil, de profondes rides encadraient sa bouche en un ensemble de fossettes sexy, et ses lèvres formaient le sourire le plus parfait qu'elle ait jamais vu.

Et puis il y avait les *lèvres* les plus parfaites qu'elle ait jamais vues — et embrassées.

Bon, techniquement, c'était lui qui l'avait embrassée, mais elle n'allait pas chipoter sur un détail technique parce que, *bon sang*, elle ne serait pas contre l'idée de redevenir technique encore une fois.

— Livvy?

Elle secoua la tête. — Quoi?

— Ça va? Je t'ai demandé si tu aimais les œufs sanguinolents et tu as eu l'air ailleurs.

Elle ne serait pas contre l'idée de faire beaucoup de choses avec lui, mais être ailleurs n'en faisait pas partie. — Euh, désolée. J'ai faim. Elle caressa la tête d'Orwell, s'assurant qu'il dormait toujours. — Les œufs sanguinolents seraient parfaits, chuchota-t-elle. Le perroquet ne comprenait pas vraiment ce qu'elle disait — du moins, c'est ce que disaient tous les experts — mais elle ne voulait prendre aucun risque qu'il prenne ombrage de son repas. Elle essayait de ne pas manger d'œufs ou de viande devant les animaux.

Sean lui servit une demi-assiette pendant qu'elle prenait le ketchup dans le réfrigérateur — la seule chose saine qu'il contenait. Et puis elle lut l'étiquette. D'accord, pas tout à fait dans l'échelle du sain ; trop de sirop de maïs à haute teneur en fructose. C'était pour ça qu'elle faisait le sien. Quand même, un peu ne ferait pas de mal. Mais, bon sang, elle avait hâte d'aller dans une épicerie et d'acheter de la vraie nourriture. Là, Sean verrait ce qu'il manquait.

— Alors tu vas à la bibliothèque demain? Sean posa un bol de pêches en conserve dans du sirop et deux bouteilles d'eau jetables sur la table, puis retourna chercher son assiette.

Livvy se contenta de secouer la tête devant le plastique qui finirait dans une décharge et les sucres transformés qui finiraient en lui. — Ouais. En premier. Ensuite, je pensais aller à l'épicerie. Y a-t-il des aliments que je devrais éviter?

Sean enfourcha la chaise au bout de la table et posa son assiette en diagonale de la sienne. — Non. Je mange à peu près de tout.

Malheureusement, elle voyait que c'était vrai. Elle prit la serviette roulée qu'il lui tendit et en retira la fourchette. — Alors, tu vis dans le coin? Elle prit une bouchée. Pas mal, en fait. Bien que ses artères allaient probablement commencer à protester d'une minute à l'autre.

— On peut dire ça. Sean engloutissait comme s'il n'avait pas mangé depuis des jours.

Vu l'état du frigo vide, ce n'était peut-être pas une mauvaise supposition.

— Qu'est-ce que ça veut dire? Elle déclina le bol de sucre censé passer pour des fruits.

— J'ai une chambre dans les quartiers des domestiques.

Et juste comme ça, Livvy fut à nouveau propulsée dans le passé. *Les quar-*

tiers des domestiques comme sa grand-mère les appelait réellement. *Devant* les domestiques. Livvy avait été mortifiée pour eux, bien que Jeeves semblait l'avoir pris avec philosophie. Le sourcil gauche de Mme Tildwell, cependant, avait tressailli.

Livvy piqua un morceau d'œufs si férocement que s'ils n'étaient pas déjà "sanguinolents" à cause du ketchup, ils l'auraient été à cause de sa violence. — Sean, je pense que tu devrais déménager.

La fourchette de Sean claqua sur son assiette. — Quoi?

Livvy posa sa propre fourchette. — Je pense que tu devrais déménager.

— Écoute, Livvy, je sais que je me suis plaint des animaux, mais tu as raison. Pourquoi ne les garderais-tu pas dans le salon? Après tout, c'est ta maison. Je promets de ne plus dire un mot à leur sujet.

— De quoi tu parles? Qu'est-ce que mes animaux ont à voir avec l'endroit où tu dors? Le seul endroit où je prévois de les déplacer après le salon, c'est la grange. Je ne vais certainement pas te mettre dehors juste parce que tu as ta propre opinion.

Un muscle tressaillit sur la joue de Sean. — Alors pourquoi le fais-tu?

— Pourquoi est-ce que je fais quoi?

— Me mettre à la porte?

— Quoi? D'où te vient cette idée? Je ne te mets pas à la porte.

— Mais tu as dit que tu voulais que je déménage.

La lumière se fit dans son esprit. — Ah... Tu pensais que je voulais dire de quitter la propriété. Ce n'est pas le cas. Je voulais dire que tu devrais déménager des, elle déglutit, quartiers des domestiques. Il y a une centaine de chambres à l'étage. L'une d'elles doit être mieux que là où tu es maintenant.

Sean retint un énorme soupir. Pendant un instant, il avait cru qu'elle l'avait démasqué. Mais elle prenait sa douche quand il s'était faufilé dans la bibliothèque pour prendre quelques photos de ce papier rempli de latin à déchiffrer plus tard.

— Ça ne me dérange pas où je dors, Livvy. La chambre est bien. Et suffisamment loin de la sienne pour qu'elle ne trouve pas son ordinateur portable.

— Je me fiche que la chambre soit *bien*. Elle mima les guillemets avec ses doigts. — Tu dois déménager dans cette partie de la maison. J'insiste.

Ce serait suspect s'il continuait à s'y opposer, mais Sean ne pouvait pas dire qu'il était particulièrement ravi. Il avait toujours une entreprise à gérer, bien que plus petite. Il avait toujours des appels à passer, des plans à suivre. Être à portée de voix pourrait mettre un grain de sable dans ses projets.

Bien que... en étant plus près d'elle, il serait capable d'intercepter ou d'entendre tout indice qu'elle pourrait découvrir.

— D'accord. Je vais déménager. C'est ta maison après tout.

— Pas pour longtemps.

Elle lui avait pris les mots de la bouche.

— Ah, oui. Mais pourquoi ne pas rester? Ça ferait se retourner ta grand-mère dans sa tombe pour l'éternité. Non pas qu'il voulait l'encourager, mais il avait besoin de toutes les munitions possibles, et s'il y avait une faille dans son armure, Sean devait la connaître.

Livvy enfourna une bouchée d'œufs, le temps qu'elle mit à mâcher et avaler augmentant sa tension, bien que cela puisse aussi avoir quelque chose à voir avec la façon dont sa langue glissa sur sa lèvre inférieure, attrapant le plus petit morceau d'œuf qui s'y trouvait.

À quoi avait-il pensé quand il l'avait embrassée plus tôt? Quelle idée stupide — à tellement de niveaux que son compte en banque en frémissait.

Sa libido, en revanche, suppliait pour une répétition.

— C'est vrai, mais cet endroit est une monstruosité. Et obscène. Il devrait être un musée ou une université, ou quelque chose du genre. Il serait plus utile aux gens de cette façon que comme résidence privée. Ça aurait dû être fait il y a des années. À quoi pensait ma grand-mère, en vivant ici toute seule dans ce gouffre à ressources?

Elle pensait qu'elle avait un héritage à transmettre, mais Sean n'allait pas partager cela puisque ça allait à l'encontre de ses plans. Mais il comprenait le raisonnement de Merriweather. À quoi bon construire quelque chose dans sa vie s'il n'y avait personne à qui le léguer? Il ne construisait certainement pas un empire pour le voir démantelé après sa mort. Et Merriweather le savait. C'est pourquoi elle lui avait donné la priorité. Il prévoyait même de nommer le salon formel en son honneur. Le Salon Merriweather Martinson. Après l'avoir fait désinfecter maintenant, grâce aux animaux. La vieille dame n'apprécierait certainement pas le sperme d'alpaga comme cirage pour le sol de sa pièce signature.

— Alors, tu as déjà des offres? demanda Sean d'un air désinvolte, masquant l'urgence dans sa voix avec le hot-dog qu'il s'enfouit dans la bouche.

Livvy secoua la tête.

— D'abord, je dois le mériter, puis je le mettrai en vente.

— Le mériter?

Son soupir était plus expressif que des mots ne pourraient jamais l'être, et si Sean n'avait pas connu la véritable situation, il aurait pu la deviner rien qu'à partir de cela.

Elle lui expliqua les conditions, la culpabilité lui nouant un peu l'échine face à la franchise insouciante de sa réponse.

— Donc, puisqu'il semble que je vais explorer la maison, je suppose que tu vas m'être utile, dit Livvy en finissant son repas.

Sean faillit s'étouffer avec le sien.

— Utile?

— Bien sûr. Tu as probablement été dans tous les recoins de cet endroit. Qui de mieux que toi pour m'aider à trouver ce que Merriweather a caché? Tu vas m'aider, n'est-ce pas? Je m'assurerai que M. Scanlon te paie un extra.

Avec un peu de chance, elle attribuerait le sourire malade sur son visage aux conservateurs dans la nourriture. Que pouvait-il dire d'autre que oui? Un gars dans sa supposée position serait tout à fait partant pour l'argent supplémentaire.

— Bien sûr, dit-il en s'essuyant la bouche avec la serviette après avoir toussé pour déloger le hot-dog qui bloquait ses voies respiratoires.

— Super. Elle se rassit et passa ses doigts dans ses cheveux, le résultat en éventail autour de ses épaules n'aidant en rien les événements dans son pantalon. Cette femme allait le tuer. Soit de passion frustrée, soit de rêves frustrés. Alors, tu veux venir?

... Mieux valait ne pas répondre à ça.

Sean se couvrit à nouveau la bouche avec la serviette.

— Je, euh, prévoyais de commencer à travailler sur la grange.

— Oh. D'accord. Je suppose que ça devrait être en haut de ta liste.

Elle rassembla son assiette et ses couverts et les porta à l'évier. Le *tintement* quand ils heurtèrent le granit réveilla le perroquet, qui décida d'imiter David Lee Roth.

Sean haussa un sourcil.

— « Just a Gigolo »?

Le rouge aux joues de Livvy était trop mignon pour être décrit. Tout comme elle. Ce qui devenait un gros problème.

— Orwell, comme la plupart de mes animaux, a été sauvé. Il avait vécu dans une maison de fraternité pendant des années jusqu'à ce qu'un des novices réalise que les nachos et le fromage n'étaient pas exactement le meilleur régime. L'histoire raconte qu'il a été « volé » pendant la Semaine d'Enfer. Le pauvre a vécu des *Années* d'Enfer jusqu'à ce que ce gamin fasse ce qu'il fallait. J'ai presque réussi à le guérir du langage grossier, mais la chanson est restée.

— *Orwell veut une chips*, dit l'oiseau au milieu de la mélodie d'une voix totalement différente.

Livvy passa un doigt sur la couronne grise de l'oiseau.

— D'accord, Orwell, je vais te chercher ton dîner.

— Des chips? Elle se plaignait de ce que *lui* mettait dans *son* corps? Il aimerait bien savoir dans quelle jungle les chips étaient un aliment natif pour les oiseaux.

Elle secoua la tête et quelques-unes de ses boucles balayèrent sa poitrine — non pas que Sean remarquait quoi que ce soit.

— La chanson est restée et son vocabulaire de dîner aussi. J'ai le régime parfait pour lui en haut dans sa cage. Je suppose que je vais monter. N'oublie pas de choisir une nouvelle chambre pour toi.

— Je le ferai, dit-il. Juste avant de se mettre au travail sur ce document.

Chapitre Onze

— Tu es sûr que tu ne veux pas venir avec moi? demanda Livvy en tirant sur l'énorme porte d'entrée le lendemain matin, vêtue d'une autre jupe gitane qui frôlait le haut de ses bottes de combat.

Au moins aujourd'hui, elle portait un pull ample au lieu d'un débardeur. Il n'aurait pas pu supporter un autre jour de ses vêtements moulants sans perdre la raison.

— Je croyais que tu voulais que tes animaux soient dans la grange ce soir? Il le voulait certainement. Le désordre qu'ils avaient laissé dans le salon ce matin avait relégué la recherche du prochain indice au second plan.

— Bon point. Elle fit volte-face, lui offrant involontairement un autre aperçu de ses jambes galbées. D'accord, alors, on se voit après la bibliothèque et les courses. Assure-toi que les animaux ne deviennent pas trop turbulents. La toison, tu sais.

La toison n'était pas sa préoccupation principale ce matin-là.

Parce que tu es en train de la tondre?

Il se détourna pour cacher sa culpabilité. — Bonne chance pour tes recherches.

Il avait eu un mal fou à comprendre ce que disait ce fichu document, ce qui expliquait en partie son humeur ce matin-là. Sa dyslexie était suffisamment sévère pour qu'il sache qu'il avait du pain sur la planche. S'il n'était pas dyslexique, il serait capable de lire les indices et de partir en trombe, loin devant Livvy. Mais non. Il était coincé à patauger à travers divers programmes de traduction en ligne et la fonction texte-voix de sa tablette qui avait sauvé sa santé mentale et son entreprise à maintes reprises. Dieu merci, la technologie avait rattrapé son « problème ».

Il avait obtenu une traduction approximative de tous les programmes, montrant que le document avait quelque chose à voir avec un cadeau de la reine Elizabeth I pour service rendu par son « chevalier le plus loyal ».

Il y avait une chose dans cette maison qui appartenait à un chevalier et était une « récompense toujours debout ».

Vingt secondes après que Livvy eut refermé la porte d'entrée derrière elle, Sean se tenait devant l'armure. Il aurait dû passer quelques coups de fil professionnels, mais c'était l'affaire la plus urgente de son entreprise pour le moment.

Où Merriweather aurait-elle caché l'indice?

Il glissa prudemment un doigt sous l'ouverture au niveau du coude. Rien.

Il essaya l'autre coude.

Rien là non plus.

Un bruit venant de l'extérieur fit sursauter Sean. Il n'avait pas besoin que Livvy entre et le trouve les mains dans le pantalon du gars ou peu importe comment on appelait cette partie de l'armure.

Il compta jusqu'à vingt, puis reprit ses recherches. Il n'était pas fait pour cette subterfuge. Des plans de site et des documents financiers, oui. Ça? Pas étonnant que Bond ait besoin d'un martini.

Et d'une belle femme.

Sean secoua la tête, chassant l'image des jambes de Livvy de son esprit. Il devait se dépêcher. Il devait encore déplacer le reste de ses affaires de son ancienne chambre, vérifier auprès de son employé chargé des permis que tout avançait toujours de ce côté-là, prendre contact avec l'architecte qui était venu la semaine dernière pour prendre des mesures, s'assurer qu'aucun des animaux de Livvy n'était parti se promener, et faire suffisamment de travail dans la grange pour qu'elle ne le soupçonne pas de faire ce qu'il était sur le point de faire.

Sean repoussa la culpabilité derrière une porte d'acier dans son esprit et y mit un verrou métaphorique. Il ne pouvait pas se laisser atteindre. Les affaires étaient les affaires.

Où Merriweather aurait-elle mis l'indice suivant? Elle ne voudrait certainement pas que quelqu'un démonte l'armure ; cette femme aimait trop les apparats du nom de famille pour détruire quelque chose d'aussi vital.

Sean essaya l'encolure de l'armure.

Bingo. Il y avait un morceau de papier coincé là.

Ignorant les bêlements des agneaux dehors, derrière les portes-fenêtres dans l'enclos de fortune sur la terrasse, Sean fit glisser le papier et le déplia.

Plus de latin ornait le haut de la lettre et Sean gémit. L'anglais était déjà assez difficile. Si le latin n'était pas déjà mort, il aurait peut-être essayé de le tuer lui-même.

Heureusement, il n'y avait qu'une seule ligne de latin en lettres ornées en en-tête de la page, puis l'écriture précise de Merriweather.

Une demi-heure plus tard, il écoutait sa tablette le lire pour la troisième fois.

Bravo, Olivia, d'avoir suivi les indices jusqu'ici, l'armure portée par Henry Martinson III, offerte par la reine Elizabeth I pour son service. C'est grâce à cet homme que les domaines Martinson sont devenus une force avec laquelle il fallait compter. Il a joué les jeux politiques de l'époque, a gardé la tête sur les épaules et a mis cette famille sur la voie de la grandeur.

Maintenant, pour poursuivre ta quête, voici l'indice suivant :
Son père a fondé la renommée familiale
À Henry III de sécuriser leur nom il incombait.
Il fallut deux épouses pour que l'acte soit accompli
Et donner naissance à ce fils si important aussi
Quand enfin l'héritier vint au monde,
Le seigneur le proclama à la ronde
Car une telle joie ne pouvait être niée
Et à tous ceux qu'il voyait, il le criait.
De toutes les manières possibles.
J'ai préservé l'acte dans le bois.

Sean fixait l'écran, les lettres ayant aussi peu de sens que l'indice. Du bois? Il devait trouver un morceau de *bois*? Comme s'il n'y en avait pas assez dans cet endroit. Où diable était-il censé commencer à chercher?

Le fracas qui provenait de l'enclos des animaux pourrait être un bon point de départ.

— J'espère que je ne dérange pas, mais vous êtes la petite-fille de Merriweather, n'est-ce pas? La femme d'un certain âge debout en face de la table de

Livvy à la bibliothèque avait une auréole de boucles argentées encadrant sa tête, et le sourire sur son visage illuminait ses yeux bleus pétillants d'une manière qui donnait à Livvy toutes les raisons de croire que cette femme était une amie de Dragonlady, mais pas les raisons pour lesquelles. Livvy aurait parié que Merriweather n'avait jamais eu l'air aussi insouciante et heureuse de sa vie.

— Euh, oui. Je suis Olivia... Livvy. Vous la connaissiez? Elle ne pouvait pas vraiment appeler Merriweather sa grand-mère, pas quand cette femme ressemblait exactement à ce que Livvy avait toujours voulu que sa grand-mère soit. Douce, souriante et abordable.

— Oh, Merri et moi, nous nous connaissons depuis longtemps. Les mains veinées de bleu de la femme reposaient sur le dossier de la chaise en face de Livvy. — Puis-je?

Livvy débarrassa la pile de livres qu'elle consultait. — Je vous en prie.

La femme s'assit. — Je suis Dafna Fine. Ta grand-mère et moi jouions au backgammon quelques fois par mois. Elle croisa ses doigts et les posa sur la table. — Enfin, nous aimions dire que nous le faisions, mais en réalité, nous aimions simplement nous réunir pour bavarder.

— Merri... ma grand-mère? Cette femme jouait à des jeux? Et bavardait? C'était curieux, l'image que Livvy avait toujours eue d'elle était soit celle d'une femme aux lèvres pincées, soit celle d'une femme qui aboyait des ordres.

— Oh, mon Dieu, oui. Ta grand-mère était aussi une excellente joueuse de cartes.

Une tricheuse, si Livvy devait deviner, mais elle ne le dirait pas. En fait, elle ne savait pas vraiment quoi dire. Elle n'avait pas vraiment connu Merriweather. Pas ce côté d'elle. — Je, euh, suppose que vous lui manquez.

Le sourire de Dafna faiblit. — En effet. Il ne reste plus beaucoup d'entre nous.

— Nous?

— Les filles. Elle t'a sûrement parlé de nous?

Était-ce le moment pour Livvy de crever la bulle de l'image gonflée que Dafna avait de la générosité de Merriweather en tant que grand-mère?

Elle ne pouvait pas. Pas face à ces gentils yeux bleus. — Je ne voyais pas beaucoup ma grand-mère. C'était, au moins, la vérité et sûrement quelque chose que « les filles » savaient.

— Oui, je sais. C'est dommage, mais elle n'était pas la personne la plus flexible. Elle avait été incroyablement blessée par ton père. Nous lui avions dit de ne pas te le faire payer, mais Merri avait sa fierté.

Merri? Voilà un nom mal approprié si Livvy en avait jamais entendu un. Et elle était contente que « Merri » ait eu sa fierté. Livvy n'en avait pas eu, ni grand-chose d'autre d'ailleurs, mais tant que Merri avait la sienne...

— Qui sont les autres filles? Livvy empila les papiers. Elle avait trouvé ce dont elle avait besoin et il n'y avait aucun intérêt à se complaire dans l'amertume ; cela laisserait « Merri » gagner, et Livvy n'était pas prête à permettre cela dans aucun aspect de sa vie. Avec les informations qu'elle avait recueillies au cours des dernières heures, elle était un pas plus près de battre Merriweather à ce jeu.

— Il ne reste plus que Hetta et moi. Hetta Rothenberger. Elle vit aux Palisades, tu sais. Merri avait fait peindre la suite sur mesure pour qu'elle ressemble à sa maison parce que Hetta ne voulait pas déménager. Mais quand son mari est décédé, eh bien, la maison était devenue trop grande pour elle. Alors Merri en a fait un jeu. Pour voir à quel point nous pouvions faire ressembler l'endroit aux anciennes pièces de Hetta. Nous en sourions encore aujourd'hui, Hetta et moi.

Dafna cligna des yeux et détourna le regard, essuyant le coin de son œil avec son petit doigt tandis que Livvy essayait de trouver quoi dire. Quoi penser.

Sa grand-mère aurait fait quelque chose comme ça? *Merriweather Martinson*?

Livvy secoua la tête. C'était comme si elle venait de découvrir que la femme qu'elle avait connue tout ce temps n'était qu'un produit de son imagination.

Mais ces années solitaires en pensionnat n'étaient pas son imagination, ni ce voyage intimidant au domaine quand elle était enfant. Ni l'absence totale de contact, de chaleur et de reconnaissance.

— Regarde-moi. Dafna rit. — Je deviens toute sentimentale. Je suis sûre que c'est la dernière chose que tu veux. Elle se leva. — Je voulais juste te rencontrer. Merri parlait rarement de toi, mais quand nous avons appris qu'elle t'avait légué le domaine, eh bien, Hetta et moi savions qu'elle ne verrait pas d'inconvénient à ce que nous prenions contact. C'était une femme fière, ta grand-mère. Mais elle était loyale.

Envers qui?

Livvy ne demanda pas. Ce n'était pas juste envers cette gentille femme. *Merri* appartenait au passé et ça ne pouvait pas faire de mal d'accepter le rameau d'olivier que Dafna lui tendait.

Et peut-être qu'elle saurait quelque chose sur l'un des indices.

Livvy chassa cette pensée égoïste de sa tête. Elle n'était pas comme sa grand-mère, utilisant les gens pour ce qu'ils pouvaient faire pour elle.

— Voudriez-vous, et Hetta bien sûr, venir déjeuner à la maison un jour? Disons, mercredi prochain? Voir s'il y a quelque chose de ma grand-mère que vous aimeriez avoir.

Les yeux de Dafna brillèrent encore plus, si c'était possible. — Oh, mon Dieu, c'est tellement gentil. Comme c'est attentionné de ta part. Hetta ne sort plus comme avant. Dafna essuya à nouveau le coin de son œil. — Mais merci, Olivia. Nous serions ravies de venir. Elle glissa la chaise sous la table. — Ça a été un plaisir. Ta grand-mère le penserait aussi.

Livvy n'en était pas sûre, mais elle sourit quand même et fit un signe de la main quand Dafna se retourna au bureau d'enregistrement.

Livvy se rassit. *Merri*? Backgammon? Cartes? Décorer des pièces pour une... *amie*? Des poèmes et des gars de ménage séduisants? Il y avait tout un autre côté de cette femme qu'elle n'avait jamais connu.

Qu'on ne lui avait jamais *permis* de connaître.

Livvy jeta son crayon sur la table. C'est vrai. Merriweather avait clairement montré qui était important pour elle. Livvy n'allait pas en vouloir à Hetta Rothenberger pour ses pièces peintes, mais c'était une raison de plus pour trouver les indices et s'éloigner de cet endroit et des souvenirs qu'elle aurait dû avoir mais qu'elle n'avait pas.

Elle rassembla ses papiers et ses livres et les fourra dans sa sacoche. Assez de ruminations. Il était temps d'avancer. Ses chiens arriveraient bientôt.

Ça, c'était sa vie. Les chiens, les animaux et sa boulangerie. Ce petit séjour dans la maison familiale n'était qu'un moyen d'arriver à ses fins, et aucun voyage sur la Voie des Souvenirs n'allait la détourner de ses objectifs.

Pas les objectifs de Merriweather, pas les conseils de M. Scanlon, pas même les suggestions bien intentionnées de Dafna Fine.

Et peu importe combien elle détestait le dire, pas le séduisant homme de ménage non plus.

Chapitre Douze

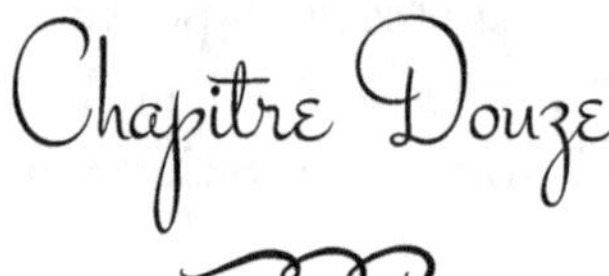

— Bienvenue, Mademoiselle Barnum. Le reste de votre cirque est arrivé.

Le sarcasme de Sean fit sourire Livvy.

Elle ne pouvait pas s'en empêcher ; il était tellement craquant quand il était contrarié.

En fait, il était craquant quoi qu'il arrive. S'il pouvait être sexy dans la chemise vert menthe et le pantalon assorti des Manley Maids, il pouvait tout porter.

Livvy arqua ses sourcils (simultanément, bon sang) tout en jonglant avec les sacs de courses et sa sacoche, essayant de fermer la porte d'entrée derrière elle. — Où sont-ils?

Sean lui prit les quatre sacs de courses des mains, la force de ses bras rendant ses efforts presque risibles — bien qu'il n'y ait absolument rien de risible dans ses bras. Ni dans aucune partie de son corps, d'ailleurs. L'homme était encore plus beau ce matin que la veille, trempé par la pluie. Même si elle ne s'était pas plainte de ses vêtements plaqués sur ce physique.

— Je les ai mis dans la salle de bain principale de la Chambre Rose. Je me suis dit qu'ils ne pourraient pas abîmer le carrelage.

Cela sortit Livvy de son brouillard induit par les phéromones. — Tu as mis mes chiens dans une *salle de bain*? Elle fit glisser la bandoulière de son épaule et jeta sa sacoche sur la table de l'entrée.

— Le salon était occupé, si tu te souviens bien. Par un troupeau de moutons. Et un couple d'alpagas amoureux. Qu'est-ce que tu donnes à manger à ces deux-là, d'ailleurs? Tu devrais peut-être le mettre en bouteille. Tu ferais probablement fortune en mettant les fabricants de petites pilules bleues au chômage.

— C'est le plan. Sa libido n'avait pas besoin de penser à des aphrodisiaques, merci beaucoup. Pas avec lui debout là, l'air si... *comme ça*. Mon Dieu, ce pantalon était assez serré pour envoyer son imagination dans plusieurs directions. Et quant à la façon dont sa chemise moulait sa poitrine...

Qui avait besoin de petites pilules bleues avec Sean dans les parages?

— On dirait que tu as dépensé une fortune, dit-il. Qu'est-ce qu'il y a là-dedans d'ailleurs?

— Le dîner. Et c'est tout ce qu'elle dirait, toujours bloquée sur les aphrodisiaques.

— Oh, à ce propos. Je ne serai pas là. J'ai, euh, des projets ce soir.

— Des projets? Il avait des *projets*.

— Oui.

Des projets qu'il ne partageait pas avec elle.

— Oh.

— Donc tu te débrouilles seule.

Rien de nouveau là-dedans.

Refusant de s'attarder sur cette *charmante* pensée, Livvy monta en courant à la Chambre Rose. Elle ne pouvait qu'imaginer ce que les pauvres bêtes ressentaient après avoir été séparées d'elle si longtemps, avoir voyagé ici à l'arrière d'un camion de livraison, et maintenant être confinées dans une salle de bain.

Trente-deux pattes s'agitèrent frénétiquement sur le sol carrelé lorsque les chiens captèrent son odeur. Puis Ringo commença à aboyer. Paula se joignit à lui avec son caractéristique hurlement de loup en herbe, puis Georgia et John se mirent à gémir. Quand Davy, Micki, Petra et Mike se joignirent à eux, cela devint un medley Beatles/Monkees en mineur hurlant.

Les griffes assaillirent la porte de la salle de bain quand elle entra dans la chambre. Puis elles l'assaillirent *elle* quand elle ouvrit la porte et que les diverses races la renversèrent.

Il lui fallut environ vingt minutes pour leur donner tout l'amour dont ils avaient besoin avant qu'ils ne se calment, mais Livvy ne leur en voulait pas.

Chacun d'entre eux était un sauvetage et avait encore des problèmes d'abandon, peu importe à quel point elle essayait de les atténuer, mais elle pouvait comprendre, alors elle leur donnait toute l'attention qu'elle aurait aimé qu'on lui donne.

Sean pouvait les appeler son cirque, Merriweather pouvait se retourner dans sa tombe, mais Livvy se moquait du chaos que les chiens pouvaient causer. Ils étaient sa famille, telle qu'elle était, et elle aimait chacun d'entre eux.

Menant la meute maintenant bien élevée en bas des escaliers, elle se mordit la lèvre en voyant l'expression d'horreur sur le visage de Sean.

— S'il te plaît, dis-moi qu'ils vont dormir dans la grange aussi.

Elle secoua la tête.

— Dans la cuisine?

— Sur ce sol dur? Tu es sérieux?

Il prit la couleur de sa chemise. — Où alors?

— Quelle pièce n'as-tu pas encore nettoyée en bas?

— Elles ont toutes été nettoyées.

Zut. Elle ne voulait pas ruiner délibérément tout son dur travail, mais les chiens avaient besoin d'un endroit pour dormir.

— Ma chambre. Pourquoi pas? C'est là qu'ils dormaient à la coopérative. La seule différence maintenant étant qu'ils partageraient un lit king size au lieu d'un double. Tout le monde y gagne.

Sean se contenta de secouer la tête. — Tu sais ce qu'on dit de ceux qui se couchent avec les chiens, n'est-ce pas?

— Mes chiens n'ont pas de puces.

— Gardons ça comme ça. Ce sera déjà un assez gros travail de fumiger ce salon.

Elle attrapa sa sacoche sur la table de l'entrée et passa la bandoulière sur son épaule, grimaçant lorsque le poids supplémentaire heurta ses côtes. — Comment ça avance dans la grange? Quelque chose d'intéressant dans les boîtes?

— Ça avance. Lentement. Beaucoup de vaisselle, de bibelots, de linge... Jusqu'à présent, il y a de quoi refaire la moitié des chambres de cette maison et il y a peut-être assez de meubles pour remplacer les jouets à mâcher des chèvres. J'ai dégagé juste assez de place pour les alpagas pour l'instant. Vu la façon dont Rhett courtise Scarlett, je ne pense pas qu'il se plaindra qu'ils aient une chambre pour eux. Moi non plus, d'ailleurs.

Livvy ne put s'en empêcher ; elle rit devant l'air mécontent de Sean. Mais elle devait lui reconnaître ça ; il était de bonne composition pour quelqu'un qui n'aimait pas les animaux.

Sean leva un sourcil de cette façon exaspérément sexy qui lui était propre, mais cela ne fit que la faire rire davantage. Ce qui était parfait pour démanteler la conscience aiguë qu'elle avait de lui.

Livvy se pencha et ramassa Georgia, le carlin croisé, une couverture évidente pour là où ses pensées ne devraient pas aller. Elle était beaucoup trop consciente de l'homme. — J'ai, euh, passé une journée intéressante.

— Ah bon? Sean tendit la main. — Tiens, laisse-moi te porter ça.

Elle hésita un moment, puis lui tendit Georgia. Si le gars demandait—

— Pas le chien, Livvy. Ton sac. Je te laisse garder le chien.

— Oh. C'est vrai.

Elle bouscula Georgia — qui exprima son mécontentement par un grognement, comme elle le faisait toujours quand il s'agissait de bouger — et dégagea le sac de son épaule.

Sean le balança sur la sienne et se dirigea vers le bureau.

— Tu as eu de la chance?

— Oui, en fait. Le latin était un document officiel d'après ce que j'ai pu comprendre. Une copie, bien sûr. Je suis sûre que Merriweather a l'original enfermé dans un coffre-fort hermétique.

— Qu'est-ce que ça disait?

À son crédit, il ne dit pas un mot quand il recula pour la laisser passer et que les chiens se précipitèrent en premier, leur poils salissant bientôt le canapé Chesterfield en cuir poli. Il gémit cependant quand Davy réussit à arracher un des clous en laiton du fauteuil à oreilles à sa deuxième tentative pour y grimper. Le caniche miniature semblait très fier de lui en se pelotonnant, grognant même contre Petra, sa préférée, quand elle s'approcha pour lui lécher l'oreille.

Livvy tapota le sous-main sur le bureau en le contournant pour installer Georgia dans le fauteuil de direction derrière celui-ci.

— Tu peux poser la sacoche ici. Je vais te montrer ce que j'ai trouvé.

Les chiens se tinrent tranquilles pendant que Livvy expliquait sa traduction approximative et les copies de documents similaires qu'elle avait trouvés. Elle sortit la note de Merriweather.

— Je pense que cette dernière ligne est l'indice. *Une récompense laissée debout*. À part cette maison, je ne vois qu'une seule chose à laquelle elle pourrait faire allusion qui ait un rapport avec la noblesse et le service.

Le visage de Sean était si proche du sien alors qu'ils examinaient ensemble les papiers que, lorsqu'elle leva les yeux, il lui aurait suffi de se pencher de quelques centimètres pour que leurs lèvres se touchent.

La tentation était presque trop forte.

Tout comme le tiraillement dans son ventre quand il releva effectivement la tête et que ses yeux bleus rencontrèrent les siens.

Et quand ces yeux se posèrent sur ses lèvres, eh bien, Livvy ne pouvait pas vraiment dire ce qui s'était passé ensuite.

Parce que, d'une manière ou d'une autre, ses lèvres étaient sur les siennes et ses mains dans ses cheveux et, oh, mon Dieu, que tout cela était divin.

— Livvy.

La façon dont Sean prononça son nom, le souffle court, ne fit qu'accroître son envie de l'embrasser.

Mais elle réalisa alors que c'était *elle* qui l'embrassait. *Lui* ne lui rendait pas son baiser.

Oh, mon Dieu.

Livvy recula et se retourna, attrapa Georgia, puis les papiers, cherchant quelque chose, *n'importe quoi*, n'importe quelle excuse pour sortir de cette pièce et de cette situation sans s'humilier davantage. Oh, mon Dieu, mais à quoi avait-elle pensé?

— Livvy.

Il était toujours là. Derrière elle. À côté du bureau.

À portée de baiser.

Elle n'avait jamais été aussi mortifiée de sa vie. Il avait des *projets*. Probablement avec une autre femme qui avait plus le droit de l'embrasser qu'elle. Non pas qu'elle ait le moindre droit, mais...

— Livvy.

Oh mon Dieu. Ses épaules s'affaissèrent et Georgia grogna.

Livvy reposa le chien sur le fauteuil et prit une profonde inspiration. Elle ne voulait pas se retourner.

— Regarde-moi, Livvy.

— Je suis obligée? marmonna-t-elle.

Sean rit.

— Oui. Tu l'es.

Ce rire était plus convaincant que n'importe quelle brusque traction pour la faire se retourner ; le regard dans ses yeux l'était encore plus.

— Je ne pense pas que ce soit une bonne idée, Livvy.

— Tu ne penses pas ?

Oh, mon Dieu, pas de supplication. Il avait des *projets*.

Sean secoua la tête.

— Non. Tu es ma patronne. Nous vivons sous le même toit. Ça pourrait devenir compliqué.

Une voix de la raison. Dieu merci, *lui* en avait une.

Elle prit une inspiration tremblante et s'efforça d'afficher le sourire qu'elle plaqua sur son visage.

— Tu as raison. Je suis désolée. Je n'aurais pas dû te mettre dans cette position…

Son doigt la fit taire.

— Attends. Je crois que tu te fais une fausse idée.

— Ah bon ?

Zut, il retira son doigt. Mais c'était probablement mieux ainsi.

Et puis le dos de ses doigts effleura sa joue. Non, *ça*, c'était mieux.

— Ouais. Je n'ai pas dit que je ne voulais pas t'embrasser ; juste que ce n'est probablement pas une bonne idée. À un autre moment, à un autre endroit, dans n'importe quelle autre situation que celle-ci, oh que si. J'en serais ravi.

Ses yeux se plissèrent et Livvy frissonna — et ce n'était pas de gêne.

— Je serais ravi de *toi*.

Eh bien, *voilà* qui n'allait pas l'aider à pouvoir sortir de cette pièce. Que pouvait-elle répondre à cela ? Et qu'en était-il de ses *projets* ?

Sean ne semblait pas attendre de réponse de sa part.

— Je vais te laisser à ce que tu dois faire avec tes indices, et je vais déplacer Rhett et Scarlett dans leur nouvelle suite. Je proposerais bien de préparer le dîner, mais je ne sais pas ce que sont la moitié des trucs que tu as achetés, alors je te laisse t'en occuper, d'accord ?

Elle hocha la tête, ne se faisant toujours pas confiance pour parler — ou plutôt, ne se faisant pas confiance pour ne pas s'humilier davantage en parlant.

— Bien. On se voit plus tard.

Il était certainement le bienvenu pour essayer — enfin, il le serait s'il n'y avait pas ses *projets*.

Néanmoins... elle ne le quitta pas des yeux à chacun de ses pas tandis qu'il s'éloignait.

Sean se maudit lui-même, maudit cette situation, Merriweather, Livvy, ces foutus moutons, et par-dessus tout Randy Rhett alors qu'il conduisait ce casse-pieds vers la grange. Toute cette histoire ne pouvait pas être plus foireuse.

Il l'aimait bien. Il aimait *bien* Livvy. Même avec ses bottes de combat et ses vêtements bohèmes, ses habitudes alimentaires étranges et ses animaux, il l'aimait bien.

Cette femme avait du cran. Elle avait de la ténacité. Des objectifs. Elle était déterminée, ingénieuse, et sexy en diable.

Et elle était l'ennemie.

Maudit soit Merriweather de les avoir dressés l'un contre l'autre.

Maudit soit son budget, aussi, pour ne pas être suffisant pour bien faire les choses pour elle et ses frères, et maudit soit son ego pour avoir décidé que *cette* propriété serait celle qui lui permettrait de faire ses preuves. Il avait trop investi dans ce projet pour le perdre.

Mais les requins tournaient déjà, se demandant si Livvy allait vendre. Il avait dû repousser six offres téléphoniques aujourd'hui ; il se demandait combien Scanlon en recevait au bureau.

Que Dieu lui vienne en aide si Livvy entendait les sommes que les gens proposaient. Il n'y avait aucun moyen pour lui de rivaliser à moins d'attirer plus d'investisseurs, de réduire sa vision pour l'endroit, ou de revoir à la baisse les projections qu'il avait données à ses frères en proposant cette affaire. Donc, soit ils gagneraient moins, soit ce serait Livvy. Quel choix infernal.

L'alpaga renifla et tira sur la bride de fortune que Sean avait fabriquée.

— Pas maintenant, Rhett. Je n'ai pas besoin que tu me causes des ennuis, toi aussi.

Sa conscience s'en chargeait déjà suffisamment, car le seul moyen de sauver son entreprise et l'argent de ses frères était de faire la seule chose qui n'avait pas été un problème avant de la rencontrer, mais qui allait maintenant à l'encontre de son âme même : dérober à Livvy son droit de naissance.

Chapitre Treize

— Tu es vraiment joli en vert, Bryan. Ça va bien avec tes yeux.

Sean ne put s'empêcher de taquiner son frère, le seul d'entre eux qui ne s'était pas changé pour le dîner avec Gran, alors qu'ils attendaient dans l'espace commun de la résidence assistée où elle vivait désormais.

— Ne pousse pas, Scene.

Bryan avait taquiné Sean à propos de l'orthographe de son prénom toute leur vie. Comme si c'était *son* choix d'avoir une orthographe étrange. Ça et la dyslexie qui avait rendu l'apprentissage de son orthographe plus difficile qu'il n'aurait dû l'être.

— Sérieusement. Comment Mac s'attend-il à ce qu'on s'appelle *Manley Maids* quand on porte les pantalons les plus *peu* virils de l'histoire des uniformes de travail? Bryan prit le dernier numéro de *People* sur une table d'appoint et le feuilleta. — Tu vois? Il tendit le magazine. — Ça, c'est un uniforme de travail.

C'était une photo de son dernier film où il avait des explosions derrière lui, un pistolet dans chaque main, et une femme accrochée à chaque bras. Des femmes en bikini.

— Hé, je suis partant pour donner l'argent à Mac pour de nouveaux uniformes. Liam donna une tape sur l'épaule de Sean en arrivant. — Je me sens comme une putain de fille dans ces vêtements.

— On pourrait aussi chanter comme une fille, dit Sean en s'ajustant. — Qui diable les a conçus?

— C'est moi.

Les trois frères fermèrent leurs bouches quand leur grand-mère entra dans la salle d'attente. — J'en déduis qu'il y a un problème?

Sean se sentit haut comme trois pommes. Une autre partie de lui aussi, après avoir passé huit heures dans l'uniforme *que sa grand-mère avait conçu.* — Je suis désolé, Gran. Nous ne savions pas...

— Je m'en doute, Sean. Je sais que vous, les garçons, ne me blesseriez jamais délibérément. Elle toucha le bras de Bryan et il se pencha pour l'embrasser sur la joue.

Sean fut surpris de voir à quel point Bry *devait* se pencher. Gran semblait avoir rétréci à mesure qu'ils grandissaient, mais il l'avait attribué au fait qu'ils grandissaient si vite. Mais maintenant qu'ils mesuraient tous plus d'un mètre quatre-vingt-dix — et qu'ils avaient probablement fini de grandir — elle continuait de rétrécir.

Ça n'aidait pas que ce nouveau foyer l'écrase. Il n'aurait jamais pensé qu'elle quitterait la maison de style Cape Cod qui avait été trop petite pour trois garçons turbulents et la petite sœur qui essayait désespérément de suivre le rythme. Gran avait présidé sa petite vieille maison où Mac vivait encore avec des règles si strictes et un amour si féroce qu'elle avait semblé plus grande qu'elle ne l'était réellement. Mais maintenant...

Gran vieillissait. Sean retint son souffle. Elle avait été la seule constante dans leur vie après que leurs parents avaient été tués dans l'accident de voiture. Il ne savait pas ce qui serait arrivé à eux quatre si ça n'avait pas été pour elle. Leurs deux parents étaient enfants uniques, donc Gran était leur seule parente. Il ne voulait pas penser à quand elle ne serait plus avec eux, mais en la voyant ici, si petite et fragile, il ne pouvait pas s'en empêcher.

— Alors, les garçons, dites-moi ce qui doit être fait et je travaillerai sur un autre design.

Sean n'osa pas regarder ses frères. Il n'allait pas discuter de *l'emballage* avec sa grand-mère.

— Ils sont un peu, euh, serrés, Gran, dit Bryan. Le gars avait toujours été intrépide, ce qui lui avait donné les couilles d'aller à Hollywood et de tenter sa chance dans le cinéma. C'était une bonne chose qu'il n'ait pas porté l'uniforme à ce moment-là, sinon ses couilles n'auraient peut-être pas été si grosses.

— Serrés, comment? demanda Gran en les conduisant dans le couloir vers la salle à manger privée.

— Tu sais, Gran, *serrés*. Bryan salua les résidents qu'ils croisaient. C'était probablement le seul endroit où une star de cinéma pouvait aller sans être attaquée par des hordes de fans hurlantes.

Gran se mit de côté pour que Liam puisse lui ouvrir la porte de la salle à manger, les bonnes manières qu'elle leur avait inculquées étant maintenant une seconde nature. Non que ce soit la seule raison pour laquelle ils lui tiendraient la porte ; ils feraient n'importe quoi pour Gran. Elle avait maintenu leur famille unie, et rien n'était plus important que la famille.

La pauvre Livvy n'avait eu personne.

Sean voulut grogner. Il n'avait pas besoin de penser à elle maintenant. Ni jamais. Il ne *voulait* pas penser à elle. Il ne *voulait* pas la désirer. Et il ne voulait *certainement* pas éprouver de la sympathie pour elle. Il ne pouvait pas. Il devait obtenir le domaine d'elle ; il n'y avait pas d'autre choix. Il avait trop investi pour abandonner à ce stade. Livvy avait vécu sans les Martinson pendant si longtemps ; elle ne perdait rien d'autre que l'argent.

Il mettrait en place une sorte de compensation pour elle. Peut-être même lui donner un pourcentage des bénéfices du complexe. De sa part, bien sûr.

Ouais, c'est ce qu'il ferait. Il s'assurerait qu'elle n'ait plus jamais à s'inquiéter d'avoir un toit au-dessus de sa tête ou de la nourriture pour son zoo.

— Sean, apporte le poulet à table. Liam, les pommes de terre. Et Bryan, tu peux verser le vin. Mais pas ces verres hollywoodiens auxquels tu es habitué. Je ne veux pas que l'un de vous, les garçons, soit ivre.

— Oui, m'dame. Bryan leva les yeux au ciel vers eux. La bouteille de vin de Gran n'entamerait pas leur sobriété.

— Et ne lève pas les yeux au ciel avec moi, jeune homme. Tu penses peut-être tout savoir parce que tu es une grande star de cinéma, mais je peux encore prendre ma baguette et te la passer sur les fesses si tu deviens trop prétentieux.

— C'est ce que j'essaie de te dire, Gran. Bryan posa le verre devant elle. À moitié rempli comme elle le jugeait approprié. — Je *suis* trop grand pour ces pantalons.

— Bryan Matthew Manley, il n'y a aucune raison d'être grossier.

Sean faillit recracher son vin. Gran avait compris le sarcasme sexuel de Bry? Depuis quand?

Liam, lui aussi, semblait sur le point de s'étouffer.

Bryan avait juste l'air complètement choqué. — Je... Je ne voulais pas...

Sean aurait tellement aimé pouvoir inhaler parce qu'il aurait adoré rire de l'expression de Bryan. Au lieu de cela, il sortit son téléphone et prit une photo.

— C'était quoi, ça? Bry se remit rapidement. Mais alors, il l'avait toujours fait devant une caméra.

— Une assurance. Contre la pauvreté, répondit Sean en s'asseyant à table. — Je suis sûr que certains magazines paieraient cher pour ça.

— Sean Patrick Manley, arrête de taquiner ton frère, dit Gran d'une voix qu'il ne connaissait que trop bien de ses années d'adolescence. — Donne-moi ce téléphone.

— Oh, Gran...

— Le téléphone. Elle agita ses doigts.

Soupirant, Sean tendit le téléphone à Liam qui le mit dans la paume de Gran.

— Bryan est ton frère ; vous devez rester soudés. Je ne tolérerai pas que tu sabottes sa carrière. Elle retourna le téléphone, l'examinant attentivement. — Maintenant, comment est-ce que je supprime cette photo?

Liam tendit la main. — Laisse-moi faire, Gran...

— Oh, voilà. Gran appuya sur un bouton avant que Liam ne puisse récupérer le téléphone. — Voilà. Tout est effacé.

— *Tout*? Sean regarda Liam. — Dis-moi qu'elle n'a pas effacé *toutes* les photos.

Liam tendit la main. — Gran.

Gran souffla d'exaspération. — J'ai peut-être quatre-vingt-quatre ans, mais je ne suis pas sénile, les garçons. J'ai *déjà* utilisé un téléphone auparavant.

— Quand? Sean se sentit légèrement rassuré. Beaucoup de centres pour personnes âgées avaient des appareils électroniques ; Dieu merci, Gran n'était pas complètement novice.

— Quand le petit-fils de Mildred est venu en visite. Il m'a montré comment prendre une photo d'eux deux. Elle est même très bien sortie. Elle semblait plutôt fière d'elle.

Cela aurait dû rassurer Sean, mais Liam fronçait les sourcils.

— Euh, Sean? Lee leva le téléphone. — Désolé, mon vieux, mais elles ont disparu. C'était important?

L'indice. Elle avait effacé l'indice. Il voulait avoir l'avis de ses frères sur sa signification, mais maintenant il avait disparu et il avait laissé sa tablette à la propriété.

— Non. Pas vraiment. Inutile de faire culpabiliser Gran. Ce n'était pas comme si elle l'avait fait exprès. — Juste quelques clichés de la propriété. Je voulais vous montrer dans quoi vous avez investi.

— Ah oui. Mary-Alice Catherine a mentionné quelque chose à propos d'une maison que tu voulais acheter. Je n'avais pas réalisé qu'il s'agissait de la propriété Martinson. Comment ça avance? Gran tendit la main pour qu'il lui passe son assiette.

— Ça avance. Mauvais choix de mots.

— Ça avance, comment? Liam le regarda par-dessus le bord de son verre de vin. — Je croyais que tu avais dit qu'il pourrait y avoir des complications.

— J'y travaille.

— Quel genre de complications? Bryan se pencha en avant.

Sean grimaça en rassemblant le courage d'expliquer à ses frères où ils en étaient exactement. — Merriweather a légèrement compliqué les choses. Il leur parla de la revendication de Livvy sur la propriété.

— Putain de merde. Bry jeta sa serviette sur la table.

— Langage, Bryan. Gran ne s'arrêta même pas de servir du poulet dans l'assiette de Sean. Elle n'avait pas non plus haussé la voix. Elle n'en avait jamais eu besoin. Un regard de travers ou un *tss-tss* de Gran les remettait plus vite dans le droit chemin que n'importe quelle menace de leur donner la fessée.

— Désolé. Bry reprit sa serviette et la remit sur ses genoux. — Qu'est-ce que tu vas faire, Sean?

C'était la question.

— À mon avis, j'ai trois options. Un, m'assurer que Livvy échoue et que la vente puisse se dérouler comme prévu. Deux, j'allais vous demander si vous vouliez couvrir la différence. Pour un retour sur investissement proportionnel, bien sûr.

— Donc tu serais l'associé minoritaire, alors? demanda Liam.

Sean hocha la tête et prit son assiette des mains de Gran. — Ce n'est évidemment pas ce que je voulais quand j'ai planifié tout ça, mais on peut négocier les conditions et je vous rachèterai progressivement vos parts. Si vous pouvez avancer l'argent, c'est ma deuxième option. La troisième serait de faire appel à des investisseurs extérieurs, mais ça diluerait la part de tout le monde.

— Cette option est exclue. Liam se frotta le menton. — C'est censé être un projet des Frères Manley. Si on fait entrer quelqu'un d'autre, on perd cet avantage, à la fois pour prendre les décisions et pour la publicité.

— Mais vous avez Bryan, dit Gran, tendant la main pour prendre l'assiette de Bryan. — C'est la meilleure publicité que vous puissiez demander.

— Pas question, Gran. Bryan la lui donna. — Je suis l'associé silencieux. Je n'ai pas l'expérience que ces deux-là ont dans ce domaine. Si on commence à placarder mon visage partout, ça va devenir un cirque. Les médias sont formidables jusqu'à ce qu'ils ne le soient plus. Et même si ce n'était pas un problème, Sean a déjà tout ce que je peux me permettre d'investir.

— Et tu as aussi mes fonds discrétionnaires, Sean, dit Liam. — J'ai encore besoin de fonds de roulement pour mon entreprise. Il n'y a rien de plus.

Alors c'était tout. Il devait s'assurer qu'elle échoue ou ce serait lui qui échouerait.

— Je suis sûre que tu trouveras une solution pour que tout le monde ait ce qu'il veut, dit Gran avec la foi qu'elle avait toujours eue en lui. — Y compris Olivia. Après tout, c'est *son* héritage. Tu devras la traiter équitablement ; pas question de profiter d'elle. Trop de gens dans cette famille l'ont déjà fait. Le sourire de Gran ne cachait pas l'avertissement derrière ses mots : *Ne vole pas Olivia.*

— Tu feras ce qui est juste, Sean. Je le sais. C'est comme ça que je t'ai élevé et c'est le genre d'homme que tu es. Rappelle-toi ce que j'ai toujours dit à propos des tricheurs qui ne gagnent jamais. Tu pourrais toujours rendre leur argent à tes frères et oublier tout ça.

Oublier tout ça? Son plan de vie entier? Son avenir? Son entreprise? C'était la *pièce de résistance* de ce qu'il essayait de construire. C'était la propriété qui le mettrait sur la carte et le placerait dans la cour des grands, prouvant qu'il avait ce qu'il fallait pour réussir. Et elle voulait qu'il *oublie tout ça*?

Bon sang. Ce n'était pas assez qu'il se mette la pression lui-même, ou que Livvy lui en mette une tonne sans le savoir simplement en existant, ou que les attentes de ses frères apportent leur propre lot de stress, mais maintenant sa grand-mère avait ses propres attentes à ajouter au mélange.

Tout ce qu'il voulait, c'était acheter la propriété, faire travailler l'équipe de construction et ouvrir dans dix mois. Était-ce trop demander?

— Alors. Gran lui adressa un sourire différent. Celui-là, il le reconnaissait.

Il disait qu'elle avait obtenu ce qu'elle voulait et que tout allait bien dans son monde.

Si seulement cela se traduisait dans le sien.

— Est-ce qu'Olivia t'a déjà fait goûter son pain aux poivrons ? Elle tendit son assiette à Liam. — C'est délicieux. Mildred en a apporté lors de sa dernière visite. Je pense qu'il est encore dans la boîte à pain. Si tu pouvais aller le chercher, Liam.

Ce n'était pas une demande.

Liam rapporta le pain tranché à table. Sean le regarda. Même dans un bon jour, il ne pourrait pas le manger — les poivrons n'avaient pas leur place dans le pain, ils appartenaient sur un hamburger — aujourd'hui, il ne le pouvait certainement pas. — Merci, Gran, mais je...

— Goûte-le. Ton Olivia travaille dur pour son entreprise. Le moins que tu puisses faire, c'est d'essayer.

Surtout s'il allait lui voler son héritage sous son nez. Les mots n'étaient pas prononcés, mais ils n'avaient pas besoin de l'être. Sa conscience les criait sur tous les toits.

Il prit une bouchée. Ses frères aussi.

Bon sang. Cette femme savait cuisiner.

— C'est bon. Bryan se servit une autre tranche.

Gran lui tapa sur les doigts. — Ne te sers pas, Bryan. Est-ce ainsi que tu te comportes aux dîners de ce M. Spielberg ?

Bryan haussa un sourcil. — Je ne sais pas, Gran. Quand j'irai à l'un d'eux, je te le ferai savoir.

Elle lui tapa à nouveau sur les doigts. — Mauvaise réponse, jeune homme. Ne sois pas insolent avec moi.

— Oui, madame.

Sean se mordit la lèvre. Ils avaient tous plus de trente ans, et Gran les traitait comme s'ils en avaient trois.

Il n'aurait voulu que cela change pour rien au monde. Dieu merci pour la famille.

Ce que Livvy n'avait pas.

Bon sang. Il devait arrêter de penser à elle, à sa vie et à ce qu'elle avait ou n'avait pas. Ce projet lui mettait déjà assez de pression ; Livvy et ce dilemme ne faisaient qu'en rajouter.

En y repensant, peut-être qu'il allait finalement prendre ce verre de vin.

— Alors, comment avancent vos missions, les garçons? Gran se servit enfin du poulet au romarin le plus odorant que Sean ait jamais goûté, son plat signature et un rappel de la maison.

— Comment ça *avance*? La fourchette de Bryan claqua sur son assiette. — Je ne comprends vraiment pas pourquoi les gens procréent. Si vous voyiez ces cinq enfants. Je nettoie et range tout, et au moment où j'ai fini la dernière pièce, je dois tout recommencer. C'est comme si chaque enfant était sa propre tornade. Inversement proportionnel à leur taille, en plus. Cette petite... *ouf*. Elle peut créer un désastre de proportions épiques.

— Elle souffre, Bryan. Elle extériorise. Sois patient. Gran regarda Sean et Liam. — Son père était le pilote de cet accident d'avion il y a quelques années. Triste.

Bry prit une autre tranche de pain. — Je sais *exactement* ce qu'elle ressent, Gran.

Ils le savaient tous. Seul Mac n'avait pas été assez âgé pour se souvenir de ce terrible jour où ils avaient appris la nouvelle concernant leurs parents.

— Je sais que tu le sais. Gran serra la main de Bry. — Liam? Comment va Cassidy?

Liam secoua la tête. — C'est Cassidy.

Il n'y avait qu'une seule *Cassidy* en ville dont on parlait quand on disait « Cassidy ».

Cassidy Davenport : fille gâtée et mondaine de la version locale de Donald Trump dans leur ville.

— Allons, Liam, ne la juge pas sur ce que tout le monde dit d'elle. Je veux dire, regarde Bryan. Penses-tu vraiment que tout ce qu'ils ont écrit sur lui est vrai? Il n'est pas sorti avec toutes ces femmes.

Sean et Liam ne regardèrent pas Bryan. Parce qu'il l'avait fait. Bry profitait définitivement des fruits de son labeur.

— Ne t'inquiète pas, Gran. Je laisse à Cassidy la chance de faire ses preuves. Liam jeta un coup d'œil à Sean et arqua un sourcil.

Sean se resservit une portion de pommes de terre pour s'empêcher de rire. La pauvre Cassidy se pendait elle-même rien qu'en respirant. Liam avait vécu une horrible rupture avec une femme comme elle qui n'avait vu que des signes dollar en le regardant et n'avait pas bien géré la réalité que le compte en banque de Liam ne correspondait pas à celui de son père. Il avait d'abord été anéanti, et cela les avait secoués tous les trois.

— Bien. Je suis contente de l'entendre. Gran agita son verre pour avoir un peu plus de vin.

Sean faillit s'étouffer avec une autre portion de pommes de terre. Gran ne prenait *jamais* deux verres de vin. Il passa la bouteille à Liam. — Ça va, Gran?

— Je vais bien, pourquoi tu demandes?

— Pour rien. Il n'allait *pas* l'accuser de trop boire. Elle l'avait surpris plus d'une fois au lycée avec de la bière qu'il n'aurait pas dû pouvoir acheter mais qu'il avait réussi à se procurer. Elle n'avait jamais trouvé sa fausse carte d'identité, Dieu merci. Elle lui avait bien servi pendant les quatre années où il l'avait utilisée.

— J'ai entendu dire que l'intérieur du domaine est magnifique. Gran lui resservit une portion dans son assiette.

Si on ne tenait pas compte des plumes d'oiseaux et du sperme d'alpaga. Sérieusement, il avait surpris Rhett en train de remettre ça *encore une fois* dès qu'il avait eu le dos tourné dans la grange cet après-midi.

Sacré veinard.

— C'est vrai, Gran. Je pourrais t'y emmener un jour. Quand ce sera vraiment à moi.

— Merveilleux. Que dirais-tu de mercredi prochain?

Sean s'étrangla avec ses pommes de terre. — Mercredi? Il pensait plutôt à l'année prochaine, une fois que l'endroit serait opérationnel. Et à lui. Il voulait en être propriétaire avant de l'y emmener. Voulait la rendre fière de lui. Prouver qu'elle avait eu raison d'avoir foi en lui. Elle lui avait toujours dit qu'il pouvait accomplir tout ce qu'il se mettait en tête. Considérant qu'il avait grandi en pensant que son esprit était détraqué, sa foi avait beaucoup compté. Oui, il y avait beaucoup plus en jeu que de l'argent dans ce projet.

— Oui, mercredi. C'est ce jour-là qu'Hetta et Dafna y vont. Nous pourrions en faire une sortie de groupe.

— Hetta? Dafna?

— Les amies de Merriweather. Hetta vit de l'autre côté du couloir ici, et Dafna passe tout le temps. Nous sommes devenues assez amies.

— Pourquoi ces femmes vont-elles au domaine?

— Olivia leur a proposé de prendre ce qu'elles voulaient dans la maison. N'est-ce pas généreux? C'est une fille tellement gentille, cette Olivia. Je ne comprends pas pourquoi sa grand-mère ne l'a jamais vu.

Parce que sa grand-mère était une vieille vache têtue et pleine de préjugés qui se fichait de qui elle blessait avec ses promesses creuses.

Et maintenant, il devait gérer trois *autres* personnes âgées avec leurs propres agendas parce que Livvy *ne pouvait pas* donner aux femmes tout ce qu'elles voulaient du domaine. Et si cela contenait un indice?

Sean jura intérieurement. Il avait vraiment besoin de prendre de l'avance sur elle et de comprendre où se trouvait le prochain indice, parce qu'avec Gran qui avait effacé le dernier de son téléphone, il était de nouveau au même point de départ que Livvy.

— Alors, que penses-tu d'échanger, Sean? demanda Bryan.

Sean secoua la tête et leva les yeux. Sa grand-mère et ses frères le regardaient fixement. — Désolé, qu'est-ce que tu as dit?

— Ta mission. Elle doit être canon si tu ne nous as même pas dit un mot à son sujet, dit Bry avec son sourire narquois que les médias qualifiaient de *brûlant*, mais que Sean appelait *agaçant*. — Je pense que je devrais peut-être aller la voir si tu ne la réserves pas. On pourrait peut-être échanger nos boulots.

Sean se retint de lui faire un doigt d'honneur uniquement parce que Gran était assise à table. — Tu as ta propre cliente à gérer.

— Et elle est tout à fait charmante si je me souviens bien du journal, dit Gran.

Bryan haussa les épaules. — Ouais, elle est canon, mais elle a cinq enfants. Rien ne détruit plus vite l'attrait d'une femme qu'une bande de gosses qui traînent dans les parages.

— Hum. Gran s'éclaircit la gorge.

Bien joué, idiot. Sean avait envie de le frapper. Gran avait eu un tas de gamins autour d'elle pendant des années et, pour autant qu'ils le sachent, elle n'était jamais sortie avec personne. Peut-être que ce n'était pas par choix.

Le regard noir de Liam exprimait tout ce que Sean ne disait pas. Et plus encore.

Bryan avait l'air malade. — Je suis, euh, désolé, Gran. Je, euh...

Gran leva la main. Un geste si minuscule. Une main si petite. Et pourtant si efficace. Tous les trois la regardèrent.

— Je t'ai mieux élevé que ça, Bryan Matthew. Cette femme a beaucoup à offrir à quelqu'un, et ces enfants sont des bénédictions. Tu devrais t'estimer chanceux qu'elle ne serait-ce que *pense* à sortir avec toi. Avec des commentaires comme celui-là, tu ne la mérites pas.

Bryan grimaça. Gran ne mâchait pas ses mots quand ils avaient tort et cette fois-ci ne faisait pas exception. Bry ne devrait vraiment pas dénigrer cette femme. Ce n'était pas comme si elle avait *voulu* que son mari meure dans un accident d'avion et la laisse élever tous ces enfants.

Tout comme ce n'était pas la faute de Livvy si sa grand-mère les montait les uns contre les autres.

Bon sang. Si Gran pouvait réduire à néant l'importance exagérée que Bry s'accordait d'un simple geste de la main pour un seul commentaire, elle allait se régaler quand il saboterait les recherches de Livvy.

Mercredi promettait d'être une journée mémorable.

Chapitre Quatorze

Livvy tapotait le bout de la gomme de son crayon contre le dernier indice, ou plutôt la dernière blague, de Merriweather, assise au comptoir de la cuisine. *Du bois*. Cette femme voulait qu'elle trouve un morceau de bois. Si ce n'était pas chercher une aiguille dans une botte de foin dans ce mausolée, elle ne savait pas ce que c'était. La maison était *faite* de bois. Corbeaux, linteaux, manteaux... tellement d'éléments en bois qu'elle ne savait pas par lequel commencer ses investigations.

Elle s'était levée à six heures pour s'occuper de la ménagerie, après avoir poussé la meute ronflante hors de son lit. Elle aurait *dû* les bannir la veille au soir ; ils avaient sonné comme un chœur de cornes de brume pendant leur sommeil et l'avaient réveillée tôt.

Elle avait un torticolis et Georgia, la voleuse d'oreillers, en était la raison. Et son *vrai* cochon avait pris ombrage de ce fait. C'était lui qui lui avait volé son oreiller à la coopérative, alors quand il avait reniflé sa main ce matin, il avait relevé son groin, pratiquement fait une pirouette sur ses sabots avant de s'en aller d'un pas dansant vers son lit pour chien surdimensionné pour la fixer du regard pendant qu'elle remplissait son auge. Il lui avait fallu trois pommes pour le convaincre de venir manger.

Mon Dieu, quel triste témoignage de sa vie amoureuse. Oubliez dormir avec des puces ; que dire quand on dort avec un cochon ?

Elle prit une autre bouchée de son omelette aux blancs d'œufs, asperges et tomates séchées avec une touche de pesto maison par-dessus avant de se lancer dans le deuxième round de cette chasse au dahu. Hmmm, peut-être qu'elle devrait impliquer Calliope et Callista dans l'affaire. Non, Sean piquerait une crise à cause de leurs plumes partout.

Sean.

Ses joues s'échauffèrent au souvenir de ce qui s'était passé dans le bureau la veille. Le reste de son corps aussi, et Livvy ne pouvait pas se résoudre à le regretter.

Elle regrettait cependant d'avoir guetté son retour la nuit dernière.

Non. Pas son retour à la *maison*. Il était *revenu*. Ce n'était la maison de personne.

Elle s'était torturée pendant des heures à se demander ce qu'il avait dû faire, où il était allé, quels étaient ses *projets*. Avait-il eu un rendez-vous?

Pourquoi s'en souciait-elle?

Elle remua le pied que Paula utilisait comme oreiller. Elle ne s'en souciait *pas*. Pas vraiment. Elle était curieuse. Oui, c'était ça ; elle était curieuse. C'était un bel homme et il l'avait embrassée (avant qu'elle ne l'embrasse), alors, oui, elle *pouvait* se demander s'il embrassait quelqu'un d'autre.

Bien que... il avait dit que ce n'était pas une bonne idée qu'il se passe quoi que ce soit entre eux, alors peut-être qu'il y avait quelqu'un d'autre.

Et peut-être qu'elle accordait trop d'importance à la situation pour un gars qu'elle ne reverrait plus dans quelques semaines.

Ou... le pourrait-elle?

Eh bien, regardez-la. Un possible retournement de fortune et elle envisageait de retourner quelques autres choses. Wow. On ne sait jamais ce que la vie nous réserve.

Elle était plus que ravie que la vie ait mis Sean sur son chemin.

Sean vérifia le dos du dernier cadre en bois dans le vestibule qu'il pouvait atteindre sans échelle. Il songea à aller chercher l'échelle de son camion pour vérifier le reste, car il ne mettrait pas sa main au feu que Merriweather n'ait pas engagé quelqu'un pour coller le prochain indice au dos du portrait le plus haut et le plus éloigné de la pièce, supposant que Livvy abandonnerait à un moment donné.

Sauf que Livvy avait assez de feu en elle pour *ne pas* abandonner.

Et peut-être que c'était sur cela que Merriweather avait compté.

Livvy s'était levée tôt, les chiens la suivant comme si elle était le joueur de flûte de Hamelin tandis qu'elle passait ses mains sur toutes les surfaces en bois qu'elle voyait, appuyant sur les lambris comme si une porte secrète allait s'ouvrir ; tout cela pendant qu'une certaine partie de *lui* s'était animée à l'idée que ses mains fassent la même chose sur lui.

Il expira et ajusta une fois de plus son pantalon stupidement fin. *Concentre-toi, Manley.*

Bien. Les indices. Où diable Merriweather aurait-elle caché le suivant?

Il faillit trébucher sur l'un des chiens qui avait choisi de rester en arrière au lieu de suivre Livvy jusqu'à la grange. Comment s'appelait cette chose? Peter? Peta? Pickle? Il n'avait jamais eu de chien en grandissant. Gran n'avait pas eu besoin de nourrir ou de payer une chose de plus, alors il n'était pas habitué à ce que quelque chose le suive.

Mais ce petit gars - ou cette petite fille - ne semblait pas comprendre ça. Il le regardait avec des yeux pleins d'âme, un peu tombants aux coins, sa queue courte frappant le mur avec un rythme bien à lui.

— Tu sais, je vais juste par là. Tu n'es pas obligé de me suivre.

Non. La chose se leva péniblement - le régime bio de Livvy convenait manifestement un peu trop à ce gars - et le suivit avant de se laisser retomber sur son ventre dodu avec un soupir.

Sean lui tapota la tête, puis regarda autour de lui. Où pourrait être le prochain indice? Il avait vérifié les corbeaux. Il avait passé ses mains sur les linteaux. Où diable aurait-elle pu le mettre? Qu'est-ce qui lui échappait?

Il passa devant le salon que les animaux avaient détruit. Avec sa chance, elle l'aurait caché là-dedans. Aucun endroit n'était à l'abri des dents grignotantes et de la curiosité d'un groupe de jeunes chèvres. Eh bien, à moins qu'elle n'ait percé un trou dans le meuble et fourré l'indice à l'intérieur...

Non. Elle n'aurait pas fait ça.

N'est-ce pas?

Sean écarta cette idée. Elle ne détruirait pas un héritage. Pas quand elle voulait que Livvy les apprécie.

Mais si un meuble avait déjà un trou?

Un bureau. Il devait y avoir un bureau quelque part. Un avec de petites niches et des tiroirs cachés... Ces vieux aristocrates anglais n'avaient-ils pas un truc pour ce genre de bureaux? Des bureaux d'espion ou quelque chose comme ça?

Il y avait un bureau dans la chambre principale.

La chambre de *Merriweather*.

Il fallut dix minutes à Sean pour réaliser qu'il n'y avait rien dans le bureau. Merriweather avait vidé tous les tiroirs et les compartiments, et avait commodément laissé les compartiments cachés ouverts.

Merde.

Il s'affaissa sur le lit et prit son petit traqueur à quatre pattes pour le poser sur le lit à côté de lui. Où aurait-elle caché l'indice? Ça devait être quelque part de significatif ; ce n'était pas quelque chose qu'elle aurait simplement fourré derrière une plinthe quelque part. C'était trop important.

Il rejoua l'indice dans sa tête. *Fils très important* et *l'héritier est né*. Deux commentaires, une idée. Le fils était important. Sa naissance était importante. Qu'est-ce qui était en bois et avait un rapport avec sa naissance? Un berceau? Un couffin? Sean n'avait rien vu de tel nulle part.

Il agrippa le montant du lit. *Réfléchis, Manley. Qu'est-ce qui serait assez significatif pour la naissance d'un héritier et fait en bois?*

Il tapota le montant, un solide *toc toc* sous ses doigts. Ce truc était robuste. Et ancien aussi.

Sean regarda le montant. Il était en bois. C'était un héritage. Et les bébés au dix-neuvième siècle, surtout ceux de l'aristocratie, naissaient généralement avec style. Comme dans un grand lit à baldaquin d'une propriété.

Sean se leva. Chaque montant avait un pommeau. Ce qui signifiait que chaque montant avait un trou.

Le chien le suivit à chaque coin, la langue pendante sur le côté de sa gueule dans un sourire de travers, sautillant de temps en temps sur ses pattes avant comme si l'indice était aussi une grosse affaire pour lui.

— Il s'attend probablement à ce que ça ait un goût de bacon, marmonna Sean en replaçant le deuxième pommeau. Il espérait ne pas perdre son temps avec ça.

Le troisième pommeau livra l'indice.

Sean prit rapidement une photo, jurant que Gran ne mettrait plus *jamais* la main sur son téléphone, et se l'envoya par e-mail au cas où.

Ça ressemblait à un autre poème.

Il devrait le détruire. Couper court à Livvy maintenant pour qu'elle n'en trouve pas d'autres.

Le chien jappa, ce qui correspondait à peu près au temps que Sean y réfléchit. C'était une chose de la battre à la ligne d'arrivée, une autre de la saboter.

Et sa fichue conscience ne le laisserait pas jeter l'indice dans les toilettes.

— Je sais que je vais le regretter, dit-il au chien. Encore une chose qu'il regretterait probablement, mais au moins personne d'autre que lui et le chien ne savait qu'il lui parlait. Mais c'est juste.

Il revissa le pommeau et s'apprêtait à aider le chien à descendre du haut lit quand Livvy apparut avec un ornement d'épaule chantant et le reste de sa meute hétéroclite de chiens — qui prirent immédiatement possession de chaque chaise, ottoman et tapis d'accent dans la pièce, la seule grâce salvatrice étant qu'aucun ne sauta sur le lit où le petit carlin reposait avec ses pattes croisées comme un dignitaire royal.

L'interprétation d'Orwell de *Every Breath You Take* — surtout ce dernier vers à propos de le regarder — augmenta la culpabilité de Sean.

— Je pense que j'ai trouvé, Sean. Livvy posa Orwell sur *ce* montant, de tous les endroits possibles, puis ébouriffa les oreilles du chien. Alors c'est là que tu étais, Georgia. Tu tenais compagnie à Sean?

Georgia. C'était donc le nom du petit gars, euh, de la petite. — Qu'as-tu trouvé? Il gardait un œil sur l'oiseau. Livvy devrait vraiment mettre des couches à ses animaux.

— Je pense que c'est dans cette pièce. Les bébés nobles naissaient toujours à la maison dans le lit ducal, alors Merriweather a probablement fait faire une plaque ou quelque chose et l'a accrochée ici pour proclamer l'heureuse occasion. Aide-moi à chercher.

Il déposa le chien sur le sol avec les autres et fut une fois de plus torturé par la vue de Livvy passant ses mains sur chaque surface. Ses petites mains délicates et gracieuses qui s'étaient senties si bonnes serrées contre sa peau et entrelacées dans ses cheveux et griffant son dos et...

Fichue pantalon.

Il devrait simplement abandonner et lui dire où était l'indice, parce qu'il ne savait pas combien de temps il pourrait encore tenir. Elle continuait à se pencher pour vérifier les moulures. S'étirant pour tâter autour du haut des tableaux. Murmurant pour elle-même quand elle découvrait une nouvelle possibilité, avec le plus sexy des petits soupirs comme s'il venait de découvrir un endroit secret sur son corps —

Concentre-toi, Manley.

Mais ensuite elle se déplaça vers la tête de lit, se penchant sur le matelas — s'allongeant *sur* le matelas — et Sean finit par *vraiment* abandonner. Il tendit la main pour que le perroquet grimpe dessus et s'apprêtait à atteindre le pommeau quand Livvy se retourna sur le lit.

— Aww, Sean. Je ne savais pas que tu t'en souciais, dit-elle en le regardant avec l'oiseau.

Oh, il s'en souciait. Mais pas de l'oiseau.

Ce dont il se souciait, c'était qu'elle était sur le lit avec ses bras au-dessus de sa tête, agrippant la tête de lit, sa jupe remontée sur ces jambes incroyables, et elle lui souriait comme si elle était sacrément contente de le voir.

Il était très évident dans ce pantalon complètement inutile qu'il ressentait la même chose.

Et elle le remarqua.

Sa respiration changea. Ses yeux s'écarquillèrent. Ses lèvres s'entrouvrirent en un doux O qu'il voulait goûter.

—*Je te surveille*. Le mimétisme d'Orwell était parfaitement synchronisé.

Sean secoua son excitation autant que possible et essaya de faire entrer une pensée claire, anodine et sûre dans sa tête. — Il euh… Il leva la main qui servait de perchoir à Orwell. Caca.

Elle gloussa. — J'aurais parié que tu n'aurais jamais dit ça.

— Pourquoi? Il grimaça alors qu'Orwell bougeait sur son poing. Ces griffes étaient acérées — et à ce moment-là, très bienvenues.

— Je ne sais pas. Vu comme tu t'indignes à propos de mes animaux, j'aurais pensé que de telles fonctions corporelles étaient en dessous de toi.

Il y avait *certaines* fonctions qu'il voulait définitivement *en dessous* de lui.

— Hé, j'ai surveillé ce chien toute l'après-midi. Georgia jappa comme si elle comprenait ce qu'il disait. Et je crains que les fientes de perroquet, euh, n'aient assez d'acidité pour peler le vernis du bois et il, tu sais… là où tu l'as perché.

Il sortit le chiffon de sa poche arrière — celui qu'il allait maintenant garder dans sa ceinture, drapé sur une zone en particulier — et commença à essuyer la matière offensante.

Ce qui suffit à faire vaciller le pommeau sur le montant.

Merde.

Sans jeu de mots.

— C'est lâche? Livvy s'assit sur le lit, ses cheveux tout ébouriffés, sa jupe toute remontée, et sa libido à lui toute *excitée*.

— Je me demande... Elle traversa le lit à genoux et Sean la déshabilla mentalement pendant qu'elle le faisait.

Il était un chien. Pire que n'importe lequel de ceux qui somnolaient dans cette pièce. Pourquoi diable ne pouvait-il pas se concentrer sur ce qui était important?

Tu le fais.

Ouais, sa conscience pouvait bien aller se faire voir. Les femmes, c'était pas ce qui manquait ; Livvy n'avait rien de si spécial. Certainement pas au point de renoncer à des millions de dollars potentiels et à la confiance et au respect de ses frères.

Continue à te mentir.

Livvy enroula sa main autour du poteau, ses doigts effleurant ceux de Sean.

Il était dans un sacré pétrin parce qu'il ne *pouvait pas* se mentir. Il n'y avait *aucune* autre femme comme Livvy.

Elle dévissa le fleuron.

— Oh! Regarde!

Il regardait, et c'était une vue magnifique.

Il ne parlait pas de l'indice.

Les yeux de Livvy s'illuminèrent et son sourire le traversa comme un rayon de soleil un jour de printemps. Elle incarnait tout ce qui était bon, lumineux et juste dans ce monde.

Et voilà qu'il se mettait à parler comme Merriweather et sa fichue poésie.

Livvy sortit le dernier indice de sa grand-mère. Sean glissa le chiffon dans sa ceinture et sortit son téléphone portable. Il lança l'application d'enregistrement. Ça gagnerait du temps pour la traduction.

Elle lut :

Lord William Martinson, premier du nom,
Perdit trois bébés, comme maudit par le sort
Le dernier, encore un fils,
Il le déclara être celui
Qui élèverait le statut de leur famille
De petite noblesse à illustre dynastie.

Elle plia l'indice et tapota ses lèvres avec, penchant la tête sur le côté, exposant cette douce courbe de son cou qu'il n'avait pas eu assez de temps d'explorer lors des deux brefs baisers qu'ils avaient partagés, et Sean ne pouvait qu'imaginer les délices cachés qu'il y trouverait...

— *Je te vois*, lança Orwell, peu enclin à laisser le silence s'installer.

— Alors, qu'est-ce que ça veut dire? Il éteignit l'application et remit son téléphone dans sa poche, plus pour s'occuper les mains que pour autre chose, afin de ne pas rester planté là à la contempler bêtement.

— Je ne sais pas, mais c'est tellement prétentieux, dit Livvy. Qui s'en soucie, vraiment? On n'est plus dans l'Angleterre féodale. Les serfs travaillent maintenant chez Microsoft et certains gagnent plus que beaucoup de ces maisons royales dépassées de nos jours. Le rêve américain. Pourtant, ma grand-mère persistait à perpétuer cet idéal monarchique qu'elle veut maintenant me transmettre. Je ne comprends pas.

— Mais tu comprends ça? Sean tapota l'indice, essayant de garder l'attention sur le travail, et non sur l'air mélancolique qu'elle arborait.

Livvy fit glisser l'indice entre ses doigts. — Je suppose qu'on doit découvrir qui était le quatrième fils de Lord Martinson. Puis comprendre ce qu'il a fait de si merveilleux.

Elle balança une jambe hors du lit, vacillant un peu en trouvant son équilibre, s'aidant de son bras pour le faire, et pour Sean, la chose la plus merveilleuse que le fils de William avait faite était de perpétuer l'arbre généalogique, jusqu'à Livvy.

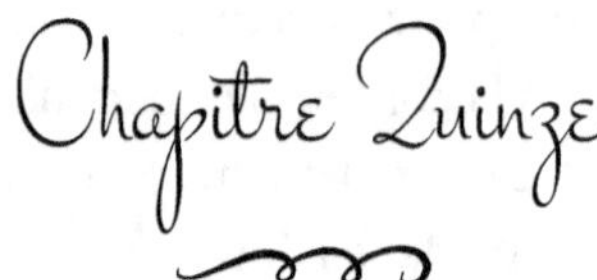

Chapitre Quinze

— Tu es sûr que tu n'as pas faim? Je peux te préparer quelque chose à manger, dit Livvy, adossée à la porte de la cuisine après avoir laissé sortir les chiens, en regardant Sean.

Il était vraiment beau. Trop beau.

Et il avait pensé la même chose d'elle.

Les yeux au-dessus de la ceinture, Carolla.

Bien. Elle les garda fermement fixés sur son visage — ce qui n'était pas une corvée, mais elle avait vu sa réaction en haut dans la chambre. Difficile de la manquer puisqu'elle avait été pratiquement à hauteur d'yeux et que ce pantalon ne pouvait rien cacher.

— Non, je dois finir les derniers box dans la grange. Les chèvres sont un peu trop énergiques pour un seul, et Reggie embête les oies, donc il lui faut un endroit.

— Oui, mais tu dois manger quelque chose. Et j'ai fait toutes ces courses.

Elle devrait arrêter de supplier. Ce n'était pas attirant — pas qu'elle essayait d'être attirante. Elle n'essayait pas.

N'est-ce pas?

Livvy se mordit la lèvre. Il était vraiment beau, et la chimie entre eux... *ouf.* Merriweather avait-elle vu ça venir quand elle avait mis cette stupide stipulation? Sûrement, sa grand-mère ne pouvait pas vouloir qu'elle fréquente *le personnel*? Comme c'était *de trop*...

La raison parfaite *pour* le fréquenter. Si elle avait besoin d'une autre raison, bien sûr.

Il se tenait dans l'encadrement de la porte de la cuisine après qu'elle soit entrée. — Qu'as-tu en tête?

Pendant un instant, Livvy le regarda simplement. Elle devrait lui dire ce qu'elle avait en tête.

— J'ai *un peu* faim. Tu as quelque chose de, tu sais, normal?

Oh. De la nourriture. Le déjeuner. Bien sûr. Livvy ramena son esprit dans cette pièce et non sur le petit voyage dans l'allée du Sexy qu'il avait entrepris.

— Normal? Qu'est-ce qui constitue exactement le *normal*? Parce que ces phosphates et ces tri-je-ne-sais-quoi-cides ne sont pas normaux. *Ça*, c'est artificiel. Ce que je prépare est bio. Bon pour la santé. Comme la *nature* l'a voulu, pas les grandes entreprises de pesticides.

Elle attrapa le fromage de vache nourrie à l'herbe qu'elle avait été ravie de trouver, et une miche de son pain préféré, du sucre brun, de la moutarde aux noix de pécan, le pot de cornichons bio, une tomate et une mangue. — Assieds-toi. Ça ne me prendra pas longtemps. Je te garantis que tu vas adorer mon sandwich au fromage grillé.

Elle adorait le regarder mettre la table. Tellement qu'elle faillit brûler le sandwich, tous ces muscles qui se contractaient et se tendaient...

Quelques-unes de ses propres parties se contractaient aussi.

Elle n'avait pas pu le sortir de son esprit toute la nuit dernière. Ce moment où ils avaient été dans la chambre de sa grand-mère plus tôt — sur le lit — il l'avait regardée *de cette* façon. Elle avait su exactement ce que *ce* regard signifiait et son sang avait commencé à bouillir. Ses terminaisons nerveuses s'étaient toutes mises à picoter et sa respiration s'était emballée.

Livvy se tortilla un peu en apportant les sandwichs à la table.

Il passa sa langue sur ses lèvres. — Wow, ça a l'air bon.

Il n'avait aucuuune idée...

L'assiette trembla lorsqu'elle alla la poser sur la table. Heureusement, Sean la lui prit et la posa doucement. — Que puis-je t'apporter à boire?

Un seau d'eau glacée à me verser dessus. — Euh, le thé glacé ira bien. Je l'ai infusé toute la nuit.

Elle avait liquéfié les cristaux de sucre brut ce matin et les avait mélangés avec du citron fraîchement pressé, puis ajouté de l'extrait de menthe selon son propre ratio secret. Une gamme de thés aux herbes allait être sa prochaine entreprise.

Sean ramena deux verres à la table. — Tu le présentes même joliment, dit-il, en lui tendant son verre alors qu'il enfourcha la chaise à côté d'elle.

— La présentation devrait être aussi bonne que la nourriture. Elle alterna les tranches de tomate avec la mangue et le cornichon pour un peu de sucré, un peu d'acidité, et un peu d'épice, le complément parfait au fromage corsé. — *Bon appétit.*

Elle le regarda prendre une bouchée. Elle adorait regarder les réactions des gens à sa nourriture. La plupart étaient tellement ancrés dans leur routine normale qu'ils ne pouvaient pas voir en dehors de la boîte pour apprécier ce qu'elle avait créé. Mais quand ils le faisaient, quand ils essayaient ses créations, ils étaient généralement très agréablement surpris.

Elle avait le sentiment que Sean était l'une de ces personnes, tellement pris dans sa routine quotidienne, faisant tout comme il l'avait toujours fait, que l'avoir autour de lui secouait un peu sa cage.

Ça secouait certainement la sienne.

— Mon Dieu, Livvy, c'est incroyable.

Tout comme la façon dont il lécha une tache de moutarde sur sa lèvre inférieure.

Elle le désirait.

Purement et simplement, elle désirait Sean. Et si cette bosse dans son pantalon tout à l'heure était un indice, il la désirait aussi.

Et qu'y avait-il de mal à ça? Deux adultes consentants...

Bien que ce n'était pas comme si elle pouvait simplement se pencher par-dessus la table et l'embrasser, puis balayer tout par terre et faire l'amour passionnément sur cette table en chêne vieille de trois cents ans —

Et pourquoi pas?

— Alors, dit Sean en prenant une bouchée, je pensais qu'on devrait regarder à nouveau la bible familiale et voir qui était ce quatrième fils. Ça pourrait nous donner une idée de l'endroit où elle aurait caché l'indice.

Oh. C'est vrai. Voilà pourquoi pas. Elle avait une date limite.

— Livvy?

— Je réfléchis. Mais pas aux indices. — Tu as raison ; la bible est probablement un bon endroit pour commencer. Il semble que tous les membres importants de la famille Martinson y soient répertoriés, donc ça devrait nous dire quelque chose.

— Ton nom y est-il? Il prit une autre bouchée et les muscles de sa joue se contractèrent, lui donnant une mâchoire très carrée qui était plus que légèrement virile.

Il était si bien adapté à ce travail. — Mon nom? J'en doute. Je ne suis pas une Martinson.

— Sur le papier, non, mais par le sang, tu l'es. Je pensais que Merriweather aurait mis ton nom dedans, même si c'était seulement après avoir écrit son testament.

Livvy prit son sandwich et fixa le fromage fondu qui débordait de sous la croûte. — Tu ne la connaissais visiblement pas bien. Ça ne m'étonnerait pas qu'ils n'aient jamais servi d'olives lors d'aucune réception ici, juste pour éviter toute chance que mon nom soit prononcé. Je veux dire, t'a-t-elle déjà parlé de moi?

— Non.

— Et depuis combien de temps travailles-tu pour elle?

— Euh... Il prit une bouchée de son sandwich. Puis une longue gorgée de thé. Ensuite quelques tranches de mangue. Croqua dans un cornichon.

— Ça a dû être toute une expérience si tu ne veux pas en parler, dit-elle en déposant quelques-unes de ses tranches de mangue dans son assiette.

— C'était certainement une expérience de connaître la vieille Merriweather. Il fit tournoyer le thé dans son verre. — C'est vraiment bon. Tu devrais le mettre en bouteille et le vendre.

— C'est l'idée. Mais c'est un gros investissement de départ avec tout l'embouteillage, l'étiquetage et la réfrigération, sans compter que le thé est un peu cher. Mais une fois que j'aurai vendu cet endroit, j'aurai cet argent.

Sean s'étouffa avec la gorgée de thé qu'il venait de prendre. Rien de tel pour la faire culpabiliser. — Oh, ne t'inquiète pas, Sean. Je trouverai bien quelque chose à faire de toi quand je vendrai.

Sean toussa. — Faire de moi?

— Eh bien, oui, tu sais, si je vends, tu pourrais te retrouver sans emploi. Mais je pense que quiconque peut se permettre mon prix de vente pourra aussi se permettre les frais mensuels d'exploitation, donc ils pourront te garder comme condition de la vente. Ou, si tu préfères, j'intégrerai ton salaire, disons, pour deux ans, dans le prix demandé. Comme ça, tu n'auras pas à t'inquiéter.

Je sais à quel point c'est dur de voir son revenu disparaître du jour au lendemain.

Il s'étouffa avec la gorgée de thé suivante.

Livvy bondit sur ses pieds et lui tapa dans le dos jusqu'à ce que ses voies respiratoires soient dégagées. — Ça va?

Il toussa, puis toussa encore, puis passa une main sur sa bouche. — Euh, ouais. Ça va.

Il allait vraiment bien.

Livvy soupira en se rasseyant sur sa chaise. Voilà. Elle le lui avait dit. Maintenant, il fallait faire accepter les acheteurs potentiels.

— Comment en es-tu venu à faire ce travail?

Sean leva les yeux. — Quoi?

— Je t'ai demandé comment tu en étais venu à travailler comme femme de ménage. Tu as perdu un pari ou quelque chose comme ça?

Et le voilà qui s'étouffait à nouveau. Il vida son thé, toussa beaucoup, et fourra le reste de son sandwich dans sa bouche – probablement pas la meilleure idée vu tous ces étouffements, mais il mâchait encore en se levant et en portant sa vaisselle à l'évier. — On devrait vraiment jeter un œil à cette bible. J'ai le sentiment que cet indice va demander beaucoup plus d'efforts à comprendre que les autres.

Alors qu'ils retournaient à la bibliothèque, Sean essaya de ne pas être impressionné. Il essaya de ne pas l'apprécier. Il essaya de détourner le regard et de la chasser de son esprit.

Mais il ne fit rien de tout cela.

Parce que, oui, elle l'impressionnait terriblement. Elle était si farouchement indépendante, si résolument autonome, et si douce de s'inquiéter pour lui qu'il ne pouvait s'empêcher de l'admirer. En tant qu'être humain.

En tant que femme... eh bien, c'était un tout *autre* niveau d'intérêt.

Cela n'allait pas bien se terminer. C'était impossible. Par sa nature même, l'un d'eux allait perdre. Sean était tiraillé entre prier pour que, quelle que soit l'issue, ce ne soit pas *lui* le plus grand perdant, mais cela signifierait que ce serait Livvy et... merde.

La bible leur donna un nom – et non, le nom de Livvy n'y était pas – mais elle ne leur donna rien d'autre.

Ils sortirent un livre d'histoire de l'époque de son ancêtre, mais pour l'homme qui devait élever la famille à des proportions dynastiques, il y avait lamentablement peu d'informations sur lui.

— Alors y a-t-il quelque chose sur la propriété avec son nom dessus? demanda Livvy en replaçant le livre sur l'étagère. Une statue ou une plaque ou un monument ou quelque chose, tu sais?

Sean avait parcouru la plupart des terrains et les seules statues qu'il avait vues étaient celles de dieux grecs ou romains. — La seule chose que j'ai vue honorant tes ancêtres est la galerie de portraits. Peut-être que c'est là.

Tant pis pour l'affirmation de Livvy selon laquelle Merriweather ne voulait pas qu'elle trouve l'indice. Celui-ci était attaché au dos du portrait de Lawrence Martinson Ier, homonyme du père de Livvy, dont la seule prétention à la gloire était d'avoir eu douze enfants. Dont onze filles.

— On pourrait penser que ma grand-mère n'aurait pas nommé son fils d'après quelqu'un qui avait laissé tomber la famille en ne produisant pas assez de descendants mâles, dit Livvy, tapotant le prochain indice qui l'envoyait de nouveau à la bibliothèque publique demain. Mais je suppose qu'elle ne s'attendait jamais à ce qu'il déçoive la famille de manière si spectaculaire en choisissant ma mère et, pire encore, en me produisant.

Pour Sean, le père de Livvy méritait d'être félicité pour cela. — L'échec était celui de Merriweather, Livvy. C'est peut-être *pour ça* que ton père a choisi ta mère. Il voulait vivre sa vie selon *ses* conditions, pas celles de Merriweather. Tout comme toi.

Il sut que c'était la mauvaise chose à dire au moment où les mots quittèrent sa bouche. Livvy avait travaillé trop dur pour s'établir sans le soutien du nom Martinson. La comparer à l'incarnation de ce qu'elle ne voulait pas être... Sean se prépara à une diatribe.

Au lieu de cela, il eut droit à un dos raide, une paire d'yeux plissés et la voix la plus sèche qu'il ait jamais entendue.

— Je ne suis *pas* comme mon père et je ne le serai jamais. Je ne suis *pas* une Martinson.

Chapitre Seize

Comme son père? Livvy ruminait encore cette conversation le lendemain matin dans la grange en nettoyant les stalles, l'analogie avec sa vie lui semblant un peu trop proche pour son confort. Elle n'était *pas* comme son père. Elle était aussi loin d'être une Martinson que... que... que Reggie l'était.

Ce dernier était également un peu trop proche pour son confort, lui donnant des coups de tête dans les fesses quand elle entrait dans son box.

— Je sais, Reg, mais tu ne peux pas dormir dans la maison. Sean a raison. Je ne peux pas vous laisser la détruire dans un accès de colère. Je veux en tirer le meilleur prix possible. Je te donnerai ta propre chambre quand je rénoverai notre ferme.

Elle lui caressa la joue. Il aimait ça. Il aimait aussi qu'elle lui gratte sous le menton, mais il était généralement trop « baveux » et elle n'avait rien pour s'essuyer. Il ronronna du mieux qu'un cochon pouvait ronronner en se penchant vers sa main.

Livvy dut faire un pas de côté pour garder l'équilibre. Reggie était devenu beaucoup plus fort en grandissant. Cette grange serait l'endroit parfait pour lui. Pour tous les animaux. Les paons semblaient le penser aussi. Ils avaient même daigné « accepter » la nourriture des poules.

Livvy secoua la tête en les chassant. Elle ne resterait pas. Elle devait se sortir ça de la tête. Merriweather avait-elle espéré que l'endroit lui plairait et qu'elle en ferait sa maison? Eh bien, elle avait des nouvelles pour Merriweather Martinson qui, malgré tout son argent et ses plans, ne *comprenait pas* que le bois et les bardeaux ne faisaient pas un foyer. Un foyer, c'était là où elle pouvait se sentir en sécurité. Enracinée. C'était son havre. Sa place dans le monde. Cet endroit ne l'avait jamais été et ne pourrait jamais l'être.

— Bonjour? Mlle Carolla? Une voix de femme résonna dans la grange, accompagnée des reniflements excités de ses chiens si peu gardiens.

Livvy s'essuya les mains.

— J'arrive tout de suite.

Elle accrocha la fourche à un crochet sur le mur hors de portée de Reggie et sortit de son enclos. Une femme se tenait dans l'embrasure de la porte, entourée de la meute qui l'accueillait visiblement avec des queues frétillantes. Livvy avait toujours considéré les chiens comme de bons juges de caractère. Après ce que beaucoup d'entre eux avaient survécu - négligence, cruauté, abandon - ils n'accueillaient pas facilement les étrangers. Cela parlait en faveur de cette femme qu'ils l'aient acceptée.

Et Sean. Ils l'avaient accepté tout de suite. Georgia avait même un petit faible pour lui.

Livvy pouvait tellement s'y identifier.

Hé ho? Concentre-toi sur la personne présente.

— Euh, oui?

— Bonjour. Je suis Mac Manley.

La femme s'avança vers elle, la main tendue.

— Je suis propriétaire de Manley Maids.

Et dire que Livvy avait pensé que *Sean* était la raison pour laquelle l'entreprise portait ce nom. Néanmoins, c'était une bonne stratégie marketing d'avoir des femmes de ménage masculines.

— Enchantée.

Livvy lui serra la main.

— Je voulais passer voir comment les choses se passaient. J'aime toujours saluer les nouveaux clients, même si, techniquement, la succession Martinson n'est pas nouvelle puisque nous sommes sous contrat depuis un an. Comment se débrouille Sean? Êtes-vous satisfaite de ses performances?

Pas encore...

Livvy toussa. Hmm, on dirait qu'elle avait attrapé sa toux.

— Euh, oui. Il fait du très bon travail.

— Bien, je suis contente de l'entendre. Je mets un point d'honneur à offrir un excellent service à mes clients. Donc Sean est tout ce que vous espériez?

Elle était *vraiment* une mauvaise personne pour transformer les commentaires de cette femme en quelque chose de chaud et sexy.

Livvy rassembla les pans de son chemisier déboutonné et les croisa sur son caraco avant de croiser les bras.

— Euh, oui. C'est... il est... bien.

Il l'était certainement. À bien des égards. Il la faisait sourire et rire. Et il était sacrément beau en le faisant.

— Travaille-t-il pour vous depuis longtemps?

Mac rit.

— Sean? Pas longtemps, mais il est bon. Je ne le laisserais pas travailler pour moi autrement. La satisfaction de mes clients est ma priorité absolue.

Elle posa ses mains sur ses hanches.

— Alors, y a-t-il d'autres besoins que Manley Maids pourrait satisfaire?

Livvy avait vraiment besoin de sortir son esprit du caniveau parce qu'elle était prête à déballer une liste qu'un certain Manley Maid *pourrait* satisfaire.

— Euh, non. Je pense que ça va. Sean, euh, gère très bien tous les aspects du travail. Il m'aide même avec quelques projets supplémentaires.

— Oh?

Zut, même *elle* pouvait lever un sourcil.

— Je prévois de vendre la propriété et il fait des choses comme nettoyer ces stalles pour m'aider à la préparer. Elles étaient remplies de cartons et je n'avais nulle part où mettre mes animaux.

Elle lui raconta l'incident dans le salon.

— Il était plus qu'un peu contrarié.

— Je peux comprendre pourquoi.

Mac croisa les bras et tapota ses doigts sur son bras.

— Il est très consciencieux.

— N'est-ce pas?

Mac regarda autour d'elle.

— Et il m'aide avec une chasse au trésor.

— Une quoi?

Livvy expliqua l'idée bizarre de blague de Merriweather.

— Donc si je n'apporte pas tous les indices à M. Scanlon dans les deux prochaines semaines, je perds la succession.

— Et Sean vous aide à chercher?

— Oui. C'est vraiment gentil de sa part.

— N'est-ce pas?

Mac sortit une carte de visite de sa poche et la tendit à Livvy.

— Voici ma carte. Si vous avez besoin de quoi que ce soit, n'hésitez pas à m'appeler. J'aime que mes clients soient satisfaits.

Livvy voulait dire que Sean aussi, mais elle craignait d'en avoir déjà trop dit à son sujet. Elle ne voulait pas que Mac se fasse de fausses idées sur elle et Sean.

Mac avait une sacrée bonne idée de ce que Sean mijotait avec Livvy. Et elle avait envie de le tuer. Pas étonnant qu'il ait sauté sur la succession Martinson dès qu'elle l'avait mentionnée.

Elle pensait qu'elle aurait dû le convaincre, mais non. C'était *cet* endroit qu'il prévoyait d'acheter. Elle savait tout de la grande propriété qu'il négociait pour la transformer en son complexe de luxe. Elle savait aussi que Liam et Bryan étaient dans le coup. Elle avait été un peu déçue de ne pas avoir pu participer à l'action, mais son compte en banque ne pouvait pas rivaliser avec les leurs, c'est pourquoi elle avait dû recourir à la tricherie lors de la partie de poker.

Mais cela avait du sens. Sean avait été un peu *trop* conciliant avec l'un de ses plus gros clients. Elle était venue aujourd'hui pour vérifier que tout allait bien et pour parler à tous les deux des photos publicitaires, à la fois pour la propriété et pour Manley Maids.

Mais avec Sean qui essayait de saboter Livvy, cette option était exclue.

Cela ne ferait pas bonne figure quand on apprendrait que Manley Maids l'avait mis en position *de* la saboter. S'il réussissait, le nom de Manley Maids serait traîné dans la boue. Soudain, son petit pari au poker prenait des proportions épiques.

Les gagnants ne trichent jamais et les tricheurs ne gagnent jamais. Grand-mère avait dû dire cela un millier de fois pendant son enfance.

Mais elle n'avait *pas* triché. Pas vraiment. Compter les cartes était un talent ; ce n'était pas comme si elle en avait caché dans sa manche. Elle savait simplement avec une certitude raisonnable qu'elle avait la meilleure main lors de ce dernier tour. Elle n'aurait pas misé son entreprise, son avenir, sur un coup de tête à moins d'être raisonnablement certaine de gagner.

Mais elle n'avait jamais vu venir ça.

Elle se gara à l'entrée arrière de la maison et se dirigea vers la porte, se cognant l'orteil contre une brique délogée sur le chemin. Elle nota mentalement d'en parler à Sean. Il pourrait ajouter ça à sa liste d'autres « projets spéciaux ».

Elle le trouva dans le salon, en train d'enrouler le tapis qui devait être celui que les chèvres avaient mâchouillé.

— J'entends dire que tu as des arrière-pensées.

— Salut, Mac. Il leva les yeux, les cheveux en désordre et le visage un peu en sueur. Bon sang, il était bel homme, et si elle pouvait seulement le promouvoir comme ça, elle aurait des femmes offrant le double pour ses services.

Le salaud.

— Ne me fais pas ton *salut Mac*, Sean. Je sais ce que tu manigances et je te dis d'arrêter. Tu n'as pas le droit de saboter l'héritage de Livvy et mon entreprise pour un stupide complexe dont les gens qui ont trop d'argent n'ont pas besoin. Ils peuvent aller dans les Catskills s'ils sont si déterminés à jouer les durs dans le luxe.

— Mac, calme-toi.

— Non, je ne me calmerai *pas*. C'est *mon* entreprise. *Mes* moyens de subsistance dont nous parlons. *Comment* as-tu pu? Comment as-tu pu me faire ça? Je t'ai fait confiance.

— Tu crois que l'idée me *plaît*, Mac? Crois-moi, c'est la dernière chose que je veux faire. Il ne le niait pas, heureusement. Pas qu'elle l'aurait cru, mais au moins il ne lui mentait pas en face. Par omission, oui, mais la poêle ne pouvait pas vraiment se moquer du chaudron sur ce coup-là.

— Le projet est trop avancé à ce stade. J'ai investi presque tout ce que j'ai là-dedans. J'ai déboursé de l'argent pour les inspections, l'architecture et les examens d'ingénierie. Les frais de conception, les intérêts et tout un tas d'autres dépenses que je perdrai si cette affaire ne se fait pas. Les affaires sont les affaires, mais j'essaie de trouver un moyen pour que personne ne soit blessé parce que ça me ruinera si ça n'aboutit pas.

— Tu n'es pas le seul, Sean. C'est *mon* entreprise. Si tu fais ça, si ça s'ébruite, je suis finie.

— Je te donnerai le contrat ici. Rien ne changera.

— *Tout* changera. D'abord, le népotisme est un mot aussi sale que d'autres auxquels je pense et je ne devrais pas avoir besoin de népotisme pour garder un contrat que j'ai obtenu par moi-même en premier lieu. J'ai travaillé dur pour le garder. Et Livvy? Que penses-tu qu'elle va faire quand elle l'apprendra?

— Ça n'aurait jamais dû être un problème, Mac. Tout se mettait en place jusqu'à ce que Merriweather ait un changement de cœur de dernière minute et nous fasse un coup en douce. J'ai dû réagir. Pour nous tous : toi, moi, Liam, Bryan. Grand-mère.

— Ne mêle pas Grand-mère à ça, Sean. N'ose même pas. Elle est complètement innocente dans tout ça. Mac se mordit la lèvre. Ce n'était pas tout à fait vrai, mais Grand-mère n'avait pas été celle qui avait compté les cartes. — Et si tu penses que c'était de dernière minute de la part de Merriweather, tu ne la connaissais évidemment pas très bien. Elle ne faisait jamais rien à la dernière minute. Si elle allait changer son testament, tu peux être sûr qu'elle savait exactement *ce* qu'elle faisait et exactement *pourquoi* elle le faisait, et elle savait définitivement *comment* elle le faisait. Pour une raison quelconque, elle t'a mené en bateau. Elle t'a promis des choses qu'elle n'avait peut-être aucune intention de tenir. Mais elle travaillait aussi l'angle Livvy. Ce n'était pas un coup de chance. Cette femme ne prenait pas de décisions à la va-vite. Jamais. Crois-moi. Elle avait un plan.

Sean s'assit sur le tapis. — D'accord. Très bien. Peu importe, mais le fait est que j'ai besoin de cet endroit. J'ai beaucoup d'argent investi dedans.

— Alors achète-le comme n'importe qui d'autre le ferait.

Il pencha la tête. — Le budget n'est pas là.

— Alors tu n'aurais pas dû avoir les yeux plus gros que le ventre.

— Ce n'est pas le cas. Tous mes plans étaient basés sur les chiffres qu'elle m'avait donnés. Les chiffres que j'ai encore une chance d'atteindre si Livvy n'hérite pas. Alors la propriété est à moi.

— Comment peux-tu lui faire ça? N'a-t-elle pas assez souffert avec cette famille? Maintenant tu vas lui voler la seule chose qu'ils lui ont enfin donnée? Comment peux-tu vivre avec toi-même, Sean?

Il passa une main sur sa bouche. — C'est compliqué, Mac.

— Ouais, sans blague. Et tu m'entraînes avec toi. Elle mit ses mains sur ses hanches. — Je suis désolée, Sean, mais tu es viré.

— Tu ne peux pas me virer.

— Je viens de le faire.

— Je pourrais lui dire que tu étais au courant de tout.

— Tu me fais du chantage?

— Non. Mais je pourrais.

— Donc tu le fais.

— Non, Mac, ce n'est pas le cas. J'essaie de sauver ça pour tout le monde, mais si je pars maintenant, c'est fini. Terminé. Je perds. C'est garanti. Donne-moi jusqu'à la date limite de Livvy. Je trouverai quelque chose.

Mac le fixa du regard. Elle ne devrait pas. Elle ne devrait vraiment pas. Elle devait penser à son entreprise. À sa réputation.

Mais elle pensait aussi à toutes les fois où ses frères s'étaient battus pour elle. L'avaient protégée. Avaient aidé Gran et elle. C'étaient de bons gars. Tous. Si Sean disait qu'il trouverait un moyen pour que ça marche pour tout le monde, elle devait lui donner cette chance. Combien de fois lui avaient-ils accordé du mou? — D'accord. Mais seulement si tu peux trouver une autre solution.

— J'y travaille, Mac.

Elle expira et se retourna. Elle devait commencer la promo de Liam et Bryan parce que celle de Sean était perdue d'avance. — Je n'arrive pas à croire que j'ai...

— Tu as quoi?

— Rien. Laisse tomber. Pas question qu'elle révèle *Le Plan*. Celui qu'elle avait commencé et auquel Gran s'était jointe.

Elle avait voulu utiliser ses frères riches et beaux comme outils promotionnels, capitalisant totalement sur le jeu de mots de leur nom de famille et à quel point ils étaient beaux dans ces uniformes. Gran voulait leur trouver des femmes dont ils tomberaient amoureux, et quelle meilleure façon que de les mettre dans les maisons de ces femmes? Mac avait vu l'avantage immédiat pour elle-même : Gran serait occupée avec les vies amoureuses de ses frères et resterait en dehors de la sienne.

C'était parfait. Alors quand M. Scanlon l'avait appelée pour discuter du contrat de Manley Maids et avait mentionné que Livvy arriverait, elle avait fait ses recherches. Quand elle avait vu la photo de Livvy, elle avait pensé que Sean ne pourrait pas résister. *C'est* pour ça qu'elle lui avait proposé le domaine Martinson. Si seulement elle avait su que c'était l'endroit qu'il prévoyait d'acheter, elle aurait fait les choses différemment.

Le karma lui rendait la monnaie de sa pièce pour ces cinq cœurs qu'elle avait jetés sur la table de poker.

Sean expira. Longuement et bruyamment. — Écoute, je vais trouver quelque chose, mais je ne vais pas perdre l'investissement de Lee et Bry. Ils croient en moi ; je *dois* tenir mes engagements.

Son cœur se serrait pour lui. Il avait toujours eu plus de difficultés que les deux autres. Enfant du milieu, deuxième fils, problèmes d'apprentissage à l'école, toujours en train de faire des bêtises... Sean avait dû se battre et gratter pour tout ce qu'il avait, contrairement à Liam, pour qui tout venait facilement, ou Bryan, qui avait ce visage depuis sa naissance et des femmes qui lui couraient après peu après. Les choses venaient facilement à ces deux-là, mais Sean? Il avait dû travailler aussi dur qu'elle.

Et avec ce qu'elle avait fait au jeu de poker, avait-elle vraiment le droit de le juger pour ce qu'il envisageait de faire?

— Tu ne peux pas la laisser tomber, Sean. Elle doit tirer quelque chose de tout ça. Ce n'est pas juste.

— Je sais, Mac. Et je ne veux pas blesser Livvy. J'ai deux semaines. Je travaille à trouver une solution. Je n'ai pas l'intention de la laisser partir les mains vides. Je ne suis pas un salaud sans cœur, juste un désespéré. Tu crois que ça me plaît de lui faire ça? C'est une personne gentille. C'est Merriweather qui a causé ça, pas moi. Mais je ne peux pas renoncer aux millions de dollars de potentiel de gain, sans parler de l'argent que j'ai déjà investi.

— Et Manley Maids. Tu dois t'assurer que ma réputation reste intacte.

— Je te le promets. Je ferai ce qu'il faut pour m'assurer que ton nom ne soit pas entaché.

— Je n'aime pas ça.

— Ça fait trois d'entre nous parce que je peux te garantir qu'elle non plus, elle n'aimera pas ça.

Chapitre Dix-Sept

Sean fixait à nouveau l'écran de son ordinateur portable. Les chiffres ne mentaient pas. Ils ne correspondaient pas non plus. Peu importe ce qu'il avait promis à Mac, il ne pourrait pas atteindre les objectifs dont il avait besoin s'il payait Livvy plus d'argent — s'il pouvait même en trouver. Peut-être qu'elle serait disposée à le lui vendre au prix de Merriweather.

Mais pourquoi le ferait-elle ? Elle ne lui devait rien.

Il parcourut la liste des investisseurs potentiels qu'il avait compilée. C'était soit eux, soit demander à Livvy d'accepter le montant inférieur, et il ne voulait vraiment pas risquer de dévoiler son jeu au cas où elle dirait non.

Bon sang, il en avait tellement marre de cette référence au poker.

Il éteignit l'ordinateur et enfila un t-shirt, sacrément content d'être sorti de son uniforme, et se dirigea vers le court de racquetball avec Liam. Il rechercherait l'indice que Livvy et lui avaient trouvé à son retour, car s'il devait rester dans cette maison une minute de plus, il deviendrait fou.

Toute cette situation le rendait fou.

Et Orwell aussi, qui s'engouffra dans sa chambre et atterrit sur son épaule.

— *Oups, j'ai recommencé* !

L'oiseau imitait soit une star de la pop, soit il avait fait quelque chose que Sean ne voulait vraiment pas savoir. Mais, bien sûr, pris d'une crainte morbide, il demanda : — Qu'as-tu fait, Orwell ?

La réponse de l'oiseau fut la ligne suivante sur le fait de jouer avec le cœur de quelqu'un.

Pas la chanson dont Sean avait besoin en ce moment. N'y avait-il pas une ligne dedans sur le fait de se perdre dans un jeu?

Sean transféra le perroquet sur sa main et traversa le couloir en direction de la porte ouverte de Livvy pour rendre Orwell à sa gardienne légitime.

Il était déjà entré quand il réalisa qu'il aurait dû frapper.

Elle sortit de la salle de bain en serviette avant de réaliser qu'il était dans la pièce.

Orwell se lança dans une interprétation de "Bad Girls" de Donna Summer que Sean n'avait vraiment pas besoin d'entendre.

— Orwell! Le visage de Livvy devint aussi rouge que ses cheveux et elle tendit la main pour récupérer le perroquet. Le mouvement desserra sa serviette et elle dut se débattre pour garder toutes les parties couvertes.

Quel dommage.

Sean se souvint enfin de se retourner. — Oh, désolé. La porte était ouverte et je n'ai pas pensé...

— En fait, elle était fermée. Orwell déteste être enfermé, mais je ne pensais pas qu'il verrait la chambre comme une cage. Et je ne savais certainement pas qu'il savait comment actionner un loquet. Ça va rendre les choses, euh, inté-ressantes.

— D'accord, alors, je vais te laisser... Il agita sa main derrière lui. — J'ai un match de racquetball ce soir, donc je te verrai plus tard.

— Tu joues au racquetball?

Continue d'avancer, Manley.

Bien sûr qu'il jouait. — Ouais.

— Je n'ai pas joué au racquetball depuis des années.

Sors maintenant, Manley. — Tu joues?

— Pas très bien. Mais nous avions un court à l'école et j'aimais bien ça.

Sean ferma les yeux pendant une seconde. Il n'avait pas besoin de cette tentation. Vraiment pas.

Mais il se retourna quand même. — Tu veux venir?

— Tu es sûr que ça ne te dérangerait pas?

Oh, ça le dérangerait. Tout le temps qu'elle courrait sur le court en short et t-shirt qui ne cacheraient rien, avec la sueur coulant sur tout son corps, sa peau rosie par l'effort, ça le dérangerait. *Beaucoup.*

Ça le dérangerait que tout cet effort ne soit pas pour lui, et qu'il ne puisse pas lui enlever son t-shirt et son short et glisser ses mains sur sa peau soyeuse—

— Non. Pas du tout. Je vais appeler Liam et voir s'il peut trouver quelqu'un d'autre pour un quatuor.

Il y avait un mot — et une image — dont il n'avait pas besoin.

Il allait devoir porter une coquille pour le match de ce soir parce que les shorts en nylon ne cacheraient pas plus sa réaction à elle que ces stupides pantalons de travail.

Il avait le sentiment que rien ne le ferait quand il s'agissait de Livvy.

— Tu as amené *Cassidy*? Sean ne savait pas s'il devait rire ou être horrifié. Cassidy Davenport, la cliente de Liam, était la seule personne qu'il pouvait imaginer être plus déplacée sur un court de racquetball que Livvy.

Liam ouvrit la fermeture éclair de son sac de racquetball, puis enfila son gant. — Ce n'est pas comme si j'avais eu beaucoup de temps pour trouver quelqu'un d'autre, et elle a entendu.

Sean regarda là où les filles s'échauffaient. — Elle est en rose. Avec des strass.

— Ne m'en parle pas. Liam leva les yeux au ciel.

Sean décida de rire parce que le pauvre Lee détestait le rose autant qu'il détestait les strass. Probablement plus que n'importe quel homme vivant. Mais bon, il avait ses raisons.

— Elle sait que c'est un sport, n'est-ce pas? Qu'on a chaud et qu'on transpire et que le maquillage va couler de son visage?

— Si elle ne le sait pas, elle le saura bientôt. Ça pourrait rendre tout ça intéressant. Liam jeta sa raquette sur son épaule. — Du progrès avec la gitane?

Sean dut rire de lui-même cette fois. Il avait pensé devoir s'inquiéter de Livvy en short moulant et t-shirt, pas d'une espèce de jupe qui s'évasait sur ses hanches avec des perles qui en pendaient et d'un haut à volants qu'il craignait à moitié de voir s'envoler si elle changeait de direction trop vite. Une tenue de sport uniquement dans le monde de Livvy, mais elle avait dit qu'elle n'avait pas prévu d'en avoir besoin pendant son séjour au domaine, donc celle-ci devrait faire l'affaire. Dieu merci, elle avait au moins des baskets ; ces bottes de combat dont elle était si friande lui auraient fait se casser une cheville dès le premier jeu.

— Nous suivons les indices. Demain, nous allons à la chasse aux berceaux.

Liam arqua un sourcil. — Tu te rends compte que c'est une ligne de pensée dangereuse autour de n'importe quelle femme, n'est-ce pas?

Sean ignora le frisson dans son sexe. — Crois-moi, ce n'est pas un problème.

— Célèbres dernières paroles, soupira Liam. Allez, finissons-en avec cette torture.

Et une torture, c'était. Sean se surprit à regarder plus souvent le postérieur de Livvy que la balle. Et Liam, malgré son attitude dégoûtée envers le grand milkshake rose et mousseux qu'était *sa* cliente, était tout aussi facilement distrait, manquant le retour du service de Livvy.

— Youhou! Un point pour moi! s'exclama Livvy en bondissant vers Sean pour lui taper dans la main dans toute sa gloire rebondissante.

Bon sang, au diable la coquille qu'il aurait dû porter ; elle avait besoin d'un soutien-gorge de sport. Plusieurs même. Parce que celui qu'elle portait aurait tout aussi bien pu ne pas être là, si tant est qu'elle en portait un. Il pouvait voir ses tétons à travers son t-shirt.

— Sean?

Il secoua la tête. — Oui?

— Tu n'es pas excité?

Plus qu'elle ne pouvait l'imaginer. — Pardon?

— On est en train de gagner.

— Ah. Oui. Il frappa sa paume avec la sienne. Mais il y a encore un long chemin jusqu'à quinze.

— Et ne vous réjouissez pas trop vite avec un point d'avance. Cass et moi allons vous laisser dans la poussière, grommela Liam en lançant la balle à Sean.

— Cass-i-dy, Liam. Je n'aime pas Cass. *Mlle* Davenport rentra son t-shirt rose pâle moulant, déjà rentré, dans son short blanc. Elle devrait plutôt s'inquiéter des strass autour de l'encolure car Sean pouvait déjà les imaginer rebondir partout sur le sol si quelqu'un la heurtait.

L'expression sur le visage de Liam quand elle le corrigea laissait penser que Lee pourrait bien le faire. — Sers, Sean, dit-il entre ses dents serrées.

Oui, ça allait être une longue partie.

Et une partie transpirante, aussi. Les filles étaient, malgré leurs vêtements inappropriés, plutôt athlétiques. Livvy faisait balancer et onduler ces perles en couvrant le terrain, renvoyant le rally avant qu'il y ait un second rebond. Il était convenablement - et étonnamment - impressionné.

— Tu as besoin d'une pause, Cass? Liam avait utilisé ce surnom depuis que Cassidy avait dit qu'elle ne l'aimait pas. Sean aurait pu lui dire que ça arriverait. Cassidy était exactement le type que Liam avait appris à *ne pas* apprécier, et honte à Mac de l'avoir associé à elle. Sa dernière petite amie sérieuse avait été exactement comme Cassidy : une femme qui comptait sur les hommes dans sa vie pour prendre soin d'elle. Ils s'étaient tous demandé pourquoi Liam était si soumis mais n'avaient rien dit. C'était le Code des Frères. À moins qu'ils ne surprennent une petite amie en train de tromper ou quelque chose d'aussi terrible, ils soutenaient le choix de leur frère. Alors quand il s'était avéré qu'elle avait effectivement quelqu'un d'autre dont ils ne s'étaient pas rendu compte, ça avait été un coup dur pour Lee, et il avait juré de ne plus jamais s'approcher des femmes depuis. C'était cruel de la part de Mac de lui confier la cliente la plus exigeante qu'elle avait.

— Sean, tu vas servir ou la regarder? Je n'ai pas toute la nuit, tu sais.

Liam se balançait d'un côté à l'autre et faisait tourner le manche de sa raquette dans sa paume comme s'il s'agissait d'un jeu à gros enjeux.

— Allez, Sean. Je suis prête. Livvy lui sourit et Sean voulait lui montrer à quel point *il* était prêt-

D'accord, peut-être qu'il y avait quelques enjeux assez importants.

Elle avait l'air si adorable. Et sexy en diable. Et cette combinaison était garantie pour lui aspirer le cerveau par son-

Il servit.

Et manqua son coup.

— Encore un, Sean, grogna Lee triomphalement derrière lui. Si tu perds le service, tu peux dire adieu à cette partie.

Sean ne le fit pas, réussissant à se concentrer suffisamment sur le jeu, et lui et Livvy marquèrent deux points de plus avant que le service ne change d'équipe.

— Les dames d'abord. Liam balaya l'air de son bras vers Cassidy et lui lança la balle. Montrons-leur comment on fait, *Cass*.

Elle le fusilla du regard à travers ses lunettes de protection - bien sûr - incrustées de strass.

Mais elle avait un service redoutable et Sean dut se concentrer pour le renvoyer. Puis Liam s'y mit et soudain le jeu devint impitoyable. Sean aurait pu être étonné que les filles suivent le rythme s'il avait eu le temps d'être étonné. Le rally lui arrivait vite et fort. Cassidy n'était pas maladroite au racquetball, mais la pauvre Livvy était hors de sa ligue.

— Je suis désolée, marmonna-t-elle alors qu'elle leur faisait perdre leur quatrième point consécutif. Je suppose que je suis beaucoup plus rouillée que je ne le pensais.

Sean lui tapota l'épaule. — Courage. On n'a que deux points de retard.

— Oui, mais on avait quatre points d'avance.

— On va remonter.

— Si tu le dis.

Il essaya de les rapprocher à un ou deux points, mais Liam-en-mission et Cassidy-membre-de-l'équipe-de-racquetball-du-country-club cédaient à peine le service. La troisième fois qu'ils le firent, Sean aurait pu jurer qu'un regard passa entre eux - et ce n'était pas les regards antagonistes avec lesquels ils avaient commencé.

— Allez, Liv, reprends-toi, chuchota-t-il en passant derrière elle pour prendre sa place au fond du court. Tu te débrouilles très bien.

Elle leva les sourcils vers lui. — Je n'aimerais pas voir ta définition de *mauvais* si tu penses que c'est bien.

Il devait lui reconnaître ça, cependant ; elle n'abandonnait pas. Elle continuait à courir partout sur ce terrain, se prenant quelques coups d'épaule contre le mur quand son élan la faisait continuer d'avancer. Elle allait avoir de vilains bleus.

Et il voulait embrasser chacun d'entre eux.

— Marqué! Liam leva les bras et poussa des cris de joie quand Sean manqua le rally. Cassidy sautait de haut en bas, quelque chose dont il aurait normalement profité si a) il n'était pas en train de perdre, b) Liam n'avait pas l'air si intéressé par ces sauts, et c) Livvy n'était pas si abattue par leur score.

Il passa un bras autour de ses épaules. — Allez, Liv, on peut le faire. Repense à ce qu'on a fait au début. On était au top. Revenons à ce qu'on faisait alors et renversons la situation. Je sais qu'on peut y arriver.

Elle leva les yeux vers lui sous ses cils et Sean fut frappé par leur longueur. Et ils n'étaient pas bruns comme il l'avait pensé, mais plutôt couleur rouille. Non, pas rouille. Vin. Oui, c'est ça. Ils étaient couleur vin. Tout comme ses cheveux. Ce n'était pas une teinte rousse typique ; il y avait du brun et de l'orange et peut-être même du blond dedans. Cela ressemblait à une masse brillante de boucles couleur vin tirées en arrière en queue de cheval avec quelques mèches rebelles qui s'échappaient pour se tordre humidement contre sa mâchoire. Sa gorge. La nuque...

— Est-ce qu'on *peut* le faire, Sean?

Ils pouvaient faire *ça* et tout ce qu'elle voulait quand elle le voulait—

— Euh, ouais. Il baissa son bras. On peut les battre. Exact. Eux. Cassidy et Liam. L'autre équipe. Dans le jeu. Le racquetball. On doit juste se concentrer.

Sur le jeu. Sur la raquette. Sur la balle. Rien de plus.

— Tu vas mordre la poussière, Sean. Liam avait une lueur malicieuse dans les yeux et un sourire arrogant sur le visage. Prêt à pleurer comme un bébé?

— Amène-toi, frangin. Il écarta les pieds, fléchit les genoux et attendit le service de Liam.

C'était rapide et puissant et Sean savoura l'occasion de frapper quelque chose. Il envoya la balle contre le mur du fond avec assez de force pour qu'elle passe entre Liam et Cassidy avec tellement d'élan qu'il était content que l'un d'eux ne se soit pas trouvé sur sa trajectoire.

Cassidy la frappa après le rebond avec juste assez de puissance pour la mettre presque hors de portée de Livvy.

Livvy plongea, sauvant l'échange à la dernière seconde en se jetant au sol.

Sean voulut courir vers elle à son *ouf*, mais Liam ne lâchait pas prise. Bien sûr, aucun des frères ne le faisait jamais quand il s'agissait de sport, mais Lee semblait avoir oublié qu'ils jouaient avec des femmes cette fois-ci, et frappa cette balle si fort qu'elle siffla en volant vers lui.

Sean prit le coup, sentant la puissance remonter le long de son bras malgré la souplesse de la raquette et l'absorption de son gant.

Puis ce fut au tour de Cassidy et une fois de plus, elle la renvoya avec aisance. Elle avait même l'air élégante en le faisant. Est-ce qu'on enseignait ça dans les pensionnats ou les écoles de bonnes manières ou peu importe où les filles comme elle allaient pour apprendre les choses non essentielles de la vie comme l'art floral et la mise en place d'une table?

Livvy plongea à nouveau, cette fois ses paumes claquant sur le sol à l'atterrissage. Sean grimaça, essayant de s'assurer qu'elle allait bien du coin de l'œil tout en continuant à surveiller Liam.

Liam ne laissait rien transparaître. Il frappa à nouveau la balle. Sean dut faire un demi-tour rapide pour se mettre en position, perdant l'élan derrière son coup, mais réussit heureusement à la renvoyer au mur pour le tour de Cassidy.

Elle la loba magnifiquement. Swing classique... *si* elle jouait au golf, une jambe en pointe, genou tourné vers l'intérieur, dos gracieusement arqué.

La pauvre Livvy lui rappelait Reggie après cette tempête : cheveux trempés collés à un visage rouge d'épuisement, son nez encore plus rouge là où elle avait dû le cogner au sol lors d'un de ses plongeons, ses vêtements de travers et collant à elle par plaques de sueur, l'ourlet de cette jupe ridicule de guingois, les perles claquant bruyamment.

Elle lui parut absolument magnifique.

Et c'est à ce moment-là que Sean manqua l'échange suivant.

— Vainqueurs! La raquette de Liam alla s'écraser au sol tandis qu'il soulevait Cassidy dans ses bras et la faisait tournoyer, leurs têtes rejetées en arrière dans un grand éclat de rire. Triomphants.

Sean se frotta le triceps. Cette fichue balle lui avait fait mal. Il allait avoir un bleu. Non pas qu'il soit assez vaniteux pour s'en soucier, mais ça allait durer — ce qui signifiait que Liam allait prolonger ses vantardises sur sa victoire au moins aussi longtemps, et l'histoire qu'il inventerait deviendrait consécutivement inversement proportionnelle à la couleur du bleu.

— Désolée. Livvy frôla son autre bras de son épaule.

Le frisson qui l'accompagna le frappa plus fort que la balle ne l'avait fait. Il passa sa main sur l'épaule de Livvy. — Hé, ne le prends pas trop à cœur. Ce n'est qu'un jeu. Si ça n'avait été qu'entre lui et Liam, ces mots l'auraient étouffé.

— Je sais, mais je voulais gagner. Toi aussi.

— On les aura la prochaine fois. Oh, super. Il venait de s'inscrire pour un autre tour de torture.

Ayant besoin d'une distraction pour chasser cette pensée, Sean se retourna. — Alors Lee, toi et Cassidy vous voulez—

Sean se tut. Lee et Cassidy *voulaient* si cette longue glissade lente qu'elle fit le long de son corps était un indice. Et Lee ne la lâchait pas.

Mais ensuite si. Rapidement. Et Cassidy aussi, trébuchant presque pour s'éloigner de Liam.

Ce n'était pas bon. Liam s'était déjà fait avoir une fois par une femme comme Cassidy Davenport.

— Vous voulez aller manger un morceau? demanda Sean. Oubliez la revanche ; Liam ramenant Cassidy chez elle seul en ce moment n'était *pas* dans l'intérêt de son frère.

Étonnamment cependant, Liam réussit à détacher son regard de la grande et sexy définition d'une mauvaise idée.

Bien. Peut-être qu'il n'était pas aussi intéressé qu'il en avait l'air.

— Merci, mais je dois rentrer.

Lee faisait une sacrée bonne imitation de quelqu'un qui s'en fichait — à moins qu'on *connaisse* ce quelqu'un. Et Sean connaissait Liam.

Merde. Ce n'était pas bon.

— La facturation s'accumule avec mon assistante en congé maternité, et si les factures ne sortent pas, l'argent ne peut pas rentrer. Liam regarda Cassidy avec plus du ricanement que Sean avait l'habitude de voir. C'est comme ça que fonctionnent les entreprises.

La douleur traversa le visage de Cassidy pendant une seconde. — Je suis bien consciente de comment fonctionne une entreprise. J'ai travaillé avec mon père, tu sais.

— Comment pourrais-je l'oublier?

— Bon, d'accord. Sean lança sa raquette à Liam puisque le statu quo avait été rétabli. Appelle-moi après avoir déposé Cassidy. J'ai besoin de discuter de quelques trucs avec toi.

Il trouverait bien quelque chose — peut-être demander l'avis de Lee sur où commencer à chercher des berceaux à l'aspect insolite pour prendre de l'avance sur Livvy — au lieu de lui sauter dessus, et pour empêcher Lee d'en faire autant avec Cassidy.

Oui, ces deux semaines allaient être longues.

Chapitre Dix-Huit

Livvy fixait le berceau dans l'aile du musée que sa grand-mère avait financée. C'était le même que celui de la photo, et la plaque à côté de la corde de protection indiquait que des générations de Martinson l'avaient utilisé.

Olivia Martinson était le dernier nom sur la liste.

Olivia *Martinson*?

Livvy n'y croyait pas. Ce nom ne figurait même pas sur son acte de naissance, et quant à dormir dans cette chose... Quand? Pour autant qu'elle sache, elle n'avait pas été sous la tutelle des Martinson avant l'âge de cinq ans. S'agissait-il d'une tentative de la vieille dame pour affirmer l'excellence dynastique?

Livvy le fixait, essayant de s'imaginer dans ce design victorien ridiculement surchargé de volutes. Elle avait probablement fait des cauchemars — rien de nouveau quand il s'agissait de la famille de son père. Chasse au trésor actuelle incluse.

Livvy chassa sa mauvaise humeur. De l'eau sous les ponts, du lait renversé, tous les clichés. Elle était adulte, il fallait passer à autre chose.

Bien. Alors où était le prochain indice?

Ce devait être quelque chose sur la plaque, car le conservateur du musée aurait sûrement trouvé toute note ou gravure sur le berceau lui-même, et sa grand-mère devait savoir qu'il serait interdit d'accès au public — y compris à elle.

Cela dit, pourquoi devrait-elle s'attendre à ce que Merriweather lui facilite la tâche ? Elle ne comprenait toujours pas pourquoi cette femme la faisait sauter à travers ces cerceaux. Voulait-elle simplement être connue pour avoir donné une opportunité à sa petite-fille prodigue ? Ou était-ce parce qu'elle *savait* que Livvy échouerait et voulait lui faire payer l'audace d'être en vie ?

Livvy s'assit sur le banc à côté de l'exposition. Sa grand-mère aurait-elle *vraiment* été si sournoise ?

C'était possible. Merriweather n'avait certainement jamais fait d'efforts pour l'accueillir dans la famille de son vivant ; pourquoi serait-elle différente dans la mort ?

Livvy se leva, prête à partir. Elle ne danserait plus sur l'air de sa grand-mère. Elle se fichait de ce qu'était le prochain indice, où il se trouvait, où il menait ou quoi que ce soit d'autre. Que la vieille femme se retourne dans sa tombe, angoissée que Livvy ne suive pas ses ordres. Livvy s'en moquait. Elle s'en était bien sortie sans cet endroit du vivant de cette femme et elle s'en sortirait tout aussi bien maintenant qu'elle était partie.

Elle se tourna pour partir et heurta l'un des poteaux soutenant les cordes destinées à tenir le public à l'écart. Et elle. Ils la tenaient *elle* à l'écart. Exactement comme Merriweather le voulait.

Livvy lutta contre la piqûre des larmes. Pourquoi n'avait-elle pas été assez bien pour cette femme ? Comment Merriweather avait-elle pu faire payer les péchés des parents à elle, une enfant innocente ? Toute sa vie, elle avait gardé un profil bas, essayant de ne pas ternir le nom des Martinson parce qu'elle n'avait jamais voulu ressentir toute la colère de Merriweather.

Pourquoi ? Qu'avait-elle fait ? Qu'est-ce qui n'allait pas chez elle pour que sa propre grand-mère n'ait même pas voulu la connaître ?

Les larmes brouillant sa vision, Livvy heurta à nouveau le poteau, cette fois-ci en faisant une folle tentative pour l'empêcher de tomber au sol. C'est tout ce dont elle aurait besoin : attirer l'attention sur elle maintenant alors qu'elle était un désastre émotionnel.

Mais honte à elle. Honte à elle de laisser l'indifférence de Merriweather l'affecter. Elle n'était plus une enfant. Elle connaissait les voies du monde et les manigances d'un esprit étroit d'une vieille femme méchante.

Une lente brûlure commença au creux de son estomac. Cette femme voulait qu'elle échoue ? Eh bien, pas question. Elle allait trouver ces indices et hériter du manoir et profiter de chaque instant pour le vendre au plus offrant. Que Merriweather se retourne dans sa tombe pour *ça*.

Livvy redressa le poteau, essuya les coins de ses yeux et redressa ses épaules. Elle n'allait pas laisser cette vieille harpie gagner.

Elle relut la plaque. *Des générations de membres de la famille Martinson ont dormi dans cette excellente représentation du rêve de chaque enfant. Le design victorien a été commandé par Albert Martinson pour coïncider avec plusieurs révisions qu'il faisait apporter par des artisans au domaine Martinson.*

Le rêve de chaque enfant? Ça n'avait pas été le sien. Cette chose ressemblait plus à un cauchemar. Elle n'avait certainement jamais *osé* rêver de quoi que ce soit quand il s'agissait des Martinson.

Mais maintenant, elle rêvait de la bonne des Martinson. *Ça*, ça ferait enrager la vieille Merriweather!

Enrager. Oh, zut. Elle était censée s'arrêter au magasin d'alimentation pour animaux pour acheter un mélange spécial de produits céréaliers pour Dodger et ses frères afin de contrecarrer les fibres de laine qu'ils avaient récemment ajoutées à leur système digestif.

Elle relut la plaque une fois de plus, puis prit une photo pour la montrer à Sean plus tard et voir ce qu'il en pensait.

Sean remit le canapé en place dans le troisième salon du niveau supérieur de l'aile ouest après avoir passé l'aspirateur sur le tapis en dessous. Combien d'endroits les gens avaient-ils eu besoin pour s'asseoir et bavarder à l'époque de Merriweather? Et au niveau des chambres? Il secoua la tête. Qui comprenait les super riches? Mais ce n'était pas à lui de se plaindre ; il était juste content que ce petit espace et les autres comme lui existaient. Ses plans d'architecte prévoyaient de les convertir en salles de réunion pour une autre source de revenus.

Sean repositionna la table basse devant le canapé et remit en place les bibelots en cristal ornés qui lui avaient pris la meilleure partie d'une demi-heure à épousseter. S'il ne revoyait jamais un autre recoin ou creux, ce serait trop tôt pour lui.

L'horloge grand-père dans la niche derrière lui sonna. Midi. Les chiens l'avaient réveillé à cinq heures quand Livvy les avait sortis. Il s'était donc levé et avait profité du temps pour nettoyer la chambre d'enfant au troisième étage, bien qu'il cherchait en réalité le prochain indice, vérifiant même les lattes de plancher desserrées pour une cachette. Si la partie de racquetball d'hier lui avait montré quelque chose, c'était que Livvy n'abandonnait pas et qu'elle détestait perdre. Ils avaient cela en commun.

Entre autres choses.

Il se déplaça inconfortablement, se souvenant de la torture qu'avait été la veille. Sa jupe froufrou ridicule l'avait laissé deviner ce qu'il y avait en dessous ; son haut ne l'avait pas fait — et ces lèvres lui avaient donné envie de goûter chaque courbe de son sourire. Il devait vraiment garder ses distances et arrêter de l'embrasser.

Le problème était qu'il ne *voulait* pas arrêter de l'embrasser. Embrasser Livvy était différent d'embrasser n'importe quelle autre femme et bien qu'il aimait cela — plus que l'aimait — cela le dérangeait aussi terriblement. Pourquoi elle? Qu'est-ce qui était si spécial chez *elle*? Si quelque chose, tout ce cauchemar avec elle et la maison et l'argent aurait dû le *dégoûter* d'elle au point qu'ils pourraient être nus dans la même pièce sans que cela n'ait d'effet sur lui.

Sauf que ça n'arrivait pas. Rien que de penser à elle nue le rendait aussi dur que cette fichue table et embrouillait son jugement, détournant son attention de là où elle devrait être, le faisant reconsidérer son investissement. Son plan d'affaires. Même sa vie.

Attends — sa vie? Avait-il perdu la tête? Son *entreprise* était sa vie. Cet endroit. *C'était* ça, le rêve. Celui qu'il avait décidé de poursuivre quand Liam avait gagné son premier cent mille. Quand Bryan avait décroché ce grand rôle au cinéma alors que Sean nettoyait encore de vieux gîtes moisis pour les rendre « pittoresques » afin de bâtir son entreprise. Il n'allait pas abandonner tout son dur labeur. Toute sa détermination. Bon sang, il avait même mis sa vie amoureuse en suspens, choisissant de mettre fin aux relations avant qu'elles ne deviennent trop sérieuses afin d'atteindre ses aspirations professionnelles. Il n'allait pas laisser une bohémienne aux vêtements excentriques avec un penchant pour les animaux de ferme plutôt que pour les convenances sociales détruire ce qu'il s'efforçait de créer. Il avait besoin de cette propriété. Elle rendrait tout le travail acharné, tous les sacrifices, tous ses compromis de principes, valables.

Il avait besoin de ce fichu indice.

Sean reposa la pyramide de cristal, prenant soin de ne pas rayer la table en acajou. *Berceau de bébé*. Que diable Merriweather avait-elle voulu dire par là? Il n'avait rien trouvé dans la nurserie et s'il y avait une aire de jeux sur cette propriété, il ne l'avait pas encore vue. Toutes ses recherches sur internet n'avaient rien donné. Il allait devoir voir ce que Livvy avait trouvé une fois qu'elle serait rentrée.

Ce qu'elle fit pendant qu'il déjeunait, entrant d'un pas sautillant par la porte de la cuisine avec un éclair de ventre nu qui lui assécha presque la bouche et lui coupa le souffle. Les souvenirs de sa peau crémeuse et tonique l'avaient tenu éveillé — et dur — la moitié de la nuit. Cette femme était une menace sur tant de fronts.

— Hé, Sean! Comment vas-tu? demanda-t-elle, ses cheveux s'éparpillant autour d'elle dans la lumière du soleil qui filtrait à travers les vitres comme un halo en tire-bouchon. Où sont les chiens?

Il avala une gorgée de son thé glacé. Comment allait-il? Dur comme fer et frustré à l'avenant.

Puis il y avait tout le cauchemar de cette situation et ce qu'il allait en faire, sans parler du fait qu'il commençait à parler comme dans les stupides poèmes de Merriweather.

— Euh, bien, fut la réponse la plus sûre. Et je les ai laissés sortir. Je suis surpris que tu ne les aies pas vus. Ah, merde. Peut-être qu'ils se sont enfuis?

Livvy secoua la tête. — C'est ça avec les animaux recueillis ; ils sont reconnaissants pour le foyer que tu leur donnes. Ils n'iront nulle part. Ils sont probablement en train d'explorer leur nouveau territoire. Ils reviendront.

Bien. Il n'avait pas besoin de lui enlever sa famille à quatre pattes en plus. — Alors, du nouveau?

Elle haussa les épaules et voilà que son ventre apparaissait à nouveau. Cette femme avait besoin de nouveaux vêtements. De préférence quelque chose de terne comme un sac de jute. Bien qu'elle serait probablement magnifique dedans aussi. Livvy *était* magnifique et sa personnalité ensoleillée ne rendait l'emballage extérieur que plus attrayant.

— J'ai trouvé le berceau. Ma grand-mère prétend que j'y ai dormi, mais c'est impossible. Je me demande si son esprit ne déclinait pas vers la fin.

Sean avait ses propres raisons de remettre en question le fonctionnement de l'esprit de la grand-mère de Livvy, mais le fait qu'elle l'ait perdu n'en faisait pas partie. — Merriweather m'a semblé assez vive. Et plutôt *rusée*, aussi. Elle le rendait fou, mais Mac avait probablement raison. Ayant traité avec elle en tête-à-tête lors de l'élaboration de ses plans, Sean pouvait attester que Merriweather était une femme d'affaires avisée. Il parierait qu'elle savait exactement ce qu'elle faisait en changeant son testament tout en le laissant croire que l'endroit lui appartenait.

Cela dit, parier ne lui avait pas vraiment réussi récemment.

Livvy se hissa sur le comptoir à côté du tabouret de bar où il était assis, sentant beaucoup trop bon à son goût et il reconsidéra cette histoire de pari.

— Le berceau était cordé donc je n'ai pas pu m'approcher, mais je doute qu'il y ait eu quoi que ce soit dedans ou dessus pour moi à voir. Ma grand-mère aurait su comment le musée allait le traiter, donc elle n'aurait pas pu s'attendre à ce que je puisse l'examiner de si près. Elle sortit un appareil photo numérique du sac qui lui servait de sac à main. Il n'avait jamais vu une si piètre excuse pour un sac, mais bon, les choses autour de Livvy étaient toujours un peu décalées. — Tiens, lis ça. Dis-moi ce que tu en penses. Elle zooma sur une plaque.

Le lire? Il ne pensait pas. Sean prit son verre et se leva. Essayer de donner un sens aux lettres était trop humiliant à faire devant d'autres personnes, même sa propre famille. Il détestait montrer cette faiblesse, et il serait damné s'il laissait Livvy la voir. Et il n'allait certainement pas sortir sa tablette pour le lui faire lire. Au fil des ans, il avait appris des astuces pour empêcher les gens de découvrir son « problème ». Il le fallait ; ils le regarderaient avec pitié une fois qu'ils l'apprendraient et cela teinterait leur opinion de lui. S'il y avait une chose que Sean détestait, c'était qu'on ait pitié de lui. — Parfois, ça a plus de sens quand on le lit à voix haute. Il fit tout un cinéma pour aller chercher plus de thé glacé dans le frigo. — Pourquoi ne me le lis-tu pas?

Livvy mordilla sa lèvre inférieure — maudite soit-elle — puis pencha la tête sur le côté, ses magnifiques boucles auburn cascadant le long de son bras et sur sa poitrine, les pointes atteignant presque le comptoir, et Sean dut ravaler un gémissement en essayant de *ne pas* imaginer ce qu'elles ressentiraient en glissant sur sa peau.

Fichu pantalon stupide.

Il se glissa de nouveau sur le tabouret de bar avant que la finesse du tissu ne devienne *encore plus* évidente, mais alors il fut gratifié de la vue du mollet parfaitement formé de Livvy alors qu'elle le balançait par-dessus l'autre dans un rythme qu'elle seule pouvait entendre, sa ridicule botte de combat effleurant à peine son bras et Sean n'allait certainement pas bouger.

Pitoyable. Tellement pitoyable qu'il devait lutter pour se concentrer sur ce qu'elle lui disait au lieu de la façon sexy dont ses lèvres bougeaient *pendant* qu'elle le lui disait.

— Je pense que l'indice a quelque chose à voir avec celui qui a fabriqué le berceau. La plaque mentionne le travail qu'un artisan faisait par ici. Elle se glissa les cheveux derrière les oreilles, ce qui les fit à nouveau frôler sa poitrine, et le sexe de Sean tressaillit à ce mouvement.

Pantalon *vraiment* stupide.

— Vu la taille de cet endroit, ça pourrait prendre bien plus que deux semaines à comprendre. Elle tendit à nouveau l'appareil photo et le parfum de son parfum ou de son savon — ou avec sa chance, son odeur normale, quotidienne, qui le rendait fou — l'enveloppa comme un filet, l'attirant. — Qu'en penses-tu?

Il pensait plus à l'acte qui *remplissait* les berceaux qu'aux berceaux eux-mêmes. — Je pense que tu ne devrais peut-être pas t'asseoir si près.

Elle pencha encore plus la tête, l'air beaucoup trop mignonne. — Je ne devrais pas? Pourquoi?

Elle avait vraiment besoin de demander? La confiance de Sean diminua un peu à cela — mais c'était la seule chose qui diminuait. Bon sang, elle était magnifique avec ces cheveux sauvages et ses yeux brillants et ces seins qui tendaient tellement son haut qu'il pouvait voir le contour de ses tétons.

Surtout quand ils se dressaient juste sous ses yeux.

L'ambiance changea en un instant. Il le sentit avant de voir la façon dont elle le regardait. Ses lèvres, plus précisément. Ce qui lui convenait parfaitement car il pouvait alors regarder les siennes et se demander quel goût aurait l'éclat d'humidité laissé par sa langue lorsqu'elle les avait humectées. Et il pouvait fixer le battement de son pouls à la base de sa gorge et s'autoriser à l'imaginer contre sa langue. Ou comment ces mamelons se sentiraient contre-

Du calme, Manley.

Il n'écouta pas sa voix de la raison. Il ne le pouvait pas. Pas avec le regard écarquillé que Livvy lui lançait et la façon dont elle posa l'appareil photo sur le comptoir, puis se pencha en arrière sur ses paumes, ses seins changeant d'angle juste assez pour que ces mamelons tentants et dressés soient pointés sur lui comme un missile à tête chercheuse et, oui, c'était exactement ce qu'il avait dans ce stupide pantalon. Elle ne devrait vraiment pas être assise si près.

— Pourquoi? Contre son bon jugement, il se leva. — À cause de ça.

Il la tira sur les vingt-cinq centimètres du comptoir jusqu'à ce qu'elle soit juste devant lui, ses jambes de chaque côté de ses hanches, sa main fermement agrippée aux muscles parfaits de ses fesses incroyablement délectables, avec sa chaleur à quelques centimètres de l'endroit où il voulait qu'elle soit.

— Je vais t'embrasser, Livvy. Il passa ses doigts dans ses cheveux comme il avait eu envie de le faire depuis qu'il l'avait vue pour la première fois, si impérieusement sexy dans le vestibule. — Et tu vas me rendre mon baiser.

— Vraiment? Elle se lécha à nouveau les lèvres.

Il ne répondit pas. Enfin, pas avec des mots.

Il posa sa paume contre la courbe de sa taille, caressant la peau qui le taquinait depuis qu'elle était entrée en flânant, aspirant tout l'oxygène de la pièce. Sa peau était si délicieusement soyeuse sous ses doigts. Ses respirations haletantes accélérèrent les siennes jusqu'à ce que, l'instant d'après, il plonge ses deux mains dans cette concoction sauvage et mousseuse qu'elle appelait cheveux mais qu'il appelait paradis, et sa langue découvrait tous ces doux endroits secrets dans sa bouche. Son souffle chaud lui brûlait les entrailles et se propageait à cette partie de lui qui était contre cette partie d'elle qu'il voulait mieux connaître, et ses mains s'accrochaient à ce fichu pantalon fragile qui soudain n'était plus assez fragile car il voulait sentir chaque contraction et tiraillement qu'elle faisait. Dieu, il voulait l'allonger sur le comptoir et la prendre jusqu'à ce qu'aucun d'eux ne puisse penser correctement.

Bon sang, s'il envisageait de faire ça, il ne pensait *déjà* plus correctement.

Ce qui était la parfaite excuse pour le faire.

Il s'affaissa sur elle, la pressant contre le granit, se déplaçant pour que ses jambes puissent s'enrouler autour de sa taille et que ses seins merveilleusement, incroyablement doux soient blottis contre sa poitrine, sa tête inclinée pour approfondir le baiser tandis qu'elle bougeait contre lui. Sean dut se concentrer pour ne pas jouir dans ce stupide pantalon, ce qui n'était pas facile à faire quand ses mains effleuraient des surfaces dont il n'avait que rêvé — récemment — épousant des courbes dont il avait fantasmé, et que la température montait en flèche dans la cuisine plus vite que dans le four à convection professionnel à 7 000 dollars de Merriweather.

— *Grosse erreur. Énorme.* Orwell ponctua son commentaire d'un coup de serres dans les omoplates.

— Nom de Dieu! Sean se redressa brusquement.

— *Nom de Dieu! Nom de Dieu!* Orwell avait même parfaitement imité sa voix.

— Oh non! Livvy se releva sur ses coudes. — Tu dois faire attention à ce que tu dis devant lui, Sean.

— *Nom de Dieu!* Orwell battit des ailes, envoyant des plumes s'éparpiller sur tout le comptoir.

Sean prit une profonde inspiration, forçant son corps à se calmer. Bon sang. Un baiser de deux minutes et tout le sang avait quitté chaque cellule de son corps sauf celles de son entrejambe.

Il s'éloigna du berceau des cuisses de Livvy.

Mauvaise idée. La gravité avait fait ce que ses mains avaient voulu faire à sa jupe, la drapant autour de ses hanches, révélant, nom de Dieu, le triangle de tissu rose bébé le plus minuscule entre ses jambes. Quelque chose de si totalement féminin contre la jupe camouflage, ces bottes massives, et ce t-shirt vert olive terne qui, sur elle, était incroyablement sexy, et Sean sentit toutes ces cellules sanguines méridionales se mettre en marche.

Orwell voleta sur le ventre de Livvy. — *Nom de Dieu.*

Sean aurait juré que ce fichu oiseau lui avait fait un clin d'œil. — Nom de-

— Bon, maintenant que nous avons fermement établi *cette* grossièreté particulière dans le vocabulaire d'Orwell, je pense qu'il est temps pour lui d'apprendre autre chose. Livvy se redressa, réussissant à rabaisser son haut et à remettre sa jupe en place en un seul mouvement fluide qui était aussi efficace que de claquer la porte d'un coffre-fort. Elle transféra le perroquet sur son épaule où il le regarda avec un sourire narquois.

— Livvy. Sean posa une main sur son bras.

L'oiseau tenta de l'attaquer.

Sean la retira juste à temps. Mais il en fallait plus que ça pour le décourager. — Livvy, nous devons parler de ce qui vient de se passer.

— Pourquoi?

Elle pencha la tête et ses boucles tombèrent sur sa poitrine, et Sean dut mettre ses mains dans ses poches non seulement pour les empêcher de la toucher, mais aussi pour gagner une certaine marge de dignité afin que son érection rageante ne soit pas dessinée contre le tissu stupide.

— Parce que nous ne pouvons pas faire comme si ça ne s'était pas passé.

Elle remit quelques boucles derrière son oreille. — Tu allais le faire? Pas moi. J'aime t'embrasser.

Sa franchise était si inattendue, si désarmante, que Sean ne savait pas quoi dire. Il opta pour « Vraiment? » ce qui le fit presque ramper sous le comptoir de mortification. Elle le faisait se sentir comme un adolescent à nouveau.

Bien que ce ne soit pas nécessairement une mauvaise chose.

— Tu ne pouvais pas le dire? Le coin de sa bouche se courba vers le haut, soulignant l'étincelle dans ses yeux ambrés.

Une fois de plus, le désir le frappa dans le ventre et lui coupa le souffle.

— Sean? Ça va?

En fait, il était un peu vexé qu'elle puisse respirer. Et plaisanter. Et tenir une conversation. Il ne l'affectait visiblement pas comme elle l'affectait. — Je devrais m'excuser. Je n'ai pas l'habitude d'embrasser des clientes ou-

— Peut-être que tu devrais.

— Hein?

Elle posa l'oiseau sur la roue de chariot suspendue avec les casseroles qui y pendaient, et ce fichu fléau grimpa dessus comme si c'était une jungle. Sean attendit *juste* qu'il le baptise avec son repas matinal reconstitué — pendant environ une seconde car Livvy sauta du comptoir devant lui.

Juste devant lui.

— J'ai dit que tu *devrais* peut-être embrasser tes clients. Tu as beaucoup de talent dans ce domaine. Non pas que tu n'en aies pas dans le domaine du nettoyage, mais je ne vois pas pourquoi on ne pourrait pas combiner les deux. Ce n'est pas comme si on pouvait ignorer ce qu'il y a entre nous, et à moins que tu ne démissionnes ou que je ne te renvoie, on est coincés ici ensemble. Et je suis à peu près sûre que si je te renvoyais, ce serait un motif de procès.

Sean en eut le souffle coupé rien qu'en l'écoutant. Entre autres raisons. — Tu sembles y avoir beaucoup réfléchi.

Il ne savait pas s'il devait être flatté ou insulté.

Elle haussa les épaules, attirant son attention sur ces magnifiques seins qui bougeaient de façon si provocante sous son t-shirt.

Il optait pour *flatté*.

— Oui, j'y ai réfléchi un peu, dit-elle en glissant ses cheveux derrière ses oreilles. Qui étaient adorables.

Bon sang. Il était vraiment accro.

— Je veux dire, poursuivit-elle, inconsciente, comme s'ils discutaient des prévisions météo, ce n'est pas comme si je pouvais t'ignorer ou ignorer l'effet que tu as sur moi. En plus, je n'en ai pas envie.

— Tu es toujours aussi franche?

Elle haussa à nouveau les épaules. Un bonus supplémentaire. — Ça ne sert à rien de tourner autour du pot. La vie est trop courte. On s'attire mutuellement. Il n'y a rien de mal à ça. Ses doigts firent une petite incursion sous sa chemise et Sean sentit chaque contact jusque dans ses orteils. — Donc si tu veux m'embrasser à nouveau, je ne vais pas me plaindre.

Devait-elle lui rendre les choses si foutrement faciles? Ce qui ne rendait les choses que plus dures. Ça rendait *beaucoup* de choses dures, mais bon sang. Il essayait de lui subtiliser son héritage d'un million de dollars. Quel genre de type serait-il s'il acceptait son offre, puis faisait ça?

Elle se mit sur la pointe des pieds, passa ses mains derrière sa tête, l'inclina vers le bas et l'attira dans un autre baiser.

Il serait un type stupide et désespéré qui voulait juste goûter une dernière fois.

Sa langue chercha la sienne, ses doigts s'entremêlèrent dans ses cheveux à la base de son cou, ses tétons se durcirent contre lui... et Sean était perdu.

C'était bien plus qu'un simple goût.

Mon Dieu, il avait tellement bon goût. Il sentait *tellement* bon. Il était *tellement* agréable au toucher.

Livvy ne pouvait pas se rapprocher assez de Sean. Elle aurait dû s'inquiéter de l'inconvenance de la situation, mais traîner avec lui, jouer au racquetball, être avec lui...

Elle se sentait seule. Sa famille de la coopérative était sympa, mais ce n'était pas *ça*. Elle n'avait pas eu *ça* depuis bien trop longtemps et ça lui manquait. Ce n'était pas comme si elle ressentait cette étincelle avec tout le monde et, bon sang, quelle raison y avait-il de ne pas agir en conséquence? Elle n'allait pas s'installer ici pour toujours, donc ça ne causerait pas de complications gênantes pour le reste de leur vie.

Ouais, mais est-ce une bonne idée? Genre, que sais-tu vraiment de ce type? Peut-être qu'il n'est intéressé que parce que tu pourrais être sa sugar mama. Il faut admettre que cette maison est une bonne motivation.

Non, elle n'allait pas l'admettre. Ce n'était pas comme s'ils allaient se jurer un amour éternel... Le sexe n'était pas synonyme de conte de fées. Ils pouvaient simplement profiter du temps qu'ils passaient ensemble. S'il y avait une chose qu'elle avait apprise de Merriweather, c'était qu'elle ne pouvait compter sur rien ni personne, alors elle vivait dans l'instant présent. L'ici et maintenant. Qui se composait de ses bras et de ses lèvres et, oh mon Dieu, ses mains... Elles avaient migré vers ses fesses et allumaient mille étincelles sous sa peau, alors sa conscience pouvait aller se faire voir et la laisser profiter de ce moment.

Elle frotta son ventre contre son érection. Ça faisait bien plus longtemps pour *ça*.

— Livvy, on doit...

Elle replongea sa langue dans sa bouche. Comme ça, il ne pouvait pas parler. Elle ne voulait pas qu'il parle. Elle voulait qu'il gémisse. Et grogne. Et peut-être même qu'il crie son nom dans un long gémissement. Mais pas de paroles. Pas de raison de dire *non* ou *arrête* ou *attends*... Elle ne voulait pas attendre et elle ne voulait *certainement* pas arrêter.

— Je te veux, Sean.

Trois mots et les vannes s'ouvrirent. Quelle que soit la protestation qu'il était sur le point d'émettre, elle disparut dans sa bouche alors qu'il enfonçait sa langue à l'intérieur et prenait le contrôle du baiser.

Elle était plus que disposée à le laisser faire.

Une main lui caressait les fesses, et l'autre remontait le long de sa colonne vertébrale dans une douce caresse céleste pour finir par s'emmêler dans ses cheveux, les tirant en arrière avec juste la bonne dose de *désir* et de *sensualité* pour que Livvy fonde presque à ses pieds.

— Ce n'est pas une bonne idée, murmura-t-il contre sa gorge. Mais il ne s'arrêtait pas de l'embrasser.

— Je ne suis pas d'accord, haleta-t-elle au milieu des effets que les tour-billons de sa langue provoquaient.

— On doit vivre ensemble. Il mordilla le creux de son cou et Livvy voulut s'évanouir.

Mais elle ne le fit pas. Les femmes qui s'évanouissent ratent les meilleures choses. — Donc le problème avec ça, c'est...?

Elle obtint alors le grognement. Et un gémissement. Et un retour sur le comptoir, cette fois avec ses deux mains plongées dans ses cheveux, et son corps dur — *tout* son corps — pressé contre elle exactement là où elle voulait qu'il soit.

Mais elle le voulait nu.

Alors elle tira le bas de sa chemise hors de son pantalon et fit courir ses paumes sur les muscles lisses et soyeux, chaque centimètre tonique et en forme mettant ses terminaisons nerveuses en mode *Frisson*.

Il avait la quantité parfaite de poils sur la poitrine, suffisamment pour taquiner ses doigts — et ses tétons — et elle les caressa, brûlant d'envie d'y frotter sa joue.

Elle remonta son polo plus haut, et soudain, elle n'eut plus à s'en soucier car Sean prit les choses en main, le tirant par-dessus sa tête depuis l'arrière et replaçant ses mains dans ses cheveux en un seul mouvement solide, sexy et masculin qui fit soupirer son ventre de désir.

Il mordilla sa lèvre inférieure.

Elle lécha sa lèvre supérieure.

Il gémit.

Elle sourit.

— Fière de toi? grogna-t-il en la rapprochant de sa poitrine, se nichant entre ses cuisses où sa culotte était déjà inutile face au désir qu'il créait en elle.

— Fière? Non. Désespérée? Mon Dieu, oui. Elle se tortilla contre lui. — Touche-moi, Sean. J'ai besoin de tes mains sur moi.

— Ah, Livvy. C'est une si mauvaise idée. Mais il le fit quand même.

Ses mains glissèrent de son visage pour tracer ses épaules, ses pouces effleurant sa clavicule, chaque point de contact allumant un interrupteur pour sa libido.

Il fit glisser ses paumes le long de ses bras et entremêla leurs doigts, tout en maintenant le mouvement séducteur de sa langue dans sa bouche, le long de ses lèvres, sur sa mâchoire, se nichant dans la zone sensible de son cou.

Il remonta ses mains le long de son corps, épousant ses courbes, dessinant des spirales autour de ses mamelons, sans jamais vraiment les toucher, mais s'en approchant dangereusement. Elle se tourna légèrement, mais Sean éloigna leurs mains avant qu'elle ne les amène là où elle le souhaitait.

Au lieu de cela, il fit quelque chose de presque obscènement sexy, amenant leurs doigts là où leurs lèvres se rencontraient, le doux effleurement aussi érotique qu'une caresse intime, le rapide coup de langue sur ses doigts la faisant presque basculer.

Elle gémit, en voulant plus, mais sachant qu'il ne le lui donnerait pas. Il la taquinait et il était sacrément doué pour ça.

Mais elle n'était pas en reste non plus, alors elle glissa ses doigts des siens et les glissa sous la ceinture de son pantalon, juste au-dessus de ses fesses, caressant les muscles impressionnants sous sa peau.

— Mon Dieu, Livvy, fais attention.

— Je te fais mal?

Il déposa un autre long baiser gourmand le long de sa mâchoire, terminant juste sous son oreille, la faisant frissonner de tout son corps. — Pas dans le sens où tu l'entends, mais tu me fais définitivement souffrir.

Elle sourit alors. Elle sentait la douleur à laquelle il faisait référence, et oui, elle grandissait à chaque nanoseconde.

— Déshabillons-nous, Sean.

Elle sentit le souffle quitter son corps. Sentit les frissons qui le secouaient. Bien.

— Livvy, tu ne peux pas dire ça avec tes jambes enroulées autour de moi et ne pas t'attendre à ce que j'agisse en conséquence. Même si tu es sur le comptoir de la cuisine.

Elle passa ses mains sur sa poitrine, jouant avec les poils du bout des doigts, puis les tirant très doucement. — Pourquoi crois-tu que je l'ai dit?

Il se laissa aller contre elle, gémissant à nouveau, ses lèvres se scellant aux siennes tandis qu'il l'allongeait une fois de plus contre le granit, ce qui se balançait entre ses jambes tout aussi dur. Livvy le désirait. Terriblement. Ou plutôt, *délicieusement*, en fait. Bien qu'il puisse être vilain s'il le voulait. Quoi qu'il veuille, elle était aussi partante que lui.

Et c'était *beaucoup*.

Elle enroula ses bras autour de ses épaules, voulant l'absorber en elle, répondant à chaque coup de langue par un des siens, répliquant à chaque frottement contre son bassin par un mouvement de va-et-vient.

— Je te veux, Sean, haleta-t-elle quand il la laissa reprendre son souffle — seulement pour le lui voler en mordillant doucement la courbe de son cou.

— Je te veux aussi, Livvy, chuchota-t-il, son souffle chaud contre sa peau.

Sean *était* chaud contre sa peau, dans tous les sens du terme.

— *Je te veux aussi, Livvy*, fit une voix criarde au-dessus d'eux.

Super. Orwell avait ajouté quelque chose de nouveau à son répertoire.

Puis il lâcha un cadeau sur le comptoir à côté d'elle.

Quelle façon de gâcher le moment.

— Sean. Livvy ne voulait *pas* mettre fin à ça, mais bien qu'elle soit totalement pour vivre l'instant présent avec du sexe chaud et transpiran, elle n'était pas d'humeur à se rouler dans les *cadeaux* d'oiseau. — Sean. Elle tira sa tête en arrière. — Sean, on doit arrêter.

Arrêter? Sean la regarda, ses yeux grands ouverts, sa peau rougie, avec un gonflement post-baiser sur ses lèvres qui le saisit au ventre et le tordit. Bon sang, elle était magnifique. Il ne voulait pas s'arrêter. Et elle non plus.

Elle le voulait. Étendue devant lui, ses mamelons lui faisaient savoir à quel point elle le désirait, sa poitrine palpitant au rythme de ses respirations superficielles qu'elle ne cherchait pas à dissimuler... elle ne voulait pas qu'il s'arrête. Elle était aussi prise dans ce moment que lui.

Et puis Orwell brisa l'instant avec un autre « *Je te veux aussi, Livvy* » mal placé.

Satané oiseau.

Sean aurait peut-être ignoré cette stupide chose, mais il vit ce qui était sur le comptoir à côté des magnifiques cheveux de Livvy, et bon, ouais. C'était plutôt un tue-l'amour.

Et puis il y eut tout un tas de griffures à la porte de derrière qui *anéantirent* complètement le moment.

Et puis les hurlements commencèrent.

Des hurlements?

— Ringo! Cette fois, ce fut Livvy qui s'éloigna, balançant sa jambe par-dessus et devant lui de telle sorte que, s'il avait été préparé, il aurait eu tout un spectacle, mais comme il ne l'était pas, c'était fini avant qu'il ne s'en rende compte. Sa jupe voleta autour de ses cuisses tandis qu'elle se tordait sur le comptoir, fit une sorte de mouvement de gymnastique, et se retrouva à côté de lui l'espace d'un battement de cœur avant de se précipiter — *encore* avec cette démarche bondissante — vers la porte. Elle l'ouvrit d'un coup, la rattrapant juste avant qu'elle ne s'écrase contre ce comptoir en granit triple épaisseur, puis ouvrit grand les bras pour recevoir le plus gros et le plus humide des baisers en dehors de celui qu'il venait de lui donner.

Les chiens entrèrent en trombe, le rottweiler piétinant presque Livvy pour se jeter dans ses bras. Génial. Un tue-l'amour encore plus efficace que le petit « cadeau » d'Orwell.

— Salut, Liv. Sacré comité d'accueil que tu as là. Un grand gars entra par la porte de derrière.

Un grand gars *séduisant* qui était assez familier avec Livvy pour l'appeler *Liv*, et qui portait encore un autre chien. Pas que cette chose puisse vraiment être appelée un chien. C'était plus une serpillière avec des pattes. Avec un nœud sur la tête. Un violet. On aurait dit qu'il devait appartenir à Cassidy Davenport, la reine des accessoires, plutôt qu'à la bohème Livvy Carolla.

— Désolée pour ça, Kerry. Je suis sûre qu'ils te manquent. Livvy ébouriffa les bajoues semblables à des pelles à vapeur du rottweiler.

La petite boule de poils dans les bras du gars grogna et se tortilla. Sean enfila sa chemise, profitant de l'occasion pour sourire. La boule de poils lui rappelait Livvy : habillée de manière inappropriée pour la situation et trop petite pour faire une différence, mais y allant à fond tout en sortant un grognement ou deux.

Comme ceux qu'il avait obtenus d'elle quelques minutes auparavant.

— Kerry, tu as oublié les bottines de M. Choo. Je viens juste de lui faire faire les ongles. Un autre gars entra et arracha la boule de poils des bras de Kerry. — M. Choo, tu te calmes tout de suite ou je laisserai John faire ce qu'il veut de toi.

Le petit chien a dû comprendre car il se tut au milieu d'un couinement.

Mais ensuite Orwell décida de se joindre à la fête. « *Je te veux aussi, Livvy.* »

Kerry, l'autre gars et Livvy se contentèrent de cligner des yeux en regardant l'oiseau. Sean avait envie de le fricasser.

— *Je te veux... Squawk!*

Au lieu de cela, il se contenta de le ramasser et de le transporter dans la zone sinistrée de l'autre côté du couloir. Il lança le perroquet en l'air et cette fichue chose vola jusqu'au perchoir le plus haut de la pièce, d'où il serait impossible de le faire descendre. *Évidemment.*

— *Je te veux aussi, Livvy.*

Génial. Maintenant les mots résonnaient le long du haut plafond.

Sean ferma les portes-fenêtres et retourna dans la cuisine. Satané oiseau.

Tous les trois levèrent les yeux d'un air coupable de l'endroit où ils s'étaient regroupés au bout de l'îlot.

— Est-ce que j'interromps quelque chose?

L'autre type donna un coup de coude à Kerry.

— Je pense que c'est plutôt à nous de poser cette question.

Livvy rougit et cette vue s'enracina dans le psychisme de Sean.

Il épousseta les plumes de perroquet de ses mains et en tendit une en s'avançant vers eux.

— Salut, je suis Sean.

L'autre type la serra.

— Je suis Sherwood. Mais tu peux m'appeler Sher.

Il le prononça comme si ça commençait par un *C* plutôt qu'un *S*.

Kerry leva les yeux au ciel et poussa *Sher* hors du chemin.

— Je suis Kerry. On vit avec Livvy.

— Vivre... avec? Sean ne put s'empêcher de le dire, ni d'avoir un pincement au cœur.

— Il veut dire à la coopérative, rectifia Sher en donnant une tape sur le ventre de Kerry. On est sur la parcelle d'à côté. On faisait les antiquaires aujourd'hui et on s'est dit qu'on ferait le détour pour voir l'endroit.

Pourquoi cela devrait-il le déranger? Il ne *voulait pas* que ça le dérange. Cela dit, il ne voulait pas non plus qu'*elle* le dérange, mais il n'obtenait pas ce qu'il voulait sur ce point non plus.

— Bienvenue au domaine Martinson.

Il redescendit sur terre et serra la main de Kerry, même s'il faillit s'étrangler avec ces mots. *Domaine Martinson.* Ça allait changer dès que l'endroit serait à lui. *Si* l'endroit était à lui.

— Sacrée installation ici, Livs, commenta Sher en passant une main le long du comptoir et en faisant le tour du bar. Tu nous fais visiter?

— *Moi aussi je te veux, Livvy.*

Ce satané oiseau était bruyant.

— Bien sûr! s'exclama Livvy presque aussi fort, et d'un ton beaucoup trop enjoué, en évitant soigneusement le regard de Sean tout en replaçant une autre mèche de cheveux derrière son oreille.

Elle faisait ça souvent ces derniers temps et Sean trouvait ça attachant. En fait, plus il passait de temps avec elle, plus il la trouvait attachante. Comme Orwell ne cessait de le répéter comme un disque rayé.

Il devrait mettre de la distance entre eux. Rester professionnel. Se rappeler l'objectif final. Rester loin, très loin d'elle.

Ça marchait en théorie.

Livvy se dirigea vers la porte qui menait au vestibule, et sa meute de chiens se leva d'un bond pour la suivre comme des, eh bien, des chiots.

Heureusement, elle s'arrêta dans l'embrasure, leva la main et dit :

— Restez.

Et juste comme ça, ils posèrent tous leurs derrières poilus, la langue pendante, la queue battant le sol, sans même faire un pas en rampant vers elle en gémissant. Bien que leurs regards fussent pleins d'espoir.

Mais Livvy fit volte-face, sa jupe à volants virevoltant autour de ses jambes, et se dirigea vers le vestibule.

Kerry tapota l'épaule de Sean en passant.

— N'essaie pas de rationaliser. Les animaux la *comprennent*, c'est tout.

— C'est quoi, la chuchoteuse de chiens?

Kerry haussa les épaules.

— Il y a juste quelque chose chez Livvy qui donne envie aux animaux de faire tout ce qu'elle leur dit.

Considérant qu'il s'était senti comme l'un d'eux quand elle était sur le comptoir, Sean comprenait aussi.

Chapitre Dix-Neuf

— Alors, raconte-nous cette chasse au trésor, Livs, dit Sher en calant M. Choo sous un bras et en passant l'autre sous celui de Livvy tandis qu'ils montaient l'escalier principal. Kerry m'a dit que ta grand-mère était poète?

Derrière elle, Sean ricana.

Livvy sourit. — Je ne sais pas si *poète* est le mot juste, mais elle semblait avoir un penchant pour les rimes.

— Dans quel but? Je veux dire, pourquoi ne pas simplement te dire ce que tu es censée savoir, trouver ou chercher? Qu'est-ce qu'elle y gagne à te faire courir partout comme une jolie petite poule sans tête? Elle ne le verra jamais puisqu'elle est morte.

— Délicat, marmonna Kerry. Mais Kerry, plus que quiconque, devrait savoir qu'aucune délicatesse n'était nécessaire quand il s'agissait des Martinson. Livvy en avait fini avec eux depuis longtemps.

Elle passa sa main sur la rampe sur laquelle elle avait glissé l'autre jour. — Qui sait? Je ne la comprenais pas de son vivant et sa mort n'a rien éclairci. Tout ce que je sais, c'est que l'avocat a dit que je ne peux pas hériter de cet endroit à moins que je lui présente le dernier indice.

— Donc tu n'as pas à lui donner tous les autres? Alors on devrait chercher le dernier et en finir avec ces bêtises intermédiaires.

— Ces *bêtises* intermédiaires, dit Sean, qui était resté beaucoup trop silencieux depuis leur baiser de tout à l'heure, nous mènent à cet indice.

Baiser? Soyons réalistes. Ce n'était pas qu'un simple baiser. C'était un prélude interrompu à quelque chose qu'elle n'avait pas connu depuis très longtemps. Peut-être même jamais. Certes, elle avait déjà eu des relations sexuelles — et même torrides — mais se perdre dans l'acte comme elle l'avait fait avec Sean... et ils n'avaient même pas *eu* de rapports. Euh, non. Rien n'avait jamais été comme ça auparavant. *Personne* n'avait jamais été comme ça pour elle auparavant.

Elle essaya d'arrêter le rouge qui lui montait aux joues, détestant ne pas y arriver. Les rougissements n'allaient pas bien avec ses cheveux roux et sa peau pâle. Elle avait toujours l'impression d'avoir de la fièvre quand elle rougissait, et personne n'a l'air bien quand il est malade. Et oui, elle voulait avoir l'air bien pour Sean parce qu'il éveillait quelque chose en elle, quelque chose que Livvy avait peur d'examiner. L'examiner le rendrait réel. Le définirait. Le *nommerait*. Elle ne voulait pas faire ça parce qu'à la minute où elle définissait quelque chose, que ce soit une amitié, une connaissance, un colocataire, un membre de la famille... tout disparaissait. Elle avait passé bien trop de fêtes seule pour ne pas apprendre que nouer des liens avec les gens ne menait qu'à la déception.

C'est pour ça qu'elle adoptait des animaux. C'est pour ça qu'elle vivait en colocation. Les gens avec qui elle vivait, comme Kerry et Sherwood, et Jenny et Sheila et Marci, étaient tous sur la même longueur d'onde. Tous orientés vers un objectif commun. Ce n'était pas un objectif qui avait à voir avec les relations personnelles, mais plutôt un moyen de survie. Une existence basée sur le donnant-donnant. Et ça lui convenait. Elle pouvait compter là-dessus. Elle pouvait vivre avec ça. Tout le monde travaillant ensemble signifiait que tout le monde faisait ce qu'il disait qu'il allait faire. Ils prenaient l'engagement et ils le tenaient. Parce que s'ils ne le faisaient pas, s'ils n'apportaient rien à la table — littéralement et au figuré — ils étaient évincés. C'était une grande émission de téléréalité sans les caméras. Ni la récompense financière. Mais certaines choses étaient plus importantes que l'argent. Cet endroit le prouvait.

— *Nous* mener à l'indice? Sher regarda Sean par-dessus son épaule alors qu'ils atteignaient le deuxième étage. La chasse au trésor fait partie de tes fonctions? Mon Dieu, tu es vraiment un homme à tout faire, n'est-ce pas? Il jeta un coup d'œil dans la chambre de Livvy. Joli lit que tu as là, ma chérie. Un peu trop grand pour une seule personne, non?

Il haussa un sourcil en direction de Sean.

Elle savait qu'ils se souciaient d'elle, mais Livvy ne pouvait supporter qu'une certaine dose d'insinuations étant donné ce que lui et Kerry avaient interrompu. Elle avait atteint son quota pour la journée. Probablement pour l'année. — Les chiens dorment avec moi.

— Dommage.

Sans blague.

— Bref, c'est ma chambre et celle de Sean est là-bas. Elle montra de l'autre côté du couloir, deux portes plus loin. Pas assez proche, mais pas trop loin non plus. Cela résumait leur relation — enfin, celle qu'ils avaient eue jusqu'au *baiser* interrompu.

Sher resta impassible en traversant le couloir pour regarder à l'intérieur. Encore plus impassible quand il s'en éloigna. Elle comprenait pourquoi, aussi : la chambre de Sean n'était que ça : une chambre. Elle ne contenait aucun de ses effets personnels à part deux sacs de sport, ses uniformes de Manley Maids, quelques tenues de sport et jeans, des baskets, ses articles de toilette, et un livre sur sa table de chevet. C'était un vieux thriller, mais un bon. Il devait être de ces gens qui gardent leurs livres préférés pour les relire encore et encore.

Et non, elle n'avait pas fouillé dans ses affaires ; elle cherchait des indices. Comme Merriweather voulait qu'elle le fasse.

C'était son histoire et elle s'y tenait.

— Le reste de ce couloir est rempli de chambres si vous voulez jeter un coup d'œil, dit-elle, voulant les éloigner tous de la chambre de Sean — elle-même en particulier. Encore une fois, quota atteint. Ou on pourrait aller à la nurserie au troisième étage.

— Nurserie? Comme pour les bébés? Sher leva les deux sourcils cette fois.

Il réussit à lui arracher un sourire, ce qui était sûrement son intention dès le départ. *Lui* ne verrait pas d'inconvénient à ce qu'elle commence à faire des enfants. Il voulait être un oncle favori ; il le lui avait dit chaque fois qu'elle avait déclaré ne jamais vouloir d'enfants. Sa propre enfance n'avait pas été un exemple brillant, alors quelle raison avait-elle de penser qu'elle pourrait faire mieux? Bien qu'elle ne pourrait certainement pas faire pire.

— Alors, où sont ces indices?

— S'ils le savaient, ce ne serait pas vraiment une chasse au trésor, n'est-ce pas? Kerry passa ses mains sur le papier peint. Joli. Du damassé, je crois. Coûteux mais élégant.

Bien sûr que ça l'était. — Merriweather pouvait se le permettre.

— La vieille dame pouvait se permettre beaucoup de choses. Sher prit un morceau de cristal sur l'une des petites tables inutiles qui bordaient le couloir. Livvy avait déjà vérifié les tiroirs à la recherche d'indices, mais rien. Pas même un carnet d'allumettes ou un élastique égaré. Complètement inutiles. Tout comme les vingt-sept autres pièces de l'endroit.

Bien sûr, Sher ne pensait pas ainsi. Il était tout pour en revendiquer une comme son boudoir personnel pour ses visites, une autre pour son bureau d'études, une autre encore pour un bureau... La liste continuait. Livvy commença même à s'amuser en parcourant le long couloir, jouant à la maîtresse de maison et oubliant presque la vraie raison de sa présence ici.

Mais alors elle voyait Sean examiner un meuble, ou passer ses mains sur le linteau, jeter un coup d'œil derrière les cadres, et la réalité douce-amère revenait en force. Certes, elle pourrait posséder l'endroit, mais elle devrait encore une fois faire ses preuves. Serait-elle à nouveau jugée insuffisante?

— Alors, combien t'en reste-t-il à trouver? demanda Sher tandis qu'ils retournaient à la cuisine.

— Je ne sais pas. Merriweather ne l'a pas dit. Typique. Elle poussa la porte et fut immédiatement assaillie par l'amour des chiots. De grands chiots, des chiots insistants, certains plus vraiment chiots... C'était pour ça qu'elle avait les chiens et les autres animaux. Cet amour universel, sans exigence, totalement acceptant.

Elle se laissa tomber sur la chaise la plus proche et serra dans ses bras autant de corps poilus et frétillants qu'elle le put, tout en esquivant les baisers baveux qu'ils s'obstinaient à lui donner. Il n'y avait qu'une seule personne dont elle voulait les baisers et il se tenait de l'autre côté de la cuisine, souriant et secouant la tête en la regardant.

— Est-ce un Hodgeson?

— Un quoi? demanda Livvy, regardant là où Sher pointait.

— Un Hodgeson. Ce service à thé. Ils sont assez rares.

— S'ils sont rares et ont de la valeur, je dirais que oui. Merriweather n'aurait que le meilleur.

Sher tendit M. Choo à Kerry puis prit le pot à lait. — C'en est un. Il le leur montra. — Du milieu du dix-neuvième siècle, je pense. La société créait des pièces sur mesure pour les membres de la *haute société* et faisait des œuvres commémoratives pour la Couronne. Il prit le sucrier. — Très *chic* d'en avoir un qui traîne. Quelqu'un a dû faire quelque chose d'important pour en obtenir un. Tu viens d'une lignée plutôt huppée, Livs.

— Ce qui m'a menée où, exactement? Elle lui prit le sucrier et le reposa.

— Eh bien, ici pour commencer.

— Et le point positif là-dedans est...?

— Que tu as fini à côté de chez nous, et Kerry et moi voulons t'emmener loin de tout ça ce week-end. Sher reprit M. Choo des mains de son partenaire et resserra le nœud du chignon.

— Je suis un peu pressée par le temps, Sher.

— Je comprends ça, ma chérie, mais tu vas mourir quand tu vas entendre pourquoi.

— D'accord, je marche.

Sherwood battit des cils, porta une main à sa poitrine, et il ne lui manquait plus que la robe dorée et une bouche d'aération de métro pour son imitation de Marilyn Monroe. — *Nous* avons un stand au Marché fermier des Trois États ce dimanche.

Il était peut-être un peu drama queen, mais dans ce cas, Sher était totalement justifié.

— Comment? Je pensais qu'ils étaient complets depuis genre huit mois. À l'époque où elle luttait pour trouver les fonds pour payer la réparation du toit qui fuyait et n'avait pas d'argent supplémentaire pour les frais d'inscription. Le Marché des Trois États était le plus grand de la région, et les ventes d'une seule journée pouvaient payer son loyer pendant des mois. Si elle échouait au *petit test* de Merriweather, elle aurait besoin de cet argent.

— Ils étaient complets. Mais Philip Johnson connaît une fille nommée Mary qui travaille pour un type dont la belle-sœur gère tout le bazar, et quand ils ont eu une annulation, Mary l'a entendu et a appelé Philip. Il a déjà son stand, mais il savait qu'on était intéressés et voilà! On y est. On veut que tu te joignes à nous. Pense à la foule. Aux affaires qu'on pourrait faire. Je prévois d'écouler tout notre stock.

Elle avait toujours bien réussi au marché. Beaucoup de bouche-à-oreille pour le reste de l'année et l'exposition aidait à se faire connaître. Elle avait été déçue de le manquer cette année. — Mais c'est un voyage de deux nuits. Qui vais-je trouver pour s'occuper des animaux avec un si court préavis? Richard a engagé tous les étudiants pour son endroit, et vous venez avec moi. C'est pour ça que je les ai amenés ici en premier lieu.

— Je suis sûr qu'on peut trouver quelqu'un. Sher tapota ses lèvres. — Il y a ce nouveau gars, comment s'appelle-t-il? Matthew, Mark, Mike... Quelque chose avec un *mmmmm*.

Kerry leva les yeux au ciel. Livvy cacha un gloussement. Malgré tout le flirt de Sher, il était totalement dévoué à Kerry et ils le savaient tous.

— Peu importe. Je suis sûr qu'on peut trouver quelqu'un.

— Euh, salut? Sean posa le vaporisateur qu'il utilisait pour nettoyer après Orwell. — Je peux le faire.

— Mais tu n'aimes même pas mes animaux, dit Livvy.

— Ce n'est pas que je ne les aime pas ; c'est juste qu'il y en a tellement.

— Et ils mangent les antiquités.

— Eh bien, oui. Il sourit et cela fit de drôles de petits soubresauts dans son estomac. — Il y a ça.

— Et ils laissent des cadeaux partout.

— Ça aussi. Son sourire s'élargit — et les soubresauts aussi.

Pas l'idéal avec Sher et Kerry qui la fixaient si intensément — et ses hormones qui réagissaient si intensément au souvenir. Et à son sourire. — Mais ce n'est pas dans ta description de poste.

— Oh, je suis sûr qu'un petit bonus dans sa poche effacerait cette inquiétude, Livs, intervint Sher avec suffisamment de sous-entendus pour que même les chiens comprennent ce qu'il voulait dire.

— Attention, Sherwood. Sean mit ses mains sur ses hanches, l'action étirant cette chemise qu'il avait enlevée une heure auparavant sur les abdos et les pectoraux sur lesquels elle avait passé ses mains et, oh, le souvenir —

— Je *propose* d'aider, alors tu peux garder tes insinuations pour toi.

Le rougissement numéro deux cent treize commença. Comme c'était doux que Sean vole à sa défense? Comme c'était étrange aussi, parce que personne n'avait jamais fait ça pour elle auparavant. Mais la douceur l'emporta sur l'étrangeté et elle laissa la chaleur de son action se répandre en elle. Si cela causait un autre rougissement, tant pis.

Puis il s'appuya sur le comptoir et son rougissement se produisit pour une toute autre raison.

— Au diable la description de poste, Livvy, continua Sean comme s'il ne s'appuyait pas sur le *même endroit exact* où il s'était appuyé sur elle avant que Sher et Ker n'arrivent. — On l'a à peu près jetée aux orties quand les animaux ont mangé le tapis et que j'ai fait cet enclos pour eux. Et puis il y a le nettoyage de la grange. Sans parler de la chose du baiser-sur-le-comptoir. — Je pense qu'on redéfinit mon travail au fur et à mesure.

— Ça a l'air intéressant. Sher appuya une hanche contre la machine à glaçons et croisa les bras.

Kerry lui donna une tape sur l'épaule.

Livvy repoussa ses cheveux. — Mais c'est dans moins de deux jours. Je n'ai rien de prêt.

— Ma chérie, dit Sher. Je t'ai vue travailler. Tu es un véritable tourbillon dans ta minuscule cuisine ; imagine ce que tu peux faire dans cet endroit. Tu as toute la journée de demain, et M. Volontaire ici présent peut aussi t'aider, puisqu'apparemment il peut tout faire.

Sean haussa un sourcil vers lui. — Euh, ouais. Bien sûr. Je peux aider.

— Tu vois? Tout est réglé. Sher se redressa et repoussa Kerry. — Allons-y pour que ces deux-là aient le temps de planifier l'extravaganza de pâtisserie de demain. En plus, je dois évaluer le prix de ces tire-bouchons qu'on a trouvés. J'ai le sentiment qu'ils vont être de gros vendeurs.

Kerry leva les yeux au ciel en suivant Sher vers la porte. — Des pirates, dit-il à Livvy et Sean. Il a acheté des tire-bouchons *pirates*, avec la partie qui visse dans un, euh, endroit intéressant. Je pense qu'il aura plus de mal à les faire passer pour un article "familial" qu'à répondre à une grande demande, mais si ça le rend heureux... Kerry tira la porte derrière lui. — À demain, Liv. Vers cinq heures. Il regarda Sean. — Ravi de t'avoir rencontré.

Sean hocha la tête en retour.

Et puis ils se retrouvèrent seuls.

Enfin, aussi seuls qu'ils pouvaient l'être avec huit chiens qui les regardaient avec espoir.

Livvy avait la drôle d'impression que c'était aussi comme ça qu'elle regardait Sean. — Tu n'étais pas obligé de faire ça, tu sais. Te porter volontaire.

— Si c'est comme ça que tu appelles ça. Sean retira ses paumes du comptoir.

Le comptoir.

— Sherwood peut être un peu envahissant.

Il fit le tour de l'îlot. — Tu crois?

— Je n'ai pas vraiment besoin d'y aller.

Sean réduisit la distance entre eux. — Tu *veux* y aller?

Bien sûr que non. Elle voulait rester ici et reprendre là où ils s'étaient arrêtés. — Je-

— Tu devrais y aller.

— Quoi? D'accord, il n'était visiblement pas sur la même longueur d'onde qu'elle quand il s'agissait de reprendre...

— Même *moi* j'ai entendu parler du marché. C'est un grand événement et d'après ce que j'ai compris de cette conversation, ça pourrait être important pour ton entreprise. Vas-y. Je peux tenir le fort ici. Ce n'est qu'une nuit.

Tant de choses pouvaient se passer en une nuit.

— C'est deux nuits. Encore plus de choses pouvaient se passer en deux nuits.

— D'accord, c'est bien. Je suis un grand garçon ; je peux m'occuper de quelques animaux.

Ne *pas* penser à lui et à *grand* dans la même phrase...

— En plus, je pense que c'est une bonne idée.

— Tu le penses?

Il hocha la tête et tendit la main pour la toucher, mais se ravisa. — Ça nous donnera du recul.

— Du recul?

— Sur ce qui s'est passé plus tôt.

— Oh.

— Ouais. Oh.

Il la regarda.

Elle le regarda.

Était-ce mal de vouloir l'embrasser? De revenir à plus tôt?

Et si oui, pourquoi?

Ringo commença à geindre. Ouais, elle pouvait comprendre.

Mais ensuite Mickey se joignit à lui, suivi de John, et quand Georgia ajouta son *gémissement* aigu, eh bien, voilà que ce moment était parti.

— Qu'est-ce qui ne va pas avec eux? Sean s'éloigna d'elle, l'air aussi confus que possible.

Et il voulait s'occuper d'eux? Il n'avait pas l'air de bien gérer ça avec elle juste à côté, encore moins de le faire tout seul.

Bien sûr, elle doutait que les chiens réagiraient aux phéromones bouillonnantes quand elle ne serait pas là.

Davy se dressa sur ses pattes arrière et se joignit à l'ensemble, tournoyant comme le font les caniches. Donnez-lui un tutu et il serait un artiste de cirque.

Livvy ne put s'empêcher de sourire. Ils voulaient son attention. Il faisait toujours ça quand elle était triste ou contrariée, sachant d'une manière ou d'une autre que ça la ferait sourire. Même la façon dont sa langue pendait sur le côté de sa gueule le faisait paraître comme s'il souriait.

— Livvy? Qu'est-ce qu'on fait?

Elle eut pitié de lui et des chiens et s'agenouilla. Instantanément, elle fut assaillie par huit museaux humides et des reniflements de joie. — C'est simple, Sean. Ils veulent juste un peu d'affection.

Sean pouvait totalement comprendre. Et bon sang, si tout ce qu'il fallait était quelques gémissements pitoyables et des pirouettes sur la pointe des pieds, il pourrait emprunter cette voie.

Pas question.

Livvy était source de problèmes. Il l'avait suivie dans ces escaliers et dans sa chambre, puis dans la sienne, et toutes les autres le long de ce couloir interminable, et tout ce à quoi il pouvait penser était de l'entraîner dans l'une d'elles, de claquer la porte et de finir ce qu'ils avaient commencé dans la cuisine. Bon sang, il la désirait.

Et, *bon sang*, il ne pouvait absolument pas l'avoir.

Il avait besoin qu'elle parte pour ce voyage au marché. *Il* avait besoin de recul. *Il* avait besoin d'être capable de penser clairement et de trouver un moyen de sortir de ce pétrin, et avec elle dans les parages, la pensée claire était inexistante dans le brouillard de sensualité qui gouvernait chacun de ses mouvements. De la façon dont elle glissait ces boucles vaporeuses derrière son oreille, au petit mordillement sexy au coin de sa lèvre et à la façon dont elle se dandinait et rebondissait et insufflait de la vie dans chaque mouvement qu'elle faisait, même la façon dont elle tournait la tête pour accepter les baisers baveux de ses chiens, quelque chose chez Livvy l'appelait, s'enroulait autour de lui et l'attirait.

Il enfonça ses mains dans ses poches et retourna derrière le comptoir. *Le* comptoir.

Bon sang.

Il recula. Il n'avait pas besoin de se rappeler à quel point elle avait été belle là, le désirant.

Il ouvrit le tiroir où il avait trouvé des stylos et du papier lors d'une de ses incursions dans cette pièce à la recherche d'indices. — Je suppose que tu vas avoir besoin de fournitures de pâtisserie pour demain. Donne-moi une liste et j'irai faire les courses. Cela témoignait de son niveau de frustration - à la fois avec la situation et avec sa libido qui lui causait tant de problèmes - qu'il était prêt non seulement à faire les courses, mais aussi à l'écrire dans son sténo pictographique. Dans son monde, écrire était la deuxième torture juste après lire à voix haute.

Livvy leva les yeux vers lui, ses magnifiques yeux ambrés encadrés par ces cils couleur rouille, comme un tournesol en automne.

Le voilà qui recommençait avec la poésie.

— J'ai effectivement besoin de certaines choses, mais pour le reste, j'improvise une fois sur place. De plus, tu ne connaîtras pas les marques, donc je devrai t'accompagner.

Il gémit presque comme les chiens. Le but de faire cette liste était justement pour qu'elle *n'ait pas* à y aller avec lui. Sean soupira. Il ne pouvait tout simplement pas gagner.

Chapitre Vingt

Faire les courses avec Livvy s'est avéré être une expérience plutôt agréable, étonnamment. L'esprit libre qui émanait d'elle était contagieux. Elle était comme un rayon de soleil dans un monde terne — oh, bon sang. Il recommençait.

Sean ne put s'empêcher de rire de lui-même. Livvy créait un état de *bonheur* perpétuel et personne, pas même lui, n'y était immunisé, alors il ferait mieux d'arrêter de lutter et de se laisser porter.

Elle souriait à tout le monde, et tout le monde lui souriait en retour. C'était un don, en fait, sa capacité à changer l'humeur maussade de quelqu'un comme si elle saupoudrait de la poussière de fée sur eux.

De la poussière de fée? Que diable était-il arrivé à son cerveau? À son vocabulaire? Il n'avait jamais dit *poussière de fée* de sa vie, même pas à Mac quand elle était enfant. Bien sûr, il n'avait pas été celui qui lui lisait des histoires au coucher où il aurait pu être question de poussière de fée et pourquoi s'attardait-il là-dessus?

— Je pensais faire des scones. Quels parfums aimes-tu?

Les scones n'étaient-ils pas ces trucs insipides et feuilletés que les Britanniques adoraient? — Peu importe pour moi. Je suis facile à satisfaire.

Elle lui lança un regard qui lui échauffa le sang.

— Je veux dire, tout ce que tu veux faire me convient. Quels sont tes best-sellers?

— Je n'en ai pas mais...

— Comment ça, tu n'as pas de best-sellers? Livvy, tu dois découvrir ce que ta clientèle veut et y répondre. Tu ne peux pas simplement faire ce dont tu as envie. Les clients font marcher ton entreprise, et s'ils ne peuvent pas obtenir ce qu'ils veulent de toi, ils iront ailleurs. Les entreprises qui réussissent répondent aux désirs et aux besoins des clients, et le soutiennent par un excellent service. Si tu ne fournis pas ce que les gens veulent, tu n'auras pas de revenus, et donc aucun moyen de continuer l'entreprise ou ton emploi dans celle-ci.

— Je ne suis pas une idiote, Sean. Je sais comment fonctionnent les entreprises. Comment crois-tu que j'ai réussi à faire tourner la mienne pendant si longtemps? *Et* à obtenir le temps libre pour venir ici pour le petit caprice de ma grand-mère? Les liquidités sont peut-être serrées, mais elles circulent. Ces gars ne mangent pas de l'herbe, tu sais. Je te demandais ton avis par intérêt personnel. Je voulais m'assurer qu'on ferait quelque chose que tu aimerais aussi. Et je n'ai pas de best-sellers parce que *tous* mes scones se vendent bien. Je fais des scones du tonnerre. Elle releva le menton et se redressa un peu.

Et Sean en fut chamboulé. Métaphoriquement. Elle était trop petite pour causer beaucoup de dégâts physiquement. Mais autrement...

Était-ce idiot de sa part de se sentir tout chaud et duveteux à l'intérieur parce qu'elle avait voulu faire quelque chose qu'il aimait? Qu'elle avait demandé parce qu'elle voulait faire quelque chose de gentil pour lui? Pour l'inclure? Depuis trop longtemps, il marchait sur la corde raide des budgets et des imprévus, du stress et de l'inquiétude, et maintenant de la subterfuge...

Son honnêteté était aussi rafraîchissante que culpabilisante. Elle allait le détester quand elle découvrirait la vérité.

Si elle découvre la vérité. Tu pourrais encore t'en sortir, Manley.

— Euh, d'accord. Il passa une main dans ses cheveux et massa les muscles tendus de sa nuque. La journée avait été une grande leçon de torture et ne montrait aucun signe de répit dans un avenir proche.

Puis il entendit un fracas, suivi de « Scène! »

Entre en scène son frère, Bryan. Le plaisir ne faisait que s'accumuler. — Salut, Bry.

— C'est... Oh mon Dieu. C'est *Bryan Manley*?

Bien sûr que Livvy saurait qui était son frère. Y avait-il une femme sur la planète qui ne le connaissait pas? Sean était choqué qu'il n'y ait pas un harem qui le suivait comme d'habitude — bien que les deux enfants avec lui qui donnaient des coups de pied dans les boîtes de mac-n-cheese qu'ils avaient renversées y étaient peut-être pour quelque chose. Personne ne s'attendrait à ce que *le* Bryan Manley fasse ses courses avec des enfants à sa suite. Probablement la meilleure couverture que son frère ait jamais eue en public.

— Ouais, c'est Bry.

— Bry? Ça sonne drôlement familier.

— Parce que c'est mon frère. Inutile de le lui cacher. La vérité finirait par éclater. Il ne pouvait pas être près de Bry plus de cinq minutes sans que quelqu'un ne prenne une photo et qu'elle ne soit sur tous les réseaux sociaux en moins de vingt secondes. S'il le lui cachait, elle deviendrait méfiante.

— Donc ça fait de toi Sean... *Manley*?

— C'est généralement comme ça que ça marche.

— Donc tu *possèdes* l'entreprise de nettoyage?

— Non, c'est ma sœur qui la possède.

— Mac est ta *sœur*? Comment en es-tu venu à travailler pour elle?

Il n'allait pas s'engager sur ce terrain-là. — Longue histoire. Il n'élabora pas, choisissant d'attendre que la conversation revienne à Bryan. C'était toujours le cas.

— Donc Bryan Manley est ton frère.

Cette fois, cependant, ça le dérangeait plus que jamais. — Oui, c'est mon frère. Et oui, il est célibataire. Mais il n'est pas vraiment prêt à se poser.

— Wow. Tu parles d'être désabusé.

— Non. Juste habitué. Et il l'était. Il devait se le rappeler. Et le fait que Bryan n'était *pas* prêt à se poser. Ne le serait jamais à entendre Bry parler.

— Salut, Scène. Bryan lui tapota le dos en s'approchant. — Et tu dois être Olivia.

Sean détestait vraiment la façon dont Livvy rougissait. Ses rougissements devraient être réservés à lui et à lui seul.

Ce qui était totalement irrationnel.

— Oui, je suis Olivia.

Olivia? Qu'était-il arrivé à *Livvy*?

— Bryan! Conduis-nous à ton chef! On veut du soda! Les jumeaux à côté de lui brandissaient leurs sabres laser.

Bryan les écarta d'un doigt. — Attention, les gars. Vous allez vous crever un œil. Il fit un clin d'œil à Livvy.

Un clin d'œil.

S'ils n'étaient pas dans un lieu public, Sean pourrait bien donner un coup de poing à son frère pour être trop charmant. Surtout quand Livvy rougit à nouveau.

— Que fais-tu ici, Bry?

— On. Veut. Du. So. Da! Les sabres laser faisaient maintenant des cercles dans l'air, accompagnés d'effets sonores mécanisés.

— Les gars! Du calme! Je sais que votre mère ne vous a pas appris à être impolis, alors taisez-vous, voulez-vous? On prendra ce que votre mère a dit qu'on devait prendre et rien de plus. Bryan soupira. — Pourquoi les gens ont-ils des enfants déjà?

Livvy s'agenouilla au niveau des garçons. — Les gars, vous savez ce que vous devriez essayer? Mettez un œuf dur dans votre cola préféré et attendez de voir ce qui se passe.

— Pourquoi, qu'est-ce qui se passe? Les garçons étaient tout aussi fascinés par Livvy que leurs homologues adultes.

— Vous devrez essayer pour voir. Mais quand vous le ferez, vous réfléchirez à deux fois avant de boire à nouveau du soda.

— Cool! J'adore le soda!

— Moi aussi!

— Alors on peut en avoir, Bryan? S'il te plaît? C'est dans l'allée numéro douze.

Livvy se leva. — Et si vous ramassiez le présentoir que vous avez renversé avec vos épées pendant que je parle à Bryan de votre soda?

— Vraiment? T'es cool!

— Ouais, beaucoup plus cool que maman.

Sean se contenta de secouer la tête. Au moins, il ne pouvait pas se blâmer pour l'effet qu'elle avait sur lui ; elle l'avait sur tous les membres de la gent masculine, jeunes et vieux confondus.

Livvy ébouriffa les cheveux de l'un des jumeaux. — C'est parce qu'elle est votre maman. Les mamans doivent être strictes, donc elles ne peuvent pas être cool. Mais elle vous aime, vous savez.

— C'est ce que dit Bryan.

— C'est parce qu'elle est la seule qui *pourrait* les aimer, marmonna Bryan.

Sean cacha son sourire. Tout compte fait, il semblait que Bryan avait tiré la pire part du lot. Sean préférerait les fientes d'oiseaux et le sperme d'alpaga à des duels d'épée avec des gamins de huit ans n'importe quand.

Les garçons coururent au bout de l'allée pour remettre en place la nourriture qu'ils avaient renversée.

— Le soda n'est pas sur la liste de leur mère, dit Bryan. Elle ne va pas être contente si je rentre avec ça.

— Fais-moi confiance. Fais cette expérience et je te garantis qu'ils ne voudront plus jamais boire de soda.

— Pourquoi? Que se passe-t-il?

— Vingt-quatre heures suffisent à rendre les coquilles d'œuf plus fines et à les brunir. La corrélation, bien sûr, étant avec leurs dents. Ça érode l'émail. Si tu laisses l'œuf plus longtemps, ça dissout la coquille. Je n'ai plus bu de soda depuis la troisième quand on a fait ça le premier jour. À la dernière semaine de cours, j'avais définitivement arrêté le soda.

— Wow. Beauté et cerveau. Tu es libre pour dîner? Bryan lui lança le fameux regard séducteur des Manley.

Et Sean avait envie de lui donner le coup de poing fraternel Manley signifiant « dégage ».

— C'est très gentil à toi de demander, mais Sean et moi avons une date limite. On ne peut pas dîner avec toi.

Et il avait envie de l'embrasser pour l'avoir inclus dans l'invitation.

Surtout quand Bryan fronça les sourcils.

— Ouais, Bry. On a des projets. Que son frère en pense ce qu'il voudrait.

Puis Sean eut envie de se gifler. Sérieusement. Quel âge avaient-ils? Douze ans? Se battre pour une fille...

Bry haussa un sourcil. — Des projets, hein? Eh bien. Je suppose que je vais vous laisser à vos « projets ». C'est quoi déjà?

— Des projets. Bry pouvait se *carrer* son insinuation où il pensait.

— Je vais faire de la pâtisserie et Sean va m'aider.

Sean savait que le sourire narquois apparaîtrait sur le visage de Bryan avant même qu'il ne soit là.

— Non. Il leva la main pour arrêter la question idiote qu'il savait que Bry allait poser – juste parce qu'il le pouvait – mais Bry ne suivait pas le même scénario.

— Vous allez cuisiner ensemble dans la cuisine?

Il adorait quand même les rougissements de Livvy. Surtout qu'ils avaient effectivement *cuisiné* dans la cuisine.

— Tu n'as pas des jumeaux à surveiller ou quelque chose? Sean pointa du doigt l'endroit où les garçons empilaient à nouveau les boîtes, mais cette fois-ci en forme de fort. Autour d'eux-mêmes.

— Oh, merde. Bryan soupira. — Ravi de vous avoir rencontrée, Olivia. Il se dirigea vers le duo turbulent. — Les garçons! Ce n'est pas une aire de jeux.

Sean rit. Bryan ressemblait à Gran.

— On dirait que ton frère a du pain sur la planche. Je ne savais pas qu'il avait des enfants. C'est son week-end ou quelque chose comme ça?

Cela fit rire Sean encore plus fort. — Bry? Un père? Ce sera le jour où... Autant dire *jamais*. Bry jurait depuis des années qu'il n'aurait jamais d'enfants ; c'était vraiment le karma qui lui avait confié cette mission avec eux. — Non. Ce sont ceux d'un, euh, ami.

Sean n'était pas très enclin à mentionner le pari de poker. Livvy devait croire en lui en tant que femme de ménage professionnelle. Elle devait croire que Mac envoyait ses meilleurs éléments, et il n'allait pas être celui qui briserait cette illusion.

— Ouais, je comprends. Je veux dire, ils sont mignons et tout, mais les élever? Ce n'est vraiment pas pour moi.

Elle partit dans la direction opposée tandis que Sean repassait ce qu'elle venait de dire. Ce qu'elle avait révélé. Lui *voulait* des enfants un jour. Quand il pourrait subvenir à leurs besoins. La façon dont lui et ses frères et sœurs avaient grandi lui donnait envie de stabilité. Une maison à lui et les moyens de la payer. C'était la raison pour laquelle cette entreprise *devait* réussir. Il devait se rappeler qu'ils voulaient des choses différentes dans la vie...

Cela aurait dû être un soulagement, mais au lieu de cela, cela le rendait triste. Pour elle. Ce que son enfance avait dû être en grandissant. De l'extérieur, cela semblait génial : elle avait eu le pensionnat et l'argent des Martinson derrière elle. Mais à l'intérieur... elle n'avait eu personne pour l'aimer. Il avait eu exactement le contraire et il en avait été plus riche.

Il était tard quand ils rentrèrent, encore plus tard une fois qu'il l'eut aidée à nourrir et abreuver la ménagerie. Et à nettoyer les stalles.

— Dis-moi pourquoi tu veux faire ça jour après jour, dit-il, esquivant le bélier qui visait ses parties pour accrocher sa fourche à un crochet sur le mur qui ressemblait plus à une vitrine de trophées qu'à un endroit pour ranger des outils agricoles. Quelqu'un l'avait même décoré avec des moulures et d'autres trucs peu adaptés à une grange. Livvy avait raison ; les Martinson étaient prétentieux.

— Pour toutes sortes de raisons. La laine d'alpaga est un investissement à cause du prix qu'elle peut rapporter, et la laine de mouton est notre pain quotidien. Ensuite, il y a le lait des chèvres et les œufs de la volaille. Toutes choses que je peux utiliser ou vendre.

— Et Reggie?

Elle sourit quand Reggie renifla en entendant son nom. — Reggie est juste pour la compagnie. Un gars essayait de le vendre pour en faire du bacon. Je ne pouvais pas laisser ça arriver.

— Bien sûr que non.

Il pouvait l'imaginer horrifiée par cela et ramassant le petit cochon, le serrant contre elle comme un bébé, murmurant qu'il était en sécurité avec elle. Elle. La femme qui ne voulait pas d'enfants.

Elle avait plus d'instinct maternel qu'elle ne le savait.

— De plus, je vends les poulettes et les agneaux pour plus de revenus. J'aimerais tous les garder, mais ce n'est pas possible. Bien que, une fois que j'aurai vendu cet endroit, je pourrai construire une plus grande grange et en garder davantage.

— Ce qui signifie plus de nettoyage.

Elle haussa les épaules, une mèche rebelle tombant sur son épaule pour disparaître dans son caraco...

Qu'est-ce qu'elle avait avec les caracos? Au moins, elle avait une chemise par-dessus cette fois, mais ces trucs épousaient ses courbes d'une manière qui n'était pas juste pour la gent masculine.

— Nettoyer leurs stalles est un petit prix à payer pour la compagnie, l'amour et l'acceptation qu'ils me donnent.

— L'acceptation?

Livvy remit cette mèche rebelle derrière son oreille. Encore une fois. Un de ces jours, il allait le faire pour elle.

— Les animaux ne te jugent pas. Si tu prends soin d'eux, si tu tiens la promesse que tu leur as faite, ils seront tes meilleurs amis. Ils te pardonnent même si tu faiblis dans tes soins, tant que tu n'es pas cruel envers eux. Les gens pourraient apprendre beaucoup des animaux.

Ses mots étaient imprégnés d'un siècle de douleur. Il appuya la fourche contre l'enclos des chèvres. — Tu veux en parler?

— Parler de quoi? Elle s'affaira à retirer le foin du mur séparant les enclos.

— Livvy.

Il fallut une bonne dizaine de secondes avant qu'elle ne s'arrête et lève les yeux vers lui. — Je vais bien, Sean. Merci, mais ce n'est pas nécessaire. J'ai appris il y a longtemps à ne compter que sur moi-même. Bien sûr, je suis en colère contre Merriweather, mais au final, la colère ne profite à personne. Elle t'épuise. Aller de l'avant, se concentrer sur la prochaine étape, le grand objectif, ce qu'il faut faire pour y arriver... *ça*, c'est productif. S'attarder sur ce qui aurait pu être est contre-productif.

Ils remarquèrent tous les deux ce mot. *Contre*.

Il fit un pas vers elle. Il la vit se pencher légèrement. Ce serait si facile de la prendre dans ses bras et de terminer ce qu'ils avaient commencé plus tôt.

Mais ses mots se répétaient en boucle dans sa tête. *Ils ne te déçoivent pas.*

Comme il allait le faire.

Il devait recalculer les chiffres. *Devait* trouver un moyen de faire fonctionner ce projet pour eux deux.

Alors il recula. N'agit pas sur la tentation. Sur la certitude qu'elle ne le repousserait pas.

C'était probablement la chose la plus difficile qu'il ait jamais faite de sa vie.

Chapitre Vingt-Et-Un

Essayer de s'endormir la nuit dernière avait été l'une des choses les plus difficiles que Livvy ait jamais faites. Son corps était encore en "feu" après avoir été avec Sean et elle ne comprenait pas pourquoi il s'était éloigné. Elle avait rendu ses intentions – ses désirs, ses envies, ses préférences – assez évidentes la nuit dernière. Et dans la cuisine avant que Kerry et Sher n'interrompent—

Oh zut. Kerry et Sher.

Livvy bondit hors du lit, bousculant Georgia, qui avait décidé que la tête de Livvy était l'endroit parfait pour reposer son ventre chaud et plein, alors elle grogna quand il lui fut retiré.

Le carlin roula dans le creux laissé par Livvy, ses pattes arrière donnant un coup à l'épaule de Petra. Ce qui fit gémir Petra, et grogner John, ce qui réveilla Mike, qui se retourna en bâillant, écrasant presque Davy au passage.

En quelques minutes, tout le groupe était réveillé et réclamait à être nourri et sorti. Et pas nécessairement dans cet ordre.

Elle se frotta les yeux après les avoir libérés dans le jardin et alluma son iPod. "One More Night" de Maroon 5 était un début suffisamment dansant pour une journée passée en cuisine. Elle se dandina jusqu'au Sub-Zero pour un verre de jus d'orange. Pas de caféine pour elle ; elle avait dit la vérité à ces garçons dans le supermarché. Une période de vingt-quatre heures d'expérience soda/œuf avait suffi à la convaincre de s'en tenir éloignée ; l'année entière de dissolution de la coquille avait solidifié cette résolution.

Les œufs étaient là. Les œufs qu'elle et Sean avaient achetés hier au magasin. Ceux qu'ils allaient utiliser pour faire cuire ses scones signature aujourd'hui. Ensemble.

Elle prit une profonde inspiration, pas surprise de sentir un frisson dans son estomac à cette perspective. Elle avait eu beaucoup de frissons d'estomac ces derniers jours. Et de frissons de peau. Et puis il y avait les rougissements.

Mais pas assez de baisers.

Elle sentit la chaleur remonter de sa poitrine à ses joues, mais pas à cause d'un rougissement cette fois. Sean était juste... eh bien, il était vraiment presque incroyable. Parfait presque, si une telle chose existait. Intelligent, drôle, beau, bon joueur, tolérant, prêt à mettre la main à la pâte...

On aurait dit qu'elle faisait de la publicité pour un ouvrier agricole plutôt que de lister les qualités de l'homme qu'elle... quoi? Qu'était Sean pour elle?

— C'est ce que portent tous les meilleurs chefs habillés ces jours-ci?

Quand on parle du loup ; il apparut dans sa cuisine, délicieusement séduisant dans un short, un T-shirt et des tongs.

Désirait. Ouais, c'était un terme aussi bon qu'un autre. Et beaucoup plus sûr que certains.

Elle s'arrêta de danser au milieu d'un pas et remit ses cheveux derrière ses oreilles.

— Euh, bonjour. Pas d'uniforme aujourd'hui? C'était une nette amélioration.

Il haussa les épaules et se servit du jus de grenade qu'elle avait acheté. Peut-être qu'il n'était pas aussi opposé à la nourriture sans sirop de maïs à haute teneur en fructose qu'il l'avait laissé paraître.

— J'ai pensé que puisqu'on allait être dans une cuisine chaude toute la journée, je devrais m'habiller en conséquence.

Ou se déshabiller...

Livvy se lécha les lèvres qui étaient soudainement devenues sèches et regarda sa tenue : caraco blanc et bas de pyjama en soie longueur Capri.

— Eh bien, je vais porter mon tablier, donc peu importe ce que je porte.

Il leva à nouveau un sourcil.

— Si tu le dis.

"Give Me Everything Tonight" de Pitbull enchaîna sur l'iPod. Ouais, pas vraiment la chanson qu'elle voulait maintenant.

Livvy arracha le tablier de son crochet et s'occupa de remplir les huit gamelles de chiens pour le petit-déjeuner, essayant de ne pas écouter les paroles de la chanson. Puis elle sortit les plaques de cuisson, les bols à mélanger et les grilles de refroidissement dont ils auraient besoin pour la cuisson des scones.

Ensuite, elle passa quelques bonnes minutes à chercher un casse-noix, et aligna tous les ingrédients secs sur le plan de travail de préparation avant de finalement ne plus avoir de choses à faire à part le regarder. Ce qu'elle avait voulu faire depuis le début de toute façon.

Appuyé contre l'évier, il avait les bras croisés sur cette poitrine incroyable et un pied croisé sur l'autre dans une pose si masculine que ça lui faisait saliver.

Sean *Manley*. Il n'y avait jamais eu de nom plus parfait.

— Alors, tu veux manger avant qu'on commence, ou seuls les chiens ont de la chance aujourd'hui? demanda-t-il.

Il pourrait avoir de la chance quand il le voudrait—

— Euh, bien sûr. Je peux préparer quelque chose rapidement. Elle fit un signe de tête vers les objets qu'il avait accumulés sur le comptoir pendant qu'elle cherchait ce dont elle aurait besoin.

Il se décolla de l'évier alors que "Down" de Jay Sean commençait à jouer.

— Je ne te demandais pas de le faire. Je te demandais si tu en voulais. Je suis plus que capable de nous préparer un petit-déjeuner, tu sais.

— Non, en fait, je ne savais pas.

Il attrapa une poêle sur la roue de chariot suspendue et alluma le brûleur.

— Hmm, je suppose que tu as raison. Tu ne m'as pas vraiment vu à l'œuvre dans la cuisine.

Oh si, elle l'avait vu, et elle utilisa cinq des temps forts de la chanson pour s'en souvenir.

Apparemment, Sean aussi, puisqu'il laissa tomber la poêle sur la flamme avec fracas, puis tâtonna en jetant quelques tranches de pain multi-céréales dans le grille-pain.

— Alors, euh, pourquoi ne t'assieds-tu pas et je vais préparer quelque chose. Tu as acheté des œufs supplémentaires, n'est-ce pas? Et j'ai vu du pâté de porc ou quelque chose?

— Du pâté de porc? Livvy frissonna. Certainement pas. Reggie ne me le pardonnerait jamais.

— Je pensais que c'étaient les éléphants qui avaient une mémoire à long terme. Il fit glisser un peu de beurre dans la poêle où il commença à grésiller.

Tout comme Livvy. Le gars était *chaud*.

— Les cochons sont intelligents aussi. Si j'allais près de Reggie en sentant comme un de ses parents, il ne me le pardonnerait jamais. Elle l'avait fait une fois. Le cochon était resté dans son lit pendant une journée et aucune quantité de biscuits pour chiens ne l'avait fait sortir. Il avait même relevé le groin quand elle avait essayé de le caresser.

— Ton régime alimentaire doit être très limité si tu ne manges aucun parent de tes animaux.

— Seul Reggie est sensible. Je mange du poulet et des œufs tout le temps. Bien que j'essaie de ne pas en manger devant Orwell.

— En parlant de ça... où est le petit créateur de chaos à une aile?

Les quarante-cinq minutes qu'il leur avait fallu pour faire descendre l'oiseau des tringles à rideaux la nuit dernière n'avaient pas été amusantes, alors c'était un répit bienvenu. Elle aimait Orwell, mais il demandait beaucoup de travail.

— Il dort. Ce n'est pas un lève-tôt.

— Ça doit être agréable, dit Sean en cassant deux œufs d'une seule main simultanément au-dessus de la poêle.

— Joli tour.

Il leva un sourcil.

— Ça. Ce que tu as fait avec les œufs. Comment as-tu appris?

— En grandissant avec deux frères et sans jeux vidéo, on apprend à s'amuser comme on peut. On faisait des concours pour voir combien on pouvait en casser sans mettre de coquilles dans la poêle.

— Tu as gagné?

Sean sourit et elle en eut le souffle coupé. Ce type était carrément superbe.

— Ouais, je leur ai mis la pâtée. J'en ai fait cinq une fois.

— Tu dois avoir de très grandes mains.

Ce n'était pas un simple rougissement qui envahit sa peau. C'était un manteau écarlate complet, et elle aurait dû s'y envelopper et mourir d'embarras car ils pensaient tous les deux à ce à quoi la taille des mains était censée correspondre.

Elle regarda ses mains. Elles n'étaient pas trop grandes. Juste la bonne taille avec juste la bonne forme d'ongles et juste la bonne quantité de poils dessus, et juste la bonne quantité de force et de muscle et, mon Dieu, était-elle vraiment en train de se décrire sa main? — Que puis-je faire pour aider?

Mauvaise question à poser. Ses yeux s'assombrirent et le regard qu'il lui lança la transperça jusqu'au ventre, y allumant un feu qui n'avait rien à voir avec ce qui se passait sur la cuisinière.

— Rien. Ça va.

Ouais. C'était le cas.

— Y a-t-il quelque chose que tu dois préparer pour la cuisson?

Elle secoua la tête, à la fois comme réponse et comme mécanisme de *Reprends-toi-Livvy*. Les scones devaient être faits individuellement. Du moins les siens, pour obtenir le parfait degré de friabilité. Si elle laissait la pâte reposer trop longtemps, les scones seraient ratés. Avec la quantité qu'elle prévoyait de faire aujourd'hui, elle devait se concentrer sur le projet.

Sean sortit le pain du grille-pain, l'étala généreusement avec la confiture de pommes qu'elle avait achetée, versa deux autres verres de jus de grenade dans une paire de verres à vin ornés pris sur une étagère qu'elle ne pouvait même pas voir, encore moins atteindre, puis dressa les œufs comme s'il était un chef.

— As-tu déjà pensé à devenir chef personnel plutôt que femme de ménage? Tu es vraiment doué pour ça. Elle prit les verres de jus sur le comptoir et les posa sur la table, en diagonale l'un de l'autre. Elle n'avait pas besoin qu'il s'assoie à côté d'elle — trop de tentation — mais elle ne voulait pas non plus qu'il s'assoie trop loin.

Trop de déception.

Il apporta leurs assiettes à table. Les œufs sur le plat étaient parfaitement cuits, le pain grillé était juste assez grillé et beurré, et les tranches d'orange qu'il avait incluses étaient un bonus supplémentaire.

Tout comme lui. Un bonus supplémentaire qu'elle n'aurait jamais pu prévoir lorsqu'elle avait appris la mort de sa grand-mère.

— Comment ça va se passer aujourd'hui? demanda-t-il. Qu'est-ce que tu veux que je fasse?

Tellement de choses...

Elle posa sa fourchette, tamponna ses lèvres avec la serviette en lin qu'il avait trouvée dans l'un des tiroirs, et maîtrisa ses hormones joyeuses.

Elle se fit une note mentale d'éteindre son iPod alors qu'un autre round de paroles inappropriées remplissait la pièce.

— Je fais chaque lot individuellement, dit-elle, essayant d'ignorer le chanteur qui chantait qu'il ne pouvait pas détacher ses yeux d'une femme. Pour obtenir assez de couches dans le pain, je dois pétrir la pâte jusqu'à la bonne consistance, ce qui prend du temps. Ça ne peut pas être fait à la chaîne. Mais on peut le faire pour la mise en place et le nettoyage. Je vais aligner des rangées de bols pour plusieurs lots, puis tu pourras mesurer tous les ingrédients dedans et je passerai après toi, en les mélangeant un par un. Ça te va?

— Ça me semble un bon plan. Il leva une fourchette pleine d'œuf. Alors? Qu'en penses-tu? C'est assez bon pour toi?

Il parlait de la nourriture qu'il avait préparée, n'est-ce pas, et pas de lui-même parce que, oui, il était assez bon pour elle. Trop bon en fait. Il devait y avoir un hic. Sean ne pouvait pas être aussi bien qu'il en avait l'air. Beau, travailleur, aimant sa famille, drôle, gentil, serviable, capable de faire à peu près tout — *et* propre — et il avait arrêté de se plaindre de ses animaux. Il l'avait même aidée à s'en occuper.

Pour la première fois depuis longtemps, Livvy laissa l'espoir s'infiltrer dans son vocabulaire.

— Livvy?

— Oh, euh, oui. Super. Tu es vraiment incroyable en cuisine.

Elle n'avait *vraiment* pas dit ça.

— En parlant de ça... Sean posa sa fourchette. Ne pas en parler ne va pas faire disparaître la chose. Il couvrit sa main de la sienne et oubliez les flammes sur la cuisinière ou la température de cette pièce une fois qu'ils auraient tous les fours allumés aujourd'hui, ou même à quel point il était délicieux dans quelque chose d'aussi banal qu'un short et un T-shirt ; rien ne pouvait se comparer à ce que le toucher de Sean lui faisait.

L'espoir rugit à nouveau, tourbillonna en elle, touchant chaque partie, et s'implanta fermement dans son âme, et soudain les paroles de la chanson étaient totalement appropriées.

— Livvy, on ne peut pas répéter ce qui s'est passé hier.

Jusqu'à ce que Sean dise cela.

— Ce n'est vraiment pas une bonne idée.

— D'accord. Très bien. Il y avait une limite au rejet qu'elle pouvait supporter et, franchement, elle avait dépassé son quota pour, genre, *toujours*. Elle n'allait pas supplier. Non. Pas elle. Elle n'avait rien supplié de sa grand-mère, et elle n'allait certainement pas supplier quoi que ce soit d'un gars qui n'était pas assez intelligent pour la vouloir.

Elle froissa sa serviette et la jeta sur les œufs désormais impossibles à manger, puis rassembla son couvert et se leva. — On devrait commencer la cuisson. J'ai beaucoup à faire et, bien que le petit-déjeuner ait été agréable, il n'y a vraiment pas le temps de s'asseoir et de bavarder. Elle fit glisser l'assiette vers le bord de la table, sa serviette entraînant le sucrier du service à thé avec elle.

— Livvy... Le couvercle tinta sur le sol, mais Sean réussit à attraper le bol avant qu'il ne le suive, le regardant comme s'il ne savait pas ce que c'était.

— Peux-tu faire rentrer les chiens, s'il te plaît? Ils avaient commencé à geindre dès qu'elle s'était levée et Livvy n'avait jamais été aussi reconnaissante de leurs exigences qu'en ce moment. Elle avait besoin de temps pour se recomposer après l'électricité qui vibrait en elle, la déception d'un autre round d'espoir brisé, et l'embarras qu'il sache à quel point elle le voulait et d'être rejetée.

Et elle avait eu tant d'espoir pour aujourd'hui.

Adieu le petit-déjeuner.

Sean rassembla son assiette, ne se souciant pas vraiment de la nourriture autant que de la conversation. Il avait passé la majeure partie de la nuit à se retourner dans son lit, le désir le tenant éveillé autant que la culpabilité. Vers quatre heures du matin, il avait résolu d'y mettre un terme une fois pour toutes. Peu importe ce que *c'* était. Il devait en discuter avec elle. Lui faire comprendre que ce n'était pas aussi simple et clair que de coucher ensemble comme elle l'avait laissé entendre. Pas sans lui dire la vraie raison.

Ou qu'il y avait un indice dans le sucrier.

Bon sang, il était un salaud. C'était une justice poétique, une loi karmique, l'univers qui se moquait de lui, qu'il la repousse. Il n'était pas au niveau de Bry quand il s'agissait de séduire les femmes, bien qu'il n'ait jamais été maladroit dans ce domaine, mais la seule femme qu'il désirait plus que toute autre était la pire avec qui il pouvait s'impliquer.

Sauf que ce n'était pas juste une histoire de coup d'un soir. Une nuit de plaisir mutuel pourrait être une bonne chose si elle ne s'accompagnait pas de tout le reste qui venait avec le fait de désirer Livvy.

Les hurlements reprirent à la porte et Sean pouvait totalement comprendre. En plus de devoir mettre un frein à cette attraction qui s'emballait comme un train fou, *il y avait un indice dans le sucrier.*

Qu'allait-il bien pouvoir faire à ce sujet?

Les griffures suivirent. Sean bondit sur ses pieds, ramassa les huit gamelles et se dirigea vers la sortie pour empêcher une autre catastrophe de s'abattre sur son monde, car il n'avait pas besoin de payer quelqu'un pour réparer la porte en plus.

Étonnamment, les chiens se comportèrent bien pour une meute d'animaux affamés. Leurs queues qui remuaient et la danse frénétique des petits étaient les seuls signes de leur impatience face à la nourriture. Même Ringo ne grogna pas contre lui.

Peut-être que sa chance tournait.

Cette pensée se confirma lorsqu'il retourna dans la cuisine et trouva que Livvy avait noué un tablier autour de sa taille — et le plastron couvrait beaucoup plus son décolleté que son caraco, Dieu merci. S'il ne pouvait pas la toucher, il n'avait pas besoin de la tentation.

Malheureusement, l'univers n'écoutait pas. La tentation tourbillonnait autour de lui toute la matinée. Chaque fois que Livvy dansait — elle *dansait* constamment — en passant près de lui, ou tendait le bras autour de lui, ou faisait glisser un bol sur le comptoir, ou se penchait pour sortir les scones du four, ou léchait le bout de son doigt quand elle touchait accidentellement la plaque de cuisson chaude, c'était comme si quelqu'un Là-Haut se moquait de lui.

Il préférait le bazar dans le salon à ça. Au moins, il transpirerait d'efforts physiques et honnêtes, pas de désir frustré sur lequel il ne pouvait pas agir.

Il regarda l'horloge au mur. Encore trop d'heures avant qu'elle ne parte.

La chanson changea et Sean grimaça. "Any Way You Want It" n'était *pas* ce qu'il avait besoin d'entendre maintenant. Surtout quand il entendit le refrain résonner de l'étage. — On dirait qu'Orwell est réveillé.

Livvy leva les yeux de la planche à pétrir, une tache de farine sur le nez. Et sur la joue. Et sur l'épaule.

— Il adore cette chanson. Je crois que c'est la seule dont il connaisse toutes les paroles.

— Et si on la changeait, alors? Parfaite excuse pour ne pas avoir un petit diable rouge Steve Perry assis sur son épaule pour le tenter pendant les trois minutes et demie suivantes, ou peu importe la durée de cette fichue chanson. Il appuya sur le bouton d'avance rapide de l'iPod.

Bruno Mars. Sérieusement, ne pouvait-il pas avoir un peu de répit alors qu'il essayait de faire *quelque chose* de bien et de bon?

À l'étage, Orwell était toujours dans Journey, lançant le classique de Perry,
— Ooooooooh.

— Je devrais peut-être aller le chercher. Le faire descendre au cœur de l'action. Et s'en extraire lui-même, ne serait-ce qu'un peu.

Livvy haussa les épaules et, curieusement, le plastron de son tablier resta en place mais les seins derrière... Ils dépassèrent un peu plus par-dessus et oh, merde, il était dans de beaux draps.

Au moins, il ne portait pas ces fichus pantalons et son short cachait mieux sa réaction.

Il se dirigea vers la porte pour aller chercher Orwell. Il n'aurait jamais parié qu'il verrait le jour où il choisirait un perroquet plutôt qu'une femme.

Apparemment, il aurait perdu ce pari aussi.

Chapitre Vingt-Deux

La douzième fournée de scones sortit du four et Sean était prêt à en finir pour la journée. Il y avait des scones partout et ce maudit perroquet le savait bien. Si Orwell disait encore une fois « *Polly veut un scone* », Sean allait le faire cuire *dans* l'un d'eux.

— Il mélange ses clichés.

— Il fait ça souvent.

Livvy épousseta quelques miettes de sa truffe. Cette femme était beaucoup trop adorable à son goût, *en plus* d'être sexy, et cette combinaison mettait à mal sa résolution de se tenir à l'écart. Elle ne pouvait pas partir d'ici assez vite.

Ce qui signifiait, bien sûr, qu'elle finit par traîner dans les parages.

Elle retira ses gants de cuisine et se laissa tomber sur le tabouret de bar à côté du sien, balançant son pied nu contre les barreaux. Ses ongles de pieds étaient roses.

Il ne savait pas pourquoi cela devait le surprendre, mais c'était le cas. Peut-être parce qu'il s'attendait à ce qu'elle les ait peints en bleu. Ou en vert. Ou en marron. Elle était la plus grande dichotomie qu'il ait jamais rencontrée chez une femme. La plupart ne seraient jamais prises mortes à porter des bottes de combat et des jupes bohèmes comme un retour aux années soixante-dix, mais sur Livvy tout fonctionnait et elle était complètement inconsciente de l'effet que cela produisait. Il avait le sentiment qu'elle ne se rendait pas compte de son apparence. Quoi qu'elle porte.

Il aimerait la voir dans une robe. Une vraie robe. Quelque chose de sexy et moulant, mais pas trop révélateur. Un peu de brillant à ses poignets, mais rien de plus, laissant la beauté qui était en elle briller pour elle.

Encore de la poésie, Manley. Sérieusement?

Il avait vraiment besoin de passer à autre chose. Il devait sérieusement avancer avec le plan. Et il devait absolument trouver cet indice. Sans elle.

— Alors, à quelle heure les gars viennent te chercher? Nous reste-t-il encore beaucoup à faire?

— Tu essaies de te débarrasser de moi?

— Bien sûr que non. C'est ta maison, après tout. Plus un rappel pour lui que pour elle.

— Pas encore. Elle pinça l'arête de son petit nez mignon. Tu connaissais ma grand-mère mieux que moi. Une idée de pourquoi elle a fait ça?

Il ne connaissait pas du tout Merriweather. Il avait cru la connaître, mais pas après ça. — Aucune idée. Peut-être qu'elle veut juste te donner un aperçu de l'histoire familiale.

— Ce n'était pas suffisant que je l'aie vécue? Cette femme a financé la moitié de l'école, bon sang. Je ne pouvais *pas* ignorer l'histoire de la famille.

— Je suppose que tu n'étais pas ravie d'être là-bas?

— Si j'avais voulu y aller, alors, bien sûr, j'aurais été ravie. Mais ce n'était pas le cas. Je ne voulais pas quitter cet endroit. Ma maison. Ma mère. Elle était encore en vie quand Merriweather a obtenu ma garde. Mon père aussi. Pourtant, aucun des deux n'a rien fait pour empêcher une vieille femme de voler leur enfant. Comme s'ils n'avaient *pas pu attendre* que leur petit *problème* disparaisse. Loin des yeux, loin du cœur.

Sa voix se brisa et elle détourna le regard.

Sean voulait l'envelopper dans une étreinte et faire disparaître sa douleur. Mais il ne le fit pas. Parce que cela ne ferait que rendre ce qu'il essayait de faire encore plus difficile. Pour eux deux.

— Ils n'étaient que des gamins, Livvy. Probablement trop effrayés pour savoir quoi faire.

— Bel argument *si* elle m'avait emmenée tout de suite. Mais j'ai vécu avec ma mère pendant cinq ans. Juste nous deux, puisque ses parents l'ont mise à la porte dès qu'ils ont appris mon existence. Et *Papa* n'a rien fait. Pas un centime. Pas même une carte. Je suis surprise que Merriweather ait jamais su mon existence, bien que ce ne soit pas faute d'essais de la part de Maman.

— Ne sois pas si dure avec elle, Livvy. Elle avait probablement peur de s'occuper de toi. Une fois que tes autres grands-parents l'ont mise dehors, je suis sûr que ça a été vraiment difficile pour elle. Peut-être que te confier à Merriweather était sa tentative de te donner toutes les choses dans la vie qu'elle n'aurait jamais.

— Et puis elle s'est tuée à la boisson avec l'argent du départ.

Cette fois, il tendit la main vers elle. Il couvrit sa main. Parfois, un simple réconfort humain était plus important que tout le reste, et Livvy souffrait. — Tu ne peux pas savoir ce qu'elle avait en tête. Elle a peut-être regretté de t'avoir abandonnée. C'était peut-être la chose la plus difficile qu'elle ait jamais faite. Qui sait où tu serais maintenant si elle ne l'avait pas fait? Tu ne peux pas changer le passé, Livvy. Mais tu peux faire de ton avenir ce que tu veux qu'il soit. Ne laisse pas ton amertume face à ces événements colorer qui tu es aujourd'hui. Parce que je pense... Et là, il s'engageait sur un chemin qu'il n'avait aucun droit d'emprunter. Je pense que tu t'en es bien sortie. Plus que bien. Il regarda son pouce caresser sa peau douce.

Il la vit bouger légèrement sa main pour capturer son pouce avec le sien.

Il la vit lever les yeux pour rencontrer les siens. — Que faisons-nous, Sean?

Il n'en avait aucune idée. La chanson d'amour émanant de ce fichu iPod n'aidait pas non plus.

Heureusement, un klaxon retentit dehors et les chiens se mirent à aboyer.

Le moment était passé.

Mais pas oublié.

Dix secondes après son départ, ce fut le chaos total.

Les chiens n'étaient plus ses amis, Orwell échangea sa voix nasillarde pour un cri de perroquet digne de la jungle, et le téléphone de Sean ne cessait de sonner.

L'architecte avait des questions. Son avocat avait des questions. Gran en avait quelques-unes. Puis il y avait Mac qui lui demandait son aide pour le lendemain, ce qui signifiait qu'il faisait nuit noire avant qu'il ait la chance de s'asseoir et de déchiffrer l'indice qu'il avait pris dans le sucrier.

Tu vas le remettre en place, Manley.

Il le ferait ; il n'avait pas besoin que sa conscience le lui rappelle. Peu importe à quel point il voulait cet endroit, il ne pourrait jamais vivre avec lui-même s'il la sabotait.

Saboter, la devancer... Quelle est la différence?

Ouais, il travaillait encore sur cette partie. Mais jusqu'à ce qu'il trouve, il allait remettre l'indice en place. Après l'avoir déchiffré.

La bataille était complexe, mais lui aussi
Et pour cela, il gagna l'héraldique de la famille.
Sous la bannière d'un aigle
Ce chevalier si noble
Réclama la victoire avec sa force
Du haut de son destrier.

Encore un poème, encore une énigme. Cette femme allait le rendre fou.

Sean tapota à nouveau sur sa tablette, rejouant l'indice pour en dégager les mots-clés. Une bannière à l'aigle, de l'héraldique, un chevalier et un cheval.

Bon sang, il détestait les énigmes.

Aigle, chevalier, cheval. Il n'avait aucune idée pour l'histoire de l'aigle, mais les chevaux auraient été gardés dans la grange.

Sean passa une main sur sa bouche. C'était un coup de chance, mais au moins c'était quelque chose.

Il glissa la tablette dans sa poche, priant pour avoir de la chance et trouver le prochain indice, puis se dirigea vers la cuisine.

Grosse erreur. Les chiens attendaient pour l'accompagner. Ouais, c'est tout ce dont il avait besoin, qu'ils causent des problèmes avec les animaux de la grange. Pas question.

— Assis, dit-il alors qu'ils le suivaient en masse vers la porte.

Bien sûr, ça ne marchait qu'avec Livvy, la murmureuse de chiens.

— Restez. Il leva la main comme elle l'avait fait.

Rien. Langues pendantes, queues remuantes, le cliquetis des griffes sur le plancher en bois... Les chiens voulaient sortir.

Puis Ringo gémit. John aussi. Ou peut-être que c'était Paul.

Le petit Poméranien se roula sur le dos, agita ses pattes et pleura pitoyablement.

Génial. Sean se pinça l'arête du nez. Il ne savait pas comment gérer l'hystérie animale collective.

Il recula vers la porte moustiquaire, tirant la porte intérieure avec lui. —

Les gars, écoutez. Vous ne pouvez pas venir. Restez tranquilles un moment et je reviendrai.

Le caniche, visiblement pas d'accord avec cette idée, se faufila entre ses pieds, poussa la porte et s'élança à travers la pelouse.

Putain de merde! Livvy le tuerait s'il perdait son chien.

Il enferma les autres dans la cuisine, puis courut après le petit emmerdeur.

Petites pattes, mais ce truc pouvait *bouger*. Il zigzaguait à gauche et à droite, essayant de l'éviter, et Sean était gêné de voir qu'il gagnait.

— Reviens ici! Il plongea, mais le caniche l'esquiva pour foncer droit vers la grange.

Sean courut après lui, reconnaissant qu'il y ait du clair de lune pour qu'il puisse au moins *voir* l'animal noir, le rattrapant juste au moment où le chien se faufilait à l'intérieur.

Comme prévu, l'enfer se déchaîna là aussi. Ne pouvait-il pas avoir un moment de répit?

Sean alluma les lumières pour voir le bélier donner des coups de tête contre la porte de son box, bêlant tandis que les chevreaux sautaient par-dessus les cloisons entre les stalles et descendaient pour encercler le chien dans une position inversée proie-chasseur, leurs parents dressés sur leurs pattes arrière, les pattes avant drapées sur les portes de leurs stalles comme s'ils assistaient à un match de Petite Ligue.

— Restez! cria-t-il à tout le monde.

Personne n'écouta.

— Assis!

Pas à ça non plus. Le chien jappa vers lui et s'approcha d'un chevreau qui baissa la tête et gratta le sol comme s'il allait jouer à la corrida.

Il devrait expliquer au petit comment ça se terminait *mal* pour les taureaux.

— Au pied!

Encore une fois, personne ne prêta attention.

— Écoute, John, Paul, George, Ringo, Yoko... Peu importe ton nom, viens ici!

Rien à faire. Le chien jappa à nouveau, cette fois-ci en filant entre deux des chevreaux.

Les chèvres lui coururent après.

Les parents sautèrent par-dessus la porte du box et leur coururent après.

Les oies se dispersèrent, cacardant et se dandinant partout. Deux d'entre elles se heurtèrent et s'assommèrent presque.

Rhett commença à donner des coups de pied contre la porte du box. La pauvre Scarlett le regardait par-dessus avec ses yeux pleins d'âme comme si elle souhaitait que Sean lui obtienne son propre box.

— J'en parlerai à Livvy, Scarlett. Il tendit la main pour caresser le cou de l'alpaga pour la calmer, mais Rhett lui cracha dessus.

— D'accord, alors. Sean recula, les mains levées.

Reggie s'approcha lourdement de la porte de son box, ses grognements devenant plus forts à chaque pas.

Sean lui lança quelques biscuits pour chiens du sac accroché à l'extérieur du box. Reggie fit une petite danse en retournant vers eux, les fouillant dans sa litière, le son qu'il émettait ressemblant plus à un ronronnement qu'à quoi que ce soit ressemblant à un cochon.

Les poules sortirent en volant — métaphoriquement — de leur enclos supposément fermé, des plumes partout, caquetant comme si le ciel leur tombait sur la tête, et le bélier commença à *donner des coups de pied* dans le box maintenant. Les agneaux se mirent à bêler, ce qui provoqua un cri de réponse des chevreaux, et bientôt Sean ne pouvait plus s'entendre penser, encore moins se faire entendre par-dessus le bruit.

Le caniche passa en trombe devant lui et Sean essaya de l'attraper, mais finit par se faire percuter par trois chevreaux et une chèvre adulte, le faisant tomber sur le sol en béton froid, dur et impitoyable.

Il réussit à ne *pas* atterrir sur sa tablette, Dieu merci, et évita de la faire casser par la chèvre qui grimpa sur son dos. Mais avec deux quasi-accidents évités, Sean ne voulait pas risquer un troisième. Sa chance ne pouvait pas durer éternellement.

Il roula sur lui-même pour déloger le petit grimpeur. Une des oies passa en se dandinant autour de sa tête, une poule sur ses talons.

Sean ne put s'empêcher de rire à cette vue. Il était presque sûr que c'était une première dans les annales de l'histoire de la ferme.

Et puis un agneau atterrit sur son ventre, lui coupant le souffle.

— *Bêêêê*.

Il laissa tomber sa tête sur le béton. Aïe. Ce n'était pas la meilleure idée.

Deux des chevreaux sautèrent par-dessus lui, puis le chien passa en volant. Avec un coup de pied rapide à l'entrejambe.

Son entrejambe.

— Oooph! Sean se recroquevilla en boule, se tenant l'entrejambe, et essaya de respirer malgré la douleur. Oh, bien sûr. Le *bélier*, il avait réussi à l'éviter, mais ce petit bout de peluche...

Bon sang, si ses frères le voyaient maintenant... Mis à terre par un chevreau et un animal en peluche devenu vivant. Ce serait drôle si c'était arrivé à n'importe qui d'autre que lui. Il aurait adoré voir Bry dans cette position.

Le chien revint, ses petits sourcils se haussant alors qu'il penchait la tête.

— Oh bien sûr. *Maintenant* tu te montres. Tout ce que j'avais à faire, c'était de me prendre un coup dans les parties pour que tu écoutes? Génial, le chien. C'est quoi ton nom d'ailleurs?

La chose remua sa courte queue comme si c'était la première fois qu'elle voyait quelqu'un de la journée, lécha Sean sur le nez, puis s'assit et le regarda avec espoir. Plein d'attente. Avec confiance.

Ah, la loyauté et l'amour d'un animal, comme Livvy l'avait dit. Étant donné le manque de cela dans sa vie, il comprenait pourquoi elle en avait tant.

Bon sang. Il n'avait pas besoin de ça. Il ne voulait pas la comprendre. Avoir de la peine pour elle. Vouloir tout arranger pour elle.

Des millions de dollars, Manley. Cet endroit pourrait être ta mine d'or. N'est-ce pas ce que tu veux?

Oui. C'était le cas.

Sauf que maintenant il était hors service, mis à terre par un coup de genou d'un *caniche*. Pas le bélier, ni Rhett ni même Ringo, mais un *caniche*. Ses frères ne devaient *surtout pas* l'apprendre.

Une douleur fulgurante le traversa. Putain. Il avait besoin d'une poche de glace.

Et il en aurait une — dès qu'il pourrait marcher à nouveau. Et respirer. Respirer était une bonne idée.

Il inspira, aspirant chaque once d'oxygène possible dans ses poumons, se concentrant sur lui-même, ignorant la douleur.

Il recommença, et cette fois, la douleur commença à se dissiper. Dieu merci.

Il prit une dernière inspiration profonde et ouvrit les yeux.

Pour voir un aigle.

Juste là. Devant lui. Enfin, à environ cinq mètres au-dessus de lui, mais c'était quand même un aigle. Une sorte d'emblème. Sur une plaque. Comme le sceau présidentiel.

Sous la bannière d'un aigle.

Dieu merci, *quelque chose* avait enfin tourné en sa faveur.

Le chien lui lécha à nouveau le nez. D'accord, faisons ça *deux* choses.

Sean se redressa sur ses coudes et ébouriffa les oreilles du chien. — Tu avais prévu ça? Il fut récompensé par un autre coup de langue.

Quelques minutes plus tard — et plusieurs coups de bec d'oie dans l'épaule — Sean s'était suffisamment remis pour grimper à l'échelle menant à ce qui serait normalement le grenier à foin, mais qui était utilisé ici pour stocker des boîtes. *Encore* des boîtes. Des tas de boîtes. Partout. Il n'aurait pas hâte de les passer en revue, mais si Dieu, les avocats et le destin le voulaient bien, il aimerait avoir la chance de le faire.

Juste au bord du grenier, l'aigle était monté sur une plaque en bois découpée dans la même forme. Et là, entre les deux couches, se trouvait un autre indice. Pas de note de Merriweather cette fois, mais l'indice disait tout.

La stratégie de Sir Frederick, une énigme pour l'ennemi,
A assuré l'héritage de notre famille.
Sa récompense, commémorée en terres et vaisselle d'argent
Avait été durement gagnée, non laissée au Destin.
Alors avec cette source de savoir, Olivia, je demande
Que tu trouves six indices de plus pour réclamer ce que je lègue.

En dessous de lui, le caniche — dont il ne se souvenait toujours pas du nom — courait en cercles autour d'une chèvre qui en avait eu assez et s'était affalée sur le sol en bêlant. Sa mère sortit en trottinant de la zone des poulets et bêla en retour. Ce qui provoqua un appel en réponse du reste de ses petits et un coup de tête du bélier dans le poteau soutenant le centre du grenier.

La tablette de Sean s'envola de ses mains et se brisa sur le sol en béton en contrebas à l'impact.

Génial.

Sean expira et s'appuya contre le mur qui s'étendait à l'avant de la grange, regardant à travers la rangée de fenêtres à l'arrière jusqu'à ce que le poteau cesse de trembler.

Sacrée vue. Ou ce serait le cas s'il pouvait voir. Sean éteignit l'interrupteur qu'ils avaient eu la bonne idée d'inclure ici.

Les animaux se calmèrent, ce qui était une victoire à son avis, mais une victoire encore plus grande était ce qu'il y avait dehors.

Le clair de lune brillait sur la vaste étendue des terres des Martinson. *Terres*. Un des mots de l'indice.

Un autre était *énigme*. Comme la réponse à celle-ci qui était juste là dehors.

Le labyrinthe.

Les labyrinthes étaient des énigmes. Et *source* était un autre mot pour *fontaine*. Il y avait une fontaine au milieu du labyrinthe. Il le savait parce qu'il avait demandé à quelqu'un de lui faire un devis pour augmenter la puissance de la plomberie afin que la cascade se voie au-dessus de la haie.

Il avait appris qu'il serait moins coûteux de couper les haies suffisamment pour la hauteur actuelle du jet, et Sean débattait encore de quelle voie il emprunterait le moment venu, car ces haies représentaient des années de croissance.

Il devait reconnaître à Merriweather que cet indice était assez intelligent. Ce qui signifiait que son esprit fonctionnait correctement jusqu'à la fin et qu'elle savait exactement ce qu'elle faisait.

Sean eut un sentiment de malaise. Elle l'avait mené en bateau. Lui avait promis des choses qu'elle n'avait jamais eu l'intention de lui donner. Ou peut-être voulait-elle voir lequel d'entre eux voulait le plus le domaine et était prêt à faire tout ce qu'il fallait pour l'obtenir.

Oui, Merriweather apprécierait ce genre de raisonnement.

Sean descendit l'échelle, nettoya la tablette cassée et siffla pour appeler le caniche. — Allez, viens, le chien. Il est temps de rentrer. Tu pourras voir ta — il vérifia sous la chèvre — petite amie demain.

Pendant qu'il irait examiner le labyrinthe.

Son téléphone portable sonna. Sean ne reconnut pas le numéro, mais avec tous les appels qu'il avait passés à des investisseurs potentiels, il n'allait pas l'ignorer. — Allô?

— Sean? C'est Livvy.

C'était idiot que son cœur batte si fort. — Salut. Tout va bien? Comment as-tu eu mon numéro?

— Ta sœur. J'ai appelé le bureau et demandé à te parler.

Mac était beaucoup trop évidente. Elle ne donnerait jamais les numéros de téléphone des employés s'ils étaient de vrais employés. Il savait exactement *pourquoi* elle avait donné le sien à Livvy. — Tout va bien?

— C'est ce que je voulais te demander. Je voulais voir comment tu t'en sortais.

Il savait ce qu'elle avait dit, réalisa qu'elle avait ajouté un *comment* là-dedans, mais tout ce que Sean entendait était *s'en sortir* dans la voix de Livvy et il était dur instantanément. Sérieusement, Livvy devrait breveter son je-ne-sais-quoi unique qui le transformait en adolescent de dix-huit ans et le vendre. Elle ferait fortune et n'aurait pas besoin de cet endroit, résolvant ainsi le problème de tout le monde.

— ... parce que Davy n'aime pas quand je pars.

Davy. C'était le nom du caniche.

— Et Reggie aurait besoin d'un mot gentil ou deux. Je sais qu'il ne comprend pas, mais si tu utilises un ton agréable et que tu lui donnes peut-être quelques biscuits pour chien en plus, il devrait être tranquille pour la nuit.

— J'ai déjà tout prévu.

Sean jeta un coup d'œil dans le box du cochon. Tous les biscuits avaient disparu et des miettes étaient éparpillées sur la litière autour de lui tandis qu'il ronflait paisiblement.

— Oh. Eh bien, c'est bien. Et qu'en est-il des oies?

Sean fit un rapide décompte. Il pensait qu'il n'y en avait que trois. — Elles vont, euh, bien.

Sauf celle qui boitait...

— Oh. D'accord.

— Comment vas-*tu*, Livvy?

Il y avait quelque chose dans sa voix qui l'avait poussé à poser la question. Ses *oh* étaient un peu surpris, ses questions hésitantes, et son ton beaucoup trop doux. — Est-ce que *tu* vas bien? Les animaux vont bien.

Il croisa les doigts, à la fois pour conjurer le mensonge et en priant que ce soit vrai.

Son rire était gêné. — Je sais, c'est juste que... Eh bien, c'est juste qu'ils ne te connaissent pas. Tu es un étranger pour eux et c'est la première fois que je les laisse avec quelqu'un qu'ils ne connaissent pas.

— Ils me connaissent. Scarlet m'a même laissé la caresser. *Rhett* m'a même laissé la caresser.

Enfin, presque. — Tout le monde a été abreuvé, nourri et installé pour la nuit. Ils seront toujours là quand tu reviendras.

— Oh.

Ouais, *oh*. *Oh* qu'ils étaient dans des camps opposés et qu'elle n'en avait aucune idée. *Oh* que lui le savait. *Oh* que ça lui rongeait les entrailles.

Et pendant qu'il y était, il pouvait aussi bien admettre le *oh* qu'elle n'avait pas appelé pour lui parler de ce qui se passait entre eux, ou le *oh* qu'il avait *voulu* qu'elle appelle pour lui parler de ce qui se passait entre eux.

Et puis il y avait le *oh* que, peu importe à quel point il essayait, il n'arrivait tout simplement pas à la sortir de son esprit.

Chapitre Vingt-Trois

— Alors, as-tu réfléchi à notre conversation d'hier soir? demanda Sher en tapotant l'épaule de Livvy dans le stand du marché le lendemain matin, pendant une pause entre deux clients.

— Oui. C'était *tout* ce à quoi elle avait pensé. Lui et Kerry avaient essayé de la convaincre pendant le trajet jusqu'ici qu'elle ne devrait pas vendre la propriété. Ils avaient argumenté sous tous les angles : la cuisine était parfaite pour elle, la grange et la pelouse étaient parfaites pour les animaux, la maison pourrait être transformée en un charmant B&B - qu'ils avaient gracieusement proposé d'habiter et de gérer pour elle afin qu'elle puisse avoir le dernier mot sur sa grand-mère.

Ce qui serait bien si elle voulait avoir le dernier mot. Mais ce n'était pas le cas. Elle voulait juste ce qui lui était dû, et ensuite elle partirait.

— Livs?

— Je n'en veux pas, Sher. Ce n'est pas chez moi. Ce n'est même pas *une* maison. Chez moi, c'est un toit qui fuit. Chez moi, c'est une grange avec trois box de trop peu et Reggie qui dort dans le salon. Chez moi, c'est vous avoir à côté, et tous les autres. Richard et Marci et tout le monde. Vous êtes tous ma famille. *Vous* êtes ma maison. Pourquoi devrais-je partir?

— Ma chérie, tu sais que nous voulons ce qu'il y a de mieux pour toi, mais c'est *vraiment* un endroit impressionnant. Il y a tellement de choses que tu pourrais y faire.

— Je peux faire ces mêmes choses ailleurs avec l'argent que la vente rapportera. Ne le fais pas, Sher. Elle posa une main sur ses lèvres quand il prit une profonde inspiration, signe certain qu'il allait se lancer dans l'un de ses discours, euh, suggestions. — Je sais que tu veux bien faire, mais si je dois vivre dans cette maison jour après jour, me rappelant à quel point je suis indigne de porter le nom Martinson, je serai malheureuse.

— Ne laisse pas la bêtise de cette femme gâcher ça pour toi. Elle te doit cet endroit. Elle te doit beaucoup plus, mais la propriété est un bon début. Ce n'est pas ta faute si cette femme n'a pas été assez intelligente pour voir le véritable trésor juste sous son nez, tout emballé dans le plus magnifique paquet qu'une grand-mère puisse jamais *espérer* recevoir. Sois en colère pour ça. Qu'elle ait jeté ce que vous auriez pu avoir toutes les deux. Mais jamais, et je dis bien *jamais*, ne te considère comme indigne. C'est *elle* qui était indigne. De t'avoir traitée comme elle l'a fait... Sher secoua la tête et cligna des yeux plusieurs fois. — C'est honteux et elle devrait avoir honte.

Elle le serra dans ses bras. — Merci d'avoir dit ça. J'avais besoin de l'entendre.

— C'est pour ça que tu mérites la maison, Livs. Prends-la. Fais-en ce que tu veux. Tu n'aimes pas la déco? Change-la. Tu veux faire du salon une grange intérieure/extérieure? C'est ta prérogative. Tu veux changer toutes les couvertures de lit en camouflage? Fais-toi plaisir.

Cela lui arracha un petit rire. Sher y arrivait toujours. — Je pense que je vais passer mon tour pour le camouflage.

— L'essentiel, c'est que c'est à toi de décider. Assure-toi juste que tu abandonnes la propriété pour les bonnes raisons, *pas* pour la contrarier. La rancune n'a jamais rien résolu. Ça fait du bien sur le moment, mais tu dois vivre avec les conséquences.

Elle réarrangea les scones, plaçant ceux au chocolat plus près de l'avant de la table. Les enfants les préféraient généralement et si elle pouvait les tenter de s'arrêter, les parents finissaient habituellement par devenir des clients réguliers. Appât et hameçon ; elle avait toujours laissé sa nourriture parler pour elle au lieu d'allouer une partie de son maigre budget à la publicité. Dans ce métier, le bouche-à-oreille était le meilleur moyen d'attirer de nouveaux clients. Ce qui serait la seule raison pour laquelle elle avait même envisagé ce que Sher et

Kerry avaient dit hier soir. Ça *avait* été incroyable de travailler dans cette cuisine.

Peut-être parce que Sean était avec toi?

— Et que dire du beau gosse en tenue de femme de chambre?

— Hein?

— Tu sais, Grand, Ténébreux et Délicieux. Tu gardes l'endroit et tu aurais le bonus supplémentaire de l'avoir dans les parages. Après ce que Kerry et moi avons failli interrompre, tu ne peux pas dire que ce serait une mauvaise chose.

Le rouge lui monta des orteils, couvrant chaque partie de son corps. *Chauffant* chaque partie de son corps. — Ce n'était pas ce que tu penses.

— Ma chérie, je ne joue peut-être pas dans la même équipe que lui, mais je sais ce que j'ai vu. Cet homme te veut.

Sauf qu'il s'était *arrêté*.

Elle n'aurait pas dû l'appeler hier soir. Elle n'était pas vraiment *inquiète* pour les animaux. C'était juste qu'elle... Quoi? Lui manquait? Pensait à lui? Le voulait?

Oui aux trois. C'est pourquoi elle n'aurait pas dû l'appeler. N'aurait pas dû le laisser entrer. Elle savait mieux que ça. Savait mieux que de se faire de faux espoirs. Ils finissaient toujours par être déçus.

— Et, au fait, je veux des détails. Avec ce qu'Orwell débitait, je suppose qu'ils sont juteux.

— Il n'y a rien à dire, Sher. Maudit oiseau bavard. Chaque fois qu'elle avait eu un rendez-vous avant, elle était immédiatement allée chez Sher et Kerry après pour décortiquer le rendez-vous. Discuter des pour et des contre d'un gars, si la relation valait la peine d'être poursuivie, ce qu'ils avaient fait, si elle s'était amusée, ce genre de choses. Discussion entre copines. Mais cette fois... *cette* fois, elle ne *voulait* pas le décortiquer. Elle ne *voulait* pas soumettre cette relation à l'examen minutieux de Sher.

Quelle relation?

Elle exhala et regarda autour d'elle à la recherche d'un client. *N'importe quel* client. Un seul. Un seul suffirait.

Non. Rien. Nada. Que dalle.

Évidemment.

— Personne ne va venir à cheval blanc te sauver de moi, Livs, alors crache le morceau.

Elle soupira à nouveau. — D'accord. Elle repoussa ses cheveux. — Oui, il se passait quelque chose quand vous êtes entrés. Je veux dire, peux-tu m'en blâmer? Sean est sexy. Même dans une tenue de femme de chambre.

— *Surtout* dans une tenue de femme de chambre. Sher s'éventa.

— Tu n'es pas marié, toi?

— Je ne suis pas mort. Et toi non plus, Dieu merci. Alors, quel est le plan?

— Le plan?

— Oui, ma chérie. Pour attirer ce gars. Tu ne penses pas que ça arrive tout seul, n'est-ce pas? Tu le veux, tu dois aller le chercher.

— Pourquoi n'a-t-il pas à me courir après, lui?

— Livs, s'il te plaît. Ce n'est plus comme ça maintenant. On doit les faire nous désirer. Leur faire croire qu'ils ne peuvent pas vivre sans nous. Piquer suffisamment leur intérêt pour qu'ils reviennent sans cesse.

— Ça a l'air d'être beaucoup de travail.

Sher haussa les épaules. — Mais ça en vaut la peine. Regarde qui j'ai fini par avoir.

Ils regardèrent tous les deux Kerry soulever un autre carton de bouteilles de vin sur la table, ses muscles se dessinant joliment sous son polo. Kerry s'entraînait religieusement et ça se voyait.

— Tu es un homme chanceux, Sher.

— Et je le sais. Sean le sera aussi s'il t'a. Tu vas le laisser faire?

— Le laisser faire? Je me suis pratiquement jetée sur lui, mais c'est lui qui a voulu arrêter.

Elle n'avait pas eu l'intention de mentionner ça. Que sa honte personnelle reste la sienne. Mais c'était Sher et il tenait à elle. Et franchement, elle était un peu agacée que Sean *ait* arrêté.

— Attends. Quoi?

— Exactement. On était là dans la cuisine, dans le feu de l'action, et il a dit qu'on devrait arrêter.

— Genre, d'un coup? Il s'est retiré et a refusé de continuer?

Elle fit un geste vague de la main. — Pas vraiment refusé, mais il n'arrêtait pas de dire que ce n'était pas une bonne idée.

— Est-ce que c'*était* une bonne idée?

Elle sentit cette stupide rougeur lui monter au visage. — Je pensais que oui.

Sher lui tapota le bout du nez et rit. — Alors je vais répondre *oui* à cette question. Surtout s'il a dit que ce n'était pas une bonne idée mais n'a pas complètement arrêté.

Elle rougit à nouveau, se souvenant. — Eh bien, il a ralenti les choses. Il a juste arrêté, euh, de m'embrasser de cette façon qui, tu sais...

— Ouais, je sais.

Ils soupirèrent tous les deux et regardèrent Kerry à nouveau. Il dut sentir leurs regards car il leva les yeux et leur fit un petit signe de la main avec un sourire.

Elle connaissait ce sourire. Elle savait ce qu'il y avait derrière quand il regardait Sher.

Livvy soupira encore une fois. Ce qu'ils avaient trouvé ensemble était beau. Spécial. Elle voulait ça. Ce sentiment et ce regard secret et cette connaissance qu'ils avaient quelqu'un dans leur camp. Que peu importe à quel point ça devenait difficile, peu importe ce que la vie leur réservait, ils s'avaient l'un l'autre.

— Bon, alors. Sher s'éclaircit la gorge et se tourna vers elle. — Donc la question est, comment fais-tu pour que Sean *recommence*?

— C'est *ça* la question. L'autre étant si elle était prête à risquer son ego à nouveau, mais Sher ne pouvait pas répondre à celle-là pour elle. Elle seule le pouvait, et pour l'instant, elle n'était pas sûre de sa réponse. Elle devrait juste se concentrer sur la recherche des indices et mettre cette idée de côté.

Plutôt difficile à faire quand on vit dans la même maison.

— Ça ne devrait pas être si difficile. Sher leva un sourcil. — Attends, je retire ça. On veut que ce soit dur.

Elle dut rire.

— Bien. Voilà le sourire que tu devrais toujours porter. Il tapota le bout de son nez. — Bref, comme je disais, j'ai vu comment il te regardait. S'il n'est pas marié, gay, ou porteur de quelque chose de transmissible, il n'y a aucune raison pour qu'il s'arrête. Une de ces choses est-elle vraie?

Elle secoua la tête. — Pas que je sache.

— Super. Alors ce que tu dois faire, c'est te retrouver seule avec lui, de préférence dans un endroit plus romantique qu'une cuisine... oh mon Dieu. Olivia Marie Carrolla, ne me dis *pas* que vous avez fait des cochonneries sur le comptoir de la cuisine.

Livvy remit ses cheveux derrière ses oreilles et regarda autour d'elle à nouveau pour un autre client. — D'accord, je ne te le dirai pas.

— Oh mon Dieu, ma fille, tu es folle? Ces comptoirs sont *durs*. Et pas dans le bon sens. Ce n'est pas là que tu veux que ta première fois avec quelqu'un se passe. Une cuisine, c'est l'endroit pour du sexe rapide et coquin avec ton partenaire, portant seulement un tablier et...

Heureusement, *il* s'arrêta. Livvy ne voulait pas en savoir autant sur ses voisins.

— Euh, oui. Eh bien. Cette fois, c'était Sher qui cherchait un client du regard. — Ce que je veux dire, c'est que tu ne veux pas que ta première fois avec lui soit un coup rapide sur le comptoir. Tu veux de l'intimité, un peu de romantisme, quelque part où vous ne pouvez pas être interrompus par des gens qui débarquent à ta porte de derrière. Et pour l'amour de Dieu, tiens Orwell à l'écart. Je n'ai *pas* besoin d'un compte-rendu détaillé de votre séance d'amour.

Si il y avait une séance d'amour, elle s'assurerait de faire ça.

— Alors réfléchissons. Quel est le meilleur endroit dans cette maison et comment peux-tu l'y attirer?

— Je n'attire personne. S'il me veut, il va devoir me le faire savoir. J'en ai fini de me jeter là-dedans pour que les gens me piétinent. Je vaux plus que ça, et si Sean ne le voit pas, alors c'est sa perte. Je ne peux pas continuer à me mettre en danger pour que mes espoirs et mes sentiments soient brisés. Toi et Kerry êtes les deux seules personnes importantes dans ma vie qui ne m'ont pas rejetée. De plus, ce n'est pas comme si ça allait mener à quelque chose. Dans deux semaines, je serai partie.

Sher l'entoura de ses bras. — Ah, ma chérie, viens là. Je sais que c'est dur. Vraiment. Mais il a manifestement envie de toi s'il s'est arrêté. Mais il est *attiré* par toi. Tu dois juste lui donner l'opportunité de finir ce que vous avez commencé. Ce n'est pas comme si tu vivais si loin ; les choses pourraient évoluer. Mais tu dois être ouverte à toute possibilité qui se présente. Si c'est censé être, ça sera. Il l'embrassa sur la tempe. — N'aie pas peur de prendre des risques, et ne sois pas si effrayée par l'avenir que tu en oublies de vivre dans le présent.

Chapitre Vingt-Quatre

Sean consultait son téléphone portable toutes les quinze secondes sur le chemin du retour de chez Mac. Une journée entière, gâchée. Enfin, pas vraiment gâchée. Mac avait déménagé ses affaires et c'était agréable de voir Jared, le petit-fils de Mildred, l'amie de Grand-mère, mais bon sang, la tension entre ces deux-là avait rendu la journée plus longue qu'elle ne l'était réellement. Il espérait sincèrement qu'ils pourraient résoudre le problème entre eux, mais après tout, ils avaient toujours été comme chien et chat. C'était probablement juste leur interaction normale et il projetait *sa* frustration sur leur dynamique et en quoi cela le concernait-il de toute façon? La journée était terminée et la vie amoureuse de Mac ne le regardait pas.

Bon sang, il ne voulait même pas penser que sa petite sœur *ait* une vie amoureuse. Surtout pas si cela incluait Jared Nolan. Le gars était presque un aussi grand séducteur que Bry.

Sean appuya sur la touche du tableau de bord qui ouvrait les grilles en fer forgé du domaine. Il avait prévu de faire des recherches sur les fabricants de clés ce soir pour en trouver qui pourraient intégrer l'accès au portail dans les clés de l'hôtel pour ses clients - s'il avait des clients - mais le labyrinthe était l'élément le plus important sur sa liste de choses à faire.

Il jeta un coup d'œil au soleil bas. Une, peut-être deux heures au mieux avant que la recherche dans le labyrinthe ne devienne inutile. Il conduisit le camion un peu plus vite vers l'aire de stationnement près de l'entrée de la cuisine.

Le Chœur des Hurluberlus l'accueillit dès qu'il coupa le moteur.

Merde. Il devait s'occuper des animaux avant de pouvoir vérifier le labyrinthe. Il n'avait pas besoin d'un désordre à nettoyer à son retour.

Il remplit les gamelles pendant que les chiens faisaient leurs besoins dans la cour, puis dut les rassembler dans la maison pour courir après Davy qui était reparti vers la grange. — Bon sang, mon vieux, montre un peu de retenue, marmonna-t-il en ramassant le petit chien. Elle sera toujours là quand on reviendra.

Des paroles à méditer.

Sean secoua la tête en entrant dans la grange. Après un autre tour de corvées et de nettoyage - qui avait vraiment perdu de son attrait - il se retourna pour découvrir que c'était *Davy* qui courait le long du mur au-dessus du box des chèvres cette fois.

— Comment diable es-tu monté là-haut? Sean déverrouilla la porte pour attraper le petit chenapan.

Le chien jappa et dansa sur la rambarde large de cinq centimètres comme s'il était un chat.

— Reviens ici.

Bien sûr, l'animal n'écoutait pas.

Sean entra dans l'enclos des chèvres. Les chevreaux sautaient sur le dos de leurs parents comme tremplin pour atteindre le haut du mur.

Le premier y arriva avant que Sean ne puisse l'attraper. Il attrapa le deuxième en plein saut et empêcha le troisième de monter sur le dos du bélier. Pour la première fois depuis leur rencontre, le bélier n'essaya pas de lui donner un coup dans les parties.

Le quatrième réussit à monter sur la rambarde et courut après son frère qui tapait des pattes derrière le chien le long du haut de l'enclos suivant, tous se dirigeant droit vers Rhett.

L'alpaga semblait préparer un bon crachat à leur intention, ses yeux fixés sur chacun de leurs mouvements.

— Davy, viens ici!

Le chien ne fit même pas l'effort de regarder en arrière alors qu'il continuait à gambader vers Rhett.

Sean quitta l'enclos des chèvres, laissant tomber une poignée de carottes dans leur mangeoire pour occuper les chevreaux restants, puis courut vers le box de Reggie où Davy et ses disciples se trouvaient maintenant.

Rhett préparait son crachat de plus belle.

— Satanés animaux. Tout ce que je veux, c'est vérifier le labyrinthe, mais au lieu de ça, je joue à chat avec une bande de quadrupèdes qui devraient être au lit pour la nuit. Sean déverrouilla la porte. — C'est la dernière fois que je t'emmène avec moi, sale cabot, marmonna-t-il juste au moment où Rhett lâcha ses munitions.

Ça frappa le caniche de plein fouet, l'envoyant basculer par-dessus bord et droit vers l'endroit où Reggie se reposait paisiblement.

— Nom de Dieu! Sean oublia le box de Rhett et se précipita à travers la porte de Reggie pour attraper Davy afin qu'il ne réveille pas le cochon endormi, mais en attrapant Davy, il trébucha sur un biscuit pour chien, se retourna et atterrit à plat dos sur Reggie - qui grogna simplement et se retourna dans son sommeil, déposant Sean et le chien sur le sol.

— Sean? Que fais-tu?

Il regarda à travers la porte ouverte du box pour voir Livvy debout dans l'embrasure de la grange, éclairée par derrière par le clair de lune qui semblait avoir surgi comme si quelqu'un avait abaissé un décor dans le seul but de le rendre fou.

La jupe gitane avait disparu. À sa place, un short en jean coupé avec des ourlets effilochés, des fils traînant le long de ses cuisses.

Elle avait de belles cuisses.

De beaux genoux aussi. Et ses mollets... Il voulait passer sa langue le long de ses mollets.

— J'attrape ton chien avant qu'il ne se casse une patte. Sa voix était tendue parce que son foutu short l'était soudainement aussi. Et c'était le genre ample en nylon.

Puis une chèvre lui sauta sur les genoux.

— Oouf! gémit-il, roulant sur le côté pour éviter de prendre un sabot dans les parties.

— Oh non!

Livvy lui prit le chien, puis passa sa main sur son côté. — Ça va?

Ça irait si elle continuait à faire ça.

— Ça va, fut tout ce qu'il parvint à dire. Une partie de lui voulait dire *non* pour qu'elle continue ce qu'elle faisait, et l'autre partie... L'autre partie voulait l'attraper, l'attirer sous lui, et leur faire oublier à tous les deux les chiens, les alpagas, les chèvres, les héritages, les indices et tous les autres bagages pour les prochaines heures, ici même sur le sol de la grange.

Classe, Manley. Une belle façon de montrer à une femme comment passer du bon temps.

Il prit une profonde inspiration et s'assit. — Je vais... bien. D'une manière où respirer est hautement surestimé.

Fichue chèvre.

Davy jappa en sautant de ses bras, puis se dressa sur ses pattes arrière pour planter un baiser baveux sur l'épaule de Sean.

— Oh, il t'aime bien. Livvy caressa le chien.

Sean aurait aimé qu'elle le caresse, lui... — Que fais-tu ici? Tu n'as pas ton truc de marché?

— On a tout vendu alors on a décidé de rentrer plus tôt. Ça économise les frais d'hôtel. Et puis, je pensais que tu aurais peut-être besoin d'une pause.

Il le faisait. Loin d'elle. — Tu veux dire loin de tout ça? Tu plaisantes? Je suis au septième ciel quand je nettoie le caca d'alpaga.

Elle sourit et c'était comme si le soleil venait d'illuminer la grange.

Bon sang. Il avait dû se cogner très fort la tête en tombant.

— J'apprécie vraiment, tu sais, dit-elle.

— Ce n'est pas un problème. *Menteur.*

— Je te promets que je ne te laisserai plus seul.

C'était bien ce qui l'inquiétait. — Comme je l'ai dit, pas de souci.

Elle remit une mèche de cheveux derrière ses oreilles. — Alors... tu les as nourris?

— Bien sûr.

Elle mordilla sa lèvre inférieure. — Euh...

— Pourquoi fais-tu ça? S'il devait la voir remettre ses cheveux en place une fois de plus, il risquait d'envoyer balader toutes ses bonnes intentions et de faire ce qu'il voulait faire ici et maintenant.

Le clair de lune était puissant. Bien sûr, Livvy elle-même était assez puissante aussi. Il ne pouvait qu'imaginer ce qui pourrait arriver si elle prenait conscience du pouvoir qu'elle pouvait exercer sur lui.

— Pourquoi je fais quoi? demanda-t-elle en mordillant encore.

— Ça. Ce truc avec ta lèvre. *Ce truc sexy comme l'enfer avec ta lèvre qui m'excite au point où je suis en train de pelleter de la merde d'alpaga sans me plaindre, alors pourrais-tu arrêter, s'il te plaît,* voulut-il ajouter, mais il s'en abstint.

Il y avait une raison pour laquelle il ne l'ajoutait pas — et il savait ce que c'était, mais quand sa langue sortit pour lécher ses lèvres à nouveau, la raison se désintégra.

— Je ne sais pas. L'habitude, je suppose. Elle se déplaça de ses genoux, posant son adorable petit derrière sur le sol à côté de lui.

Reste en arrière! criait son bon sens. Sa libido, en revanche, y allait à fond avec, *Par ici, ma chérie.*

Il perdait la tête. — Livvy, tu n'as pas besoin d'être ici. Je t'ai dit que je m'occuperais des animaux et c'est ce que je fais. Je l'ai fait.

— Je sais. Je te fais confiance. C'est juste que... parfois j'ai besoin d'être près d'eux. Il y a quelque chose de très apaisant, de très naturel à être avec les animaux. Elle passa une main sur le dos de Davy. C'est calmant.

C'était drôle, il se sentait comme un animal près d'elle et *calme* n'était pas le mot qu'il utiliserait pour se décrire.

— Alors tu as dit que tu allais te diriger vers le labyrinthe?

Une autre raison de ne pas être calme. Elle avait dû l'entendre parler aux animaux. Il n'était pas le Dr Dolittle. — Je me suis rendu compte que je n'y étais pas encore allé et j'ai pensé que ce serait cool de le découvrir au clair de lune.

Bon sang, c'était nul.

Livvy y crut pourtant, mordillant encore sa lèvre. — Sérieusement? Tu n'as jamais regardé de film d'horreur? Tout le monde sait qu'on ne va pas dans des maisons ou des hôtels abandonnés ou des labyrinthes de haies pendant la pleine lune. Ou une tempête de neige. Surtout pas seul.

— J'ai apporté mes colliers anti-puces, anti-tiques et anti-vampires pour l'occasion, dit-il, espérant que l'humour dissiperait la conscience aiguë qu'il avait de sa cuisse nue à côté de la sienne.

— Très drôle. Elle ne riait pas et si elle mordillait sa lèvre plus fort, elles finiraient par devenir gonflées et pulpeuses, et la seule raison pour que cela arrive devrait être qu'il les embrasse.

Ce qu'il ne devrait pas faire. Tout comme il ne devrait pas faire ce qu'il était sur le point de faire mais qu'il allait faire quand même. — Tu as raison. Personne ne devrait aller dans le labyrinthe seul. Il s'assit et tendit la main. Alors viens avec moi. De toute façon, il avait remis l'indice dans le sucrier, ce n'était donc qu'une question de temps avant qu'elle ne comprenne tout ça.

Livvy la regarda. Mais elle ne la prit pas.

Non, elle se remit à mordiller sa lèvre *encore plus*.

— Qu'as-tu contre le labyrinthe, Livvy?

— Rien.

Son *rien* sonnait comme *quelque chose*. — Tu n'as pas vu *Shining*, par hasard?

— Le pire film de tous les temps.

— Tu plaisantes? C'est un classique. Comme elle ne prenait pas sa main, il prit la sienne. Elle ne la retira pas. — Allez. Ce n'est qu'un film et je serai avec toi. Qu'en dis-tu?

Elle ne dit rien ; elle se contenta de mordiller sa lèvre encore plus.

Que Dieu lui vienne en aide. Elle pourrait le faire pelleter du caca d'alpaga pour toujours si elle continuait comme ça.

— Je me suis perdue là-dedans. Elle mordilla encore, l'air beaucoup trop sexy dans le clair de lune qui caressait ses boucles, faisant ressortir les reflets comme des étoiles filantes, ses yeux ambrés scintillant, et pour une fois, Sean ne se gêna pas pour faire de la poésie. Livvy *était* de la poésie. Toute beauté, bonté et lumière, et il était dans de beaux draps.

— Mais ça n'arrivera pas cette fois, Livvy. Je te le promets. Lui, en revanche, il était déjà perdu. — Parce que je serai avec toi.

C'est la moitié du problème.

Livvy repoussa ces mots alors qu'elle laissait Sean la conduire vers le labyrinthe, les paroles de Sher résonnant dans sa tête. *N'aie pas tellement peur de l'avenir que tu en oublies de vivre le présent.*

Elle *avait* peur. Peur de se perdre en lui. De placer ses espoirs, ses rêves et ses projets dans ce qui existait entre eux et de perdre. Encore.

Mais si elle n'essayait pas, elle perdrait à coup sûr. Et le voir avec ses animaux ce soir, sachant avec quelle rapidité il s'était porté volontaire pour l'aider afin qu'elle puisse aller au marché, comment il l'aidait avec la chasse au trésor, combien il était doux, gentil, attentionné et encourageant maintenant... Sean était là pour elle et cela seul aurait été assez attirant. Si on ajoutait à cela comment il la faisait se sentir, comment il était, comment il embrassait, comment il la désirait, eh bien, si elle voulait un jour un avenir avec quelqu'un, elle devrait prendre un risque à un moment donné. Sean en valait la peine.

Ils s'arrêtèrent à l'entrée du labyrinthe. Livvy prit une respiration saccadée.

— Tout ira bien, Livvy. Il lui caressa la joue. Je suis là.

Il était là et cela lui donna le courage d'essayer une fois de plus — et elle ne parlait pas du labyrinthe.

Elle glissa sa main derrière sa nuque, enroulant ses doigts dans les vagues un peu trop longues — exactement comme elle les aimait — et l'attira dans un baiser.

Des feux d'artifice explosèrent derrière ses paupières et une symphonie entama la mélodie la plus forte et la plus rythmée, les timbales battant au rythme de son cœur, et elle était *totalement* dans le présent.

Sean fit une tentative peu convaincue — si on peut même appeler ça une tentative — de s'éloigner, puis il lui rendit son baiser. En fait, il ne se contenta pas de l'embrasser, il la dévora. Il l'enveloppa de ses bras puissants, la pressant contre lui de telle sorte qu'il n'y avait pas un centimètre qu'elle ne sentait pas, pas une partie de lui dont elle n'avait pas conscience, de ses lèvres à son souffle chaud contre sa joue, en passant par le frottement de sa barbe naissante le long de sa mâchoire, la douce caresse de sa langue contre la sienne, son goût, son odeur, la totalité absolue de lui alors qu'il prenait tout ce qu'elle mettait dans ce baiser, et plus encore.

Pour lui rendre bien plus en retour.

Elle resserra ses bras, voulant, *ayant besoin* qu'il la désire autant qu'elle le désirait. Elle passa son autre main sur son dos, sentant les muscles se contracter sous son toucher et elle sourit contre ses lèvres. Qu'il essaie d'arrêter *maintenant*.

Mais c'est alors qu'il le fit.

Lentement, il glissa sa main de sa tête, mordillant ses lèvres au lieu de la possession totale d'il y a quelques secondes.

Elle gémit, se blottissant contre lui. Il n'avait pas le droit d'arrêter. Pas maintenant. Pas quand elle ne voulait pas qu'il le fasse.

Il prit son visage entre ses mains, prolongeant ce baiser, goûtant ses lèvres avec tant d'efficacité, mais tellement pas assez.

— Sean, murmura-t-elle, avec une pointe de supplication dans la voix, mais surtout beaucoup de désir.

— Regarde où nous sommes, Livvy.

Ils auraient pu être sur la lune qu'elle s'en fichait. En fait, elle avait l'impression d'y être.

— Allez. Ouvre les yeux et regarde.

Elle ne voulait pas ouvrir les yeux. Ouvrir les yeux ramènerait le présent. Ramènerait la réalité. Pendant quelques instants, ils avaient été dans le domaine du fantasme. Le domaine du *et si*. Elle n'avait pas à penser à ce que sa grand-mère voulait qu'elle fasse ; elle n'avait pas à se rappeler que personne ne l'avait jamais tenue comme ça, elle n'avait pas à penser à quel point elle avait été seule jusqu'à ce qu'elle rencontre Sean, et elle n'avait pas à s'inquiéter de savoir combien de temps ça durerait parce que c'était encore en train de se produire.

— Livvy. Il embrassa le bout de son nez. Regarde ce que tu as fait.

Ce qu'*elle* avait fait? Ses yeux s'ouvrirent brusquement.

Ils étaient à l'intérieur du labyrinthe. Juste de quelques pas, mais le symbolisme était énorme.

— Tu vois? Je t'avais dit que tu pouvais le faire.

— Alors tu m'as laissée t'embrasser uniquement pour que j'entre dans le labyrinthe? Elle était partagée entre trouver ça mignon et être terriblement déçue.

— Je... Il expira et passa une main dans ses cheveux. Non. Bien sûr que non. Je voulais t'embrasser.

— Vraiment? Parce que je me souviens que tu voulais arrêter la dernière fois que nous étions dans cette position. Quelque chose à propos du fait que ce n'était pas une bonne idée.

— Ce n'en est pas une, Livvy. Ce n'en est vraiment pas une. L'expression sur son visage était douloureuse.

Eh bien, son ego aussi souffrait. Et peut-être, juste un tout petit peu, son cœur. — Pourquoi?

— Parce que... j'ai peur de te désirer autant.

En matière d'explications, celle-là était de taille. Il la désirait autant? Cet homme était aussi fort et honorable qu'un bœuf s'il était capable de freiner alors qu'il la désirait ne serait-ce que la moitié autant qu'elle le désirait.

— Sher m'a dit quelque chose ce week-end que je pense devoir partager.

— Quoi?

Elle caressa sa joue du bout des doigts. — Que je ne devrais pas avoir tellement peur de ce que l'avenir me réserve que j'en oublie de vivre dans le présent. Elle se rapprocha de lui. Nous sommes ici maintenant, Sean. Juste ici. Ensemble. Je ne veux pas passer à côté de ce qu'il y a entre nous parce que nous avons peur de où ça pourrait nous mener ou non. Nous ne le saurons jamais si nous ne prenons pas ce risque. Je suis prête à le faire. Et toi?

Chapitre Vingt-Cinq

Elle allait le tuer.

Il essayait de faire ce qui était juste. La chose noble. La chose honorable, mais elle le menait sur le chemin de la tentation et, que Dieu lui vienne en aide, Sean ne pensait pas être assez fort pour résister, car ce même Dieu savait qu'il ne voulait pas résister.

— Livvy, je...

Elle posa ses doigts sur ses lèvres. — Me désires-tu, Sean?

Tellement que ça lui coupait le souffle. — Tu sais bien que oui.

— Alors profitons de cette nuit. Quoi que demain nous réserve, ou la semaine prochaine, ou le mois prochain... nous aurons toujours cette nuit.

Oui, elle le tuait.

Et il se laissait faire volontiers.

Il la prit dans ses bras. Elle était si petite. Une toute petite chose qui avait un impact plus fort que n'importe quelle tempête, et il l'embrassa à nouveau, s'abandonnant volontiers au tourbillon.

Il marcha le long du chemin, tournant au coin sans rompre le baiser, savourant la sensation de la tenir dans ses bras.

— J'espère que tu sais où nous allons, murmura-t-elle entre deux baisers.

Il l'espérait aussi.

Il arriva à une bifurcation. Il était déjà venu ici et essayait de se rappeler quel chemin l'avait mené là où il voulait aller.

Il prit à droite, sa mémoire court-circuitée par la langue de Livvy qui le rendait fou, et se dit que son instinct fonctionnait bien pour lui ; il le laisserait le guider où bon lui semblerait.

Il rompit le baiser quand il entendit le murmure de la fontaine.

Livvy gémit. — Non, Sean. Tu ne peux pas t'arrêter encore.

— Je n'ai aucune intention de m'arrêter. Il prit son visage en coupe pour pouvoir la regarder dans les yeux. — Regarde où nous sommes.

Elle se mordit la lèvre — gonflée par ses baisers cette fois — et regarda autour d'elle. Le centre du labyrinthe était une grande cour avec une fontaine en pierre et une statue au centre, des bancs et des topiaires disposés tout autour comme un jardin anglais, le tout baigné par le clair de lune dans un silence vaporeux et scintillant.

— Oh, c'est tellement beau.

— Pas à moitié aussi beau que toi.

Ses joues s'enflammèrent alors et Sean était perdu. Au diable la propriété, les indices, les investisseurs et les bilans, ce qui était le mieux pour elle et ce qui était le mieux pour lui... Rien n'importait en cet instant que Livvy et la façon dont elle le regardait. La façon dont elle le désirait. La façon dont il la désirait. *C'était* ce qui était le mieux pour eux deux.

Sean s'assit sur l'un des bancs, l'entoura de ses bras et laissa l'avenir s'occuper de lui-même.

Embrasser Sean était une expérience à part entière. Livvy s'assit sur ses genoux, enroula ses bras autour de son cou et plongea. Il ne s'arrêtait pas cette fois ; elle le sentait. Quelle que soit la raison qui l'avait retenu, elle était, sinon disparue, du moins mise de côté. Elle espérait que ce ne serait pas quelque chose qui rendrait les choses difficiles entre eux plus tard, mais étant donné ce qui était *dur* entre eux en ce moment, elle était prête à s'inquiéter de l'avenir dans, eh bien, l'*avenir*.

— Tu es sûre, Livvy? gronda Sean contre ses lèvres, le regard dans ses yeux lui coupant le souffle autant que son baiser. — Parce que si on continue encore un peu, je ne serai plus capable de m'arrêter. Il passa sa langue sur sa lèvre inférieure et elle n'avait jamais été aussi sûre de quoi que ce soit dans sa vie. — Je ne *voudrai* pas m'arrêter. Puis il lécha sa lèvre supérieure. — Je ne *veux* pas m'arrêter. Il l'embrassa. Rapidement et fort et merveilleusement. — Je te veux.

Ce baiser était doux et délicieux et délicieusement bon à en frissonner. — Ici. Et encore un autre. — Maintenant.

Elle se retourna dans ses bras et glissa une jambe entre les siennes pour se retrouver à califourchon sur lui sur le banc. Il n'y aurait *aucun* doute sur le fait qu'elle le voulait vraiment.

Il n'y avait certainement aucune question sur ce que *lui* voulait. Son érection tendait le tissu soyeux de son short, ne laissant rien et tout à son imagination.

Elle se frotta contre lui.

Les mains de Sean volèrent à ses hanches et il arracha sa bouche de là où elle faisait des choses délicieuses à son cou. — Ne bouge pas. C'est trop d'un coup. Je ne peux pas le supporter.

— Ah, tu dis les choses les plus douces, Sean.

— Si tu trouves ça doux, tu vas trouver ce que je vais dire ensuite carrément décadent.

— Oh? Et qu'est-ce que c'est?

Il effleura ses cheveux de la main, puis le long de son épaule et de son bras, ce qui n'était pas *exactement* l'endroit où elle voulait qu'il la touche. Deux centimètres vers la droite auraient été parfaits. Parfaitement décadents.

— Que tu ferais mieux d'arrêter de bouger comme ça si tu ne veux pas que je te jette sur l'herbe et que j'assouvisse mes désirs les plus fous avec toi.

Elle se frotta contre lui.

Et recommença.

— Ah, mon Dieu, Livvy, ne fais pas ça. Ses lèvres tressaillirent alors que son sourire se transformait en grimace, mais Livvy n'y croyait pas. Une certaine partie de lui disait qu'il était aussi dans le moment qu'elle, alors elle prenait son *ne fais pas ça* pour un *n'arrête pas*, parce que ça faisait bien trop longtemps pour elle et Sean était bien trop puissant, et s'il avait un problème avec ça, eh bien, il n'avait qu'à lui faire l'amour jusqu'à ce qu'ils l'aient tous les deux évacué de leur système.

Hmmm, comment pouvait-elle s'assurer qu'il *ait* un problème?

Poussant sur les lattes du banc avec ses talons, Livvy recula jusqu'au bord de ses genoux. Il voulait du vicieux? Elle pouvait être vicieuse...

Il tira sur ses hanches. — Hé, où vas-tu?

Elle croisa les bras et retira son caraco, puis secoua la tête pour faire tomber ses boucles dans son dos, voulant ses mains dedans — et sur elle.

Elle n'eut pas à attendre longtemps.

— Oh, mon Dieu. Les mots sortirent précipitamment alors que son souffle se coupait. — Tu as les plus beaux cheveux. Il prit une poignée de ses cheveux et les frotta contre son visage avant de les faire glisser le long de son nez et sur ses propres lèvres. Puis plus bas, le long de sa gorge, jusqu'à sa clavicule, puis les effleurant au centre de sa poitrine.

Trop.

Sacrément.

Lentement.

Elle cambra le dos, ses seins douloureux réclamant son toucher. — S'il te plaît, Sean.

Il inspira brusquement, son souffle aussi rauque que la douleur qu'elle ressentait. — Bon sang, Livvy, sais-tu ce que tu me fais? Il lâcha ses cheveux et passa plutôt sa paume de la base de sa gorge jusqu'entre ses seins, ses doigts s'étalant sur toute la distance, la taquinant en passant si près de ses tétons tendus.

Alors elle le taquina en retour. — Oui, je pense que oui. Elle fit glisser *sa* paume le long de *son* torse, souriant lorsque *son* souffle se bloqua quand *ses* doigts frôlèrent son érection. — Alors, qu'en penses-tu? Est-ce que je sais ce que je fais?

— Bon sang, femme, dit-il dans un long soupir. Puis il glissa ses mains sous ses fesses et l'attira de nouveau contre lui. — Dernière chance, murmura-t-il contre ses lèvres.

— Je ne la prends pas, dit-elle en mordillant sa lèvre inférieure.

Il retourna la situation à son avantage, suçant *sa* lèvre inférieure entre ses dents et glissant du banc sur l'herbe douce devant celui-ci.

— Tu es tellement magnifique, Livvy. Sean, à genoux au-dessus d'elle à quatre pattes, se pencha pour l'embrasser. Leurs lèvres étaient le seul point de contact, mais la puissance de ce petit point suffisait à la rendre folle.

Elle était allongée sur le sol en dessous de lui, frissonnant de désir, ses seins brûlant d'être pressés contre lui. D'être touchés par lui. — Arrête de me taquiner et embrasse-moi, Sean.

— Je viens de le faire.

— Je veux dire, embrasse-moi *vraiment*. Elle agrippa sa chemise et tira.

Il ne bougea pas. — Impatiente, n'est-ce pas?

— *Nous*, apparemment, ne le sommes pas. *Moi*, en revanche, je le suis.

Alors, tu vas descendre ici et faire le boulot ou allons-nous passer notre nuit à échanger des joutes verbales?

— Pas toute la nuit. Il l'embrassa. Court et doux et merveilleux. Mais pas ce qu'elle voulait. — Voilà. Satisfaite?

— Sérieusement? Elle haussa les sourcils.

— Quoi? Tu en veux plus? Sean se pencha, son entrejambe frôlant le sien, lui faisant oublier de quoi ils parlaient.

Elle n'oublia pas, cependant, que sa chemise était entre ses mains.

Elle la déchira.

Cela semblait être le moyen le plus simple de la lui enlever.

Sean baissa les yeux sur sa poitrine, puis les plongea dans les siens, et il sourit. — C'est comme ça, hein?

Elle mordilla sa lèvre inférieure. Il aimait quand elle faisait ça. — Je ne vois pas de quoi tu parles.

— Ah oui? Sean ajusta son poids et leva un bras d'à côté d'elle pour le sortir de la manche.

— Ne me dis pas que tu peux faire des pompes à un bras. Parce qu'elle trouvait ça totalement excitant. Elle ne savait pas pourquoi, mais voir un homme capable de faire ça la faisait craquer.

Le regard que Sean lui lança la faisait craquer aussi. — Je peux si je suis motivé.

Elle mordilla sa lèvre. — C'est assez de motivation?

Il frôla son nez avec le sien. — Pas tout à fait.

— Et ça? Elle fit glisser ses deux mains le long de son torse, puis autour de son postérieur et le serra. Il avait un postérieur incroyable.

— Tu te rapproches.

Elle était certainement en train de s'échauffer.

— Et ça? Elle leva la tête et effleura son téton avec sa langue.

— Bon sang. Ses coudes vacillèrent et il se rattrapa au dernier moment avant de tomber sur elle. — Mince alors, femme, ce n'est pas du jeu.

— On joue fair-play? Elle lécha l'autre. — En quoi est-ce juste que tu sois là-haut et que je sois tout en bas?

— Oh, c'est un problème? Il ajusta sa position pour que ses jambes soient directement au-dessus des siennes dans une pose classique de pompe, se tenant là sans effort et ne faisant aucun mouvement pour se rapprocher.

Alors elle appuya sur ses fesses.

Sean ne résista pas à cela. Il s'abaissa sur elle, gardant toujours l'essentiel de son poids hors d'elle, mais la taquinant avec les points de contact les plus délicieux qui soient. Il se balança légèrement d'avant en arrière, sa poitrine mettant ses tétons en alerte, et elle souhaita de tout son cœur qu'il suive son exemple et déchire quelques vêtements lui aussi. Elle avait besoin de le sentir contre elle.

Elle appuya davantage sur ses fesses.

Puis elle les agrippa.

Cela fit l'affaire. Il s'allongea *enfin* sur elle et c'était le paradis absolu.

Il inclina sa tête de l'autre côté, déplaçant son poids sur ses coudes, et encadra sa tête de ses paumes alors qu'il approfondissait le baiser.

Elle enroula ses bras autour du bas de son dos. Mon Dieu, il était si bon pressé contre elle. Toute cette force dure et ce désir contenu. Il la désirait *vraiment* ; il n'y avait aucun doute là-dessus.

Et maintenant elle n'en avait plus sur ce qu'ils faisaient. Sur jusqu'où elle voulait aller. Sher avait raison ; il n'y avait aucun sens à vivre dans le futur si on n'y arrivait jamais. Un jour, le futur serait le présent et c'était un aussi bon moment que n'importe quel autre pour s'en rendre compte.

Elle glissa ses mains sous sa ceinture. — Je te veux, Sean.

Il inspira brusquement — et sa langue — et ses bras cédèrent.

Il se reprit rapidement — trop rapidement — et se souleva d'elle. Mais, Dieu merci, nulle part aussi loin d'elle qu'il ne l'avait été auparavant. — Bon sang, Livvy. Tu sais ce que tu dis?

— Oui. Absolument. Et pour la première fois de sa vie, elle agissait sans réfléchir aux conséquences jusqu'au *n*ième degré. Ils étaient deux adultes consentants qui n'avaient pas d'autre agenda que celui que le destin leur avait lancé, et elle était plus que disposée à le frapper hors du parc.

— Non, souffla-t-elle quand il roula d'elle, rompant le baiser. — Sean, tu...

— Chut. Il écarta ses cheveux de sa joue. — Je suis trop lourd pour toi. Il roula sur le dos et dans un mouvement qui défiait presque la gravité, il l'attira sur lui.

— C'est comme ça que ça devrait être. C'est là que tu devrais être. Il rassembla ses cheveux en queue de cheval d'une main et parcourut son dos de l'autre.

Elle frissonna.

— Tu aimes ça?

Elle hocha la tête.

— Et ça?

Il lui pressa les fesses.

Elle se lécha les lèvres.

— Ah, mince, Livvy. Je n'ai aucune défense contre ça. Il l'attira à lui et l'embrassa à nouveau.

Et puis elle l'embrassa. Être au-dessus lui donnait une certaine liberté qu'elle n'avait pas quand il était sur elle. Maintenant, elle pouvait bouger un peu vers la droite et presser sa cuisse contre son érection.

Il gémit.

Elle sourit.

— Tu vas me tuer.

— J'espère bien que non. Elle mordilla sa mâchoire. — Ça gâcherait un peu la soirée.

— Tu crois? grogna-t-il quand elle descendit en mordillant le long de sa gorge, la quantité parfaite de poils sur son torse chatouillant son menton alors qu'elle embrassait son chemin de sa clavicule à son nombril. Et peut-être plus bas si l'envie lui en prenait.

En ce moment, elle était poussée à passer sa langue sur son téton. Elle voulait l'entendre haleter dans ce même murmure essoufflé d'émerveillement qu'elle ressentait.

Tu es complètement dépassée.

Sa conscience avait raison, mais pour une fois, elle n'allait pas l'écouter.

Il la laissa le taquiner, ses mains se crispant dans ses cheveux, sa poitrine — ses magnifiques abdominaux parfaits à inspirer des fantasmes — frémissant sous ses doigts.

D'une manière ou d'une autre, son short rejoignit son caraco. Elle ne savait pas comment et s'en fichait royalement. Maintenant, si seulement elle pouvait enlever ce fichu string.

Sean l'aida pour ça.

Alors elle l'aida aussi et la chose suivante qu'elle sut, c'est qu'ils étaient nus sur l'herbe.

Nus sur l'herbe. Elle n'aurait jamais cru voir le jour où elle serait nue au clair de lune, se roulant sur la pelouse avec un dieu d'homme qui ressemblait au modèle de celui au milieu de la fontaine.

Éros.

Aucun homme réel ne pouvait se comparer à un dieu, mais Sean s'en approchait sacrément. Il n'y avait pas un gramme de graisse sur lui, un fait qu'elle confirma avec ses dix doigts. Et une paire de lèvres. Ses joues. Et ses seins. Oh, comme ses seins le confirmaient, glissant sur chaque ligne sculptée de ses abdominaux tandis qu'elle embrassait son corps en descendant. Elle bougea légèrement pour tracer cette ligne sexy près de sa hanche qu'elle était sûre d'avoir été conçue par ces mêmes dieux pour tenter les femmes de perdre la tête, et elle voulait être la première de la file.

— Livvy, viens ici.

Elle ne prit pas la peine de lever la tête. L'odeur de sa peau l'appelait. Elle enroula ses doigts autour de lui.

— Bon sang.

— Non, *Livvy*. N'oublions pas avec qui nous sommes ici.

Sean glissa ses doigts sous sa mâchoire et lui releva la tête. — Alors pourquoi ne viendrais-tu pas ici me le rappeler? Là où tu es maintenant? Je risque de ne plus me souvenir de *mon* nom dans une minute ou deux, alors tu ferais mieux d'y aller un peu plus doucement ou tout sera terminé avant même d'avoir commencé.

Elle déplia ses doigts autour de lui un par un. Lentement. — On ne peut pas laisser ça arriver, n'est-ce pas?

Puis elle gratta doucement sa longueur avec ses ongles.

Il gémit. — Oh, mon Dieu.

— Non. *Livvy*. Elle remonta son corps en l'embrassant, sans jamais retirer sa main de lui, ses doigts caressant délicatement le gland.

Il plongea sa main sous ses cheveux, encadrant son visage, et l'attira pour un baiser qui défiait toute description. Chaque mouvement parfait, chaque sensation sexy et sensuelle, commençait dans ce baiser. C'était un baiser comme aucun autre ; il la suppliait, la cajolait, lui disait et exigeait des choses d'elle, et tout ce qu'elle voulait faire était de s'y perdre. En lui.

Elle arracha ses lèvres des siennes, aspirant de l'oxygène dans le vain espoir que son rythme cardiaque redescende de la stratosphère pour qu'elle puisse s'entendre penser, mais elle ne pensait pas beaucoup en ce moment. Elle ressentait.

Et elle sentait qu'ils devaient faire avancer les choses.

Elle regarda autour d'elle à la recherche de son short. Là. À environ un mètre vingt sur la gauche. Dieu merci, il ne l'avait pas lancé trop loin.

— Où vas-tu? Sean attrapa sa cheville alors qu'elle rampait vers son short.

— Tu verras. Elle s'étira pour l'atteindre, ses doigts parcourant les derniers centimètres pour l'avoir. — Sean, lâche-moi. Tu seras content de l'avoir fait. Je te le promets.

— Je serai content de *ne pas* te lâcher. Ses doigts se contractèrent contre sa peau.

Ses mots lui réchauffèrent le cœur et elle s'autorisa à rêver pendant juste une seconde à ce que cela pourrait signifier. Où cela pourrait mener. Mais seulement pour une seconde. Rêver était un grand pas pour elle. Elle n'avait pas rêvé de quelque chose comme ça depuis très longtemps.

Elle accrocha la passante de ceinture avec son majeur et tira son short vers elle, puis elle se précipita de nouveau aux côtés de Sean. — Voilà. C'est ce que je cherchais.

Elle sortit deux préservatifs de sa poche arrière.

— *Tu* as apporté des préservatifs? Il émit une sorte de rire, une sorte de gémissement.

Bien, exactement comme elle le voulait : déstabilisé mais profitant du moment. — Une fille doit se protéger.

Le coin gauche de sa bouche tressaillit. — Je te protégerai, mais c'est bon de savoir que nous avons ceux-ci. Je ne m'attendais évidemment pas à ce que cela se produise.

— Pourquoi pas?

— Hein?

— Pourquoi *pas*? Ça ne peut pas être une si grande surprise. Le plan de travail de la cuisine était une affaire inachevée. Ou est-ce que je l'avais mal interprété?

— Quoi? Non. Si. Il expira et se redressa sur ses coudes, le mouvement de va-et-vient de sa poitrine sexy à en mourir créant un effet d'ondulation à travers son abdomen qui était hypnotisant. Elle pourrait le regarder toute la journée.

Toute la nuit aussi.

— Non, tu ne l'avais pas mal interprété, Livvy, mais c'est une chose de fantasmer sur, eh bien, *ça*. Toi. Mais penser que ça pourrait arriver et s'y préparer... Ce serait présumer un peu trop.

— Mais *moi*, j'ai présumé. J'y ai pensé, et je l'ai présumé, et maintenant nous sommes ici. Elle leva les préservatifs. — Alors *carpe noctem* et choisis une couleur. Rouge ou Vert?

— Quoi, je suis un sapin de Noël?

Elle regarda son entrejambe. — Eh bien, tu es au moins un sapin de Douglas, et peut-être même un chêne puissant.

— J'opterais plutôt pour un séquoia géant.

Elle aurait vraiment aimé maîtriser l'art de lever un sourcil pour ça. — On se surestime un peu, non?

Il sourit. — Si je ne le fais pas, qui le fera?

Elle tapota ses lèvres, appréciant la façon dont ses yeux s'écarquillèrent quand ils se concentrèrent sur son doigt. — Quoi? Il n'y a pas des légions de femmes qui font la queue pour te rendre hommage? Un gars comme toi, je pensais que tu aurais un harem à ta disposition.

Elle le dit avec désinvolture, mais c'était en fait quelque chose qui l'inquiétait. Oh, bien sûr, elle savait qu'ils ne déclaraient pas leur amour éternel l'un pour l'autre et ne juraient pas fidélité jusqu'à ce que la mort les sépare, mais quand même... Une femme aimait savoir qu'elle était spéciale.

Il s'assit et glissa ses doigts le long de son bras jusqu'à atteindre sa mâchoire. Il les étala là, son pouce sous son menton, chacun comme une torche, déclenchant une lente combustion dans tout son corps.

— Il n'y a pas de harem, Livvy. Il n'y en a même pas une. Seulement toi. Tu es la seule femme dont j'ai fantasmé.

— Tu as *fantasmé* sur moi?

Il releva son menton un tout petit peu plus. — C'est mal?

Oui.

Non.

Elle ne savait pas.

Il avait fantasmé sur elle. Et si elle ne correspondait pas à ce fantasme? Et si elle le décevait? Si elle ne pouvait pas être ce qu'il voulait?

Et s'il ne voulait plus jamais la revoir?

Il baissa la main. — Mon Dieu, je suis désolé. J'imagine que ça sonne mal, de penser à sa patronne de cette façon tout en vivant sous le même toit. Je te promets, Livvy, que ça ne se reproduira plus.

— Je ne veux pas de cette promesse.

— Hein?

— J'ai dit que je ne voulais pas de cette promesse. Je veux ce que tu as dit plus tôt. À propos de me désirer. À propos de l'ici et maintenant et des fantasmes. Tu n'as pas le droit de reprendre ça.

Il était le seul homme — le *seul* homme — à lui avoir jamais dit qu'il avait fantasmé sur elle, et en tant que fantasmeuse elle-même, elle savait à quel point ces fantasmes pouvaient être puissants et bons. Maintenant qu'elle avait la chance d'en réaliser un des siens, elle n'allait pas s'arrêter. Et lui non plus si elle avait son mot à dire.

Elle jeta le préservatif rouge sur l'herbe et déchira l'emballage du vert avec ses dents.

Sean regarda le préservatif, puis elle.

Ces ondulations s'accentuèrent sur ses abdominaux.

Elle se rassit sur ses talons et, très délibérément, très résolument, déroula le préservatif. — Alors, qu'est-ce qu'on faisait dans ton fantasme?

Sean abandonna. Il renonça à essayer de se retenir, il renonça à essayer d'arrêter ce qu'elle voulait si évidemment — ce qu'il voulait — et il cessa d'essayer de comprendre. Le testament et les indices et la propriété... Bon sang, il vendrait la seule propriété qui lui restait si ça pouvait arranger la situation, mais il s'en occuperait plus tard. Pour l'instant, il n'y avait que Livvy.

— Ça. Il posa sa main sur sa nuque et l'attira à lui, goûtant ses lèvres avec une intensité qui le surprit.

Elle avait un goût incroyable. Elle était magnifique et elle *était* incroyable, assise là si fière et sûre d'elle, avec le clair de lune cascadant sur son corps parfait, et tout ça était simplement, eh bien, incroyable.

Il gémit dans sa bouche, désirant cela.

Il caressa son sein, son pouce trouvant son mamelon et il le cercla. Le frotta. Sourit contre ses lèvres quand il durcit pour lui.

Sourit encore plus quand elle gémit.

— Tu aimes ça?

Elle hocha la tête, le souffle coupé.

— Et ça? Il caressa l'autre. — Tu aimes ça, Livvy?

Elle acquiesça, mordillant sa lèvre.

Il la souleva dans ses bras et l'allongea sur l'herbe, cette fois sans avoir besoin d'invitation pour s'allonger sur elle. Pas de moment d'hésitation, pas de questions. C'était là qu'ils devaient être et le reste se résoudrait tout seul.

Elle enroula ses jambes autour de lui. — Je te veux, Sean.

Il enfouit son visage dans la douce courbe de son cou, inhalant le parfum qui n'appartenait qu'à Livvy. Pommes et lavande et quelque chose d'autre. Quelque chose d'indéfinissable qui l'enveloppait, l'invitant à entrer.

Il ne pouvait pas dire non. — Mon Dieu, je te veux aussi.

— Je te l'ai déjà dit, c'est *Livvy*. Elle haleta quand il mordilla son épaule et cria son nom.

— Je t'appellerai comme tu veux juste pour t'entendre dire mon nom comme ça encore une fois.

Il mordilla l'autre côté et elle le répéta, allant droit à son âme.

Il était dans une situation bien plus compliquée qu'il ne l'avait jamais imaginé et à cet instant précis, il s'en fichait complètement.

Il glissa sa main le long de la courbe de son corps, sur ses hanches parfaites, et la glissa sous sa cuisse. Il allait remonter cette cuisse avec sa langue à un moment donné, mais pour l'instant, il n'y avait pas le temps. — Il faut que je te possède.

Elle leva sa jambe. — Alors prends-moi.

Il le fit. Elle s'ouvrit pour lui et il glissa en elle et c'était comme si tout était en ordre dans le monde. Comme si tout avait été de travers et que soudain tout était droit. Équilibré. Cohérent.

Ce qui n'était pas le cas pour lui. Surtout quand elle le regarda, ses yeux clignant... Oh non. Il n'avait jamais été doué avec les larmes d'une femme. — Qu'est-ce qu'il y a, Livvy?

Elle sourit, un sourire doux, teinté de tant d'émotion que sa lèvre inférieure, celle qu'elle mordillait si provocante, tremblait. — C'est tellement mieux que n'importe quel fantasme.

— *Tu es* mieux que n'importe quel fantasme. Il se retira alors, voulant — ayant besoin de — bouger.

— Ne pars pas. Ses yeux ambrés s'assombrirent tandis qu'elle resserrait ses bras — et ses muscles internes — autour de lui.

Rien ne le ferait partir. — Je ne partirai pas. Il bascula ses hanches et s'enfonça de nouveau en elle — de plus d'une façon.

Elle relâcha un peu son étreinte et les coins de sa bouche se relevèrent. — Refais ça.

— Avec plaisir. Et c'en était un.

Elle ferma les yeux et arqua son dos, son cou se courbant si attirante qu'il dut le goûter à nouveau.

Il traça un chemin de baisers de son oreille à sa mâchoire, le long de cette gorge douce et tendre, sentant chaque battement de son cœur avec ses lèvres. Le sien y faisait écho.

Il bougea en elle, savourant la sensation de son corps acceptant le sien, de la façon dont elle le prenait en elle et le caressait, l'étreignant, le désirant. Il accéléra le rythme, l'air nocturne chaud contre son dos, l'herbe douce sous ses jambes, et Livvy si douce et soyeuse et parfaite sous lui.

Elle enroula ses jambes autour de lui, ses talons s'enfonçant dans ses fesses, ses ongles marquant son dos, et Sean ne pouvait plus aller lentement. Il devait la posséder. Devait la rendre aussi folle qu'elle le rendait. Devait lui donner le même plaisir qu'il ressentait.

Il l'embrassa à nouveau, longuement, y mettant chaque once de désir et de besoin et de sentiment tandis qu'il s'enfonçait en elle.

— C'est ça, Sean. Ne t'arrête pas.

Comme s'il le pouvait.

Il plongea en elle et c'était si bon qu'il ne voulait jamais que ça se termine.

Il glissa une main autour de sa taille, puis descendit pour caresser ses fesses parfaites. Il la caressa, souriant quand elle suça sa langue dans sa bouche avec un halètement.

Elle aimait ça.

Il la caressa à nouveau et Livvy bougea, et c'était comme si l'univers entier convergeait vers ce point unique où leurs corps étaient unis. Chaleur et besoin et désir et pur plaisir inaltéré le traversèrent, et Sean dut agripper ses fesses de ses deux mains et la presser contre lui alors qu'il essayait de, eh bien, l'*absorber*.

— Oh, mon Dieu, Sean, oui. Comme ça. Elle agrippa son dos, ses fesses, ses épaules, ses genoux le serrant, et Sean ne pouvait plus se retenir.

Il gémit, arrachant ses lèvres des siennes pour se cambrer contre elle, le moment chargé d'anticipation, et il resta ainsi pendant environ deux nanosecondes avant que les sensations ne le submergent. Il plongea en elle encore et encore, l'orgasme montant en lui. Et en elle aussi, alors qu'elle fermait les yeux et arquait son dos et oh, mon Dieu, oui. Là. Encore une fois — non, deux fois — et puis... et puis... elle cria son nom, l'entraînant avec elle dans l'extase.

Il était dans de beaux draps.

Chapitre Vingt-Six

Au milieu de la nuit, ou peut-être plus vers le matin puisqu'il ne faisait plus sombre, Livvy se réveilla dans les bras de Sean.

Le seul endroit où elle voulait être.

Elle frotta sa joue contre la sienne, savourant la sensation rugueuse de sa barbe naissante, les battements réguliers de son cœur, et le goût de lui encore sur ses lèvres, à moitié effrayée de l'aimer, *lui*.

Attends. *Aimer*? Avait-elle perdu la tête? Elle ne pouvait pas être amoureuse de lui. Elle le connaissait à peine. Cela faisait quoi? Une semaine depuis leur rencontre? On ne tombait pas amoureux en une semaine. Et on ne le faisait pas après une seule nuit d'amour. Certes, c'était un amour incroyable, passionné, sexy, intense, mais quand même *une seule* nuit?

Sa mère était la preuve parfaite qu'elle interprétait mal les émotions de la nuit dernière et ce qu'elles signifiaient. Les réactions hormonales illogiques n'étaient pas de l'amour ; c'était de la chimie. L'amour était une *émotion*. C'était des espoirs et des rêves partagés. S'apprécier mutuellement, être amis. Le sexe n'était qu'un bonus supplémentaire.

Et quel bonus c'était avec Sean.

— Il y a un oiseau qui nous regarde.

Le bras de Sean se resserra autour d'elle.

— Quoi?

— Un oiseau. Là.

Il la poussa doucement.

Elle ouvrit un œil.

Un œil noir et brillant lui rendit son regard, entouré de plumes bleu sarcelle et turquoise.

— Oh. Les paons.

— Des paons?

Sean se raidit à côté d'elle.

Elle baissa les yeux pour voir si autre chose s'était raidi.

Zut. Il s'était couvert avec ses mains.

— Je ne pense pas que le paon se soucie que nous soyons nus, Sean.

— Moi non plus. Je ne veux juste pas qu'il me picore.

Elle gloussa.

— Qu'il picore ton piaf? Les paons mangent des graines, pas de la viande.

— Tu n'as pas vraiment dit ça.

— Oups, je crois que si.

Le paon s'approcha d'un pas majestueux.

— Je ne sais pas, Livvy. On dirait qu'il veut me crever les yeux.

Son bec jaune et pointu pouvait être dangereux. Les paons pouvaient être agressifs. Elle ne pouvait pas imaginer pire fin à leur nuit ensemble que de courir partout avec un paon leur pinçant les parties intimes.

Livvy soupira et s'assit. L'oiseau recula d'un tout petit pas. Quel effronté. Bien qu'elle ne puisse pas s'attendre à autre chose de la part d'une affectation de Merriweather?

— Ouste! Elle agita les mains.

L'oiseau cligna simplement des yeux.

— Allez! Va-t'en! Cette fois, elle arracha de l'herbe et la lui lança.

Il ne bougea toujours pas.

Sean se leva, lâcha son précieux paquet, écarta les bras, haussa les épaules et...

Poussa un cri strident.

L'oiseau courut autour de la base de la fontaine en poussant son cri aigu comme s'il courait pour sauver sa vie. Livvy avait le hoquet quand elle arrêta enfin de se rouler par terre de rire. — *C'était* quoi ça?

Sean s'assit à côté d'elle en tailleur, comme si c'était la chose la plus naturelle au monde d'être assis au milieu d'un labyrinthe de style anglais dans le nord-est de la Pennsylvanie, complètement nu, en train de crier sur un paon.

— J'ai fait ce qu'on est censé faire avec les animaux menaçants. Agir de façon plus imposante et féroce pour qu'ils aient peur et vous respectent et fassent ce que vous leur dites.

— S'il te plaît, dis-moi que tu n'appliques pas ça aux animaux humains.

Il haussa un sourcil. Ce regard était beaucoup trop sexy pour qu'elle s'en offense.

— Tu veux dire que tu n'étais pas une animale hier soir?

— Oh mon Dieu. Je n'arrive pas à croire que tu aies dit ça.

Elle le frappa sur cette épaule très tonique et très lisse.

— Ce n'est pas très gentleman.

— Tu n'étais pas intéressée par le fait que je sois un gentleman hier soir.

Bon sang, elle rougit. Elle détestait rougir.

— J'adore quand tu rougis.

Ou peut-être qu'elle ne le détestait pas.

— Pourquoi?

Il caressa son épaule de la main.

— Parce que tu as cette expression sur ton visage. C'est presque timide, mais pas tout à fait. Ça en dit tellement avec si peu. J'aime que tu n'aies pas peur de montrer tes réactions. La plupart des gens se comportent comme ils pensent que les autres s'attendent à ce qu'ils le fassent, pour s'intégrer et être appréciés. Mais pas toi. Tu défends tes convictions. Tu ne suis pas la foule. Tu sais à quel point c'est rare? À quel point *tu* es rare?

Il écarta ses cheveux de son visage.

— À quel point tu es spéciale?

Spéciale. Elle n'avait jamais été spéciale auparavant.

Elle se mit à genoux et prit son visage entre ses mains. Passa son pouce sur ses lèvres. Il n'y avait aucune chance qu'elle puisse s'éloigner de Sean quand sa peine serait terminée. D'une manière ou d'une autre, ils allaient devoir trouver une solution logistique.

Ou peut-être, juste peut-être, qu'elle pourrait envisager de garder la propriété et de vivre ici. Il garderait son travail, ses animaux garderaient leur grange, et elle pourrait avoir ce qu'elle avait toujours voulu. Un foyer. Et quelqu'un avec qui le partager.

Cette pensée, pour une fois, ne la fit pas grimacer. Pour Sean, elle pourrait vivre ici. Il n'y avait pas de loi disant qu'elle devait vendre immédiatement. Elle pourrait rester ici un moment. Réfléchir aux choses.

Cela semblait de plus en plus attrayant.

— Tu me fais me sentir spéciale.

Elle continua de caresser son visage. Son magnifique visage sexy qui était tout aussi parfait que celui de son frère star de cinéma, mais infiniment plus précieux à cause de la personne derrière. La personne qu'elle...

Elle ne pouvait pas aller là. Pas maintenant. Pas encore. Elle était seulement prête à admettre qu'elle le désirait plus qu'elle n'avait jamais désiré personne auparavant, et pour Livvy, c'était déjà un grand aveu.

— Livvy.

Il gémit son nom quand ses doigts effleurèrent ses lèvres.

— Oui?

— Je te veux.

Elle baissa les yeux. Il la voulait définitivement.

Livvy sourit.

— Et toi, Sean, tu m'auras.

Toute entière. À l'intérieur comme à l'extérieur.

Parce que peu importe ce qu'elle essayait de se dire, peu importe comment elle le formulait, tout se résumait à une chose : elle tombait amoureuse de Sean Manley.

Chapitre Vingt-Sept

— Il doit y avoir un indice quelque part par ici. On doit chercher plus attentivement.

Il n'avait pas besoin de faire quoi que ce soit plus intensément ; son sexe était déjà assez dur. Et ce serait tellement plus pratique si elle mettait des vêtements, bon sang. Même son caraco minuscule et son short ultra-court seraient préférables à son derrière parfaitement en forme de cœur, tout tonique et galbé et *nu*, qui lui donnait la bouche sèche chaque fois qu'elle se penchait pour regarder sous un banc ou sur le chemin de briques entourant la fontaine. Et puis il y avait ses seins. Plus qu'une poignée — et ce vieux dicton avait tort, il aimait beaucoup ses gros seins, merci bien — ses tétons aplatis contre les aréoles pâles, chacune des taches de rousseur les entourant le tentant de les lécher jusqu'à ce qu'ils deviennent de délicieux pics. Il n'avait pas vu toutes ses taches de rousseur au clair de lune, mais ce matin quand elle était sur lui... Il l'avait attirée vers le bas pour lécher chacune d'entre elles et bon sang s'il n'avait pas envie de recommencer.

— Merriweather *devait* inclure le labyrinthe dans sa chasse au trésor. Cet endroit est trop important pour qu'elle ne veuille pas m'apprendre tout à son sujet. Qui a fait quoi à qui et comment notre illustre famille en a récolté les bénéfices. Bon sang, on pourrait penser qu'elle aurait un mur des trophées ou quelque chose comme ça.

Comme un emblème dans la grange.

Ah, rien de tel que la culpabilité pour faire retomber une érection. Il devrait essayer ça plus souvent en sa présence. Dieu savait qu'il avait assez de raisons de se sentir coupable.

C'était pourquoi, quand elle avait eu l'idée de fouiller la zone de la fontaine toute seule sans aucun indice, Sean l'avait suivie. Il ne savait toujours pas ce qu'il ferait s'il le trouvait en premier. Le lui dirait-il ou le garderait-il pour lui?

Comment le pourrait-il après la nuit dernière?

La nuit dernière avait été... Ça avait été incroyable. Elle avait été incroyable. Ils avaient été incroyables. Faire l'amour avec Livvy était différent de toute autre femme. Il y avait eu quelque chose de plus que le simple physique — et ça lui avait fichu une trouille bleue. C'était une chose de l'admirer, de l'apprécier et de la désirer, mais se sentir connecté?

Ouais, l'univers devait bien se marrer. La seule femme avec qui il s'était jamais senti connecté et il allait la saboter.

Il ne pouvait pas.

Voilà. Il ne pouvait tout simplement pas le faire. Mais comment diable allait-il s'en sortir *et* garder Livvy dans sa vie?

Sans la confiance de ses frères, leur aide et leur argent, il abandonnerait. Il accepterait ses pertes et reconstruirait. Il était parti de rien au début ; il pourrait recommencer. Mais construire quelque chose avec Livvy... Si jamais elle apprenait ce qu'il avait prévu de faire, cela détruirait les fondations mêmes de ce qu'ils étaient en train de bâtir.

Il ne pouvait pas laisser cela arriver. Il devait trouver une solution.

— Ici! Sean, c'est ici!

Voilà encore son derrière parfait, rebondissant — bien sûr — alors qu'elle pointait du doigt une statue au bord de la fontaine. Quelques autres choses rebondissaient aussi.

Ouais, il devait résoudre ça.

Il ramassa leurs vêtements et trottina vers elle. Qu'elle voie quelques-unes de ses parties rebondir et on verrait si ça lui plaisait.

Ses yeux ambrés s'assombrirent quand il s'approcha.

— Pas mal, fut tout ce qu'elle dit, mais cela en disait long.

Elle prit ses vêtements et s'il existait des clubs de strip-tease inversé, elle en serait la vedette. Il n'avait jamais vu quelqu'un enfiler un caraco d'une manière qui le suppliait de l'enlever plus provocante qu'elle. Et la façon dont elle se glissa dans son short, renonçant à son string — et c'était difficile de savoir si c'était une bonne chose ou non — lui donnait envie de le lui arracher.

— Tu as apprécié le spectacle?

Il déglutit. — Ouais.

Elle rit quand il enfila son propre short. Son T-shirt, cependant, eut une réaction différente. Il était en lambeaux et ils se souvenaient tous les deux pourquoi. Comment.

Elle commença à glisser ses cheveux derrière son oreille, mais Sean l'arrêta. — Laisse-moi faire.

Elle lui sourit et il lui fallut quelques secondes pour pouvoir respirer. Il utilisa ces secondes pour faire ce qu'il avait voulu faire avec cette mèche rebelle depuis qu'il l'avait vue pour la première fois. — Tu as dit que tu avais trouvé un indice?

Elle hocha la tête, faisant retomber sur ses épaules ces boucles qui avaient si érotiquement caressé son abdomen la nuit dernière. — Les filles à l'école me taquinaient en disant que ma famille devait avoir des seaux d'argent qui traînaient partout, alors quand j'ai entendu parler du seau spécial de cette fontaine qui contenait *vraiment* des pièces, j'ai dû venir le voir. D'où le fait de m'être perdue dans le labyrinthe.

— Tu plaisantes, non? Il y a un seau d'argent qui traîne juste comme ça sur la propriété?

— Il y a des centimes pour que les gens fassent des vœux. Ils sont recyclés quand le gars de la fontaine la nettoie, mais quand même. L'idée *est* un peu excessive. Tout à fait dans le style de Merriweather. Elle se balança sur ses talons — ses pieds nus et non ses bottes de combat, Dieu merci — et sourit de ce sourire qui pouvait le faire réagir au premier coup d'œil.

Et il le pensait littéralement. — J'abandonne. Quoi?

— Ça. Elle brandit un petit tube ovale en argent. On aurait dit une balle sous stéroïdes avec une couture autour du milieu. — L'indice suivant.

— Qu'est-ce qu'il dit?

Elle l'ouvrit.

Bien joué, Olivia. Il en reste cinq. Finiras-tu à temps ou es-tu assez en colère contre une vieille femme pour jeter l'éponge?

Tu ne voudras peut-être pas faire ça tout de suite, cependant. Tu auras besoin de cette serviette — et d'un maillot de bain — pour l'indice suivant. Mais pendant que tu es là, étudie la fontaine. Les pierres proviennent de nos terres en Angleterre et la statue a été commandée pour Phillip Martinson en l'honneur de sa femme, Catherine. La légende raconte que ce labyrinthe était leur lieu de rendez-vous, offert par lui pour leur anniversaire de mariage. Un véritable mariage d'amour. Malheureusement, tous les Martinson n'ont pas eu autant de chance en amour. C'est pourquoi cette terre et cette maison sont si importantes. Ne compte jamais que sur toi-même pour faire ton chemin dans la vie. Les gens peuvent partir ; la terre est permanente.

Est-ce que je ressemble à M. O'Hara? Il y avait beaucoup de vérité dans ses paroles et je sais que tu aimes ce film.

— Ah ah! s'exclama Sean en riant. Ça explique les alpagas.

— Eh bien, évidemment.

— Alors pourquoi pas Mammy et Melanie et Ashley et le reste de l'équipe au lieu des Beatles?

— Les autres animaux étaient tous des sauvetages. Rhett et Scarlett étaient les seuls que j'ai pu nommer.

C'était peut-être une bonne chose que Livvy ne veuille pas d'enfants : Sean ne pouvait qu'imaginer avoir un fils nommé Ashley.

Attends. Que diable faisait-il à imaginer des enfants avec Livvy? Il devait d'abord s'assurer qu'il y avait une relation, *et* qu'il aurait les moyens de subvenir aux besoins de ces enfants avant même de pouvoir y *penser*. Ensuite, il y avait la question de convaincre Livvy d'en avoir...

— Et voici le mauvais poème.

Sean écouta d'une oreille distraite tout en essayant de chasser l'image de Livvy portant son enfant de sa tête. Elle ne voulait pas partir.

— Donc je suppose que nous allons au lac ensuite. Elle enroula l'indice et le remit dans le tube. On va chercher nos maillots de bain ou on y va *au naturel*?

Ça pourrait le tuer s'ils le faisaient.

Deux heures plus tard, après s'être occupés des animaux, ils avaient enfilé leurs maillots, préparé un pique-nique et se dirigeaient vers le lac de la propriété.

Sean avait de grands projets pour le lac. Il y avait une île au milieu qui serait le cadre parfait pour de petits mariages. S'il pouvait y amener les services publics, il pourrait même envisager d'y construire un cottage pour lunes de miel. Cela passerait devant la commission d'urbanisme dès qu'il prendrait possession du domaine.

— Oh, regarde! Un pygargue à tête blanche! Livvy pointa du doigt à droite de la voiturette de golf où l'oiseau à tête blanche plongeait pour atterrir au sommet du plus grand arbre de l'île.

Cet endroit était une œuvre d'art. La propriété *parfaite* pour ce qu'il avait en tête. Il *devait* trouver un moyen de l'obtenir. Absolument.

— Livvy, je me demandais...

— Oui? Elle se tourna vers lui avec un grand sourire plein d'espoir sur le visage, ses yeux pétillants, ses doigts serrant les siens, l'excitation et le bonheur vibrant littéralement d'elle comme un courant électrique.

Si seulement cela expliquait pourquoi il était si agité.

— N'est-ce pas magnifique? Je n'arrive pas à croire que je ne sois jamais venue ici. Je me demande s'il y a des poissons dans le lac? Quel endroit formidable pour se détendre.

Ou organiser une réception de mariage.

Pour des invités. Pas pour lui ou Livvy. Non. Il pensait strictement en termes d'affaires. Ça avait été sa première pensée quand il avait vu le lac. Les bords étaient parfaitement entretenus, chaque pierre et chaque touffe de mousse et de feuillage soigneusement planifiés et entretenus. Merriweather avait été méticuleux comme ça.

Sean arrêta brusquement la voiturette de golf à deux pieds du bord de l'eau. — Alors, euh, où est le prochain indice ici?

— Bonne question. Livvy sortit et attrapa le panier de pique-nique sur le siège arrière. Je ne suis jamais venue ici, donc je n'en ai aucune idée. Elle sortit l'indice précédent. Elle mentionne quelque chose à propos du besoin de nos serviettes, donc je suppose que nous allons dans l'eau.

— L'île. L'indice est sur l'île.

Merriweather s'était beaucoup intéressé à ses idées de mariages sur cette île, bien que préoccupé par l'impact sur la faune. Sean avait réservé une somme importante dans son budget pour un rapport d'impact environnemental, qu'heureusement, il n'avait pas encore commandé. Il pourrait reporter ce projet et utiliser l'argent pour le prix demandé par Livvy.

Ce n'était pas suffisant, mais c'était un début.

Ils installèrent le panier de pique-nique et la couverture à côté d'une des sources qui alimentaient le lac, l'eau fraîche ruisselant sur les pierres lisses dans une douce sérénade.

L'eau du lac était limpide. Et froide. Merriweather avait dit qu'un réservoir de fonte des neiges remplissait le lac et c'était exactement ce dont Sean avait besoin quand Livvy enleva sa jupe — elle était revenue aux jupes — pour révéler un bikini.

Ses mains le démangeaient de l'enlever et de mémoriser à nouveau ses courbes.

Ça n'a fait qu'empirer quand elle est entrée dans l'eau et que ses tétons se sont dressés.

Sean se plongea, priant que ça fasse l'affaire.

Ça a marché. Jusqu'à ce qu'il la revoie.

Alors il replongea, retenant son souffle aussi longtemps que possible avant de devoir remonter pour respirer. Heureusement, l'île n'était plus très loin maintenant et il sortit de l'eau. Il n'avait jamais été aussi reconnaissant pour le rétrécissement de sa vie.

Livvy prit son temps pour arriver à l'île. Sean se tenait là, ressemblant en tout point à Éros — à l'exception du short — et elle voulait profiter du paysage. Elle n'arrivait toujours pas à croire qu'il était aussi attiré par elle qu'elle l'était par lui.

Peut-être qu'il voit des signes dollar.

Eh bien, voilà une pensée pour gâcher tout le plaisir.

Mais bon, il n'y avait aucune garantie qu'elle finirait par obtenir l'endroit de toute façon, donc Sean, s'il *était* en train de prendre ses précautions, pourrait bien le faire pour rien. Mais ce n'était pas le cas, parce qu'il n'était pas ce genre de personne. Elle le savait. Elle ne savait pas comment elle le savait ; elle le savait, c'est tout. L'instinct lui avait bien servi toutes ces années, l'avait maintenue en vie par elle-même, alors elle n'allait pas l'ignorer.

— Tu n'as pas froid ? lui cria-t-il depuis le bord de l'eau, les mains sur les hanches, dessinant un joli V avec ses abdominaux et ses larges épaules. Ces épaules qu'elle avait parcourues de ses lèvres la nuit dernière. Et ce matin.

Dommage qu'elle n'ait pas apporté plus de deux préservatifs avec elle. En parlant de ça, il fallait qu'elle aille à la pharmacie à un moment donné.

— Rien de tel que l'eau froide pour réveiller quelqu'un. Et calmer ses terminaisons nerveuses.

Elle le rejoignit sur la plage et ce fut la chose la plus naturelle au monde de prendre sa main. Alors elle le fit. Ou il prit la sienne. Peu importait, car ils se touchaient en commençant à explorer l'île.

Il ne devrait pas lui tenir la main. Il oubliait des choses quand il lui tenait la main. Des choses importantes. Des choses comme Bryan et Liam et une grosse somme d'argent. Des choses comme l'avenir et ses projets et ce qu'il voulait faire de sa vie et ce qu'il avait à prouver, pas seulement aux autres, mais à lui-même.

Le truc, c'est qu'il n'avait pas compté sur Livvy. Sur le fait de la désirer. Et pas seulement dans le sens charnel — bien que ce soit le cas — mais dans *tous* les sens. Il voulait la voir loin de cet endroit. Loin de la grange et de ses animaux. Juste pour se promener quelque part de nouveau pour eux deux. Quelque chose qu'ils pourraient appeler le leur. Il voulait voir sa petite ferme et la vie qu'elle s'était construite. Il voulait entendre parler de son enfance et apaiser ses peurs. Il voulait faire disparaître toute la solitude et lui promettre qu'elle ne serait plus jamais seule.

Sean trébucha sur un rocher. Du moins, il pensait que c'était un rocher. Peut-être était-ce un rocher métaphorique parce que ce à quoi il pensait... c'était lourd. Bien plus lourd que ce qu'il voulait à ce stade de sa vie, mais s'il pensait ne serait-ce qu'une seconde à lâcher sa main et à faire un pas en arrière — et un autre et encore un autre — il ne pouvait tout simplement pas le faire.

Parce que ceci — elle, lui — ça semblait juste.

Reprends-toi, Manley.

C'était drôle, il aurait juré que sa conscience sonnait exactement comme son comptable.

Des millions de dollars.

Ouais, ça sonnait vraiment comme Don.

Mais Don ne se soucierait que de ses intérêts financiers, alors Sean essaya de se concentrer sur autre chose.

Les arbustes étaient intéressants. Il ne connaissait pas cette plante en particulier. Elle bordait la plage comme une clôture avec des passages découpés à travers, mais ils commençaient à se refermer. — Elle a mis le jardinier à la retraite aussi, n'est-ce pas? Oui, c'était ça. Se concentrer sur l'herbe. Garanti pour détruire n'importe quel moment.

Livvy hocha la tête. — Quelqu'un va devoir faire beaucoup d'embauches.

Il avait déjà envoyé les spécifications à une agence de recrutement.

Ils marchèrent à travers un verger d'arbres fruitiers.

— Oh, waouh! Livvy frappa dans ses mains. — Des poires et des pommes et des pêches et des cerises. Et regarde. Des buissons de myrtilles aussi. C'est génial. Elle toucha les fruits en bourgeon presque avec révérence. — Tu sais combien de tartes je peux faire avec ça?

— N'oublions pas les scones.

Elle lui sourit, ses yeux ambrés pétillant comme du soleil. — Tu serais prêt à m'aider?

— Je ne me suis pas si mal débrouillé la dernière fois, non?

— Non. Tu étais génial. *C'était* génial.

Et juste comme ça, toutes ses bonnes intentions s'envolèrent. La flore et la faune n'étaient plus intéressantes. Il se fichait complètement de l'île et de l'eau cristalline qui l'entourait, ou du fait que ce serait l'endroit parfait pour une escapade privée.

Il aimerait s'échapper avec elle. Juste eux deux, sans rien entre eux : pas de secrets, pas d'indices, pas d'histoire ni d'avenir, et certainement pas de vêtements.

Il tendit la main pour replacer cette boucle rebelle une fois de plus, mais elle s'éclaircit la gorge et se détourna.

Ça le dérangeait qu'elle fasse ça. Ça le dérangeait que ça le dérange. Il devrait être content qu'elle puisse s'éloigner. Si elle le pouvait, lui aussi, et alors toute la question de l'héritage ne serait plus un problème. Ils pourraient profiter l'un de l'autre, puis suivre leurs chemins séparés, faisant ce qu'ils devaient faire.

Sauf qu'il n'était pas fait comme ça. Grand-mère lui avait inculqué un fort sens du bien et du mal. Un sens de la fierté personnelle. De l'équité.

— Je ne pense pas que l'indice sera ici, dit-elle en quittant le verger. — Le dernier indice mentionnait quelque chose à propos de la pêche.

Sean hocha la tête et la suivit, ne se faisant pas confiance pour parler — pas sûr de ce qu'il dirait. Il voulait tout avouer. Lui dire ce qui se passait et lui demander son aide pour résoudre ça. Mais à quoi bon? Elle voulait quitter cet endroit et elle avait besoin de l'argent. Seul un imbécile y renoncerait pour un type qu'elle détesterait probablement quand elle entendrait toute l'histoire, alors pourquoi s'embêter?

— Ah ha! Elle pointa du doigt une autre statue, celle-ci sur la plage.

D'après la marque d'eau sur la jambe du gars, Sean supposa qu'à un moment donné, la statue avait été dans l'eau.

— Merriweather aimait vraiment ses statues, n'est-ce pas? Livvy examina la sculpture de pierre grandeur nature et la vraie boîte à pêche suspendue à son épaule. — Aha encore une fois! Elle brandit quelque chose. — Bingo. Un autre indice.

Sean s'approcha tandis qu'elle le dépliait.

— Ton arrière-arrière-grand-père, William, le père de mon bien-aimé Henry, adorait la pêche. Ton père a demandé cette statue pour son dixième anniversaire, l'année où son grand-père est décédé. Ils allaient pêcher ensemble tous les dimanches en été et je n'ai jamais vu ton père plus heureux. Il n'a plus jamais été le même après la mort de son grand-père. Pour lui remonter le moral, nous avons fait réaliser cette statue et Lawrence la gardait remplie de leurres. Derrière le bosquet de pins blancs se trouve une petite cabane avec d'autres articles de pêche que n'importe qui peut utiliser. Il a perdu cette partie de lui-même en grandissant et je suis triste de dire que son père et moi n'avons pas pensé à y remédier. Je l'ai fait à sa mort, et j'espère que tu continueras cet hommage aux deux hommes si tu hérites.

Si elle héritait. Merriweather ne pensait *toujours* pas qu'elle était capable de tout comprendre.

Livvy fourra le reste de la lettre dans la poche arrière de son short.

— De qui parle-t-elle? Quel est l'indice suivant?

Sean était resté silencieux pendant qu'elle lisait. Heureusement, elle ne l'avait pas lue à haute voix. Elle n'avait pas besoin qu'il entende parler du manque total de confiance de sa grand-mère en elle.

— C'est mon arrière-grand-père. Il adorait la pêche. Il avait l'habitude de traîner ici les dimanches avec mon père. Elle protégea ses yeux du soleil et regarda au-delà du lac. Tu sais quoi? Oublions les indices pendant un moment, d'accord? J'ai l'impression que c'est tout ce à quoi j'ai pensé depuis que je suis arrivée ici et j'aurais besoin d'une pause.

— Tout d'abord, ce n'est pas la *seule* chose à laquelle tu as pensé. Il recommençait avec ce truc de lever de sourcil. Et deuxièmement, tu viens d'aller au marché, donc tu as déjà eu une pause, et troisièmement, ta date limite n'approche-t-elle pas? Je pensais que tu voudrais trouver ces indices le plus vite possible.

— On pourrait le penser. Elle haussa les épaules, y mettant autant de nonchalance qu'elle le pouvait. Soit ça, soit éclater en larmes à cause de l'honnêteté brutale de sa grand-mère. Mais ce n'est pas le cas. J'ai besoin d'un après-midi agréable et relaxant. Allons manger et puis peut-être qu'on trouvera la solution.

Sean semblait un peu impatient et elle ne pouvait pas lui en vouloir. Son avenir était aussi lié à ces indices. Aurait-il un travail ou non?

— Tu sais, dit-elle alors qu'ils retournaient dans l'eau. Si tu t'inquiètes pour ton travail, ne le fais pas. Je t'ai dit que je vais mettre de l'argent de côté pour t'aider à passer le cap si les nouveaux propriétaires ne veulent pas renouveler ton contrat.

— Je ne veux pas de ton argent, Livvy.

Elle aimait qu'il soit fier. Qu'il ait des scrupules. Mais elle avait déjà été dans la situation de n'avoir rien et ça craignait. Elle allait bientôt avoir plus qu'elle ne pourrait jamais utiliser, alors elle pouvait se permettre de l'aider. Mais vu la façon dont son ton avait changé à propos de l'indice, elle devrait probablement lui faire manger quelque chose avant de continuer sur le sujet. — Je ne voulais pas que tu t'inquiètes, c'est tout.

— Je ne m'inquiète pas.

Ah bon. C'est pour ça que ses magnifiques lèvres s'étaient serrées en une ligne droite et que ses muscles des épaules étaient au garde-à-vous.

À environ cinq mètres du rivage, elle décida de faire quelque chose à ce sujet.

— Sean!

Il se retourna et reçut une giclée d'eau en plein visage. — C'était pour quoi ça? demanda-t-il en secouant ses cheveux hors de ses yeux et en crachant l'eau du lac.

— Je pensais que tu avais besoin de t'amuser.

— Tu appelles ça m'amuser de me noyer?

— Tu n'as jamais été en danger de te noyer et tu le sais.

Il leva un sourcil à nouveau. — Tu joues à un jeu dangereux, femme.

— Qui joue?

Elle adorait le regard dans ses yeux maintenant. Plissés et concentrés sur elle, leur couleur bleue si vive qu'elle en eut le souffle coupé.

Et puis il commença à nager vers elle.

Oh oh.

Livvy regarda vers le rivage. Ils étaient à mi-chemin. Elle ne le dépasserait jamais à la nage et même si elle le pouvait, il l'atteindrait facilement.

— Tu aurais dû y penser avant de m'éclabousser, dit-il, sa voix basse alors qu'il glissait dans l'eau comme un crocodile mortel.

Zut. Elle allait en prendre pour son grade.

Puis il disparut sous la surface.

Les Dents de la mer était en haut de sa liste des Pires Films de Tous les Temps avec *Shining*.

Elle se tourna vers la droite et donna un coup de pied aussi fort qu'elle le put.

Une fois.

Puis ses mains se refermèrent autour de sa cheville et il la tira sous l'eau.

Elle avala un peu d'air et se laissa faire. Trop se débattre épuiserait son énergie, et bien qu'elle ne puisse pas le dépasser à la nage ou l'atteindre, elle allait essayer de le surpasser en ruse.

Elle ne lutta pas quand il l'attrapa par la taille, et elle essaya de ne pas sourire quand il la fusilla du regard, l'eau cristalline faisant scintiller ses yeux bleus.

Puis elle l'embrassa.

Ça le surprit, c'est sûr. Il lâcha sa taille et ses mains dérivèrent vers sa tête, mais Livvy donna un coup de pied fort et s'échappa.

Elle força l'allure, zigzaguant à travers le lac, et réussit à se traîner sur le rivage avant qu'il ne l'atteigne.

— J'appelle à la faute! Il piétina sur la plage.

— Tous les coups sont permis en amour et au déjeuner! Livvy était debout et courait vers leur couverture.

Elle n'y arriva pas.

Sean arriva en courant et la souleva dans ses bras, à peine ralenti. — Je t'ai eue maintenant, ma jolie!

Il l'avait bien eue. Et elle allait le laisser l'avoir.

Il tomba à genoux sur la couverture avant de la poser. — J'ai gagné.

— Si c'est ce que tu veux croire, vas-y.

— De quoi tu parles? La seule raison pour laquelle tu es sur cette couverture avec moi, c'est parce que je ne t'ai pas dépassée en courant. Si ce n'était pas pour moi, tu serais encore en train de courir.

Elle laissa ses doigts danser sur son avant-bras. Il avait vraiment de beaux avant-bras. Forts et musclés avec juste ce qu'il fallait de poils qui chatouillaient sa peau de tant de façons délicieuses. — Oui. C'est ça. Tu es le gagnant.

Il regarda sa main. Puis il la regarda, avec la plus adorable expression de confusion sur son visage. Il finirait par comprendre tôt ou tard.

— On a tous les deux gagné, non?

Tôt. Définitivement tôt.

Elle hocha la tête. Et se mordit la lèvre juste parce que.

— Ah, Livvy. Il se pencha pour l'embrasser.

Elle enroula ses bras autour de son cou et s'accrocha comme si sa vie en dépendait, parce que, sérieusement, c'était l'impression que ça lui donnait.

Ses sens étaient en alerte. Partout où Sean la touchait - de sa main caressant son dos à l'endroit où ses cuisses reposaient sur les siennes, au souffle coupé dans sa respiration et à la caresse de son sein qui était beaucoup trop légère - Livvy était totalement et complètement consciente de lui. La façon dont ses bras se resserraient alors qu'il la soulevait vers lui, comment ses cuisses se contractaient sous les siennes alors qu'elle se redressait pour s'agenouiller, comment sa langue s'enfonçait entre ses lèvres comme il l'avait pénétrée la nuit dernière - Livvy ne put retenir un gémissement à ce souvenir.

Sean y répondit par un des siens, arrachant ses lèvres des siennes pour les enfouir contre sa gorge. — Je te veux. Ici. Maintenant. Il détacha le dos de son bikini d'une seule main.

Un gars talentueux. Comme elle le savait d'expérience.

— On n'a pas de préservatifs. Elle s'en était rendu compte en préparant le panier, mais à moins d'aller dans la pharmacie la plus proche, qui était à environ vingt minutes de là, elle n'avait pas eu le choix. Les deux qu'elle avait utilisés la nuit dernière étaient dans ses bagages. Elle savait avec certitude qu'il n'y en avait pas d'autres.

— On n'a pas besoin de préservatifs pour ce que j'ai en tête.

Elle ne pouvait qu'imaginer ce qu'il avait en tête...

— Si tu veux le découvrir, bien sûr.

— Je veux. C'était évident.

Ses yeux s'enflammèrent et il inspira profondément. — Tu ne peux pas possiblement vouloir autant que moi.

— Tu veux parier?

— Pas de pari. Juste toi et moi et... Il effleura son mamelon de son pouce. Ça.

Elle frissonna jusqu'aux orteils.

Et c'est là qu'il commença à l'embrasser. Tous les dix. Un à la fois, doucement, trop longtemps.

Puis il passa à la voûte plantaire. Puis à ses chevilles.

Il lui fallut une éternité pour arriver à ses mollets, et au moment où il atteignit ses genoux, Livvy n'était plus sûre de ce qu'était un genou, ni de combien de temps elle pourrait encore supporter ça.

Beaucoup plus qu'elle ne le pensait, en fait.

Sean embrassa chaque centimètre de son corps. *Chaque* centimètre. Certains plus longtemps que d'autres. Certains pas assez longtemps. Mais quand il revint à l'endroit où elle avait vraiment besoin de lui, il prit son temps. Il en valut la peine. Et si son grognement de satisfaction était révélateur quand elle cria son nom sur une vague de plaisir si incroyable qu'elle était sûre que le ciel s'était ouvert pour lui donner un aperçu du paradis, cela en avait valu la peine pour lui aussi.

— Tu vois? dit-il quand elle put enfin ouvrir les yeux pour le voir agenouillé entre ses jambes, son sourire de satisfaction probablement aussi large que le sien. Pas besoin de préservatif et tout le plaisir que tu pouvais désirer.

Salaud prétentieux. Elle retint un sourire. — Oh, je ne sais pas. J'en veux beaucoup plus.

Il s'affala sur la couverture à côté d'elle. — Bon sang, femme. Tu vas me tuer.

— Je vais te tuer si tu ne prononces pas correctement mon nom. C'est Livvy, pas Bon sang. Et même si je suis plus que ravie que tu me considères comme un être divin, j'aime tellement que ce soit *mon* nom que tu cries quand tu jouis.

— Et quand je le ferai, je m'assurerai de le faire.

— Quand tu... Est-ce un défi?

Il leva ce fameux sourcil. — Si tu veux que ça en soit un.

Oh qu'elle le voulait.

Livvy s'assit et fit glisser le bas de son bikini de son pied gauche où Sean, pour une raison quelconque, l'avait laissé. Elle voulait une liberté de mouvement totale parce que quand il l'avait défiée, il n'avait aucune idée de ce qui l'attendait.

Elle non plus, d'ailleurs.

Livvy prit son temps pour explorer chaque centimètre de son corps. Bon, pas tout à fait *chaque* centimètre ; elle n'était pas aussi intéressée par les orteils que lui, mais il y avait certains *centimètres* qui l'intéressaient *beaucoup*.

— Bon sang-Dieu, Déesse-Livvy, cria-t-il, ses doigts se resserrant dans ses cheveux alors que le moment final approchait, lui donnant à peine un avertissement pour qu'elle puisse se reculer et regarder le plaisir le submerger.

— Au moins, tu as réussi à placer mon nom quelque part, dit-elle, en posant sa tête dans le creux de son bras, ses doigts toujours enroulés autour de lui, savourant les frissons qui le secouaient après coup. Au diable le fait de le battre à la nage ; elle venait peut-être de le surpasser au *lit*.

— Ma chérie, je savais exactement qui faisait quoi à qui. Il passa ses doigts dans ses cheveux, les tiraillements la faisant frissonner.

Elle joua avec les poils de son torse, voulant lui rendre la pareille. — Alors, tu veux me dire pourquoi ce n'est pas une bonne idée?

Il se raidit alors. Mince. Elle n'aurait pas dû aborder le sujet.

Mais il se détendit ensuite. — Laisse tomber. J'avais tort.

— Waouh. Un homme qui peut dire ces trois petits mots sans se ratatiner au soleil. Tu *es* incroyable.

Il tourna la tête et lui releva le menton. — Mauvaise expérience?

Elle secoua la tête. — Il y a longtemps. Je n'aurais pas dû dire quoi que ce soit. Tu n'es pas du tout comme lui.

Il tapota le bout de son nez. — Et ne l'oublie pas.

Il plaisantait, mais pas elle. Elle roula sur le ventre et posa sa main sous son menton alors qu'elle s'allongeait sur sa poitrine. — C'est vrai, Sean. Tu n'es comme aucun homme avec qui j'ai été. Je t'aime beaucoup plus.

Il se raidit à nouveau momentanément, mais sourit ensuite. D'accord, peut-être n'aurait-elle pas dû être aussi franche.

— Tu dis ça uniquement parce que je lave les vitres.

D'accord, elle pouvait jouer la carte de la légèreté. — Et les toilettes. N'oublie pas que tu récures les toilettes.

— Comme si je pouvais l'oublier.

— Et que tu ramasses le caca des alpagas.

— Ah, mais ça va te coûter cher.

Elle se lécha les lèvres. — Nomme ton prix.

Il gémit et laissa retomber sa tête sur la couverture. — Bon sang, Livvy, tu n'es pas censée dire ça. Pas quand on n'a plus de préservatifs.

— Eh bien, il va falloir qu'on se mette *dans* des préservatifs maintenant, n'est-ce pas?

Il rit. — J'aimerais bien te voir te mettre dans un préservatif. Où le mettrais-tu?

Elle tendit la main vers le bas. — Ici, bien sûr, idiot. Elle fit glisser ses doigts sur toute sa longueur.

— Bon sang. Son souffle s'échappa brusquement. — Nom d'une pipe, ma belle, je ne peux pas...

— Oh que si, tu peux.

Et elle lui montra à quel point il le pouvait.

Il était tard quand ils rentrèrent à la maison. Plus tard encore après avoir nourri les chiens, dîné et effectué les tâches de la grange, tous deux souriant quand vint le moment de nettoyer le box des alpagas.

— Qui aurait cru que ça deviendrait notre petite blague? dit Sean en pelletant le dernier tas dans la brouette. La plupart des femmes ne veulent-elles pas du romantisme? Tu ne peux pas me dire que c'est romantique.

Elle lui prit la fourche. — Je ne suis pas comme la plupart des femmes, et après avoir dû faire ça toute seule pendant des années, tu ne peux pas imaginer à quel point c'est romantique d'avoir quelqu'un pour m'aider.

— Quelqu'un? Ou moi?

Elle l'embrassa. — Toi, bien sûr, idiot. Je ne vois personne d'autre ici.

Elle se retourna pour partir, mais il l'attrapa par la taille et l'attira contre lui. — Heureusement.

Puis il lui montra comment on donnait un vrai baiser. Ou plutôt, comment on donnait un baiser *pas très sage*.

— Tu n'aurais pas, par hasard, des préservatifs sur toi? demanda-t-elle.

Sean secoua la tête, puis appuya son front contre le sien avec un soupir. — Malheureusement, non. Je ne m'attendais pas à ce que ça arrive quand je vivrais ici tout seul.

— Et pour les rencards? J'aurais pensé que vivre seul dans un grand manoir se prêterait à quelques activités extrascolaires de célibataire.

— Si on était enclin à des activités extrascolaires de célibataire, tu aurais sans doute raison. Moi, cependant, j'ai d'autres choses en tête.

— Comme quoi?

Merde. Ouais. Comme quoi? Comme la façon dont il allait l'escroquer de millions?

Il avait baissé sa garde. Maintenant, il devait se dépêcher de la remonter. — Je, euh, ne travaille pour Mac que jusqu'à ce que quelques projets d'affaires sur lesquels je travaille se concrétisent.

— Quel genre de projets d'affaires?

Ouais, génie, quel genre? Le genre dont tu ne veux pas parler, celui de la prise de contrôle?

— La rénovation de maisons. Parce que, vraiment, il les rénovait. En chambres d'hôtes.

Et maintenant en complexes de vacances.

— Oh, j'avais un ami qui faisait ça, dit-elle, en se blottissant contre lui d'une manière qui rendait la concentration difficile. D'ailleurs, le simple fait de penser à Livvy rendait la concentration difficile. — Il a fait fortune jusqu'à ce que le marché immobilier s'effondre.

C'est pourquoi Sean les transformait en chambres d'hôtes. Les gens cherchaient toujours à s'évader, surtout quand l'économie allait mal. Il n'avait jamais eu de problème de vacances. C'était l'une des raisons pour lesquelles ce projet avait été si attrayant pour les investisseurs et pourquoi il avait décidé de s'associer à Bryan et Liam, espérant partager les bénéfices avec eux. Une idée qui lui revenait maintenant comme un boomerang.

— Youhou, Sean. Elle agita une main devant son visage. — Tu es toujours avec moi?

Il se força à rire. — Je suis là. Je pense simplement que, pour la première fois de ma vie professionnelle, j'aurais aimé être plus concentré sur autre chose que les affaires. Si ça avait été le cas, j'aurais été mieux préparé et nous aurions pu finir cette soirée dans mon lit.

Elle l'embrassa dans le cou. — On peut toujours. Si tu te souviens, il y a plein de choses qu'on peut faire sans préservatifs.

— Je m'en souviens.

Et ils en découvrirent quelques autres.

Chapitre Vingt-Huit

Un gong résonnait dans son crâne.

Sean porta une main à sa tête pour le faire cesser.

Sa main, cependant, refusait de bouger.

C'était parce qu'il y avait quelqu'un sur le chemin.

Livvy.

La nuit dernière.

Le lac.

Ahhhh.

Sean sourit et ferma à nouveau les yeux, voulant revivre ces souvenirs. Mais ce fichu gong ne le laissait pas faire. Qu'est-ce que c'était que ce bordel?

— Livvy.

— Hmmm? murmura-t-elle en bougeant de façon à ce que son sein frôle son ventre.

Bon sang.

Voilà que le gong retentissait à nouveau. Parlez-moi des deux extrêmes en matière de façons dont il voulait se réveiller.

— Livvy. La sonnette. Si c'était bien ça qu'on pouvait appeler ainsi. Il n'y avait que Merriweather pour vouloir que sa maison résonne des cloches de Notre-Dame, histoire d'impressionner les visiteurs. Ou de les intimider. Ou les deux.

— Livvy, allez. Je crois qu'on a fait la grasse matinée et que les amies de ta grand-mère sont là maintenant. Ce qui signifiait que Gran était là aussi. Super. Il devait être un minimum en forme après avoir passé la nuit à faire des choses sans préservatif avec Livvy jusqu'aux premières heures du matin.

— Mmmm, murmura à nouveau Livvy, cette fois en pinçant ses lèvres si adorablement qu'il avait envie de les embrasser. Puis de les voir s'occuper d'une certaine partie de son anatomie.

— Allez, ma chérie. Il la poussa doucement à la place. S'il l'embrassait, Gran et ses amies attendraient pendant des heures. On a de la visite.

— Veux pas. Besoin de dormir.

— Tu pourras dormir plus tard. Là, on a trois vieilles dames à divertir.

— Aînées.

— Hein?

Elle ouvrit un œil. — Appelle-les aînées. *Vieilles dames* va te valoir un coup de sac à main sur la tête.

— Ah. D'accord. Eh bien, allez. Être en retard aussi, peu importe comment je les appelle.

Il glissa son bras de sous elle, chaque cellule de son corps protestant. Et pas à cause du manque de sommeil. C'était drôle comme son corps pouvait fonctionner sans sommeil quand il s'adonnait à des activités si plaisantes. Ce qui, malheureusement, n'allait pas être le cas aujourd'hui.

Il bâilla. — Allez, Livvy. C'est toi qui les as invitées.

— Un gentleman ne me le rappellerait pas. Elle se traîna dans une position semi-verticale et rejeta ses cheveux en arrière avec son avant-bras comme une crinière de lion. Elle l'avait fait *rugir* toute la nuit, c'était certain.

Et si elle ne couvrait pas ses magnifiques seins, il recommencerait.

Il lui lança un oreiller. Puis en ramassa un autre par terre où il était tombé et le plaça devant son entrejambe. — Va sous la douche. Je vais les faire patienter.

— Comme ça? Elle le regarda de haut en bas.

Il sentit ce regard sur tout son corps. — Ben non, évidemment. Je vais m'habiller.

— Dommage. Elle soupira et sortit du lit. Sans l'oreiller. — Je n'en aurai que pour quelques minutes.

Endormie et de mauvaise humeur, et elle pouvait encore le mettre au garde-à-vous. Ça allait poser problème quand il verrait sa grand-mère.

Heureusement, la pensée de sa grand-mère suffit à calmer le petit gars, et cinq minutes plus tard, après que Sean eut enfilé un short kaki, un polo, brossé ses dents, lavé son visage, passé ses doigts dans ses cheveux et répondu à la porte, il était en bien meilleure forme.

— Salut, Gran. Il l'embrassa sur la joue.

— Tu nous as fait attendre, Sean. Je ne t'ai pas élevé comme ça.

— Désolé. J'étais dans une autre partie de la maison et, eh bien, elle est grande.

Elle pinça les lèvres. Il n'avait jamais réussi à duper Gran. — Voici les amies de Merriweather. Dafna Fine et Hetta Rothenberger. Olivia les a invitées.

— Oui, je sais. Elle sera là dans un instant. Elle, euh, s'est couchée tard hier soir.

Il sentit le rouge lui monter aux joues. C'était ridicule. Il était un homme adulte, bon sang, et s'il voulait faire l'amour à une femme magnifique toute la nuit, il n'avait pas à se sentir coupable.

Bon, d'accord, peut-être qu'avec cette femme magnifique en particulier, il avait *beaucoup* de raisons de se sentir coupable, mais faire l'amour avec elle n'en faisait pas partie et ce n'était pas les affaires de Gran de toute façon.

— Salut!

Quand on parle du loup, Livvy descendit l'escalier d'un pas léger, les cheveux relevés en queue de cheval décoiffée, la peau encore humide de sa douche, et pour la première fois depuis qu'il l'avait rencontrée, elle ne portait pas de caraco. Enfin, pas un qu'il pouvait voir. Mais son haut était un de ces trucs amples et légers à motifs indiens, alors elle en avait probablement un en dessous.

Ouais, il n'avait pas besoin de penser à ce qu'il y avait sous les vêtements de Livvy avec sa grand-mère debout en face de lui.

Voilà. Mentionner Gran et sa queue retournait en hibernation. Ça promettait une journée intéressante avec Livvy à côté de lui et Gran en face.

— Je suis Livvy. Dafna, c'est si bon de vous revoir. Livvy serra la main de Dafna, puis tendit la sienne à Hetta. — Et vous devez être Hetta, parce que cette charmante dame est évidemment la grand-mère de Sean. Elle serra la main de Gran avec ses deux mains. — Il vous ressemble beaucoup.

Elle trouvait qu'il ressemblait à sa grand-mère? Eh bien, merde. Son rétrécissement pourrait bien être permanent.

— Notre Merri nous a parlé de vous, dit Hetta, en se traînant dans le vestibule, sa démarche lente et douloureuse le faisant se sentir coupable même pour ces cinq minutes qu'il les avait fait attendre.

— Pourquoi n'irions-nous pas dans le, euh... Il allait suggérer le salon, mais il ne voulait pas que les amies de Merriweather voient les dégâts causés par les animaux. — Le bureau? Vous pourrez toutes vous asseoir et j'apporterai quelques en-cas.

— Des en-cas? Sean, il est presque onze heures. Nous ne voulons pas gâcher notre déjeuner.

Onze heures? Où était passée la matinée?

Le visage de Livvy s'enflamma quand il la regarda. Ah, oui. À récupérer d'une nuit de sexe extraordinaire, voilà où.

— Alors je vais voir ce que je peux faire pour le déjeuner.

— Attendez. Livvy leva la main. — Je vais m'en occuper. Et allons tous dans la cuisine. Je suis sûre que vous voulez faire une visite, et c'est le meilleur endroit pour commencer.

— C'est vrai, dit Gran, en aidant Hetta à avancer. — La cuisine *est* le cœur d'une maison.

Sean les suivit, inquiet que Hetta n'y arrive pas. Elle le surprit non seulement en y arrivant, mais aussi en grimpant sur l'un des tabourets de bar. Incroyable ce qu'une femme déterminée pouvait faire.

— Comment trouvez-vous la cuisine? demanda Hetta en ajustant sa jupe. Merriweather a fait faire des recherches au designer sur les meilleurs appareils pour la pâtisserie lors de la rénovation. C'est pourquoi il y a différentes marques. Elle voulait s'assurer que vous auriez quelque chose qui vous plairait quand vous emménageriez.

— Oh, mais...

Sean lui serra la main. Pas besoin de détruire les illusions de ces dames. Enfin, de deux d'entre elles. Gran n'en avait aucune. Bien que tenir la main de Livvy puisse lui en donner d'autres. Elle n'avait cessé de les pousser tous les quatre à se caser et à lui donner des arrière-petits-enfants.

Cette pensée alluma une lente brûlure au milieu de sa poitrine. Il aurait adoré faire ça pour Gran, mais il n'avait pas encore trouvé la bonne personne. Et avec le moratoire de Livvy sur les enfants, ce n'était toujours pas le cas, peu importe à quel point il était attiré par elle.

Livvy se sentit un peu coupable quand elle vit la grand-mère de Sean fixer leurs mains jointes, mais elle en avait été reconnaissante après la petite bombe lâchée par Hetta. Sa grand-mère avait refait la cuisine en pensant à elle?

Livvy jeta un coup d'œil par la fenêtre, s'attendant à voir une tempête de neige faisant rage alors que l'enfer gelait, mais non. Un ciel ensoleillé sans nuages, d'un bleu vibrant ressemblant à une carte postale.

— C'est vrai, confirma Dafna en se glissant sur le tabouret de bar à côté de Hetta. Elle tenait absolument à vous procurer un four à convection *et* un four traditionnel. *Et* elle a appelé l'infirmière de votre école pour connaître votre taille afin de pouvoir placer le plan de travail pour la pâtisserie à la bonne hauteur.

Livvy n'allait *pas* regarder Sean. Elle était certaine que Merriweather n'avait pas eu *ça* en tête quand elle avait fait ses mesures.

Mais qu'avait-elle *vraiment* fait avec ces mesures? Et cette histoire de four? Merriweather pensait-elle qu'elle était capable d'hériter de cette maison ou non?

Et pourquoi la réponse était-elle si importante?

— Et la plaque de cuisson. Tu te souviens, Dafna? dit Hetta en tapotant le bras de Dafna. Elle parlait de faire concevoir sur mesure une cuisinière à dix feux pour vous, avec une plancha et un grill et quelques autres gadgets, mais le décorateur l'a convaincue qu'un modèle à six feux avec un chauffe-plat serait plus gérable. Qu'en pensez-vous, Olivia? Le décorateur avait-il raison? Cela aurait-il été excessif?

Toute cette révélation était excessive. Elle n'avait aucune idée que Merriweather s'était donné tant de mal. Et elle ne savait pas pourquoi. Mais cela ne changeait rien. Elle ne pouvait pas rester ici. Elle était une femme seule et c'était un manoir. Un hommage à des idéaux qu'elle ne partageait pas. Elle ne pouvait pas être achetée pour un ensemble d'appareils haut de gamme.

Cependant, elle utilisa ces appareils haut de gamme pour préparer le déjeuner, et les apprécia beaucoup trop. Hetta et Dafna maintenaient un commentaire continu sur les différentes histoires de rénovation que « Merri » avait partagées avec elles, ainsi que des bribes de la vie de sa grand-mère. Des choses qu'elle n'aurait jamais sues si elle ne les avait pas invitées.

Il y avait ce camion de pompiers que Merriweather avait donné à la caserne locale avec l'échelle extensible. Probablement pour s'assurer qu'ils pouvaient sauver la plus haute tourelle du domaine Martinson, mais quand même, elle l'*avait* donné. Puis il y avait ce cirque qu'elle avait organisé pour l'événement de collecte de fonds de l'église locale. Livvy aurait pensé que sa grand-mère se serait contentée d'écrire un chèque, mais au lieu de cela, elle avait fait quelque chose dont tout le monde pouvait profiter. Livvy fut surprise d'apprendre que sa grand-mère avait refusé l'honneur d'ouvrir l'événement, disant que c'était pour la communauté, pas pour la famille.

— Et puis il y a eu ce couple âgé qui a perdu sa maison, dit Hetta. Tu te souviens, Dafna? C'était tellement atypique pour Merri de faire quelque chose d'aussi personnel. Comment s'appelait ce couple déjà? Je ne m'en souviens plus.

Dafna eut une expression étrange. — Ce n'est pas important maintenant, Hetta.

— Bien sûr que si. Je suis sûre qu'Olivia aimerait savoir qui sa grand-mère a aidé. Hetta porta une main à sa gorge. Ma mémoire n'est plus aussi bonne qu'avant, j'en ai peur. Elle donna un coup de coude à Dafna. Allez, Dafna. Si tu t'en souviens, dis-le à la petite.

Dafna tripota un bouton de son chemisier. — C'était les Carolla. Elle regarda Livvy. Merriweather a reconstruit la maison de vos grands-parents. Elle la gardait pour vous.

Livvy ne savait pas quoi dire. Elle ne savait pas quoi *penser*. Merriweather avait fait *ça*? Pour *elle*? Pourquoi? Ses grands-parents maternels l'avaient reniée, elle et sa mère. Si quelque chose, Livvy se serait attendue à ce que Merriweather soit celle qui brûle la maison en premier lieu en représailles pour avoir jeté sa mère à la rue avec un Martinson illégitime. C'était déjà assez mal qu'elle soit illégitime, mais sans abri en plus? C'était étonnant que Merriweather ait attendu que Livvy ait cinq ans pour pousser à l'adoption.

Mais reconstruire la maison pour elle... Cela n'avait tout simplement aucun sens.

— Je ne sais pas quoi dire.

— Et bien, voilà. Vous voyez? *C'est* important. Hetta sourit et lui serra le bras. Votre grand-mère tenait beaucoup à vous, même si elle ne le montrait pas.

— Le *montrer*? Elle ne m'a jamais même contactée.

— Elle avait sûrement ses raisons.

— Il n'y a aucune raison de ne pas contacter sa petite-fille. Mme Manley croisa les bras. Je ne pourrais pas imaginer un seul jour sans parler à mes petits-enfants, encore moins des semaines.

— Des années. Livvy grimaça. Elle n'avait pas voulu laisser transparaître son amertume.

— Des années? demandèrent Hetta et Dafna, les yeux écarquillés.

Livvy plissa les yeux. — Euh... oui. C'était des années. Mais ce n'est plus important maintenant. Comme vous l'avez dit, elle faisait ce dont elle était capable. Le fait que Livvy ait voulu tellement plus n'était pas nécessaire à discuter.

En fait, elle en avait presque fini de discuter de tout cela. Elle en avait eu assez de ce voyage dans les souvenirs, alors elle se leva d'un bond pour débarrasser la table.

La grand-mère de Sean l'aida. — Le déjeuner était délicieux, mais je ne m'attendais à rien de moins. J'adore ce pain aux poivrons que vous faites. J'ai fait goûter aux garçons quand ils sont venus dîner jeudi soir. Sean l'a vraiment apprécié, n'est-ce pas, mon chéri?

Livvy leva les yeux vers lui. Jeudi soir? C'était la nuit où il avait des *projets*. Des projets qui incluaient sa grand-mère. Y avait-il quelque chose à ne *pas* aimer chez ce gars?

— Vous devriez goûter ses scones, répondit Sean, mais le regard qu'il lui lança disait qu'il ne parlait pas de scones.

Elle sentit le rouge lui monter aux joues à nouveau.

Elle vit qu'il l'avait remarqué aussi.

Elle se souvint de ce qu'il avait dit à ce sujet, et elle se sentit chaude d'une manière totalement différente.

— Si votre offre tient toujours, Olivia, Hetta et moi aimerions un souvenir pour nous rappeler Merri, dit Dafna en lui tendant son assiette du déjeuner.

— Bien sûr.

— Non, dit Sean au même moment.

Ils le regardèrent tous.

— Non? Sa grand-mère haussa un sourcil. Pas de surprise que ce ne soit qu'un seul. — Je crois que c'est à Livvy de décider comment disposer du contenu de cette maison.

La réaction de la grand-mère de Sean était tout aussi déconcertante que la sienne. Livvy appréciait le soutien, mais elle n'en avait pas besoin. Elle *allait* leur donner quelque chose et Sean ne pouvait rien faire pour l'en empêcher.

— Euh, tu as raison, Gran. Il sourit aux dames, mais son sourire n'atteignait pas ses yeux. — Désolé. C'est juste que, eh bien, la propriété devrait être préservée telle quelle. Il la regarda et il y avait bien quelque chose dans ses yeux, mais ce n'était pas un sourire. — Chaque objet a une histoire à raconter. Un indice du passé. Vous savez à quel point Mme Martinson était pointilleuse sur cet endroit. Je doute qu'elle veuille qu'il soit démantelé.

— Ils ne parlent pas de le démanteler, mon chéri. Sa grand-mère lui tapota le bras. — Ils veulent simplement un souvenir d'elle. Olivia l'a proposé.

Livvy aurait adoré prendre une photo de ce moment. Ce grand gaillard séduisant qui semblait pouvoir entrer dans n'importe quelle pièce et en prendre possession — y compris une où se trouvait son frère star de cinéma — reculait devant le regard noir d'une petite dame aux cheveux gris. C'était presque comique.

Presque parce que Livvy lisait entre les lignes de son petit discours. Il s'inquiétait qu'elle ne donne un indice, et bien que ce soit gentil de sa part de veiller sur elle, cela ne changeait pas son opinion.

— J'ai effectivement proposé, et je le pensais. Aviez-vous quelque chose de particulier en tête? leur demanda-t-elle.

Elles se regardèrent, puis sourirent. — Il y avait de jolies figurines Lladró de notre voyage d'anniversaire en Espagne, dit Dafna.

— Je pense que c'est une excellente idée. Je ne vois pas comment une statue que vous avez achetée récemment pourrait être un indice du passé.

Sean essayait de lui parler avec ses yeux pendant qu'elle conduisait les invités hors de la cuisine. Ou plutôt, il essayait de lui crier dessus avec ses yeux, mais Livvy souriait comme si elle n'avait aucune idée de ce qu'il essayait de dire. Dire non à ses invités... Comme s'il en avait le droit.

Ah, mais et s'il l'avait? Et si vous n'étiez que tous les deux ici et que vous rendiez ça permanent? Toi, lui, la maison, tout le tralala. N'est-ce pas ce que tu as toujours voulu, Livs?

Elle conduisit les dames vers le salon, détestant que sa conscience sonne comme Sher parce qu'elle *avait* dit à Sher que c'était ce qu'elle voulait. Le rêve ultime : une relation normale, une vie ensemble, peut-être même des enfants.

Son ventre frémit à l'idée d'avoir des bébés avec Sean. *Avait*-elle trouvé ce gars? Celui qui pourrait lui faire croire au bonheur éternel?

Elle jeta un coup d'œil par-dessus son épaule. Il ressemblait certainement à un Prince Charmant. Grand, brun et magnifique, drôle, doux, attentionné, aimant les petites vieilles dames et les animaux, avec une personnalité formidable. Sans parler du fait qu'il était un amant incroyable.

— Ça doit être un gros travail de garder cet endroit propre, dit Hetta. — Vous êtes un jeune homme très entreprenant, Sean, à entendre votre grand-mère parler de vous. À notre époque, aucun homme n'aurait été pris mort avec un plumeau.

— Je n'utilise pas de plumeau.

Et il faisait le ménage aussi.

Oui, avoir Sean Manley dans sa vie pourrait bien la rendre parfaite.

Mais ensuite Sean ouvrit les portes-fenêtres.

Chapitre Vingt-Neuf

— Nom de...! Sean fixait la pièce. Pas encore.

— *Nom de Dieu!* Orwell était perché au-dessus de la porte *ouverte* menant au patio.

— Oh, non, dit Gran.

— Oh, là là, dit Dafna.

— Oh, *mon Dieu*, dit Hetta.

— En fait, c'est une chèvre. Sean avait envie de gémir. Que faisait Dodger dans le salon? Et comment savait-il même que c'*était* Dodger? Et comment Orwell avait-il ouvert cette fichue porte? Cet oiseau avait l'air un peu trop satisfait de lui-même.

— Qu'ont-ils encore fait? Livvy se glissa devant lui, et pour une fois, il était plus conscient de quelque chose d'autre que de ses seins doux frôlant son dos et du parfum de lavande qui lui rappellerait toujours elle...

Bon, peut-être n'était-il pas *plus* conscient du cauchemar dans le salon, mais il ne pouvait certainement pas l'ignorer.

Dodger bondit sur le buffet dans un cliquetis de sabots. Dieu merci, le dessus était en marbre, il ne l'endommagerait pas, mais les pièces en cristal exposées...

— Livvy, attrape ta chèvre!

Livvy pouffa en le dépassant. — Tu sais ce que ça veut dire, cette expression, non?

— Je m'en fiche de ce que ça veut dire. Tu dois attraper cette satanée chèvre avant qu'elle ne casse quelque chose. Il se tourna vers sa grand-mère. — Désolé pour le langage, Gran.

Gran balaya son commentaire d'un geste. — J'apprécie les excuses, Sean, mais sauve plutôt le cristal.

Sean lui sourit avant de froncer les sourcils en direction de Dodger. Et maintenant Digger. Randy aussi, et l'autre. Comment s'appelait-il déjà? Comment diable Orwell les avait-il fait sortir de la grange et les avait-il amenés ici? Et pourquoi?

Livvy essayait de les attraper, mais les animaux utilisaient les meubles comme leur propre chaîne de montagnes personnelle et... bon sang. L'un d'eux sauta sur le manteau de la cheminée — le manteau qui abritait la collection de boules de cristal de Merriweather. Très approprié pour une femme qui voulait contrôler l'avenir de collectionner des instruments pour le voir, mais il n'avait pas besoin d'une boule pour savoir le morceau qu'ils enlèveraient du foyer en marbre en dessous si l'une d'elles roulait.

Sean sauta par-dessus un ottoman et redressa la chaise qu'il avait failli renverser, et aurait fait un sauvetage glissé sur le foyer si la boule que la chèvre avait fait tomber de son piédestal ne s'était pas accrochée à quelque chose et n'avait pas arrêté de rouler vers le bord.

Puis Digger la poussa du sabot.

— Noooooon! Sean plongea, se préparant à l'impact du marbre dur et impitoyable.

Au lieu de cela, il atterrit sur quelque chose de doux. Rebondissant.

Féminin.

— *Ouf*!

Qui, Dieu merci, était toujours capable de parler.

— Voudrais-tu *s'il te plaît* te pousser de moi?

— Tu vas bien? Il roula sur le côté et écarta les boucles de son visage. — Livvy? Je t'ai fait mal?

— Non, mais... oh mon Dieu... *bouge*!

Sean leva les yeux en s'écartant pour voir la boule de cristal foncer vers lui. Il tendit la main et la rattrapa au dernier moment, la force picotant sa paume.

— Joli rattrapage. Gran lui fit signe.

Il lui sourit, avec un sentiment de malaise dans l'estomac. S'il ne s'était pas écarté, s'il n'avait pas atterri sur Livvy, *elle* aurait reçu un mauvais coup sur la tête.

Satanée chèvre.

Il s'assit et passa une main dans ses cheveux. — Ça va?

Livvy s'assit, ajustant son chemisier — oui, voilà le caraco. — J'aurai un beau bleu au genou demain, mais à part ça, je vais bien.

Sean se leva d'un bond et tendit la main, refusant de penser à quel point elle allait *bien*. Gran était là. Ça devrait suffire à calmer ses hormones.

Puis Livvy le regarda sous ses cils et Sean dut lutter fort pour se rappeler que *quelqu'un d'autre* que eux deux était présent dans cette pièce.

— Merci.

— Tout le plaisir est pour moi. Il garda sa main un peu plus longtemps que nécessaire parce que, oui, c'était son plaisir.

Et puis la chèvre bêla, tuant ce moment.

— Comment sont-ils entrés ici?

Elle désigna ce maudit oiseau. — Je t'ai dit qu'Orwell sait comment déverrouiller les portes. Il a dû sortir de sa cage. Il aime être entouré de tout le monde. Je n'aurais pas dû le laisser seul si longtemps dans ma chambre.

Digger s'approcha de Livvy sur le manteau et se pencha pour grignoter ses cheveux.

Satanée chèvre.

Sean le souleva, ignorant son bêlement de protestation. Et sa tête qui donnait des coups. — Un de moins. Allons rassembler les autres et les ramener à la grange.

— Ou, mieux encore. Livvy passa la tête par la porte et siffla. — Davy? Viens, mon garçon!

— Que fais-tu? Ils n'avaient pas besoin de plus de chaos dans la pièce.

— Fais-moi confiance. Attends de voir ce que Davy peut faire. Pose Digger.

Sean était sceptique, mais cela changea quand le caniche entra en trombe dans la pièce et commença à rassembler tout le monde comme s'il était un border collie et eux ses moutons, euh, chèvres.

Digger et Randy et Bo vinrent assez volontiers, mais Dodger, c'était une autre histoire. Il n'en voulait rien savoir, sautant de meuble en meuble pour éviter le petit caniche hargneux.

Alors Davy se lança à sa poursuite, bondissant sur le canapé, puis sur le dossier.

Dont il glissa.

Sean se retrouva une fois de plus en train de plonger pour attraper quelque chose, mais cette fois, il n'y arriva pas à temps.

Le pauvre Davy en paya le prix.

Cette patte n'avait pas l'air bien.

— Et s'il meurt? demanda Livvy pour la quatrième fois depuis qu'ils avaient quitté le cabinet vétérinaire des heures plus tôt.

Sean gara son camion dans le petit parking à l'arrière de la propriété, près de la cuisine. — Il ne va pas mourir. Le Dr Carston sait ce qu'elle fait. Elle a dit que c'était une simple fracture. Davy sera comme neuf en un rien de temps.

— Mais s'il ne se réveille pas de l'anesthésie?

Il coupa le contact et se tourna vers elle. — Livvy, ne va pas chercher les ennuis. C'est une procédure de routine.

— Non, ce n'est pas le cas. Elle repoussa ses cheveux derrière ses oreilles. — Ce n'est pas normal qu'un chien se casse la patte en poursuivant une chèvre dans le salon d'un manoir. Tu ne vois pas à quel point tout cela n'est *pas* naturel? Comment ai-je pu penser ne serait-ce qu'une minute que je pourrais rester ici? Ils ne sont pas habitués à cet endroit et avec tous ces bouleversements dans leur vie... Je leur ai promis — et je me suis promis à moi-même — une certaine stabilité. Et pourtant, me voilà en train de céder aux exigences de Merriweather et de mettre en danger la sécurité que je leur avais promise quand je les ai adoptés.

Sean saisit ses mains crispées sur ses genoux. — Livvy, ce sont des animaux. Ils s'adapteront. Arrête de te torturer pour ça. Davy ira bien.

Elle retira brusquement ses mains et les passa dans ses boucles. — Ce ne sont *pas* que des animaux, Sean. Ce sont *mes* animaux. Je suis responsable d'eux et je ne prends pas mes responsabilités à la légère.

Elle ne le dit pas, mais il entendit le *contrairement à mes parents* implicite et soudain, il comprit. Cela allait bien au-delà d'une patte cassée. Cela parlait de qui elle était, de ce qui l'avait façonnée, de ses espoirs et de ses rêves. Livvy avait besoin de stabilité. Elle avait besoin de quelqu'un qui serait là pour elle, qui lui donnerait la sécurité dont elle avait besoin. Elle avait besoin de quelqu'un qui veillerait sur elle, qui se soucierait d'elle, qui serait là sur le long terme. Il n'avait aucun droit de commencer une liaison qu'il ne pourrait pas mener à terme. Et quant à lui voler son héritage...

Ce fut à son tour de passer ses mains dans ses cheveux. Une situation sans issue.

Il sortit son téléphone portable et appela le cabinet vétérinaire. — Bonjour. Je viens de passer avec Livvy Carolla et le caniche à la patte cassée. Pourriez-vous demander au Dr Carston d'appeler Livvy quand Davy sera réveillé? Il remercia la réceptionniste, puis raccrocha. — Ça va? On ne peut rien faire de plus ce soir. Rentrons et je te préparerai quelque chose à manger. Tu as l'air épuisée.

— Merci, mais je vais aller à la grange. J'ai besoin de m'assurer qu'ils vont bien.

Il ne discuta pas. Elle n'allait pas voir si les animaux allaient bien ; elle allait s'assurer qu'*elle* allait bien.

— Tu veux que je vienne avec toi?

Pendant une seconde, il y eut un éclair de quelque chose dans ses yeux, mais elle secoua la tête. — Non. J'ai besoin d'un moment seule avec eux.

Il écarta une mèche de cheveux de son épaule. — D'accord. Mais si tu as besoin de moi, appelle-moi.

Elle promit qu'elle le ferait et se dirigea vers la grange, trébuchant sur la brique du chemin qu'il n'avait pas réparée. Sean tendit le bras pour la rattraper un instant avant qu'elle ne reprenne sa route — une métaphore, craignait-il, de toute leur relation.

C'était décidé. Les choses devaient changer. Ce qui signifiait qu'il avait quelques coups de fil à passer.

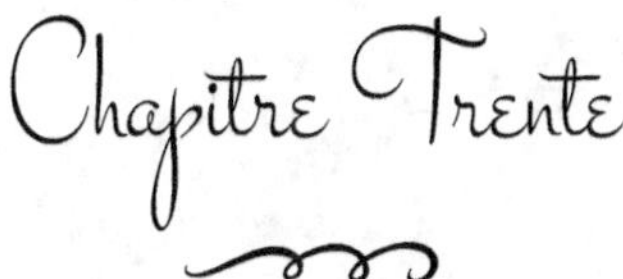

Chapitre Trente

Livvy n'était pas venue se coucher la nuit dernière.

C'était la première pensée de Sean en se réveillant seul, et cela lui semblait anormal.

Il fit l'impasse sur la douche et enfila un short et un T-shirt avant de descendre et de se diriger vers la grange.

Il n'alla pas si loin.

Elle dormait dans le salon, entourée de sa ménagerie. Enfin, les chiens et Reggie y étaient, et ils n'avaient pas l'air très à l'aise, serrés contre elle.

Livvy, en revanche, était d'une beauté à couper le souffle. Ses cheveux cascadaient sur ses épaules comme s'il avait passé la nuit à y passer ses doigts. Une boucle traversait ses lèvres et se soulevait à chacune de ses expirations. Ses lèvres étaient pincées, et ses longs cils reposaient sur ses joues comme pour pointer chacune de ses adorables taches de rousseur. Une jambe était repliée sur Ringo — ce chien chanceux — et elle avait drapé un bras sur Petra, ses doigts effleurant le dos de Reggie tandis que le cochon dormait sur le sol, ses clochettes tintant doucement à chaque respiration.

— *Nom de Dieu.*

Et Orwell était sur le dossier du canapé, la tête enfouie sous son aile, marmonnant dans son sommeil.

Livvy remua et ouvrit ses magnifiques yeux. Il lui fallut quelques secondes pour se réveiller, mais quand elle le fit... waouh. Ce sourire. Il pourrait se réveiller avec ce sourire pour le reste de sa vie.

— Bonjour. Sa voix était rauque de sommeil et il fallut quelques instants à Sean pour pouvoir répondre car il était encore bloqué sur le commentaire *le reste de sa vie*.

— Salut.

— Je, euh, me suis endormie ici.

— Je vois ça.

— Je suis rentrée tard.

— Je sais. Parce qu'il l'avait attendue.

— C'était... paisible dans la grange.

Il s'approcha du canapé et poussa Ringo pour pouvoir s'asseoir. — Tu n'as pas à t'expliquer, Livvy. C'est ta maison.

Elle se dégagea des chiens, sa jambe nue frôlant la sienne, et chaque cellule de son corps se mit en alerte. Plus encore quand elle rejeta sa crinière de cheveux en arrière dans une cascade sexy de boucles.

— Que penserais-tu si je restais ici?

Cela détourna son attention d'elle. — Rester ici? Dans cette maison? Genre, ne pas vendre?

Elle hocha la tête. — Je sais que c'est vraiment grand et que ça demande beaucoup d'entretien, mais j'ai réfléchi à ce que les dames ont dit hier. Comment Merriweather s'est donné tant de mal avec la cuisine et ce qu'elle essaie de faire avec cette chasse au trésor, et, eh bien, je me demande si je ne suis pas trop rapide à vouloir tout vendre. Ce serait peut-être agréable de vivre ici. Je n'ai pas à m'inquiéter des fuites du toit et la grange... Elle est parfaite pour tout le monde. Et le lac... les oies l'adoreraient. Je pourrais construire un abri pour elles sur l'île et elles auraient tout l'endroit pour elles seules. C'est au moins trois fois plus grand que l'étang de chez moi qu'elles partagent avec tous les autres oiseaux. Je pourrais construire un grand enclos extérieur pour Rhett et Scarlett, et les chiens adorent déjà le jardin.

— Et cette pièce. N'oublie pas à quel point ils aiment tous cette pièce.

— C'est vrai. Elle rit et son sourire le frappa en plein ventre.

Tout comme l'idée qu'elle reste vraiment dans la maison. Il ne s'y attendait pas. Elle avait été si catégorique sur son départ qu'il n'avait jamais envisagé une minute qu'elle voudrait rester.

Tant pis pour tous les appels qu'il avait passés hier soir pour vendre son dernier B&B. Quelques personnes avaient exprimé leur intérêt et n'avaient pas sourcillé devant son prix. S'il l'obtenait, il pourrait vraiment conclure cette affaire si Livvy héritait et voulait vendre. Il avait été plein d'espoir. Maintenant, cependant... S'il vendait sa propriété et qu'elle décidait de ne pas vendre la sienne, il serait de retour à la case départ, sans rien. — Alors tu penses vraiment à rester?

— J'en suis encore au stade de peser le pour et le contre. Je n'exclus rien pour le moment. Les gens de la coopérative vont me manquer, mais, en réalité, je n'ai plus de raison d'y vivre alors qu'il y a une liste d'attente de personnes qui veulent y emménager. C'est juste puisque j'aurai tant ici. Hé, peut-être que je pourrais faire de *cet endroit* une coopérative. Nous avons certainement assez de terrain pour ça.

Maintenant, l'estomac de Sean prit un autre coup, mais ce n'était pas à cause de son sourire. Cet endroit valait une fortune et elle allait le transformer en coopérative? La valeur de la propriété chuterait et quant aux propriétés environnantes qu'il avait achetées et qu'il devrait vendre pour rembourser ses frères... Une coopérative réduirait leur valeur de moitié.

— Tu devrais peut-être vérifier auprès du service d'urbanisme avant de t'engager dans cette voie, Livvy. Ce serait son prochain appel. — Donc, je suppose que le Dr Carston a appelé?

— Oui. Davy va bien. On pourra le ramener à la maison aujourd'hui. Merci de nous avoir emmenés hier. Je sais que tu voulais probablement passer plus de temps avec ta grand-mère.

— Pas de problème. Et Gran a compris. Gran avait trop bien compris ; ça ne l'avait pas dérangé de partir.

— Je devrais l'appeler, elle et les autres dames, pour m'excuser d'être partie si vite. Elles n'ont pas obtenu ce pour quoi elles étaient venues.

Gran, certainement. Elle avait dit ce qu'elle avait à dire *et* l'avait vu tenir la main de Livvy. Quand il l'avait appelée hier soir après être revenu du vétérinaire, elle n'avait dit qu'une chose. « Je l'approuve, Sean, mais je n'approuve pas ce que tu prévois. Je sais que tu feras ce qu'il faut. »

Comme s'il avait besoin de plus de culpabilité dans cette situation.

— Si tu restes, tu auras tout le temps nécessaire pour qu'elles reviennent en visite. Mais pour cela, nous devons trouver le prochain indice. Une idée par où commencer?

Elle mit ses cheveux derrière ses oreilles. — Ma grand-mère a dit que ça avait à voir avec mon grand-père Henry. Quelque chose à propos de son projet favori. Une idée de ce que ça peut signifier?

Il le savait, mais en tant que gouvernant, il n'était pas censé connaître le parc d'attractions que son grand-père avait construit. En tant que partie intéressée dans le testament de Merriweather, cependant, il le savait.

— Je suis sûr que ce n'est pas si difficile à trouver avec quelques recherches sur internet.

— Ce qui signifie que je retourne à la bibliothèque. Tu veux venir?

— En fait... — Il sortit son téléphone. — Smartphone. Je l'ai acheté pendant que tu étais au marché. Cherche à volonté.

Il lui fallut moins de cinq minutes pour découvrir ce qu'il savait déjà.

— Tu ne devineras jamais ce que c'est. — Elle lui tendit le téléphone.

— D'accord. — Il ne lâcha pas sa main.

Elle leva les yeux au ciel mais sourit quand même. — Tu ne vas même pas essayer?

— Tu as dit que je ne devinerais pas, alors pourquoi m'embêter?

— Sérieusement, Sean, tu n'es pas drôle.

Il haussa un sourcil.

— D'accord, tu l'es, mais tu pourrais au moins faire semblant.

— Très bien. Voyons voir. A-t-il construit une route?

— Non.

— Un immeuble de bureaux?

— Non plus.

— Un centre commercial?

— Pas du tout.

— Ah, ce jeu est tellement amusant.

Livvy leva à nouveau les yeux au ciel. — D'accord, M. le mauvais perdant. C'est un parc d'attractions.

— Je ne suis *pas* un mauvais perdant, et tu as raison. Je n'aurais jamais deviné un parc d'attractions. Tu prévois d'y aller, n'est-ce pas?

— À moins que tu n'aies d'autres projets pour la journée.

— Il y a juste un problème.

— Ah bon?

Il l'attira plus près. — Oui. Tu vois, j'ai ce truc qu'on appelle un travail. Pour lequel je suis payé. Et mon patron est assez pointilleux sur le fait de garder les clients satisfaits.

Elle posa ses paumes à plat contre sa poitrine et soudain Sean ne trouvait plus rien d'amusant dans leur situation. Chaud et lourd, excitant, sexy, oui. Drôle... Pas du tout. Il la désirait avec une intensité presque effrayante.

— Eh bien, *cette* cliente serait beaucoup plus heureuse si tu l'accompagnais dans un parc d'attractions au lieu de passer l'aspirateur dans les escaliers, donc à moins que tu n'aies une aversion bizarre pour les parcs d'attractions, je suppose que ça veut dire que tu viens avec moi. — Elle le repoussa et il la laissa partir à contrecœur, très à contrecœur. — Donne-moi quinze minutes pour me préparer, et ensuite on pourra y aller.

— Ça me va, mais pourquoi ne pas manger quelque chose d'abord?

— Bonne idée. Allons voir ce restaurant sur notre chemin vers l'autoroute. C'est moi qui invite.

— Ça me semble bien, mais c'est *moi* qui invite. Je n'ai jamais laissé une femme payer un repas de ma vie et je ne vais pas commencer maintenant.

Elle haussa les épaules et la façon dont ses seins bougèrent était un paiement suffisant si elle voulait être pointilleuse.

— D'accord, ça me va. Mais juste pour que tu saches, j'ai envie d'un très gros petit-déjeuner.

Elle n'avait pas plaisanté.

Livvy était la première femme qu'il avait emmenée au restaurant qui *mangeait* vraiment sa nourriture. Toutes les autres avaient pris de petites bouchées et poussé la nourriture dans leur assiette, mais pas Livvy. Elle avait raison ; elle n'était pas comme les autres femmes.

Pas qu'il ait eu besoin qu'elle le lui fasse remarquer.

Elle finit son troisième œuf au plat et le fit passer avec la quatrième tranche de pain grillé et son deuxième verre de jus de pamplemousse.

— Où est-ce que tu mets tout ça? demanda Sean, essayant de la regarder objectivement. Ouais, ça n'allait pas arriver.

— Trop? Désolée, mais j'avais faim.

— Ne t'excuse pas auprès de moi. Je suis content de voir que tu as un bon appétit. Même si tu étais un peu dingue avec le pain multi-céréales.

— Hé, je devais savoir s'il était bio ou pas. Je ne m'attends pas à ce qu'une serveuse adolescente le sache. Le plus simple est de regarder l'emballage.

— Je suis surpris que tu n'aies pas demandé si le beurre était baratté à la main.

Elle roula sa serviette en boule et la lui lança. — Maintenant, tu te moques juste de moi.

— Non, je t'apprécie. Avec toutes tes petites bizarreries et tes problèmes.

— Ça ne te dérange pas?

Il lui prit la main. — Comment le pourrait-ce? C'est ce qui fait que tu es toi.

Elle déglutit, puis se lécha les lèvres. Ce n'était pas un mordillement, mais c'était tout aussi puissant. — Merci d'avoir dit ça. C'était vraiment gentil.

— Tout comme toi, Livvy. — Il baissa la voix et se pencha. — Et ça ne me dérangerait pas de te goûter maintenant.

Il obtint le rougissement qu'il visait. Il obtint aussi une érection fulgurante, mais en même temps, il était à moitié excité depuis qu'elle était descendue les escaliers dans un short et des sandales qui lui donnaient envie de passer ses mains sur ses jambes, et son habituel débardeur avec le chemisier ouvert par-dessus qui était plus excitant que n'importe quoi qui cachait ses courbes.

— Tu ne peux pas dire des choses comme ça, chuchota-t-elle.

— Bien sûr que je peux. C'est la vérité.

Si c'était possible, son rougissement s'intensifia. Et il se répandit le long de son cou et sous ce chemisier et ce débardeur et, bon sang, il adorait en tracer le chemin avec sa langue.

— Je pense qu'on devrait y aller, dit-elle, retirant sa main de la sienne et se rasseyant.

— Moi aussi, mais malheureusement, si je sors de ce box, je vais t'embarrasser, m'embarrasser, et embarrasser tout le monde ici.

Il lui fallut quelques secondes pour comprendre, mais quand elle le fit, elle rougit de nouveau.

Sean gémit. — Livvy, s'il te plaît, arrête de rougir.

— Alors arrête de dire des choses comme ça.

— Est-ce que je peux encore les penser?

Elle leva les yeux au ciel. — Tu es incorrigible.

— Non, je souffre. Aie pitié de moi et parlons de quelque chose... je ne sais pas. De *froid*.

— Comme un glacier?

— C'est une bonne idée.

— Ou que dirais-tu d'un lac gelé?

— Encore mieux.

— Un ours polaire?

— Ça marche.

— Moi, nu devant un feu rugissant avec de la neige qui tombe derrière la fenêtre?

— Ce n'est pas juste.

Elle repoussa une mèche de cheveux qui était tombée sur son front.

— Tous les coups sont permis en amour et au déjeuner, tu te souviens?

— Je m'en souviens très bien, merci, mais là, c'est le petit-déjeuner. Il se rappela l'avoir vue étendue, nue au soleil, avec le murmure de l'eau qui coulait autour d'eux, le ciel bleu au-dessus et pas une âme à des kilomètres à la ronde, et ils avaient fait l'amour comme s'ils étaient les deux seules personnes sur terre, dans leur propre Éden privé. — Tu rougis encore.

— Ce n'est *pas* un rougissement.

Le regard qu'elle lui lança lui dit tout ce qu'il avait besoin de savoir. — Continue à me regarder comme ça, ma belle, et je ne serai pas responsable des conséquences.

— J'adorerais explorer ces conséquences avec toi, mais il y a des balades qui nous attendent.

Il lui en donnerait, une balade...

Il n'eut pas besoin de le dire — elle recommença à rougir de plus belle.

Cette journée promettait d'être très amusante.

Chapitre Trente-Et-Un

— On y retourne! s'exclama Livvy en bondissant partout, Dieu lui vienne en aide. Elle descendait les marches de l'attraction, traversait le macadam, tournait autour de lui comme son caniche dansant. Quoique bien plus mignonne.

— Tu veux *encore* y aller? Tu n'es pas sur le point de régurgiter tes trois œufs, tes quatre tranches de pain multi-céréales bio et tes deux verres de jus de pamplemousse?

— Techniquement, je n'en ai bu qu'un et demi.

— Ah oui, c'est vrai. Ça change tout. Donc si tu en avais bu deux verres complets, *là* tu serais en train de tout rendre?

— Mais non, idiot. J'adore cette attraction. Quand le sol se dérobe sous tes pieds, c'est comme cette sensation dans ton ventre quand tu... Tu sais. Elle se mordilla la lèvre inférieure et Sean avait le sentiment de savoir exactement ce qu'elle allait dire.

Il l'attira contre lui et noua ses mains dans le creux de son dos. — Tu veux dire comme la sensation que tu as quand je fais ça?

Il l'embrassa. Là, dans le parc, devant tout le monde, il l'embrassa comme s'ils n'étaient que tous les deux, comme au lac. Comme s'il ne pouvait plus attendre de la ramener chez lui.

Il ne pouvait pas. — J'ai envie de toi, Livvy, murmura-t-il contre sa peau.

— Sean, on est en public.

— Crois-moi, je le sais. Il lui mordilla le lobe de l'oreille. — Je voulais juste m'assurer que *toi*, tu le savais.

Elle cambra légèrement le dos, pressant son ventre contre son érection. — Oh, je le sais.

Il exhala un rire et embrassa le bout de son nez. — Combien de temps penses-tu qu'on puisse rester comme ça avant que quelqu'un ne le remarque?

— Probablement bien plus longtemps que si tu me lâchais et te retournais maintenant.

— Bien vu.

— Je propose qu'on essaie les bûches aquatiques ensuite. Cette eau te refroidira à coup sûr.

— Jusqu'à ce que tu sois trempée.

— Ah oui. Bien vu. Et le palais des glaces alors?

— Ça me semble un bon plan.

C'était un bon plan. Ces escaliers mouvants l'envoyaient valdinguer contre lui. Et cette corde à grimper… Heureusement que Gran lui avait appris à être un gentleman ; il l'avait laissée passer devant.

— Une barbe à papa? demanda-t-elle une fois qu'ils eurent traversé la roue de hamster et atteint la plateforme à la fin.

— Une barbe à papa? Toi? Sean posa une main sur sa poitrine et fit semblant de chanceler contre les cordes de sécurité. — N'est-ce pas plein de produits chimiques, de colorants et de nitrates ou je ne sais quoi?

— Du sucre et de l'air. Peut-être un peu de colorant alimentaire. Pas si mal.

— Qui l'eût cru. Le truc contre lequel les mères mettent en garde leurs enfants passe l'inspection avec toi.

Elle le poussa du doigt dans la poitrine. — Les mères mettent aussi en garde leurs filles contre les gars comme toi, pourtant je ne les écoute pas non plus.

Sean ne la laissa pas retirer sa main. Il la plaqua contre lui, plus que disposé à saisir n'importe quelle excuse pour sentir ses mains sur lui. Bon sang, il était vraiment mordu d'elle. — Hé, je suis un bon gars. Les mères m'adorent.

— Je n'en doute pas. Elle remua les sourcils et dégagea sa main avant de se diriger vers l'attraction suivante.

Sean la suivit, la rattrapant rapidement. Bryan était celui que toutes les femmes aimaient. Et ça convenait à Sean. Il n'avait pas besoin d'être l'objet de fantasme de toutes les femmes. Juste d'une en particulier.

Une seule, spéciale.

Livvy.

— Sean? Ça va?

Livvy se retourna quand il s'arrêta de bouger. Bon sang, il pensait avoir arrêté de *respirer*.

— Sean?

— Hein? Euh, oui. Ça va. D'une manière mon-monde-vient-de-basculer.

— On peut faire les chaises volantes? J'adore tourner comme ça.

Elle devrait essayer de tourner comme il tournait en ce moment. Bon sang, il tombait amoureux d'elle. Et pas parce que le sexe avait été génial. Même s'il l'avait été. Mais il voulait ses sourires le matin et ses gémissements la nuit. Ses baisers toute la journée. Il voulait son rire et ses insécurités et ses blagues et ses soupirs quand elle dormait. Il prendrait même les chiens si ça signifiait qu'il avait Livvy. Et ses rougissements. Oh, comme il voulait ses rougissements.

— Ou tu préfères faire le bateau pirate?

Il regarda là où elle pointait. Un énorme navire qui se balançait d'un côté à l'autre jusqu'à être presque perpendiculaire au sol. Non, il n'avait pas besoin de monter dans celui-là ; son intérieur faisait déjà ça tout seul.

— Ou que dirais-tu du Double Shot? C'est grisant.

Il n'avait pas besoin de plus de sensations fortes. Mais il ne pouvait pas exactement lui dire ça. — Bien sûr. Ça a l'air amusant.

Il *tombait amoureux* de Livvy.

Livvy ne se souvenait pas d'une meilleure journée. Enfin, peut-être celle au lac, mais celle-ci arrivait en proche seconde. Sean était tellement amusant et un si bon joueur et le gars parfait pour traîner dans un parc d'attractions. Il avait, bien sûr, fait sonner la cloche au jeu de force. Il avait éclaté les six ballons avec ses fléchettes, lui gagnant un hippopotame en peluche « pour sa ménagerie », et ne s'était pas formalisé d'avoir du sucre glace partout sur le visage à cause du funnel cake.

Bien sûr, cela avait peut-être quelque chose à voir avec le fait qu'elle l'avait embrassé pour l'enlever, mais quand même...

Ils étaient montés dans toutes les attractions, certaines deux fois, avaient acheté toutes les photos hors de prix prises pendant les manèges, regardé un clown jongler, un avaleur de sabres avaler des sabres (évidemment), et le numéro de chiens dressés l'avait sérieusement fait réfléchir à ses propres animaux. Les siens étaient intelligents ; ils pourraient apprendre à faire des tours comme ceux-là. Peut-être qu'elle pourrait faire des spectacles dans des maisons de retraite ou des hôpitaux pour enfants maintenant qu'elle aurait le temps de faire ce genre de choses - *si* elle trouvait le reste des indices.

Elle céda et mangea un hot-dog - c'était plutôt bon, même si elle n'allait pas l'admettre devant lui - quand Sean revint à la table avec leurs boissons.

— Tiens. Je t'ai pris un thé glacé. Je me suis dit que la barbe à papa et le funnel cake étaient suffisamment sucrés pour toi aujourd'hui, alors j'ai laissé tomber le soda. Je ne voulais pas exagérer. Il lui prit le hot-dog des mains. — Y compris ça. Tous ces nitrates, tu sais. Il l'avala en une bouchée.

— Hé! C'était mon dîner!

Il leva un sourcil. — Vraiment? Tu appréciais ça? Je pensais que tu le mangeais pour me faire plaisir, vu qu'il n'y a pas de bœuf nourri au maïs dans le coin.

Elle croisa les bras et expira. — Je me faisais plaisir à *moi*. À mon appétit.

Il sortit un peu plus d'argent. — Oh. Dans ce cas, je vais t'en prendre un autre.

— Laisse tomber. Ce n'est pas comme si j'en avais besoin davantage. De plus, j'ai ça. Elle leva son thé. Quel geste absolument adorable. — Merci.

— Pas de problème. Il but une bonne gorgée de son soda, puis s'essuya la bouche avec le dos de la main. Elle cacha un sourire. — Qu'est-ce qui est si drôle?

— Rien.

— Hum hum. Je n'y crois pas. Tes « rien » sonnent *toujours* comme quelque chose pour moi, alors crache le morceau. Je veux savoir pourquoi tu te moques de moi.

— Je ne me moque pas de toi, je te *souris*.

— C'est pareil. Dis-moi.

Elle secoua la tête. — Tu ne comprendrais pas.

— Essaie toujours.

Elle arqua les sourcils et baissa la voix. — Je l'ai déjà fait.

Elle adorait le taquiner. Adorait la façon dont ses yeux bleus s'assombrissaient. Adorait la façon dont ses épaules se redressaient quand il se redressait. Adorait ce tic dans sa mâchoire qui disait qu'il avait saisi son sous-entendu et se rappelait exactement ce dont elle se souvenait.

— Tu vas payer pour avoir fait ce commentaire en public, Carolla. Son regard lui fit comprendre exactement de quoi il parlait.

— J'y compte bien. Elle ramassa quelques miettes de pain à hot-dog sur sa serviette. — Bon, on devrait probablement trouver le prochain indice avant qu'il ne fasse nuit. Tu n'as pas vu de plaque ou quoi que ce soit proclamant le grand nom de Martinson par ici, n'est-ce pas?

Sean la regarda quelques secondes de plus avec *ce regard*. — En fait, si. Que me donneras-tu si je te dis où elle est?

— Que veux-tu?

— Tu connais la réponse à cette question.

— Oui, je la connais.

— Et?

— Et je suis complètement d'accord. Elle se leva et lui tendit la main. Quels que soient les plans de Merriweather pour la chasse au trésor, Livvy était juste heureuse qu'ils incluent Sean. — Allons trouver cet indice pour qu'on puisse passer le reste de la soirée ensemble.

Chapitre Trente-Deux

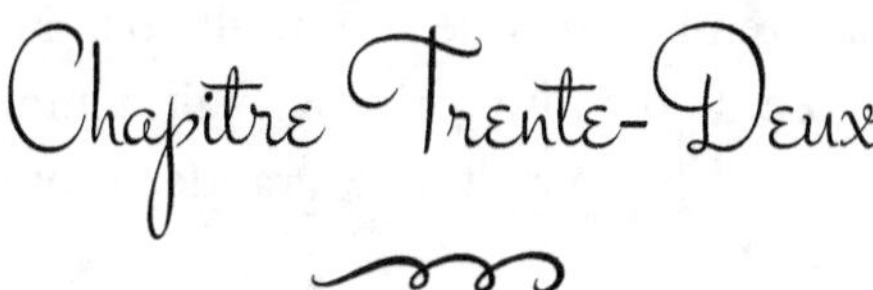

Il était tard dans la matinée quand Livvy se réveilla dans un motel bon marché qui louait probablement ses chambres à l'heure.

Elle sourit. Pour elle et Sean, c'était moins cher de la louer à la nuit.

Elle regarda Sean endormi à côté d'elle. Elle aimait son visage. Oh, pas parce qu'il était beau, bien qu'il le fût, mais parce qu'il était si expressif. Sean ne cachait rien. Il la regardait avec tant de tendresse dans ses yeux, si clairs, directs et honnêtes... Elle avait l'impression de voir dans son âme quand elle les regardait. Son visage était si fort, si masculin, si parfaitement ciselé, comme si Mère Nature avait eu l'intention de créer non seulement l'intérieur le plus parfait d'un homme, mais aussi l'extérieur. Elle avait réussi sur les deux tableaux avec Sean.

Livvy tendit la main pour tracer son nez. Elle l'avait fait souvent la nuit dernière. Il y avait quelque chose dans le nez de Sean... et ses lèvres... et son menton... et—

— Tu vois quelque chose qui te plaît?

Il attrapa sa main et la porta à sa bouche pour embrasser ses doigts.

Et lui couper le souffle.

— Oui, dit-elle. Elle plus qu'aimait ça.

Il se tourna sur le côté face à elle, tenant toujours sa main, puis la posa contre sa poitrine. Contre son cœur.

— Moi aussi.

Il l'embrassa.

C'était un baiser doux. Tendre. Simple et sans exigence. Mais rempli d'un monde de bonté qui lui amenait les larmes aux yeux. Elle ne savait pas comment elle avait eu autant de chance avec Sean, mais elle n'allait pas se poser de questions. Pour la première fois de sa vie, elle n'avait pas à travailler dur pour que quelque chose de bien lui arrive. C'était comme si l'univers reconnaissait tous ses efforts et lui offrait une grande récompense pour n'avoir jamais abandonné.

— Mmmm, tu as bon goût, murmura-t-il contre ses lèvres.

— Tu as dit ça hier.

— Tu m'as donné raison hier soir.

Oui, elle rougit à nouveau.

— Ah, Livvy, viens là.

Il l'enveloppa dans une grande et forte étreinte, et la serra contre lui. Ses bras entourèrent sa taille, son visage se nicha dans le creux de son épaule, et il n'y avait aucun endroit sur terre où elle préférerait être.

— Femme de chambre.

La porte s'ouvrit.

D'accord, peut-être qu'elle préférerait être chez elle pour que personne n'interrompe ce moment.

— Hé! Sean se dépêcha de remonter les draps sur elle, puis s'assit. — Nous sommes là!

— Oh, je suis tellement désolée!

La femme de chambre recula hors de la chambre, probablement plus rouge que Livvy.

— Ce n'est *pas* la façon dont je voulais me réveiller.

Il passa sa main sur son dos et Livvy frissonna. Oui, Mère Nature avait fait des merveilles avec Sean.

Elle rejeta ses cheveux en arrière et se souleva sur ses coudes.

— Au moins, on sait que les chambres sont propres.

Sean rit, puis jeta les couvertures et lui donna une tape sur les fesses.

— Allez, toi. Je pourrais rester ici toute la journée à ne rien faire, mais on a un chien à récupérer et un indice à trouver. Tu as bien celui du parc, n'est-ce pas?

Elle chercha son soutien-gorge, gloussant quand elle le trouva suspendu à la lampe de la table de nuit.

— Qu'est-ce qui est si drôle?

— Ça. Elle le brandit.

— La lingerie est comique? Pas pour les hommes.

— Pas le soutien-gorge, mais l'endroit où je l'ai trouvé. Personne n'avait jamais lancé mon soutien-gorge sur un abat-jour avant.

— Tant pis pour eux. C'était amusant. Surtout ce qui a suivi.

Il était trop beau pour réussir un regard lubrique et ringard. Cela lui donnait juste envie de revivre la nuit dernière. Mais il avait raison ; ils n'avaient pas le temps. Le temps pressait pour son héritage. Elle n'était toujours pas sûre de vouloir y vivre ou non, mais elle voulait avoir la possibilité de faire ce choix.

— Alors, où est l'indice? demanda-t-il en enfilant son short. Sans sous-vêtements.

Livvy essaya d'avaler mais avec sa bouche soudainement sèche, ce ne fut pas possible.

Elle toussa et sortit l'indice qu'ils avaient obtenu du gérant de la boutique Merri Jeweler dans le parc, de son soutien-gorge. Sean l'avait deviné grâce à la phrase « quelque chose de plus précieux que les bijoux » dans l'indice précédent.

— Euh, le voici.

— Ce n'était pas là hier soir, dit-il. J'ai vérifié.

— C'était entre le tissu et la doublure. Tu ne regardais pas au bon endroit.

— Crois-moi, j'étais au bon endroit.

Elle sentit le rouge lui monter aux joues une fois de plus.

— Ah, Livvy, c'est trop facile avec toi. Ne perds jamais cette rougeur, d'accord? Elle me manquerait.

— J'essaierai de ne pas la perdre.

Et s'il continuait à dire des choses comme ça, elle n'aurait pas besoin d'essayer.

Ils prirent une douche rapide — séparément pour qu'ils puissent effectivement *quitter* le motel — jetèrent les articles de toilette de voyage qu'ils avaient achetés dans une épicerie la veille au soir, puis Livvy lui relut l'indice une fois en route.

— Un médaillon? Ça devrait être facile à trouver.

— Ce serait le cas sauf qu'il est dans le coffre-fort. Et elle ne m'a pas donné la combinaison.

— Je suis sûr que Scanlon l'a.

— Mais je ne peux pas lui demander. Tu vois où elle dit « Par toi-même »? Je dois trouver la combinaison toute seule.

— Ça pourrait prendre des années.

— Tu m'en diras tant.

Sean expira et serra sa prise sur le volant.

— C'est presque comme si elle voulait que tu échoues.

— Ou alors la combinaison est si évidente que je devrais pouvoir la trouver.

— Si c'était si facile, n'importe qui pourrait le faire. Merriweather n'était pas stupide. Le numéro doit avoir une signification pour toi.

Son téléphone portable sonna.

— Attends. Je dois prendre cet appel.

Il tapota sur son écran.

— Manley.

Ses lèvres se serrèrent tandis qu'il écoutait la personne à l'autre bout du fil.

— Ouais, ça marche. Une, c'est bien. Où veux-tu qu'on se retrouve? D'accord. Bien. Compris. À tout à l'heure.

— Alors, où allons-nous? demanda-t-elle quand il eut terminé l'appel.

— *Nous* n'allons nulle part. *Moi*, en revanche, j'ai une réunion d'affaires, donc tu vas devoir chercher des indices toute seule. Tu t'en sens capable?

— Je t'en prie. Je suis une chasseuse d'indices née. Je ne te laisse m'accompagner que parce que j'ai pitié de toi, enfermé avec tes produits chimiques, tes serpillières, tes aspirateurs et ton caca d'alpaga. Je m'en sortirai très bien.

Elle remit l'indice dans son soutien-gorge, appréciant pleinement la lueur de désir qui s'alluma dans ses yeux à ce geste.

— Cette réunion d'affaires a-t-elle un rapport avec ton activité de rénovation de maisons?

— Oui. Un acheteur potentiel.

— Et c'est une bonne chose, n'est-ce pas?

Il poussa un soupir.

— Ouais, c'est bien.

— Tu n'as pas l'air très enthousiaste.

— C'est à double tranchant. D'un côté, je suis content de vendre la maison, mais de l'autre, je déteste m'en séparer. L'endroit a une valeur senti-mentale pour moi et il se trouve dans un quartier qui va devenir *le* lieu où il faut habiter dans les prochaines années, multipliant probablement mon inves-tissement par quatre si je pouvais le garder jusque-là.

— Alors pourquoi tu ne le fais pas?

Il soupira à nouveau, se grattant la mâchoire cette fois. Le bruit de sa barbe naissante rappela exactement à Livvy la sensation qu'elle avait eue contre son ventre. Ses cuisses...

— Parfois, une opportunité se présente et on ne peut pas la laisser passer. Celle-ci pourrait en être une.

— Oh. D'accord.

Il *devait* gagner de l'argent après tout, surtout maintenant qu'ils n'étaient pas sûrs qu'il conserve son emploi. C'était une raison de plus pour elle de garder la maison. Elle pourrait offrir à Sean le poste de façon permanente. Ou mieux encore, lui dire d'oublier le ménage et simplement traîner avec elle pour lui tenir compagnie. Sauf que Sean était fier. Il ne voudrait pas d'une aumône de sa part et cela, à lui seul, la faisait tomber un peu plus amoureuse de lui.

Tout comme sa tendresse lorsqu'ils s'arrêtèrent au cabinet vétérinaire pour récupérer Davy sur le chemin du retour. Il porta le caniche jusqu'à la voiture et l'installa doucement sur ses genoux, s'assurant que la patte avant fraîchement plâtrée était confortablement installée. Il caressa Davy à plusieurs reprises pendant le trajet et ne retira pas sa main quand Davy la lécha. Sean s'habituait définitivement à ses animaux.

Tout comme elle s'habituait à l'idée d'appeler cet endroit sa maison.

Chapitre Trente-Trois

Sean sortit du restaurant où son courtier avait voulu le rencontrer et se dirigea vers le domaine avec un sentiment de malaise dans l'estomac et un sentiment de soulagement dans la tête. C'était fait. Le cottage était vendu. Avec ça et le report de l'électrification de l'île, il avait une chance d'égaler les offres dont il avait entendu parler. Le retour sur investissement de ses frères était encore incertain, mais il franchirait cet obstacle le moment venu. *S'il* y arrivait. Il n'y avait aucune garantie qu'elle allait vendre. Ou qu'elle lui vendrait à lui. Pas une fois qu'elle découvrirait qu'il avait voulu cet endroit depuis le début.

Sean exhala. Une chose de plus à se soucier.

Au moins, sa conscience était tranquille. Le sentiment de soulagement qu'il ressentit lorsque le poids de ses mensonges quitta ses épaules était énorme. Maintenant, Livvy et lui pourraient traiter à armes égales sans sabotages secrets entre eux.

Il gara le camion et se dirigeait vers la cuisine quand il remarqua que la porte du salon était ouverte. Que se passait-il encore ?

Il changea de direction et... oh merde. Ils avaient détruit la pièce. Encore.

Des empreintes de pattes boueuses de toutes tailles étaient partout. Sur les meubles, le sol, les rideaux qui touchaient le sol, les murs, les tableaux...

Les *tableaux*? Comment diable cela s'était-il produit? *Pourquoi* diable cela s'était-il produit?

— Livvy?

Rien. Pas même le « *Fils de pute* » d'Orwell.

Il s'avança dans la pièce. — Livvy? Orwell? Davy?

Dieu merci, les Lladró étaient toujours debout dans la vitrine, mais c'était à peu près la seule chose qui l'était. Les abat-jour étaient de travers, les coussins écrasés sur le sol — couverts d'empreintes de pattes, bien sûr — et l'un des pieds de la table basse avait cédé, la faisant pencher de manière ivre contre le canapé. Le coin de la table avait déchiré le tissu du canapé. Super. Encore plus d'argent à dépenser.

Il ferma les portes du couloir derrière lui. Elles, Dieu merci, restèrent fermées. — Livvy? Tu es là?

— À l'étage! répondit sa voix désincarnée.

Il la trouva dans sa salle de bain, une multitude de bougies répandant des parfums de lilas, de rose et d'une sorte de baie dans la pièce, le décor parfait pour une séduction.

— *Fils de pute.*

Ou, avec Orwell là-dedans, peut-être pas.

Il tourna au coin et fut accueilli par un sourire qui l'aurait attiré dans la baignoire avec elle *si* elle n'avait pas été entièrement habillée et plongée jusqu'aux genoux dans du savon et des chiens mouillés. Il y en avait quatre avec elle, un essayant d'entrer, et deux autres qui se roulaient sur des serviettes par terre. Davy était assis sur une serviette sur le couvercle des toilettes, sa jambe plâtrée délicatement croisée sur celle qui n'était pas cassée.

— Que s'est-il passé?

Elle souffla sur une mèche de cheveux qui lui tombait sur le visage.

Elle ne bougea pas.

Elle l'écarta avec son épaule.

Elle ne bougea toujours pas.

Sean se pencha et la glissa derrière son oreille.

— Merci. Elle prit une profonde inspiration. — C'était ce foutu paon. Il était de l'autre côté de la haie, provoquant les chiens qui, je suppose, en ont finalement eu assez. D'après ce que je peux comprendre, Ringo est passé en premier et les autres ont réussi d'une manière ou d'une autre à se faufiler à travers la clôture. Je ne sais pas. Tout ce que je sais, c'est qu'on a un paon qui court partout pratiquement sans queue qui aurait besoin de thérapie ou de médicaments, une allée qui a été creusée et détruite, des haies qui ont besoin d'être retaillées, et j'ai passé les quatre dernières heures à retirer des piquants et des épines de leurs museaux, fourrures, oreilles, queues et coussinets. Et j'essaie de les laver parce que peu importe ce qu'ils ont traversé en poursuivant ce paon, ça ne sent pas bon.

Ça expliquait les bougies.

Sean prit une serviette, l'enroula et la plaça à côté de la baignoire pour s'agenouiller dessus. — Qu'est-ce que tu veux que je fasse?

Elle avait l'air prête à pleurer. — Rien. Ce n'est pas dans ta description de poste.

— N'avons-nous pas établi que je n'*ai pas* de description de poste? De plus, je veux faire ça pour *toi*, pas parce que je suis payé pour ça. Il lui prit une brosse des mains. — Qui est le suivant?

— Je pourrais t'embrasser pour ça.

— Bien. Je te le rappellerai quand on aura fini ici. Alors, qui a besoin d'un bain?

— Paula. Non, Petra. Non, je crois que je l'ai déjà faite. Livvy s'assit au bord opposé de la baignoire, son short trempé. — Je ne suis pas sûre.

Sean prit la bouteille de shampoing sur le bord de la baignoire. — D'accord, alors on va recommencer. Les deux sur les serviettes, ils sont finis?

— Oui. John et Mike étaient les pires alors je les ai fait en premier.

— D'accord, deux de faits, un hors service, il en reste cinq.

Il était trempé quand tous les chiens furent lavés. Livvy aussi.

C'était un plus.

Son débardeur lui collait à nouveau à la peau, ses tétons s'étaient durcis, et elle avait perdu son truc ample en cours de route. Avec sa connaissance intime de son corps, c'était une bonne chose qu'il ait l'*eau de chien mouillé* pour occuper ses sens, sinon il serait aussi dur que la porcelaine dans laquelle ils baignaient les animaux.

Il frotta bien Georgia. C'était une chienne âgée ; il ne voulait pas qu'elle attrape froid, mais les autres tordaient les serviettes en tire-bouchon. Il aida Livvy à sortir de la baignoire pour qu'elle ne glisse pas sur l'eau que les chiens avaient projetée partout en se secouant pour se sécher.

— Maintenant, qu'est-ce qu'on fait d'eux? On n'a pas besoin que le salon se répète dans toutes les pièces de la maison.

Elle soupira. — Ils l'ont détruit, je sais. Je m'en occuperai.

— Ce n'est pas grave. Je l'ai déjà nettoyé ; je le nettoierai encore.

Un peu de feu revint dans ses yeux. Elle se redressa et rassembla ses cheveux en arrière pour les tordre en un chignon bizarre et désordonné. C'était sexy en diable.

— Oh non, tu ne vas *pas* nettoyer après eux. Ce sont mes animaux ; je vais le faire.

— Tu n'as pas le temps. Il te faudra presque une journée entière pour nettoyer ce bazar et nous devons trouver cet indice, tu te souviens? Sean eut un moment d'hésitation mentale. S'il voulait qu'elle échoue, pourquoi la poussait-il à aller chercher? — On va les mettre sur la terrasse, mais cette fois, on utilisera des laisses.

— Ils vont détester ça.

Il ramassa une paire de serviettes trempées sur le sol et les jeta dans la baignoire. Encore une chose qu'il allait devoir nettoyer. Il allait définitivement engager Mac une fois qu'il aurait acheté la propriété.

Acheté la propriété sonnait tellement mieux que *l'avoir arnaquée de son héritage.* Maintenant, il pourrait être avec Livvy sans avoir à lui mentir. Ça faisait tellement de bien de ne plus avoir ce nœud à l'estomac — seulement pour être remplacé par autre chose quand elle tira sur son débardeur trempé.

— Et je détesterai encore plus les laver à nouveau. Alors que préfères-tu? Des chiens en colère, fatigués et frustrés, ou un Sean en colère, fatigué, frustré et *grincheux*?

Livvy lui tendit une autre serviette trempée. — Je ne peux pas avoir Um-Sean le garçon de piscine à la place? Il était beaucoup plus amusant.

— Tu insinues que je ne suis pas amusant?

— Eh bien, Um-Sean proposerait de jouer à attraper la balle avec eux dans le jardin pour les fatiguer avant de les attacher sur la terrasse.

— Um-Sean n'a pas à nettoyer derrière eux, marmonna-t-il en ramassant encore plus de serviettes sur le sol. La machine à laver allait griller un circuit avant que ce bazar ne soit terminé.

— Ils vont être misérables.

Il lui enleva un peu de mousse de savon du nez. — Mieux vaut eux que nous. Il se frotta le bas du dos et essaya de l'étirer. — Regarde le bon côté des choses : le paon te remerciera.

— Je préférerais attacher le *paon*. Satanée nuisance. La première chose que je ferai quand je serai officiellement propriétaire de cet endroit sera de donner cette chose à un zoo local.

— En parlant de ça, des idées pour la combinaison du coffre-fort?

Elle secoua la tête. — Je n'ai pas eu l'occasion d'essayer. Le Grand Fiasco du Paon est arrivé pratiquement dès que je suis entrée.

— Alors il n'y a pas de meilleur moment que maintenant pour tenter le coup.

Livvy prit Davy dans ses bras. — On ne peut pas plutôt tirer sur le paon?

Cinq heures plus tard, Livvy était prête à oublier le paon et à tirer sur quiconque avait conçu ce stupide coffre-fort. Elle et Sean avaient essayé toutes les combinaisons de chiffres auxquelles ils pouvaient penser : anniversaires, dates de mariage, dates de décès, dates importantes de l'histoire, solstices d'été et d'hiver, jours fériés... mais ce fichu truc n'avait pas bougé d'un pouce. Pour corser le tout, ils n'étaient même pas sûrs du nombre de chiffres dans la fichue combinaison, alors tout ça n'était qu'un grand coup de dés. Elle en avait vraiment *marre* du petit jeu de Merriweather.

— Et que dirais-tu de un-deux-trois-quatre-cinq? Elle se laissa tomber sur le canapé Chesterfield sous les fenêtres du bureau.

— On n'a pas déjà essayé ça?

— Je ne sais pas. Je vois des suites de chiffres derrière mes paupières chaque fois que je les ferme. Elle posa un bras sur son front. — On ne va jamais y arriver.

— Et je n'ai plus beaucoup de temps pour essayer.

— Un rendez-vous galant? Elle essaya de mettre beaucoup de nonchalance dans sa question, mais en réalité, elle en était presque étouffée.

Sean se retourna. — Tu t'attends vraiment à ce que je sorte avec quelqu'un d'autre après avoir couché avec toi?

— Il n'y a pas eu beaucoup de sommeil impliqué. Elle essayait d'être blasée à ce sujet, si cool et branchée et dans le coup, mais le sexe était une affaire assez importante pour elle.

— Exactement mon point. Pourquoi penserais-tu que j'aurais un rendez-vous?

— Je ne le pensais pas. Bon, pas pendant plus d'une seconde.

— Je n'y crois pas, Livvy. C'est sorti de ta bouche si vite que tu n'as pas eu le temps de trouver quelque chose de mignon à dire. Tu le pensais. Maintenant pourquoi? Qu'ai-je fait pour te donner l'impression que tu étais si peu importante que je verrais d'autres personnes? Je ne saute pas au lit avec chaque belle femme que je rencontre, tu sais. Je ne pensais pas que tu le faisais non plus.

Elle rougissait à nouveau, mais cette fois c'était de colère. Contre elle-même. Elle avait tiré des conclusions hâtives et blessé ses sentiments alors qu'il ne lui avait donné absolument aucune raison de penser ce qu'elle avait pensé.

— Je ne saute pas au lit avec chaque belle femme que je rencontre non plus.

— Pas drôle.

D'accord, l'humour était hors de question.

Livvy s'assit et glissa ses pieds sous le canapé et ses mains sous ses cuisses. — Je suis désolée. Je suppose... Je suppose que j'ai juste un peu peur. Ce que je ressens pour toi... Elle souffla un grand coup. — C'est nouveau. Et c'est excitant, mais c'est aussi un peu effrayant. Je n'ai pas vraiment le meilleur des antécédents avec les gens qui tiennent à moi.

Sean la fixa si longtemps qu'elle voulut se recroqueviller et mourir d'humiliation. Génial, maintenant elle avait mis la pression. Tenir à elle — Mon Dieu. Quand apprendrait-elle à ne pas se faire de faux espoirs? Quand apprendrait-elle à simplement accepter ce que quelqu'un était prêt à donner et à ne pas en vouloir plus? Ce n'était pas comme si le sexe avec Sean n'était pas assez incroyable. Elle aurait dû simplement garder sa grande bouche fermée et profiter de ce que c'était, et ne pas se laisser emporter par le moment.

Mais, bon sang, elle en avait *assez* de devoir se contenter de peu. De suivre le programme de quelqu'un d'autre. Et elle ne parlait pas seulement des hommes. Merriweather, sa mère, son père... Toutes les personnes qui étaient censées l'aimer inconditionnellement ne l'avaient pas fait. Ils l'avaient tous larguée à quelqu'un d'autre. Pourquoi s'attendrait-elle à ce qu'un gars débarque sur son aspirateur et soit la réponse à ses prières?

Elle devait arrêter de croire aux contes de fées. Elle n'était pas Cendrillon et il n'était pas le Prince Charmant et peut-être que ça n'avait pas si bien marché pour la vieille Cindy sur le long terme de toute façon. Ces frères Grimm n'avaient jamais sorti de suite. Peut-être parce qu'il n'y en avait pas eu.

— Livvy?

Elle ne voulait pas le regarder. — C'est bon Sean, je-

— Livvy, regarde-moi.

Elle le fit. Elle ne pouvait *pas* ne pas le faire.

— Je dois partir. Mes frères m'attendent et j'ai beaucoup de choses à discuter avec eux. Mais quand je reviendrai, on parlera, d'accord?

Elle se lécha les lèvres sèches. — D'accord.

Et c'est pour ça que tu as le cœur brisé à chaque fois. Tu crois *en les gens, et ils te déçoivent toujours.*

Sean ne ferait pas ça.

Mais oui, bien sûr.

Il ne le ferait pas. Il n'était pas ce genre d'homme. Il n'abandonnerait pas quelqu'un qui lui tient à cœur. Il ne trahirait pas leur confiance, ne briserait pas leurs rêves, ne gâcherait pas leur vie. Sean était un homme bien.

Et peut-être qu'après leur conversation ce soir, il serait *son* homme à elle.

Bien plus tard que prévu, Sean entra par la porte de la cuisine — *après* avoir vérifié celles du salon. Heureusement, elles étaient toujours bloquées de l'intérieur, donc les animaux de la ferme étaient là où ils devaient être. Tant mieux. Il n'avait pas l'énergie de s'en occuper ce soir.

Il regarda son portable. En fait, c'était déjà ce matin. Il n'avait pas prévu de rentrer si tard, mais ses frères l'avaient cuisiné sur ses projets tout en lui prenant son argent au poker, et même si ça n'avait pas été amusant, au moins ils étaient tous sur la même longueur d'onde maintenant. Même si Bry pensait qu'il était fou de renoncer à son rêve pour une femme.

— Et tu n'es même pas marié avec elle, avait-il dit.

C'était drôle qu'il dise ça...

Sean jeta un coup d'œil au comptoir. L'image de Livvy là-bas, comme elle l'avait été avant que Sher et Kerry ne les interrompent...

Ils penseraient qu'il avait complètement perdu la tête s'ils savaient ce qu'il pensait. Mais pourquoi pas? Pourquoi Livvy ne pourrait-elle pas être La Bonne? Il ne parlait pas de demande en mariage immédiate, mais plus tard? Elle le faisait sourire, elle le faisait rire ; elle le rendait certainement excité. Livvy était une battante qui ne se laissait pas abattre par le monde. Il admirait ça chez elle. Il aimait son esprit enjoué, son éthique de travail solide et sa loyauté féroce envers ceux qui lui tenaient à cœur, qu'ils soient à deux ou quatre pattes. Elle avait un cœur tendre et attentionné, une volonté de donner, et la façon dont elle rougissait...

Oui, il pouvait définitivement envisager un *pour toujours* avec Livvy.

Il entra dans le vestibule et vérifia le salon. Pas de Livvy, heureusement.

Malheureusement, il n'y avait pas non plus de chiens — parce qu'ils étaient dans son lit. Livvy y était aussi, avec l'une des chèvres — on aurait dit Digger — ne laissant que très peu de place pour lui.

Sean ne put s'empêcher de rire. Il s'était arrêté dans une pharmacie en rentrant, n'imaginant jamais qu'il serait mis à la porte de son lit par des *chiens*.

Et ce ne serait pas le cas ce soir.

Il enleva sa chemise et son short, puis poussa Paula et Georgia. Elles grognèrent, mais bougèrent. De quelques centimètres.

Il se glissa entre les draps et se tourna vers Livvy. Le clair de lune filtrait à travers les stores sur son visage et il eut envie de tracer son profil. De la toucher. De lui montrer que ce qu'il ressentait pour elle n'était ni fugace ni superficiel. Il ne le fit pas, cependant ; inutile de la réveiller avec une ménagerie entre eux.

Il saisit tout de même quelques-unes de ses boucles, aimant leur sensation soyeuse entre ses doigts. Et sur son abdomen. Ses cuisses...

Sean soupira et essaya de s'installer dans une position plus confortable, mais Mike grogna vers lui depuis le pied du lit.

Tant pis. Il devrait faire avec et priait pour avoir quelques heures de sommeil.

Puis « *Fils de pute* » flotta depuis la commode dans le coin éloigné.

Génial. Ce foutu oiseau parlait dans son sommeil. Entre ça, les chiens, et la boîte de préservatifs qui le narguait sur la table de chevet, ça allait être une longue nuit.

Chapitre Trente-Quatre

— Qui a dormi dans mon lit? Allez, Belle au bois dormant. Il est temps de se lever.

Livvy entrouvrit un œil.

Sean était appuyé sur un coude, le torse nu, et faisait glisser quelques-unes de ses boucles entre ses doigts.

— Tu mélanges tes contes de fées, grommela-t-elle. Elle n'avait pas bien dormi, essayant de rester éveillée pour son retour afin qu'ils puissent avoir leur discussion, mais divertir ses troupes pour qu'elles ne saccagent pas une autre pièce de la maison l'avait épuisée. Apparemment, cette « sieste » de dix minutes qu'elle avait décidé de faire s'était transformée en dix *heures*.

— Je n'ai jamais été fan du scénario du combat contre le dragon de toute façon. Il tendit la main pour caresser non pas elle, malheureusement, mais Digger. — Hé, petit gars. Quel genre de chaos t'a poussé à venir dormir ici?

— Il n'arrêtait pas de pleurer quand Davy et moi quittions la grange hier soir. Je pensais qu'il s'endormirait et que je pourrais le remettre à sa place. Mais les chiens grimpaient partout sur nous sur le canapé, alors je suis montée ici. Tu vois comme ça a bien marché. Je suis désolée.

— Pas besoin de t'excuser. Mes frères et moi avions beaucoup à discuter.

— Tu as pu faire tout ce que tu devais faire?

— Pas tout à fait, mais suffisamment. Il s'assit, pratiquement nu. Mon

Dieu, si les animaux n'étaient pas ici avec elle... — Alors, on en revient au crochetage du coffre ou tu as trouvé la combinaison hier soir?

— Malheureusement, c'est retour au crochetage.

— Tu n'as pas besoin de moi pour ça, n'est-ce pas? J'ai négligé mes tâches ici.

— Je prévoyais de m'occuper du salon.

— Ne t'inquiète pas pour ça. Occupe-toi du coffre et je m'occuperai de la pièce.

C'était une décision qu'il remit en question au cours des quatre heures et demie suivantes alors qu'il transportait les meubles endommagés jusqu'à son camion. Certains étaient probablement irréparables, mais il devait au moins essayer. Maintenant qu'il allait acheter cet endroit à un prix plus élevé, il n'aurait pas le capital pour investir dans certaines des améliorations qu'il avait prévues, donc ce qui était là devait fonctionner.

— *Fils de pute*! avait croassé Orwell avec son expression favorite dans toute la maison jusqu'à ce que Sean le ramène dans le salon dans l'espoir de le faire taire.

Il aurait dû savoir que ça ne marcherait pas.

— *Fils de pute*!

— Salut, Orwell. Sean tapota la cage pour la douzième fois, et pour la douzième fois, Orwell se mit à chanter. Jusqu'à présent, ils avaient écouté du Journey, The Police, un peu de Tom Petty, Red Jumpsuit Apparatus, et Michael Bublé. Il devrait demander à Livvy d'où venait *ça*. L'oiseau avait tout un répertoire.

— Tu veux déjeuner? Livvy passa sa magnifique tête dans la pièce.

— Pas de chance avec le coffre?

Ses boucles rebondirent quand elle secoua la tête. — J'essaie maintenant les dates de naissance de tous les monarques anglais. Jusqu'à présent, pas de chance. Je vais commencer avec les Plantagenêts après avoir mangé quelque chose.

Il était presque l'heure du dîner avant que Sean n'entende à nouveau un son de Livvy. Bien que ce fût plus un cri strident.

Il jeta le dernier morceau de tissu vraiment lourd de trente pieds qui servait de rideau et qu'il avait dû enlever de la tringle à cause de l'empreinte de groin de cochon sur les panneaux inférieurs, et courut dans le bureau. — Que s'est-il passé? Tu es blessée?

Elle leva les yeux du canapé et fit tourner un médaillon autour de son doigt. — J'ai ouvert le coffre. Voici le prochain indice!

— Tu as trouvé? Quelles étaient les chances?

— En fait, j'ai appelé Dafna et lui ai demandé s'il y avait des chiffres ou des dates spéciales pour ma grand-mère. Livvy prit une profonde inspiration - ce qui était très agréable quand elle portait un caraco. — La combinaison est le 7 octobre.

— Trois chiffres? C'est tout?

— Non, huit. Elle a choisi la date où je... Livvy s'éclaircit la gorge. — Le jour où elle m'a achetée à ma mère.

— Tu veux dire quand elle t'a adoptée.

— C'est du pareil au même.

Sean ne savait pas comment répondre à cela, à part lui demander si elle allait bien.

— Je vais bien.

Mouais. C'est pour ça que sa voix montait d'une octave et qu'elle lui répondait avant même qu'il n'ait fini sa question. — Livvy.

— D'accord, ça *ira*. Elle repoussa ses cheveux derrière ses oreilles. — Ce n'est qu'une date après tout. Elle l'a probablement choisie pour que je n'oublie jamais qu'elle a daigné assumer la responsabilité de son fils et m'intégrer à la famille. Pour tout le bien que ça m'a fait.

Il voulait la serrer dans ses bras, atteindre sous cette carapace si dure la femme à l'intérieur qui avait été rejetée par sa grand-mère et toute sa famille toute sa vie. — Mais, Livvy, elle te donne l'héritage familial. Elle te confie la tâche de perpétuer le nom, quelque chose qu'elle prisait par-dessus tout.

— Même sa propre chair et son sang.

— Exactement. Elle te donne les clés du château. Au sens propre comme au figuré. D'après ce que nous savons de Merriweather et de ce qu'elle pensait du nom de famille, c'est énorme. Elle te donne tout.

— C'est seulement parce qu'elle n'a pas le choix. Si elle n'était pas tombée malade, je ne serais pas ici maintenant. Avec toutes ses options pour ce qu'elle pouvait faire de cet endroit, j'étais probablement le moindre de tous les maux. Mais je te garantis qu'elle a un plan B au cas où j'échouerais. Peut-être que c'est un peu moins attrayant pour elle que de garder le domaine dans la famille, mais elle a un autre plan.

Oui, Merriweather en avait un. *Il* était le Plan B.

— Hé, tu as fait du bon travail ici. Livvy se laissa tomber dans l'un des rares fauteuils restants dans le salon rangé et nettoyé devant la cheminée où Sean avait allumé un feu.

— Merci. Comment t'en es-tu sortie?

Elle ouvrit le médaillon pour la énième fois, regardant les photos de ses parents comme elle ne se souvenait jamais de les avoir vus. Côte à côte. Ensemble. Ça n'était jamais arrivé quand ils étaient en vie.

Illusion, tout cela.

— Regarde comme ils avaient l'air jeunes et heureux. Tellement différents de ce dont je me souviens.

Maman avait été amère, en colère et effrayée. Papa — Larry — avait été un bon vivant toute sa courte vie, et le seul souvenir de Livvy était de le voir sourire et rire un peu trop fort quand il avait été là cette semaine où elle était venue ici. Il n'avait rien fait de « paternel » avec elle et il ne l'avait certainement pas prise dans ses bras. Ça, elle s'en souvenait bien.

— C'étaient des gamins, Livvy.

— Je suppose.

Elle ferma le médaillon et le glissa dans sa poche.

— Tu as compris ce que signifiait l'indice?

— Non, et mon cerveau est grillé. Tu veux essayer? Elle lui tendit le papier qui était à l'intérieur du médaillon, comme un biscuit chinois.

Il prit sa main à la place. — Je suis crevé aussi. Dormons là-dessus. Nous avons un peu de temps, et comme l'a dit l'homonyme de ton alpaga, demain *est* un autre jour.

Sauf que le lendemain s'avéra être une longue et frustrante journée.

Chapitre Trente-Cinq

Demain serait aussi une journée perdue. Le représentant du plus gros client de Livvy avait appelé et avait besoin d'une commande de desserts spéciaux pour le lendemain, et Livvy ne pouvait pas se permettre de refuser. Surtout avec le dernier indice qui leur échappait. Si elle échouait, elle aurait plus que jamais besoin de ce client.

Une nouvelle séance de pâtisserie s'ensuivit — cette fois sans incident sur le comptoir répété. Les tartes étaient plus complexes que les scones et quand elle commença avec les soufflés, Sean avait peur de respirer de crainte de les faire retomber, sans parler d'autre chose.

Ils chargèrent son plateau et Sean conduisit comme une petite vieille un dimanche d'été pour livrer la commande.

Il conduisit comme un fou sur le chemin du retour, cependant. — Il nous reste encore quelques heures pour chercher cet indice.

— Ça n'a pas plus de sens pour moi maintenant que la nuit dernière. Elle descendit de la cabine avant qu'il ne puisse faire le tour pour venir à elle. Elle s'appuya contre la portière fermée et fixa la maison du regard.

Sean la rejoignit. — Ça va aller, Livvy. On va trouver.

— J'espère.

— On va y arriver. Allez, entrons.

Elle le suivit sur le chemin, évitant les briques que les chiens avaient déterrées lors de leur petite escapade/épisode du paon.

— Je réparerai ça demain, dit-il en lui tenant la porte de la cuisine ouverte.

— Ne t'embête pas. Si je n'arrive pas à résoudre l'énigme, c'est inutile. Les nouveaux propriétaires pourront le faire.

Elle regarda la cuisine avec une expression morne.

Ce qu'il ne donnerait pas pour une de ses rougeurs. — Allez. Ce n'est pas encore fini. Tu ne peux pas abandonner. Relis-moi l'indice.

Peu importe que si elle abandonnait, il gagnerait. Il ne voulait pas que sa gloire vienne de sa défaite. Pas s'il y avait un moyen de l'empêcher, ce qui signifiait qu'il n'allait pas la laisser abandonner sans essayer.

Elle soupira et récita le poème de mémoire, témoignant du nombre de fois qu'elle l'avait lu aujourd'hui.

Tu as marché avec les générations de Martinsons
qui t'ont précédée,
Bâtissant tout ce que tu vois,
Mais il reste un indice pour tester ta sincérité.
Ta voie est claire, la récompense est grande
Si tu surveilles les pas que tu fais.

— J'ai été à toutes les statues de la propriété, dit-elle en se hissant sur le tabouret de bar et en posant son menton dans sa paume. Quarante-sept morceaux de granit commémoratifs, sans compter les ornements de jardin, témoignant de la grandeur de mes ancêtres, et pas un indice sur aucun d'entre eux. Je n'ai aucune idée de ce qu'elle veut dire.

Sean non plus, mais si l'indice n'était pas dehors, alors il devait être à l'intérieur.

— Nous avons besoin d'un regard neuf.

Livvy jeta un coup d'œil de sous la main qui frottait son front. — Et comment, exactement, proposes-tu d'en obtenir? Tu as vu à quel point Sher était gaga de cet endroit ; si on l'amène ici, il va juste être distrait par tous les antiquités.

— Laisse-moi tout gérer. Je m'en occuperai. Sean frappa le comptoir. *Le* comptoir. — En attendant, allons nous occuper des animaux.

— Ce sont mes animaux ; je vais le faire. Elle glissa du tabouret de bar, la fatigue gravée dans chaque chute affaissée de ses épaules.

— Hé, pas de ça. Sean passa un bras autour d'elle et la dirigea vers la porte de derrière. — On va le faire ensemble. Tout.

Ensemble avait une belle sonorité... Jusqu'à environ minuit. Puis *rien* n'avait une belle sonorité parce que Livvy était au-delà de la fatigue et leur incapacité à trouver le dernier indice la rendait folle.

— J'abandonne. Je n'en peux plus. Elle s'éloigna de la pile de livres dans la bibliothèque familiale. Ils avaient décidé de commencer là après avoir couché les animaux dans la grange pour la nuit, mais jusqu'à présent, elle n'avait trouvé que deux morceaux de papier déchirés avec des numéros dessus, trois vieilles photos et une page arrachée dans la bible familiale. — J'abandonne. Merriweather a gagné.

Sean replaça le vieux livre lourd sur l'étagère au-dessus de sa tête. — Non, elle n'a pas gagné. Il nous reste encore deux jours.

— Moins de quarante-huit heures.

— On va y arriver, Livvy.

— Comment peux-tu en être si sûr? Et si on n'y arrive pas? Si j'échoue? Je serai exactement ce qu'elle a toujours dit. Indigne. Inutile. Une honte.

— Elle t'a dit ces mots?

— Eh bien, non, mais c'était sous-entendu. Je veux dire, j'étais sa petite-fille bon sang et elle ne pouvait même pas se donner la peine de me rendre visite. Pas une seule fois. Je n'ai jamais reçu de carte d'anniversaire, et oublie le cadeau de remise de diplôme. J'ai essayé de la contacter au fil des ans et je n'ai rien obtenu — *rien* — en retour. Maintenant tout à coup, de nulle part, elle veut me confier les rênes d'une dynastie? Je n'y crois pas. Elle fait ça juste pour remuer le couteau dans la plaie.

Bon sang, sa voix se brisa. Elle avait *dépassé* ça. Depuis des années. Mais deux semaines dans cet endroit et le pansement qu'elle avait mis sur la blessure avait été retiré si lentement qu'elle ne l'avait pas remarqué jusqu'à maintenant. Et la blessure était tout aussi à vif que la première fois. Et la deuxième. Et la troisième. C'est pourquoi il n'y avait pas eu de quatrième ; elle avait arrêté de laisser Merriweather l'atteindre. Elle avait arrêté d'écrire, elle avait arrêté d'appeler, et elle avait arrêté de demander ne serait-ce qu'un brin de simple décence humaine et de gentillesse, plus que disposée à laisser Merriweather pourrir le reste de sa vie dans une quelconque monstruosité isolée, s'accrochant aux idéaux du passé et aux gens morts.

Livvy avait pris la décision consciente d'aller de l'avant dans sa vie, pourtant cette chasse au trésor la ramenait dans le tourbillon de son passé. Elle voulait en sortir. Et si cela signifiait renoncer à l'héritage, eh bien, qu'il en soit ainsi. Elle en avait fini avec les Martinson. Bien et vraiment fini avec cette famille. Elle n'avait pas besoin d'eux.

— Livvy? À quoi penses-tu?

Sean lui caressa la joue du dos de ses doigts.

Elle se mordilla la lèvre.

Son regard se fixa immédiatement dessus.

— Je pense que je ne veux plus chercher. La seule chose que je peux contrôler dans cette situation, c'est ma façon d'y réagir. Merriweather est morte et elle doit le rester. Elle n'a jamais voulu que je sois ici pendant mon enfance, il n'y a aucune raison pour que je reste maintenant. C'était sa maison ; ça n'a jamais été la mienne.

— Tu ne penses pas ce que tu dis. On est si près du but.

— Si, Sean. J'en ai fini. Merriweather pense peut-être qu'elle a gagné, mais c'est moi qui ai gagné. J'ai repris ma vie en main. C'est *moi* qui prends mes décisions. Et je décide que je ne veux plus continuer.

Sean devrait être content de ça. Il *devrait* être ravi. Il pourrait obtenir la maison sans avoir à la saboter et elle l'accepterait. Ou, si ce n'était pas le cas, elle ne pourrait pas lui en vouloir si elle prenait la décision de partir.

Mais elle ne le *voulait* pas. C'était ça le problème. Elle ne se serait pas battue aussi fort pour ne pas avoir la maison. Il ne pouvait pas la laisser abandonner maintenant.

— Livvy, tu es fatiguée. C'est pour ça que tu dis ça. Mais tu ne peux pas abandonner. Tu ne peux pas la laisser gagner.

Qu'est-ce que tu fais, Manley? Tu es en train de tout gâcher. C'est à portée de main!

Lui aussi reprenait sa vie en main. Il voulait la propriété, mais pas de cette façon. Elle regretterait un jour d'avoir donné ce pouvoir à Merriweather et il ne pouvait pas la laisser faire ça.

Il la souleva dans ses bras. Elle poussa un cri et s'accrocha à son cou. — Qu'est-ce que tu fais?

— Je t'emmène au lit. Les choses auront l'air meilleures demain matin quand tu seras reposée.

Il avait atteint le deuxième étage avant qu'elle ne dise quoi que ce soit. Et quand elle le fit, Sean fut content qu'elle ait attendu.

— Je ne veux pas dormir, Sean. Je te veux, toi.

Il était aussi content que sa chambre ne soit pas trop loin dans le couloir. Et qu'il ait un lit king-size. Et qu'il ait acheté des préservatifs.

— Livvy, tu es fatiguée.

— Ne me dis pas ce que je suis, Sean Manley. J'en ai vraiment *assez* que les gens me disent ce que je suis et ne suis pas. *Je* sais ce que je suis. *Je* sais ce que je veux. Et je te veux, toi. Y a-t-il des sentiments réciproques en toi sur lesquels tu voudrais agir? Parce que si c'est le cas, voici ta chance.

Dieu, elle était incroyable. Elle agita les jambes pour qu'il la pose, puis elle secoua sa crinière dans son dos et leva le menton, son regard le transperçant avec la force de son désir. Puis elle pivota sur ses talons et entra dans sa chambre, un paquet sensuel et voluptueux de femme consentante et affirmée, laissant tomber ses vêtements à chaque pas.

Sean courut dans sa chambre, saisit la boîte de préservatifs et la suivit en courant.

Il faut vraiment aimer une femme qui sait ce qu'elle veut.

Et oui, il l'aimait.

Chapitre Trente-Six

Sean appela les troupes le lendemain matin et l'équipe Manley descendit sur Casa Martinson, prête et disposée à aider. Il pouvait toujours compter sur sa famille.

— Salut, Livvy, dit Liam en arrivant. Toujours partante pour une nouvelle raclée, euh, je veux dire une partie de racquetball? Cassidy et moi te donnerons une chance de regagner ta dignité, mais je ne retiendrais pas mon souffle si j'étais toi.

— Quand tout ça sera terminé, c'est toi qui vas prendre. Prépare-toi à perdre, et à perdre gros. Pas vrai, Sean?

— Euh, ouais. Bien sûr. S'ils se parlaient encore à ce moment-là, bien sûr.

Mac entra à ce moment-là. — Allez, Jared. Soit tu aides, soit tu n'aides pas, mais tu ne peux pas prétendre être invalide quand ça t'arrange. Mac contourna les béquilles de Jared avec une impatience qui ne lui ressemblait pas.

Celle de Bryan, en revanche, était parfaitement normale pour lui. Bon sang, avec les trois enfants qu'il avait amenés, c'était carrément héroïque.

— Qu'est-ce que tu fais avec les enfants, Bry? demanda Sean, en échangeant un coup de poing avec les jumeaux. La plus jeune, une petite fille, le regardait simplement avec de grands yeux bruns, serrant une poupée presque aussi grande qu'elle dans ses bras.

— Ne demande pas, grommela Bry. Tommy! Pas de batailles de sabres laser dans cette maison. Tu vas casser quelque chose. Merde. Il partit en courant après les jumeaux.

Maggie, leur petite sœur, secoua la tête et poussa un soupir plus grand qu'elle. — Il n'apprendra jamais. Les garçons n'abandonneront jamais leurs sabres laser.

Sean toussa pour cacher son rire. Bry avait définitivement la pire mission de tous.

Livvy était habituée à travailler avec un groupe de personnes, mais celles qui se connaissaient aussi bien que ces gars-là rendaient la journée, euh, intéressante. Beaucoup de rires, beaucoup d'insultes, mais aussi beaucoup de travail. Ils avançaient rapidement dans les pièces du rez-de-chaussée, couvrant chaque centimètre qu'elle et Sean avaient fait et même plus.

Ils montèrent à l'étage après le déjeuner, convergeant d'un commun accord vers le couloir des portraits.

— Ça doit être ici, dit Liam. *Des générations de Martinson* doit faire référence à ça. Ils sont tous là.

Ses frères et sœur et leurs amis décrochèrent chaque tableau et fouillèrent les cadres à la recherche d'indices pendant que les enfants couraient dans le couloir, jouant à cache-cache et épuisant les pauvres chiens.

Maggie atteignit sa limite une heure après le déjeuner, s'asseyant au milieu du couloir avec sa poupée et Davy, mettant son pouce dans sa bouche et laissant la bataille des Stormtroopers faire rage autour d'elle.

Livvy s'assit à côté d'elle. — Je n'ai jamais eu de frères. Comment c'est?

Maggie cligna des yeux en la regardant, suçant furieusement son pouce, son petit visage tout plissé, adorable comme tout. — Bruyant.

Livvy rit. — Je comprends ça.

En fait, elle pouvait l'*entendre*. Le fracas et le cri qui accompagnèrent un « *en garde* » venant de la chambre de droite n'augurait rien de bon.

Elle se leva et tendit la main à Maggie. — Tu veux venir avec moi voir ce que font tes frères?

— Vous allez les punir?

— Non, ma chérie. Je ne ferais pas ça.

— Vous devriez. C'est ce que dit Kelsey.

— Qui est Kelsey?

— Ma sœur. Elle dit que les garçons sont des fences.

— Des fences?

— Des menaces, dit Bryan en raccrochant le Parent Martinson Numéro Cinquante-Six au mur.

Lady Heather Martinson Capshaw des Capshaw de Baltimore. Un mariage avantageux puisque Livvy se souvenait avoir entendu ce nom. Important dans l'exportation.

— Et elle a raison ; ce *sont* des menaces. Leur mère avait besoin d'une pause alors je les ai pris pour la journée. Comment cette femme fait ça jour après jour, je ne le saurai jamais.

— Parce qu'elle les aime. Les *vraies* mères font ce qu'il faut pour garder leur famille unie. Les *vraies* mères n'abandonnent pas leurs enfants.

Mais les vraies mères veulent aussi ce qu'il y a de mieux pour leurs enfants et peut-être que Sean avait raison ; peut-être que sa mère *avait* pensé que la meilleure chose pour elle serait d'avoir les millions des Martinson derrière elle.

Livvy haussa les épaules. Elle ne le saurait jamais maintenant. C'était trop tard pour interroger l'un des protagonistes. C'était ce que c'était et il n'y avait rien qu'elle puisse faire pour le changer.

Pas le passé, mais qu'en est-il de l'avenir?

— Yo, frangin. Bryan équilibrait un autre cadre dans ses mains. — Tu veux vérifier le haut de ce cadre? Ça a l'air un peu-

— Lâche? Sean sauta par-dessus Petra et attrapa le cadre avant qu'il ne tombe, tous deux le manipulant comme s'ils l'avaient fait mille fois auparavant.

Peut-être l'avaient-ils fait. Ils avaient grandi ensemble, se connaissaient d'une manière que personne d'autre ne pouvait.

Elle regarda Mac et Liam. Mac tendait à Liam un morceau de fil pour raccrocher le tableau qu'il avait vérifié, sans qu'aucun mot ne soit nécessaire entre eux.

Ils étaient venus quand Sean avait demandé, sans hésitation, et avaient mis la main à la pâte comme si c'était aussi important pour eux que pour elle.

Ils étaient une famille.

Elle prit la main de Maggie. — Viens, ma puce. Allons voir ce que font tes frères.

Sean regarda Livvy et la petite fille descendre le couloir ensemble, l'*envie* le clouant sur place. Elle ferait une excellente mère. Malgré son manque de modèle dans ce domaine, Livvy savait ce qui était important chez un parent.

En tant qu'enfant pratiquement abandonnée par les siens, elle s'assurerait que rien de tel n'arriverait jamais à *ses* enfants.

Sean savait d'expérience à quel point la sécurité et la stabilité étaient importantes pour les enfants.

Il voulait des enfants avec Livvy. Il voulait voir son visage dans le leur, observer ses manières au fil de leur croissance, la regarder prendre soin d'eux et les aimer comme des parents devraient le faire. Il avait eu la chance d'avoir sa grand-mère ; Livvy n'avait eu personne. Pas vraiment. Le fait que Merriweather lui ait légué la propriété était trop peu, trop tard, car au final, l'argent n'était qu'un moyen de fournir une maison aux enfants ; les parents, eux, créaient un foyer.

— Tu as une drôle d'expression sur le visage, dit Liam.

— C'est son expression normale, dit Bryan. Elle est toujours drôle.

— Ha. Ha.. Sean leva les yeux au ciel. Allez, remettons-nous au travail. On a presque fait la moitié.

Mac gémit. — La moitié? Tu veux dire qu'il y a encore plus de portraits? De combien de générations parle-t-on?

Sean pointa le couloir suivant. — Les Martinson adoraient exhiber chaque membre de leur famille.

Jared lui tapota le bras. — Courage, ma belle. On a encore du chemin à faire.

Le petit ami de Mac, ou quoi qu'il soit, n'avait pas plaisanté. Ils avaient décidé de s'attaquer à nouveau à la bibliothèque quand les portraits n'avaient rien donné, au cas où elle et Sean auraient manqué quelque chose. Il y avait suffisamment de choses à fouiller dans cette pièce pour que Livvy ne cherche pas à les en dissuader.

Elle n'arrivait toujours pas à croire qu'ils étaient venus l'aider.

Sean jouait les commis pendant que les autres fouillaient les livres, leur apportant le dîner et des boissons, et s'occupant des enfants. Il avait amené quelques animaux de la grange dans le salon. Livvy avait haussé les sourcils (toujours les deux!) quand il l'avait suggéré.

— Les enfants sont plus importants que n'importe quelle pièce, avait-il dit. Au moins dans celle-là, on connaît les problèmes potentiels. Je l'ai déjà nettoyée ; je le referai.

Il avait même préparé le dîner. Si tout le reste n'avait pas scellé ses sentiments pour lui, cela, et sa famille, l'avaient fait.

Elle en voulait une. Juste comme eux. Avec des enfants courant partout, des conjoints autour, et la sécurité de savoir que quelqu'un aurait toujours son dos.

Cette pensée la fit chavirer. Pendant si longtemps, elle avait cru qu'elle n'aurait jamais une vie normale, avec des enfants et une maison pleine de beaux-frères et belles-sœurs, mais maintenant, en voyant cela, elle le voulait. Elle voulait faire partie d'une grande famille bruyante et chaotique.

Peut-être même celle-ci.

Il y avait tant d'amour entre eux, elle aurait pu se sentir exclue s'ils l'avaient laissée. Mais ils ne l'avaient pas fait. Ils l'avaient incluse dans chaque conversation, lui expliquant les références qu'elle ne comprenait pas. Ils avaient inclus les enfants dans leur discussion. Même Bryan était excessivement attentif aux enfants, coupant leur poulet pour eux (« Les couteaux sont des armes », avait-il dit) et aidant Maggie à « nourrir » sa poupée.

Cette vie de famille valait plus que n'importe quel manoir, et quand ils n'avaient pas trouvé l'indice à l'heure du coucher des enfants, Livvy était d'accord avec ça. Ce qu'ils lui avaient montré aujourd'hui, ce qu'ils lui avaient donné, valait plus que de l'argent.

— On le trouvera demain, dit Sean alors qu'ils faisaient au revoir à tout le monde depuis les marches de l'entrée.

Elle se permit de s'appuyer contre lui quand il posa ses mains sur ses épaules. — On *essaiera* en tout cas.

— On le trouvera, Livvy. On y arrivera.

Elle se retourna dans ses bras. — Ce n'est pas grave si on ne le trouve pas. L'héritage rendrait ma vie plus facile, mais ça n'a jamais fait partie de mon plan. Ce n'est pas tout pour moi ; c'était un beau *et si*. Mais si ça n'arrive pas, ça n'arrive pas. J'ai toujours une vie à laquelle retourner.

Une vie qui, elle l'espérait, l'inclurait lui. Elle ne le dit pas, cependant. Il y avait encore trop de variables et ils n'avaient pas besoin d'examiner leur avenir alors que les prochaines vingt-quatre heures étaient si cruciales.

C'était sur les huit prochaines, cependant, qu'elle voulait se concentrer.

Elle le conduisit à l'étage.

Chapitre Trente-Sept

Le jour J était arrivé.

Sean se réveilla avec le parfum du shampooing à la lavande de Livvy et son souffle effleurant sa poitrine. Pas une mauvaise façon de se réveiller. Ni une mauvaise façon de s'endormir. Ils avaient fait l'amour bien après minuit et il n'en avait toujours pas assez d'elle. Si aujourd'hui n'était pas la date limite...

— Allez, Livvy. Il est temps de se lever.

— Mmmm. J'ai pas envie.

Elle était absolument adorable le matin. Toute la journée, elle était en mouvement avec une fougue et une passion qu'il adorait, mais il aimait aussi ce moment. Le côté doux et câlin de Livvy.

Avoue-le, Manley. Tu l'aimes.

Voilà une façon de se réveiller.

— Allez, ma chérie. Il ne nous reste pas beaucoup de temps.

— Je sais, je sais. Elle se dégagea de lui et Sean eut envie de la ramener contre lui.

Demain, il ferait ça. Après que tout cela soit terminé.

— Je vais aller à la société historique, dit-elle, traînant le drap avec elle en se levant. Peut-être qu'ils savent quelque chose. Tu veux venir?

Sean attrapa un oreiller et le plaça sur son entrejambe. Oui, en fait, il voulait bien, mais pas à la société historique. — Pas besoin qu'on soit deux pour faire ce qu'une personne peut faire. J'ai quelques trucs à faire ici et je vais voir si je peux trouver autre chose. Va-y et on se retrouve ici.

— Avant d'aller au bureau de M. Scanlon pour admettre notre défaite, tu veux dire?

— Hé, ce n'est pas fini tant que quelqu'un ne commence pas à chanter. Et heureusement pour toi, je ne sais pas chanter juste.

Il l'accompagna jusqu'à sa voiture, la rattrapant quand elle trébucha sur cette stupide brique, puis lui fit signe d'au revoir quand elle partit.

Premier ordre du jour : il allait réparer cette brique et le reste du chemin qui avait été endommagé dans la frénésie de la chasse au paon.

Cela s'avéra être la meilleure frénésie de chasse au paon dans l'histoire de la chasse au paon de Martinson.

Il avait trouvé l'indice.

Chapitre Trente-Huit

Sean fixait l'indice. Là, enfoui sous cette brique de travers, se trouvait le billet pour le reste de sa vie.

Et la fin du plan de Livvy pour la sienne.

Putain de merde.

Il froissa le papier, souhaitant qu'il soit aussi facile de s'en débarrasser. *Dois-je le faire ou non?*

Devrait-il lui dire? Devrait-il réaliser *son* rêve à elle ou le *sien*?

Sean passa une main dans ses cheveux et regarda autour de lui. Il n'avait aucune garantie d'avoir assez d'argent pour acheter l'endroit. Certes, il espérait en avoir — d'après la dernière offre qu'il avait reçue au téléphone, il en avait assez pour l'égaler, mais il y avait toujours la variable de Scanlon. Quelles offres l'avocat recevait-il?

Mais cet indice... C'était la garantie. Le lui cacher et l'endroit serait à lui pour le montant initial. Il pourrait racheter le cottage et construire cette suite nuptiale sur l'île du lac. C'était ça. Son rêve. Son moyen de se faire un nom. D'avoir la chance d'atteindre le même niveau de succès que ses frères. D'être un leader dans son domaine.

Ou tout abandonner pour que Livvy puisse faire cuire ses tartes dans la maison ancestrale de sa famille et que ses moutons puissent manger son terrain de golf.

Il ne se le pardonnerait jamais.

Il s'appuya sur la pelle, le menton sur la poitrine. Voilà sa réponse. Parce qu'en fin de compte, c'était ce qu'il pensait de lui-même qui comptait, pas ce que les autres pensaient de lui. Il devait vivre avec lui-même. Se regarder dans le miroir chaque jour.

Il ne le pourrait pas s'il blessait Livvy.

Il courut jusqu'à sa chambre, alluma son ordinateur portable et son smart-phone, et passa par les étapes nécessaires pour se faire lire l'indice.

C'est le dernier, Olivia. Tu n'as plus besoin de comprendre quoi que ce soit ni de trouver autre chose. Présente simplement ceci à M. Scanlon à l'heure et à la date spécifiées, et il aura les réponses à toutes tes questions. Je te félicite. Tu es maintenant vraiment devenue l'une des Martinson, une famille fine et illustre.

~Merriweather Knightsbridge Martinson

Voilà. Livvy avait gagné. La maison serait à elle.

Sean sourit. Il aurait probablement dû pleurer, mais il aimait l'idée que Livvy l'obtienne. Aimait que Merriweather ne l'ait pas vaincue dans cette épreuve. Aimait qu'elle ait gagné.

Il lissa l'indice. Tout ce que Livvy avait à faire était de le présenter à l'avocat avant — il regarda l'horloge sur son ordinateur portable. Merde. Vingt-deux minutes. Et Livvy n'était pas encore revenue.

Il allait devoir l'apporter.

Heureusement, les chiens étaient toujours attachés sur la terrasse, donc il pouvait les laisser là. Il attrapa ses clés et son téléphone et courut jusqu'à son camion, puis démarra en trombe. Il l'appellerait une fois l'indice livré car il devait se concentrer sur les trente miles de route jusqu'au bureau de l'avocat, sinon sa décision n'aurait plus d'importance car si cet indice n'arrivait pas à temps, Livvy serait dans la merde.

Livvy entra dans l'allée avec quinze minutes restantes avant sa date limite. Même si elle *avait* trouvé l'indice, elle n'aurait jamais eu le temps d'arriver au bureau de l'avocat à temps. C'était fini. Elle avait perdu. Merriweather avait été prouvé juste.

L'apitoiement sur soi-même la menaçait alors qu'elle descendait de sa vieille Baja délabrée, jusqu'à ce qu'elle entende Davy hurler. Elle courut sur le chemin menant à la maison, contournant la zone que Sean réparait, puis sur la terrasse. Pourquoi les chiens étaient-ils ici seuls et où était Sean? Et pourquoi Davy pendait-il de la clôture par son plâtre?

Elle regarda par-dessus la haie. Le stupide paon sans queue n'avait pas retenu la leçon, se pavanant là comme s'il avait encore toute sa gloire.

Elle n'aimait vraiment pas les paons.

Elle détacha Davy de la clôture et s'assit sur l'ardoise chaude avec lui. Les autres se rassemblèrent autour, leurs museaux humides et leurs reniflements chauds apaisant sa déception d'avoir perdu son héritage.

Stupide vraiment. Ce n'était qu'une maison. Si la journée avec la famille de Sean lui avait montré quelque chose, c'était que les *gens* comptaient. Les relations comptaient, pas les maisons ou l'argent. On ne pouvait pas mettre un prix sur les relations.

Et celle avec Sean n'avait pas de prix. Si rien d'autre ne résultait de cette chasse au trésor, lui en était ressorti. Il était le plus grand trésor de tous, et elle n'allait pas laisser une minute de plus passer sans le lui dire. Merriweather n'allait plus sucer la joie de sa vie. Livvy lui avait déjà donné trop de pouvoir. Ça aussi, c'était fini.

Elle raccourcit la laisse de Davy pour qu'il ne puisse pas atteindre la clôture et l'installa à côté de Micki avec un sévère « Reste » pour les deux, puis partit à la recherche de Sean.

Ce qu'elle trouva, à la place, était pire que perdre l'héritage.

Chapitre Trente-Neuf

Sean déboula en trombe sur le parking du cabinet d'avocats. Plus que deux minutes.

Il ignora l'ascenseur — pas le temps d'attendre qu'il arrive — et grimpa les marches de secours trois par trois. Dieu merci, le cabinet n'était qu'au troisième étage.

Il se précipita à l'intérieur, faisant sursauter la réceptionniste. — Scanlon? Où est son bureau?

— Je suis désolée, monsieur...

— J'ai le dernier indice! Où est son bureau?

Dieu merci, la femme comprit de quoi il parlait. — Troisième porte à droite.

Sean ne prit même pas la peine de la remercier. Il le ferait en sortant.

Il se rua dans le bureau de Scanlon. — Voilà! À temps! Il claqua l'indice sur le bureau, sa paume à plat dessus. — L'indice de Livvy, dit-il, essayant de reprendre son souffle. J'y suis arrivé.

Scanlon haussa un sourcil derrière ses lunettes à monture métallique et consulta sa montre. Puis il fit glisser l'indice de sous la main de Sean.

Sean recula pendant que Scanlon prenait tout son temps pour lire ce fichu bout de papier.

— Oui, c'est bien le dernier. L'avocat le posa sur son bureau. — Mais j'ai bien peur qu'Olivia doive le présenter elle-même. Mme Martinson a été très claire à ce sujet.

— Non. Pas question. Vous n'allez pas priver Livvy de son héritage comme ça. Elle n'a pas pu venir. Sa voiture est tombée en panne.

— Alors pourquoi n'est-elle pas venue avec vous?

— Elle est tombée en panne sur le chemin du retour pour aller chercher l'indice et vous l'apporter. Elle était paniquée. Vous auriez dû l'entendre au téléphone. Il improvisait là, mais c'était un talent qui lui avait bien servi dans les négociations et c'était pour la plus grosse affaire de sa vie. De la vie de Livvy. Peut-être de leur vie ensemble.

— Oui, j'aurais dû. Scanlon sortit un dossier du tiroir supérieur de son bureau et ajusta ses lunettes en lisant le document à l'intérieur. — Hmm, il semblerait que Mme Martinson n'ait effectivement pas précisé les choses à ce point dans ses instructions, bien que ce fût son intention.

— Si ce n'est pas écrit noir sur blanc, Livvy peut vous le contester. Voulez-vous vraiment ce genre de bataille? Elle a trouvé l'indice et si ce n'était pas à cause de sa vieille voiture en panne qu'elle ne peut pas se permettre de réparer tant qu'elle n'a pas son héritage, elle serait ici à ma place. Sean croisa les doigts derrière son dos, priant pour que son nez ne s'allonge pas. Il avait beaucoup menti récemment et cela le dérangeait de voir à quel point cela lui venait natu-rellement. Mais c'était pour une bonne cause. La bonne cause. Livvy méritait son héritage et il ne partirait pas d'ici avant qu'elle ne l'obtienne.

— Si elle pouvait juste le confirmer...

— Elle viendra. Je l'amènerai, mais nous voulions que l'indice arrive ici en premier.

M. Scanlon le regarda par-dessus ses lunettes. — Je suis surpris que ce soit vous qui l'apportiez. Très surpris.

— Livvy mérite son héritage. Merde, le type savait qui il était. Ce qu'il convoitait. — Pourquoi ne lui avez-vous rien dit?

— Ce n'était pas à moi de le faire. À moins que et jusqu'à ce qu'elle hérite, je travaille pour la succession. J'ai mes instructions. Il tapota le dossier, puis le ferma sur son sous-main. — J'aurai besoin de parler à Mlle Carolla dès que possible.

— Vous allez lui dire? Sean ne voulait pas avoir renoncé à la propriété pour la perdre ensuite. Pas que ce soit la raison pour laquelle il l'avait fait, car remettre l'indice était la chose à faire, mais si Scanlon lui disait, elle remettrait en question tout ce qui s'était passé entre eux.

Sean ne voulait pas qu'elle fasse ça parce que ce qu'il y avait entre eux était réel. Indépendamment de la situation de la propriété, il avait pensé tout ce qu'il lui avait dit et plus encore. Et il avait besoin de lui en dire plus. Besoin de lui dire ce qu'il ressentait. Ce qu'il voulait.

— Je ne vois aucune raison de le lui dire puisqu'il n'y aura pas de contestation du testament, n'est-ce pas?

L'homme pouvait en dire long d'un simple regard par-dessus ses lunettes. Sean se sentit comme s'il était dans le bureau du proviseur. — C'est exact.

— Très bien. Scanlon glissa le dossier dans son tiroir supérieur. — J'ai hâte de parler à Mlle Carolla.

Congédié sans cérémonie, Sean retourna à son camion. C'était hors de ses mains maintenant. Il avait fait ce qu'il devait faire ; il était temps d'assumer les conséquences.

Livvy fixait l'écran d'ordinateur dans la chambre de Sean.

Il avait un ordinateur.

Plus important encore, il avait l'indice.

Il avait aussi des plans pour la propriété. Sa propriété à elle.

Elle fit glisser le pavé tactile pour faire défiler l'écran. Plans. Devis. Chiffres. Signes dollar. Projections.

Une lettre de sa grand-mère.

Si l'ordinateur et les feuilles de calcul ne l'avaient pas déjà ébranlée, cette lettre aurait pu le faire à elle seule. En l'état, Livvy dut s'asseoir.

Elle s'effondra sur son matelas dans sa chambre, essayant de ne pas se rappeler la dernière fois qu'elle avait été ici. Ce qu'ils avaient fait ici. Ensemble. Sur ce lit.

Où sa trahison la narguait maintenant.

Elle parcourut les chiffres. Nouvelle moquette, personnel, linge de maison, entretien ménager, un chef, un pro de golf, une équipe d'entretien, un concierge...

Il y avait des plans pour un terrain de golf. Une piscine à débordement avec un pool house faisant office de salle à manger extérieure.

Il prévoyait de transformer cet endroit en hôtel.

Elle regarda la colonne des dépenses. Architecte, ingénierie, permis, terrain... Le montant dans cette colonne était stupéfiant. Des sommes déjà dépensées.

Qu'est-ce que c'était que ça? D'où Sean sortait-il ces chiffres? Pourquoi avait-il fait ces calculs? Comment était-il passé de la rénovation de maisons à... à ça?

Elle ouvrit une fenêtre de recherche et tapa son nom et hôtels.

Ce qui apparut était aussi stupéfiant que les chiffres.

Sean possédait des chambres d'hôtes. Pas mal même.

Il prévoyait d'ajouter cette maison à sa liste de propriétés. Et Merriweather, selon sa lettre, la lui cédait pratiquement à un prix bien inférieur à celui du marché. C'était même indiqué dans la lettre que c'était en dessous du marché. Qu'est-ce que c'était que ce bordel?

Livvy revint à la feuille de projections et fit un rapide calcul mental. Il avait besoin de ce prix. Sur la base des revenus projetés, son retour sur investissement serait significativement plus faible s'il payait la propriété plus cher que ce que Merriweather lui avait promis.

Avait-il travaillé ici tout ce temps — couché avec elle tout ce temps — en s'attendant à ce qu'elle marche dans la combine? Et quand comptait-il le lui dire, avant ou après qu'elle n'hérite...

Oh, mon Dieu, elle allait être malade.

Livvy sentit la pièce tourner et elle s'agrippa au pied du lit pour se stabiliser. Tout avait-il été une supercherie? Lui avait-il menti depuis le début et elle, pauvre idiote pathétique et solitaire qu'elle était, était-elle tombée dans le panneau?

Et l'indice... S'il avait l'indice, cela signifiait... cela signifiait qu'il le lui avait caché. Était-ce pour cela qu'elle n'avait pas réussi à le trouver? Était-ce *lui* qui l'avait envoyée dans une chasse aux chimères plutôt que Merriweather? Avait-elle blâmé la mauvaise personne tout ce temps?

Livvy revint à l'indice.

Je vous félicite. Vous êtes maintenant devenue l'une des Martinson — une famille fine et illustre.

~Merriweather Knightsbridge Martinson

La *féliciter*? Sérieusement? Cette femme pensait que *c'était* un tel prix? Et l'argent que cela rapporterait? *Ça*, c'était le véritable prix, pas un titre de chevalerie féodal désuet et archaïque qui ne signifiait rien au vingt-et-unième siècle.

Surtout quand son chevalier en armure vert menthe l'avait trahie.

Il voulait le domaine.

Elle aurait dû ressentir une certaine satisfaction que Merriweather l'ait trahi lui aussi, mais pour l'instant, tout ce qu'elle pouvait ressentir était de la douleur.

Il s'était servi d'elle. C'était pire que d'être ignorée et non reconnue par sa famille. Il avait pris ses sentiments, sa générosité, sa *confiance*, et les avait utilisés pour son propre profit.

Il avait l'indice.

Elle n'arrivait pas à se sortir ça de la tête. Il le lui avait caché. Il s'était assuré qu'elle ne gagnerait pas. Qu'elle ne pourrait pas réclamer son héritage.

Si elle n'était pas déjà assise, cette réalisation lui aurait fait perdre l'équilibre. Qui *était*-il? Il n'était pas le gars qu'elle pensait connaître. Celui qui la désirait, qui tenait à elle et qui aimait être avec elle. Il s'était servi d'elle pour ses propres intérêts.

Il semblait qu'elle était comme sa mère après tout.

Livvy chassa cette pensée déprimante. Non. Elle n'était pas comme sa mère. Elle n'allait pas supplier le gars de la vouloir. Elle n'allait pas attendre qu'il « revienne à la raison ». Et elle n'allait pas non plus rester assise ici à attendre qu'il la jette dehors.

Oh, mon Dieu, elle qui pensait à comment le garder pour toujours, et lui qui voulait qu'elle parte depuis le début.

Pas étonnant qu'il ait fait tant d'histoires pour le tapis et les meubles. Pas étonnant qu'il l'ait accompagnée à chaque chasse aux indices. Elle avait pensé qu'il avait été si serviable, si généreux de son temps. Qu'il tenait suffisamment à elle pour vouloir qu'elle réussisse, alors que tout ce temps, elle faisait son sale boulot pour lui. Elle l'avait mené droit au moyen d'assurer son échec.

Pour une fois, elle était reconnaissante pour ces chaises sans but qui bordaient le couloir ; elle n'alla pas loin quand ses jambes se mirent à trembler. Elle s'assit et laissa tomber son menton dans sa paume.

Était-il là-bas en ce moment? Dans le bureau de M. Scanlon, se vantant de l'avoir battue? Était-il en train d'écrire le chèque à cet instant même pour acheter l'endroit sous son nez pendant qu'elle était assise ici, impuissante à changer le résultat? Allait-elle se retrouver à la rue avant la nuit?

Qu'allait-elle faire des animaux? Les chiens, elle pourrait probablement les mettre dans sa voiture. Ils ne seraient pas ravis, mais elle pourrait tous les y faire entrer si nécessaire. Mais ceux dans la grange... Elle aurait besoin d'au moins une journée pour louer un camion. Sûrement Sean ne les jetterait pas dehors? Il s'était lié avec eux ; il ne pouvait pas feindre ça. Les animaux le sauraient. Ils l'avaient tous accepté, venant quand il les appelait, le saluant quand il entrait dans la grange. Même Rhett l'avait laissé s'approcher de Scarlett. Les animaux peuvent repérer un imposteur à des kilomètres. Pourquoi n'avaient-ils pas pu cette fois?

Pourquoi ne l'avait-elle *pas* fait? Était-elle si désespérée d'affection qu'elle avait sauté sur la première occasion qui se présentait? Était-elle aussi nécessiteuse que sa mère?

Cela la remit sur pied. Non. Elle n'était *pas* sa mère. Ni son père *ni* sa grand-mère. Elle était Livvy Carolla. Sa propre personne. Et elle était maîtresse de son avenir. Pas le destin, pas Merriweather, et certainement *pas* Sean.

— *Fils de pute!* dit Orwell quand elle fit irruption dans sa chambre. Pour une fois, son langage grossier ne la dérangeait pas. Oui, Sean était un fils de pute et c'était bien fait que ce soit lui qui ait appris ce mot à Orwell.

Elle jeta la housse de la cage d'Orwell sur lui. Bien qu'elle soit d'accord que Sean était un fils de pute, elle n'avait pas besoin qu'Orwell le lui rappelle comme un disque rayé.

Elle fourra ses vêtements dans un sac de sport, rassembla ses articles de toilette dans un autre, et griffonna rapidement un mot au fils de pute lui disant *exactement* ce qu'elle pensait de lui et qu'elle reviendrait chercher le reste de ses animaux demain. En dix minutes, elle avait effacé toute trace de son existence dans cette chambre.

C'était trop triste pour y réfléchir. De toute façon, elle n'avait pas le temps de réfléchir. Elle devait sortir d'ici fissa pour ne pas avoir à lui faire face quand il reviendrait. Triomphant.

Chapitre Quarante

Le téléphone de Livvy sonna pour la sixième fois en autant de minutes. Elle n'avait pas besoin de le regarder pour savoir que c'était Sean. Il pouvait continuer à appeler autant qu'il voulait ; elle n'allait pas répondre.

Il sonna à nouveau. Georgia commença à geindre.

Oh non, pas ça. Livvy saisit le téléphone. Elle préférait parler à Sean plutôt que d'avoir Georgia qui déclenche les aboiements des autres chiens.

— Écoute, Sean, je ne veux pas...

— C'est M. Scanlon, Mademoiselle Carolla.

— Oh. Je suis désolée. Je...

— Je me demandais quand vous alliez venir. Il y a des choses dont nous devons discuter.

— Écoutez, M. Scanlon, je suis au courant de ce que Sean a fait. Qu'y a-t-il de plus à dire ?

— La disposition du patrimoine.

Elle faillit rire de la « disposition » du patrimoine, mais son humeur n'était pas disposée à trouver quoi que ce soit de drôle dans tout ça. — Dois-je vraiment faire ça maintenant ?

— J'en ai bien peur. Il y a certaines directives à respecter et c'est l'une d'entre elles.

Sa grand-mère devait *vraiment* jubiler de l'au-delà : elle avait eu raison *et* elle avait encore Livvy qui dansait selon sa volonté.

— Je serai là encore une demi-heure, mais ensuite je dois retrouver ma femme... euh, un autre client et je ne serai pas disponible.

Zut. Il sacrifiait du temps avec sa femme pour elle et il n'y en avait pas assez pour retourner à la maison et s'occuper des chiens — sans parler du risque de voir Sean.

Appelez-la faible pour le véritable amour, mais elle n'allait pas faire attendre M. Scanlon ou sa femme à cause d'elle ou de ce salaud. Les chiens devraient juste rester dans la voiture. — J'y serai dans quelques minutes.

Sean continuait d'appuyer sur « rappeler » sur son téléphone, essayant de joindre Livvy, mais ses appels allaient directement sur la messagerie vocale. Après avoir laissé un troisième message, il abandonna. Elle ne devait pas avoir son téléphone sur elle.

Il espérait de tout cœur qu'elle n'était pas effondrée sur son lit en train de pleurer parce qu'elle avait tout perdu. Il devait lui dire qu'elle n'avait pas perdu. Devait lui dire qu'elle avait gagné.

Maintenant, il fallait annoncer à ses frères qu'ils avaient perdu.

Eh bien, ils y avaient été préparés. Ils avaient tous deux essayé de l'en dissuader, le mettant en garde contre le fait de sacrifier sa vie pour une femme. Liam s'était brûlé ainsi et Bry avait retenu la leçon. Sean était le seul romantique qui restait dans le groupe, mais cela n'avait pas obscurci sa vision. Livvy était une personne formidable. Un être humain bon. Une femme incroyable. Et elle ferait une épouse et une mère extraordinaires. Son épouse et la mère de *ses* enfants. Il la voulait pour toujours et il allait faire de son mieux pour l'obtenir. Elle et sa ménagerie folle et ses huit chiens et son perroquet qui jurait et massacrait les paroles de chansons.

Sa voiture n'était pas dans l'allée quand il arriva. Peut-être était-elle allée au bureau de l'avocat?

Il appela là-bas, mais l'appel fut dirigé vers la messagerie vocale après les heures de bureau.

Alors où était-elle?

Il se dirigea vers la porte de la cuisine. Où étaient les chiens?

Il essaya de l'appeler à nouveau, mais obtint *encore* la messagerie vocale.

— Livvy? appela-t-il en entrant.

Rien.

— Ringo? Il s'imaginait que le gros chien bondirait à travers la porte en entendant sa voix et Sean n'aurait pas à s'inquiéter de ce que les griffes du husky feraient au sol. C'était le problème de Livvy maintenant.

— John?

Rien.

— Davy?

Toujours rien.

— Il y a quelqu'un? Où Livvy aurait-elle pu aller avec les chiens? Et dans quoi? Sa voiture pourrie n'était pas assez grande pour accueillir même Ringo, sans parler des sept autres.

Ne les trouvant dans aucune des pièces du rez-de-chaussée, il monta à l'étage. Elle ne les aurait pas remis dans la salle de bain, n'est-ce pas? Elle avait été si agacée quand il l'avait fait.

Sean sourit à ce souvenir. Elle avait été si indignée, les mains sur les hanches et les cheveux en bataille autour de ses épaules. Il avait dû se concentrer pour contribuer à la conversation parce que tout ce qu'il voulait faire était de l'attirer contre lui et l'embrasser jusqu'à lui faire perdre la tête.

Ce qu'il allait faire, pensa-t-il en se dirigeant vers sa chambre, dès qu'il la trouverait.

La première chose qu'il remarqua fut qu'Orwell n'était plus là. *Bon débarras* lui traversa l'esprit, mais ensuite il réalisa que son placard était vide. Et qu'il y avait une note sur le lit.

Ce n'était pas un indice.

Sean la ramassa. C'était un gros tas de boucles. Bien sûr que Livvy aurait une écriture bouclée ; ça allait avec les orteils roses.

Dommage qu'il ne comprenne pas un mot de ce qui était écrit, et son programme informatique ne se débrouillait pas bien avec l'écriture bouclée. Néanmoins, il devait essayer.

Il se dirigea vers sa chambre de l'autre côté du couloir pour la scanner dans son ordinateur portable et...

Son ordinateur portable était sorti.

Il était ouvert.

Il était allumé.

Il toucha le pavé tactile et l'écran s'anima.

Bon sang. La lettre de Merriweather.

Il s'affaissa sur le matelas. Livvy n'avait pas pu voir ça.

Il regarda de l'autre côté du couloir sa chambre vide, priant pour que ça ne signifie pas ce qu'il commençait à soupçonner.

Il cliqua sur un autre document ouvert.

L'indice.

Un tableur était ouvert aussi, et Sean n'avait pas vraiment besoin de cliquer dessus pour savoir ce que c'était, mais il le fit quand même dans le vain espoir que son monde ne s'écroulait pas autour de lui.

Les projections. *Et* il y avait une fenêtre de recherche ouverte.

Il cliqua dessus.

Elle savait. Ou du moins, elle pensait savoir.

Putain de merde. Voilà, il avait fait ce qu'il fallait et ça lui avait explosé à la figure. Il n'aurait pas dû le faire. Il aurait dû simplement garder l'indice pour lui et rester ici et—

Non. Non, il n'aurait pas dû. Il avait fait ce qui était juste et pouvait se regarder dans le miroir en sachant cela. Que Livvy le regarde à nouveau ou non, il avait fait ce qu'il fallait.

Il prit son téléphone et composa son numéro une fois de plus. Encore la messagerie. Cette fois, il laissa un message.

— Livvy, ce n'est pas ce que tu crois. Laisse-moi t'expliquer. S'il te plaît.

Il s'arrêta parce que que pouvait-il dire de plus? Soit elle le voulait, soit elle ne le voulait pas.

Mais ensuite, il dit la seule chose qu'il devait lui dire. La seule chose qu'il regretterait pour le reste de sa vie s'il ne le faisait pas.

— Livvy... Je t'aime. Ça n'a rien à voir avec la maison. Rien à voir avec ce que je pensais vouloir quand j'ai commencé à travailler ici, mais tout à voir avec toi. Tu m'as fait réaliser ce qui est vraiment important dans ce monde et j'espère que tu me donneras la chance de te le dire en personne. Je t'aime, Livvy. Que tu vives à la ferme ou dans le domaine, ou dans un minuscule appartement avec les animaux dormant sur les meubles, ça m'est égal. Partout où tu es, c'est chez moi et c'est là que je veux être. S'il te plaît, donne-moi une chance. Donne-nous *une* chance.

Il mit fin à l'appel avant de commencer à supplier, bien que si c'était ce qu'il fallait pour qu'elle écoute, il le ferait. Il ne pouvait pas la perdre, elle aussi. Parce qu'en fin de compte, elle était la seule chose qui comptait.

Chapitre Quarante-Et-Un

— Permettez-moi d'être le premier à vous offrir mes meilleurs vœux, dit M. Scanlon en lui tendant la main, nullement déconcerté par les huit chiens qu'elle avait dû amener avec elle. Georgia avait commencé à geindre quand Livvy avait garé la voiture et les autres avaient suivi. Elle n'avait pas voulu que l'intérieur soit déchiqueté à son retour, alors elle les avait amenés avec elle. Heureusement, ils étaient sur leur meilleur comportement.

Contrairement à un certain fils de pute qu'elle connaissait.

— Vous voulez dire vos condoléances? Elle secoua les laisses pour lui serrer la main. Elle ne savait pas pourquoi elle se donnait cette peine, mais ce n'était pas sa faute si elle avait échoué. Que pouvait bien dire le pauvre homme quand il lui annonçait qu'elle venait de perdre plusieurs millions de dollars?

— Eh bien, je suppose que vous pourriez le voir ainsi, mais c'était le souhait sincère de votre grand-mère que vous finissiez par aimer cet endroit. Ou, du moins, que vous ressentiez suffisamment d'attachement pour l'histoire familiale pour le garder dans la famille. Mais si ce n'est pas le cas, je peux vous dire que j'ai reçu plusieurs offres si vous souhaitez vendre. Il lui tendit un morceau de papier. Voici les montants les plus importants, et j'ose dire que vous pourriez obtenir plus. Vous êtes assurée pour la vie, mademoiselle, si vous souhaitez vendre.

Il parlait en français, mais elle ne comprenait pas. Vendre quoi?

Elle prit le papier et s'assit sur une chaise face à son bureau.

Les chiens s'installèrent à ses pieds.

Waouh. C'étaient de gros chiffres. Beaucoup de zéros.

— Je suis désolée, mais je ne comprends pas.

— La propriété Martinson est un bien immobilier très prisé. Comme je l'ai dit, ce sont des chiffres préliminaires. Une fois qu'elle sera réellement mise en vente, je m'attends à ce qu'ils augmentent.

Elle secoua la tête.

— Je suis désolée, M. Scanlon, mais qu'est-ce que cela a à voir avec moi? Avait-il reçu l'ordre de remuer le couteau dans la plaie?

M. Scanlon sourit. Ce n'avait pas l'air d'un sourire sadique ou provocateur, mais après tout, elle avait cru que Sean était honnête, alors que savait-elle encore de la nature humaine?

— Je comprends que cela fasse beaucoup à assimiler, mais mon cabinet, et moi personnellement, sommes prêts à gérer la vente de la propriété en votre nom.

— En mon nom? Mais je ne la possède pas.

— Une simple formalité. Il sortit une liasse de papiers reliés en bleu d'un dossier sur son bureau. Vous voudrez peut-être faire examiner ces documents par votre propre avocat, mais vous les trouverez en ordre. Votre grand-mère s'en est assurée.

Livvy prit les documents, les parcourant pour essayer de comprendre...

Le mot *Acte* lui sauta aux yeux.

Et il y avait son nom.

Et l'adresse de la propriété.

Elle ne comprenait *vraiment* pas ce qui se passait.

— M. Scanlon, je n'ai pas l'indice.

— Oui, je comprends.

Elle aurait aimé comprendre.

— Mais vous me dites que je n'en ai pas besoin? Que la propriété m'appartenait depuis le début? Ma grand-mère m'a-t-elle envoyée dans une chasse au trésor pour rien?

Les chiens s'agitèrent lorsque sa voix monta. John fixa l'avocat avec un grognement sourd.

— Oh non, ma chère. La chasse au trésor était bien réelle. Si vous n'aviez pas livré l'indice à temps, j'avais mes instructions pour disposer de la propriété.

— À Sean.

— Eh bien, euh... Maintenant, M. Scanlon semblait *décontenancé*. Euh, oui. M. Manley aurait été l'acheteur officiel.

— Alors pourquoi ne l'est-il pas? Je n'ai pas livré l'indice.

— Mais il l'a fait à votre place. Il brandit un autre morceau de papier. Cela m'a surpris, étant donné à quel point il était désireux de prendre possession, mais il l'a bien livré. Il m'a tout raconté sur votre voiture en panne, aussi. La propriété est à vous.

Elle ne savait pas quoi traiter en premier. Le mensonge éhonté sur sa voiture, ou le fait que Sean lui avait remis la propriété, clé en main, renonçant à tout cet argent.

Et elle lui avait écrit cette lettre...

Oh, mon Dieu.

— Mlle Carolla, vous allez bien? Voulez-vous un verre d'eau?

Du vin serait préférable. Une cruche entière. Oh mon Dieu, qu'avait-elle fait?

— Je dois y aller. Elle se leva d'un bond... et se retrouva empêtrée dans les laisses quand elle essaya de partir. Les chiens ne partageaient pas son sens de l'urgence.

— Mais Mlle Carolla... Olivia. Puis-je vous appeler ainsi? Vous pouvez certainement prendre votre temps pour faire examiner l'acte par vos avocats, mais je dois vous donner ceci. Il sortit encore une autre lettre. Ce type était comme le Père Noël distribuant des cadeaux le matin de Noël.

— C'est de votre grand-mère.

Ou peut-être que c'était du charbon.

Livvy se rassit. C'était trop. La trahison de Sean qui n'en était pas une, sa lettre qui n'aurait pas dû être, et maintenant le triomphe de Merriweather.

— Je ne peux pas vraiment lire ça maintenant.

— Je comprends que vous soyez dépassée. Mais votre grand-mère pensait que cela pourrait aider. Moi aussi. Il tendit l'enveloppe. S'il vous plaît. Lisez-la.

Livvy prit l'enveloppe et le coupe-papier que M. Scanlon lui offrait et le glissa sous le rabat. Elle en sortit un morceau de parchemin.

Bien sûr que c'était du parchemin. Rien d'aussi banal que du papier ordinaire ou du papier parfumé pour Merriweather Martinson.

— Je vais vous laisser la lire. M. Scanlon se leva et fit un pas, puis s'arrêta. Si je peux me permettre, Olivia?

Livvy le regarda à travers un brouillard de... quelque chose. Confusion? Irréalité?

— Oui?

— Je vois beaucoup de votre grand-mère en vous. Je pense qu'elle le voyait aussi. Et c'est une bonne chose. Il tapota doucement le sous-main en cuir, s'éclaircit la gorge, puis sortit, le loquet cliquetant.

Encore un point à ajouter au tableau de l'Irréalité. Elle ressemblait à sa grand-mère? Pas dans cette vie.

Elle s'adossa à la chaise et déplia le parchemin, l'écriture arachnéenne qu'elle attendait étant remplacée par une main forte et audacieuse.

Olivia,

J'avais tort. Ce sont des mots que je n'ai jamais prononcés auparavant dans ma vie, mais ici, à la fin de celle-ci, je trouve que je le dois. Oui, j'avais tort.

J'aurais dû t'accueillir comme ma petite-fille, illégitime ou non. Tu n'étais pas responsable des circonstances de ta naissance ; cela, je le laisse à mon fils et à ses penchants. Mais toi, tu étais innocente, et dans ma colère et ma déception, j'ai oublié cela.

Lorsque la vie touche à sa fin, on a l'occasion de réfléchir à de nombreuses choses. Je ne regretterai jamais la vigilance dont j'ai fait preuve pour protéger le nom des Martinson. C'est un nom qui a traversé les siècles, suscitant à la fois admiration et condamnation. J'étais déterminée à ce que, sous ma direction, l'admiration perdure. Mais ce faisant, je vous ai fait défaut.

Je ne ferai pas et ne peux pas faire d'excuses. Un enfant, comme je le sais bien, est toujours une bénédiction. N'ayant pu en avoir qu'un seul, ce principe est primordial dans mon esprit. Je voulais que Lawrence, votre père infidèle, devienne l'homme que son père aurait été si le Temps lui en avait donné la chance. Mais il semble que Lawrence ait été l'un de ces Martinson qui apporteraient la condamnation à notre nom. Et donc je vous ai cachée. Je vous ai ignorée. Je ne voulais pas de cette tache sur la famille.

Je vois maintenant que cette tache, c'est moi qui l'ai créée. Si seulement je vous avais accueillie, si je vous avais fait entrer dans la famille, si j'avais obligé votre père à assumer ses responsabilités, cette souillure auto-infligée sur le nom de la famille — et sur ma conscience — n'aurait jamais existé. Et vous auriez eu la famille que vous méritez.

J'ai essayé lors de cette unique visite, mais... eh bien, il n'y a pas d'excuses. Je suis une femme obstinée et l'ai toujours été.

Vraiment, Olivia, vous êtes une personne forte et déterminée, pas si différente de moi. Alors que j'ai eu des privilèges toute ma vie, ce n'était pas votre cas. Et pour cela, je ne peux m'en prendre qu'à moi-même.

Je souhaite faire amende honorable et j'espère que vous ne laisserez pas votre fierté — et je sais qu'elle est farouche, car je la partage — se mettre en travers du chemin. Vous êtes une Martinson. Vous êtes tout aussi forte, déterminée, féroce et loyale que votre grand-père, mon bien-aimé Henry. Si seulement je m'étais permis de voir cela en vous avant de creuser le fossé dans notre relation, les choses auraient été différentes.

Évidemment, je ne peux pas rattraper ce qui s'est passé, mais je souhaite que vous en veniez à embrasser cette famille, avec tous nos défauts, et que vous assumiez l'héritage que vous méritez si richement et à juste titre.

Les indices vous ont probablement frustrée et mise en colère ; je sais qu'ils l'auraient fait si j'avais été à votre place. Mais je voulais que vous voyiez d'où vous veniez, qui vous êtes, avant de tout rejeter. J'espérais que votre farouche sens de la justice et votre combat pour les opprimés vous pousseraient à aller jusqu'au bout. Que vous voudriez avoir l'opportunité d'embrasser votre héritage et de l'utiliser pour les causes auxquelles vous croyez, plutôt que de le vendre à une quelconque entreprise géante cherchant à faire de l'argent sur le dos des plus privilégiés. C'est la raison pour laquelle j'ai accepté l'offre de M. Manley : j'aimais ce qu'il avait prévu de faire du domaine. Mais j'espérais que vous voudriez le revendiquer.

Le fait que vous lisiez ceci prouve que j'avais raison à votre sujet.

J'ai suivi vos progrès au fil des années, Olivia. À tort ou à raison, j'avais besoin de voir ce que vous feriez de vous-même. Votre mode de vie en communauté semblait justifier ma distance, du moins à mes yeux. Que vous étiez exactement comme vos parents. J'avais tant espéré que Lawrence prendrait sur lui d'épouser une femme de bon caractère et de bonne éducation, avec un fils pour perpétuer notre nom de famille. Je me bernais d'illusions.

Vous n'êtes pas comme votre père. Que vous ayez ou non quelque chose de votre mère, malheureusement, nous ne le saurons jamais. Mais je ne le pense pas, Olivia, car vos deux parents n'avaient pas la force intérieure dont vous avez fait preuve en construisant votre vie selon vos propres termes.

J'ai goûté vos gâteaux et vos pains. Vos talents en pâtisserie sont supérieurs aux miens, ce qui explique pourquoi j'ai toujours eu un chef. Mais même avec votre talent, c'est votre croyance en vous-même, votre détermination absolue quand les chances sont contre vous qui montrent votre véritable trempe. Vous êtes une survivante, Olivia, parce que vous continuez à vous battre pour ce que vous voulez. Je me demande ce que vous seriez devenue si j'avais encouragé cet esprit combatif au lieu de l'entraver.

J'avais l'intention de vous contacter avant cela, mais connaissant votre fierté, je savais que ce ne serait qu'à ma mort que vous reviendriez dans cette maison. Et donc j'ai préparé ce jeu pour vous. Cela m'a procuré un grand plaisir de me concentrer sur la restitution de ce que je vous ai pris. Cela m'a aussi donné beaucoup de remords pour ce que nous aurions pu avoir.

J'en suis venue à réaliser que je ne suis pas parfaite, ce qui est tout un aveu de la part de la vieille harpie. Oui, je connaissais le surnom que vous me donniez et je m'en délectais secrètement, car c'était l'image que je voulais présenter au monde. La femme fière et forte à la barre du navire Martinson.

Je suis honorée de pouvoir vous transmettre ce titre. Je suis fière de qui vous êtes, Olivia, et j'espère qu'un jour cela signifiera quelque chose pour vous. Je suis fière que vous ayez mis de côté le passé et votre fierté pour prendre le contrôle de votre héritage malgré votre haine envers moi. Je suis fière que vous ayez tenu si fermement à vos convictions pour continuer à essayer de nouvelles entreprises. Je suis fière de vous transmettre des siècles d'héritage Martinson et de vous confier la continuité de ce nom.

Je suis fière de vous appeler ma petite-fille et j'aurais aimé avoir découvert cette vérité il y a des décennies.

Mais, en fin de compte, j'ai découvert que la seule chose que j'aurais voulu vous dire il y a toutes ces années est plus forte que ma protection de cette famille. Ce que j'aurais voulu vous dire en personne, et que j'emporterai dans ma tombe sans l'avoir fait — mon plus grand regret — est,

Je vous aime, Olivia.

Votre grand-mère,

Merriweather Knightsbridge Martinson

Livvy fixa la dernière phrase jusqu'à ce que les mots se brouillent à cause des taches de ses larmes. Sa grand-mère la respectait. Apparemment, elle l'aimait même.

Livvy serra la lettre contre sa poitrine et se pencha en avant, alors que les larmes qu'elle avait combattues si durement pendant si longtemps secouaient son corps. Toutes ces années gâchées. Toute cette solitude. Tous ces jours fériés solitaires et ces sièges vides dans l'auditorium pour les pièces de théâtre de l'école. Tous ces étés passés d'une maison d'ami à une autre, sans jamais avoir un endroit à elle. Tout ce ressentiment et cette douleur et ces questions...

Il faudrait du temps pour que la colère disparaisse. Pour la douleur. Sa grand-mère l'avait mal jugée et ce faisant, lui avait causé un chagrin qu'elle n'avait jamais mérité.

Mon Dieu — elle avait fait la même chose à Sean.

Elle se leva, essuyant ses yeux et démêlant les laisses. Elle devait aller le voir. Devait lui dire... Quoi? Qu'elle lui pardonnait? Bien sûr. Qu'elle comprenait? Oui. C'était le cas.

Qu'elle ne pouvait pas vivre sans lui?

Oui. Ça aussi.

Qu'elle l'aimait?

Ça, plus que tout le reste, c'était ce qu'elle devait lui dire.

M. Scanlon et même Merriweather elle-même pouvaient penser qu'il y avait beaucoup de sa grand-mère en elle, mais la grande différence entre elles était que Livvy savait quand admettre qu'elle avait tort et demander pardon pour cela.

— Allez, les gars, tira-t-elle sur les laisses. Rentrons à la maison.

Chapitre Quarante-Deux

Sean jura en essayant de taper la deuxième ligne de la lettre de Livvy sur son ordinateur portable. Bon sang, sa tablette avec sa fonction de lecture à voix haute lui manquait. Ça allait prendre une éternité.

Était-ce un *E* ou un *A*? Il n'arrivait pas à le déterminer et ça le rendait complètement dingue. Il allait devoir appeler Mac à l'aide et ça allait être l'enfer. Et elle aussi quand elle découvrirait qu'il partait, mais l'absence de Livvy et le mot ne présageaient rien de bon. Elle n'allait pas vouloir le voir quand elle réclamerait le domaine et il ne pouvait pas lui en vouloir.

Mac, par contre, si. Lui en vouloir, c'est-à-dire. Et il ne pouvait rien y faire parce qu'il était coupable comme accusé.

Il lutta avec le reste du mot, puis abandonna. Les caractères d'imprimerie étaient déjà assez difficiles à lire, l'écriture cursive avec ses fioritures était presque impossible pour lui. Il s'en sortirait mieux avec des hiéroglyphes. Au moins, c'étaient des images.

Il ferma son ordinateur portable. Il devrait probablement partir, lui laisser le temps d'assimiler l'héritage, ce qu'il avait fait, et ce qu'il avait dit dans son message, mais il voulait la voir. Il voulait avoir la chance de tout lui dire en personne. De se battre pour elle. S'il y avait quelque chose dans ce monde qui valait la peine de se battre, c'était Livvy.

Il regarda par la fenêtre. La grange. Les animaux se demandaient probablement où était leur dîner. Et pourquoi leurs box étaient sales. Il pouvait s'en occuper pour tuer le temps. Dieu savait qu'il méritait de pelleter plus de merde.

Étonnamment, les animaux étaient calmes quand il entra. Ils sentaient probablement ce qu'il ressentait. Ou alors, c'était parce qu'il n'avait pas Davy, le fauteur de troubles, avec lui. Ce petit gars lui manquait.

À bien y penser, ils lui manquaient tous. Tous ces gars-là aussi lui manqueraient si Livvy mettait un terme à leur relation.

— Tu sais, Rhett, je n'aurais jamais cru dire ça, mais je suis jaloux de toi, mon vieux. Ta femelle est là avec toi, jour après jour, à tes côtés, t'aimant.

Rhett avait dû comprendre car il s'approcha de Scarlett et la poussa doucement.

Sean secoua la tête. L'alpaga se la jouait maintenant.

Mais Scarlett se retourna contre lui cette fois. Elle fit volte-face et cracha sur Rhett. En plein visage. Le grand gars avait l'air tellement surpris que ça aurait été comique si Sean ne savait pas exactement ce qu'il ressentait.

Et ils le méritaient tous les deux.

— La prochaine fois, essaie un peu de tendresse, mon pote. Montre-lui que tu tiens à elle. Offre-lui le premier choix sur la luzerne.

— Ou remets l'indice qui lui donne le domaine et met ton entreprise en faillite.

Sean fit volte-face. — Livvy. Dans une autre de ses jupes, portant un autre de ses débardeurs vert terne et ces bottes grossières, et elle n'avait jamais été plus belle. — Je peux expliquer...

— Oui, tu ferais mieux. Elle s'avança vers lui, le soleil couchant faisant flamboyer ses cheveux. — M. Scanlon m'a dit ce que tu as fait. Je veux savoir pourquoi.

Elle se tenait devant lui, le menton levé. — Pourquoi m'as-tu aidée, Sean?

Il combattit l'envie de remettre cette mèche de cheveux derrière son oreille. Il n'en avait plus le droit. — As-tu écouté ton message vocal?

— Mon quoi?

— Je t'ai laissé un message.

Elle secoua la tête. — Désolée, mais avec le tourbillon des deux dernières heures, je n'y ai même pas pensé. Pourquoi? Qu'as-tu dit?

Elle ne savait pas ce qu'il ressentait. — Pourquoi es-tu ici, Livvy?

Elle haussa les sourcils. — Toi, plus que quiconque, devrais savoir que c'est parce que je possède l'endroit.

— Je veux dire, pourquoi es-tu *ici*? Dans la grange. Maintenant. À me chercher.

Sa langue humecta ses lèvres. — Je veux une explication.

— Tu ne veux pas me jeter hors de la propriété?

— Ça dépend de ton explication.

Elle n'avait pas dit *non*. Il y avait encore de l'espoir.

Sean prit une profonde inspiration. Il était temps de jouer cartes sur table. Il espérait de tout cœur ne pas avoir la même surprise que lorsqu'il avait joué avec Mac. Il avait pensé avoir une main gagnante à l'époque.

Il en avait besoin maintenant plus que jamais.

Il prit ses mains dans les siennes. C'était prometteur qu'elle ne se retire pas. Il fit un pas de plus.

Elle ne recula pas. Encore un signe prometteur.

— Je sais que tu as vu mon ordinateur portable, donc tu sais que ta grand-mère a accepté mon offre. Tu sais que j'avais prévu de transformer le domaine en complexe touristique.

Elle hocha la tête.

Sean déglutit. — J'ai planifié tout ça bien avant de te connaître. J'ai mis les choses en mouvement une fois que j'ai rencontré ta grand-mère. Elle aimait l'idée que le domaine reste dans cet état. Qu'il ne soit pas utilisé comme foyer de groupe ou transformé en immeubles de bureaux et que le terrain ne soit pas vendu pour des propriétés résidentielles. C'est ce que la plupart des offres reçues par le cabinet de Scanlon proposent. C'est un emplacement de choix. Une grande propriété qui ne nécessitera pas autant d'investissements que d'autres dans la région pour y construire. Ce que je proposais de faire avec la propriété correspondait à la vision de Merriweather sur l'importance du domaine. Alors j'ai avancé avec mes plans. Après tout, sa seule héritière était une petite-fille avec qui elle n'avait jamais eu de contact. Je n'ai jamais vu venir le changement dans son testament.

Il obtint alors un sourire. Petit, mais il était là.

— Tu n'étais pas le seul.

Il hocha la tête. — Donc quand Mac a eu besoin de quelqu'un pour prendre le relais ici, j'ai pensé que c'était parfait. Le domaine serait à moi dans quelques semaines ; j'avais la chance de prendre de l'avance sur les rénovations. C'était un bon plan. Jusqu'à ce que tu arrives.

Elle se mordit la lèvre.

Que Dieu lui vienne en aide.

— J'étais déchiré, Livvy. Tu mérites cet endroit. Mais j'avais trop investi. Trop à perdre. Ce n'est pas seulement mon argent ; mes frères sont impliqués dans l'affaire et j'ai dépensé beaucoup pour les préliminaires.

— Je sais. J'ai vu les projections. Architecte, ingénieurs... Tu as vraiment tout misé là-dessus.

— C'était censé être mon entrée dans le monde des centres de villégiature de luxe. La propriété en elle-même serait un atout, en plus des commodités que nous proposerions. L'emplacement est parfait, à distance raisonnable en voiture de certaines des plus grandes villes du pays, et le mélange idéal entre rural et urbain pour satisfaire tous les goûts. C'était un coup de maître.

— Jusqu'à ce que j'arrive.

— Oui.

— Alors pourquoi lui as-tu donné le dernier indice?

Il lâcha alors ses mains et passa les siennes dans ses cheveux. — Parce que je ne pouvais pas te faire ça. Je ne pouvais pas te voler ton rêve, ton avenir. Si nous n'avions pas trouvé l'indice, ç'aurait été une chose, mais je l'ai trouvé et, eh bien, ce n'était pas à moi de décider. Elle te l'avait laissé. C'est à toi.

— Personne n'a jamais renoncé à des millions de dollars pour moi auparavant.

— Tu vaux tellement plus que quelques millions, Livvy, et ne laisse jamais personne te dire le contraire. Ta grand-mère était une idiote de ne pas l'avoir réalisé dès qu'elle a posé les yeux sur toi. Il déglutit, s'engageant. Parce que moi, je l'ai fait immédiatement.

Ses yeux ambrés étincelèrent. — Tu... l'as fait?

Il hocha la tête. — Oui. Sa voix était rauque, étranglée par l'émotion qu'il avait à la fois peur de montrer et envie de lui révéler. Jamais rien n'avait plus compté pour lui que ce moment.

— Je t'aime, Livvy. Je sais que tu n'as aucune raison de me croire, mais c'est vrai. Et je te veux. Dans ma vie. Pour toujours. Et si tu veux que je signe quelque chose renonçant à tous les droits sur la propriété, je le ferai. Je ne veux jamais que tu penses que je veux être avec toi pour mettre la main sur cet endroit. Il sourit alors. Le seul endroit où je veux mettre mes mains, c'est sur toi.

Elle se lécha les lèvres, sans lui rendre son sourire.

Mais ensuite, elle prit ses mains et les posa sur sa taille. Elle le regarda de sous ses cils. — Maintenant que tu as tes mains sur moi, qu'est-ce que tu vas en faire?

Sean resta là pendant un battement de cœur – ou cinq – pour absorber le moment. Pour comprendre que c'était vraiment en train d'arriver. Qu'elle, eh bien, si elle ne lui avait pas pardonné, était prête à essayer.

— Sean? J'attends. Ces yeux ambrés pétillaient.

Il mit un genou à terre. Totalement imprévu et complètement improvisé. Pas de bague, aucune idée de ce qu'il allait dire, mais cela semblait juste. — Je vais te demander de m'épouser. D'être dans ma vie pour toujours. De te réveiller avec moi dans un énorme lit king-size tous les matins, entourée de chiens, de m'aider à nettoyer le caca des alpagas, à attraper des perroquets fugueurs et des caniches dansants, et à faire des bébés pour que nous puissions transformer ce mausolée en foyer.

Elle pleurait quand il eut fini, mais ces larmes-là, il pouvait les gérer.

— Je suis désolé, Livvy. De ne pas t'avoir dit la vérité. Mais tu dois savoir, tu dois *croire* que je ne t'ai pas utilisée. Chaque fois que nous étions ensemble, chaque contact, chaque regard, chaque baiser... Tout était réel. Tout concernait nous. La propriété n'entrait pas en jeu.

— Je sais.

— J'ai essayé de comprendre comment diable je pourrais arranger les choses pour nous deux tout ce temps, mais, à la fin, je n'ai pas pu. Parce que je ne pouvais pas te prendre ce qui t'appartenait.

— Je sais.

— Peu importe ce qui se passait entre nous, je ne pouvais pas te refuser ton héritage.

— Je sais.

— Je... tu sais? Tu me crois?

Elle sourit enfin et oh ce que cela fit à l'intérieur de la grange. C'était comme si le soleil se levait et que les animaux chantaient et que les cieux faisaient pleuvoir du bonheur—

Il recommençait à débiter de la poésie.

— Je t'aime, Livvy. Dans ta coopérative, ta ferme au toit qui fuit ou ici, peu importe. Je t'aime *toi*. Et ton arche de Noé.

Elle tira sur ses cheveux. — Tant mieux parce qu'ils t'aiment aussi. Et... Elle se lécha les lèvres. Moi aussi.

— Merci, mon Dieu. Il l'embrassa dans un baiser qui lui donna l'occasion de ne déverser qu'une infime partie de ses sentiments. Le reste prendrait des années. Au moins cinquante ou soixante.

Quand ils se séparèrent enfin, elle tira sur ses cheveux, cette fois un peu plus fort qu'un simple tiraillement. — Tu sais, j'essaie toujours de te faire souvenir que mon nom est Livvy. L-i-v-v-y C-a-r-o-l-l-a.

Il tira sur les siens en retour – la ramenant contre lui pour un autre baiser. — Non, ce n'est pas ça, dit-il quand ils reprirent leur souffle une seconde fois. C'est L-i-v-v-y M-a-n-l-e-y.

— Eh bien, ça le *sera*.

— Exactement. Dès que je pourrai trouver un juge de paix. J'espère que tu ne veux pas d'un grand mariage.

— Qui inviterais-je? Tu es toute la famille que j'ai.

Il embrassa son nez. — Non, je ne le suis pas. Tu les as tous. Il hocha la tête vers la ménagerie derrière lui.

— Ils ne peuvent pas venir au mariage, idiot.

— Alors amenons le mariage à eux. Que dirais-tu de nous marier ici même. Avec ta famille qui nous regarde?

Elle lui sauta au cou. — Je dis que tu es le fils de pute le plus fou que j'ai jamais rencontré.

Il recula. — *Fils de pute*?

— Considère ça comme un terme affectueux. Après tout, avec Orwell dans les parages, tu vas l'entendre pendant très longtemps.

— Alors tu ferais mieux de t'habituer à entendre *mon Dieu*.

— Ça ne me dérangera pas. Parce que chaque fois que tu m'embrasses, c'est divin.

Soirée entre mecs... Plus trois

Dix-huit mois plus tard

— Je suis.

— Regardez et pleurez, les gars. Cooper Wexford étala ses trois as sur la table de poker dans ce qui était autrefois le salon principal de style français provincial du domaine Martinson, mais qui était maintenant la salle de jeux du Bed & Breakfast Hideaway Hills. — Meilleure chance la prochaine fois. Il ramassa les jetons vers lui.

— Attends. Kerry posa sa margarita et prit ses cartes. Il les jeta sur la table. — Full.

— Fils de pute !

— *Filsdepute !*

— Orwell, chut. Livvy tapota les barreaux de sa cage en passant avec sa salsa bio signature et ses chips maison. — Désolée, les gars, dit-elle en plaçant les en-cas sur le bord de la table. Continuez à jouer.

— Merci, Livvy, dit Cooper, en se servant généreusement. Mangez, les gars. C'est moi qui régale.

Livvy leva les yeux au ciel. La salsa était un produit de base de la maison et ne coûtait rien de plus aux clients. Et Cooper, leur paysagiste, le savait bien.

— Tu en prends, chérie? Sean glissa son bras autour de sa taille.

— Je ne peux pas. Ça ne leur convient pas. Elle se frotta le ventre.

— Encore quelques semaines, et tu pourras.

— Dans quelques semaines, j'allaiterai et je ne voudrai *vraiment* pas de nourriture épicée.

— Allez! dit Bryan. Pas de discussion sur les... enfin, *ça* de ma belle-sœur. C'est la soirée jeux. Bon sang.

— Je me couche, dit Drake Fletcher, en jetant sa double paire sur la table. L'auteur était un habitué tous les six mois, quand il s'enfermait pour la semaine de la date limite de son livre pour une session d'écriture marathon et le terminer.

Livvy ne l'avait jamais vu dans la salle de jeux, elle ne pouvait donc qu'imaginer qu'il avait fini plus tôt. Dommage qu'il soit sorti seulement pour perdre.

Elle reconnut ce regard sur le visage de son mari. Sean avait peut-être un bon visage de poker pour les autres, mais elle le connaissait. Elle connaissait intimement ce visage et toutes ses humeurs. La plupart de ses pensées aussi, puisqu'ils travaillaient ensemble tous les jours et dormaient ensemble toutes les nuits.

Elle se frotta le ventre, témoignage du succès de *cette* entreprise. Encore trois semaines et les jumeaux arriveraient.

— Qu'est-ce que tu as, Bry? Sean tapota le bord de ses cartes sur le feutre.

Bryan leva les yeux au ciel. — Plus qu'assez pour battre vous autres, bandes de clowns. Il jeta quatre deux.

— Vous réalisez que c'est le troisième samedi du mois.

— Oh, merde. Cooper se rassit et passa une main sur sa bouche.

Kerry s'étouffa avec sa margarita. — Sher va me tuer.

Bryan devint simplement vert. Une certaine nuance de vert *menthe*.

— Quoi? Que se passe-t-il? Drake regarda autour de la table.

Sean ne pouvait s'empêcher de sourire. — Le troisième samedi de chaque troisième mois est la Soirée Femme de Ménage.

— La soirée *Faite*?

— Comme dans f-e-m-m-e de ménage, dit Cooper avant de descendre sa bière.

— Le perdant doit faire le service de femme de ménage ici pendant une semaine, dit Kerry.

Sean sourit simplement en posant sa quinte. — On dirait que c'est toi, Drake. Je demanderai à ma sœur de te faire essayer un uniforme. Bienvenue chez Manley Maids.

~ fin ~

Merci de nous avoir lu ! Aidez d'autres lecteurs à découvrir les livres de Judi en laissant votre avis ! Pour en savoir plus sur la série, tournez la page !

Ce Qu'une Femme A Besoin

C'est sa maison ; lui, il est juste là pour la nettoyer.

La star de cinéma Bryan Manley est séduisant dans presque tout — sauf en tablier. Et en figure paternelle.

Beth Hamilton, mère veuve, n'est pas d'accord lorsqu'il se présente chez elle pour faire le ménage et que ses enfants s'attachent à lui comme des poissons dans l'eau.

Le problème, c'est que les paparazzi débarquent aussi. Ses enfants ont déjà eu leur lot d'attention avec la mort de leur père, alors la dernière chose dont ils ont besoin, c'est l'attention médiatique qui suit Bryan partout.

De plus, Cendrillon n'est qu'un conte de fées et le Prince Charmant n'existe pas... à moins que ce nouveau rôle de Bryan ne soit le rôle de sa vie ?

Que se passe-t-il lorsque trois frères irrésistiblement sexy perdent un pari de poker contre leur sœur entreprenante ? Ils sont engagés pour son entreprise de nettoyage. Maintenant, les Manley Maids sont à votre service. Satisfaction garantie. C'est ce dont une femme a besoin...

Soirée entre mecs... Plus une

Il avait perdu.

Bryan Manley fixait les cartes sur la table devant lui.

Quinte flush. Jusqu'au valet.

Ça battait son full. Ça battait les quatre dames de Liam et la quinte flush à neuf de Sean.

Il avait perdu.

Face à sa *sœur*.

Celle qui n'avait jamais joué au poker.

Et non seulement elle l'avait battu, mais elle les avait battus *tous les trois*. Mary-Alice Catherine Manley avait battu les hommes Manley à leur propre jeu.

Et maintenant, ils allaient devoir jouer le sien.

Bryan s'éclaircit la gorge, le dégoût lui brûlant la trachée. Lui, acteur principal, cible des paparazzi, briseur de cœur des starlettes, et le Prochain Grand Nom selon *People Magazine*, allait devenir la femme de ménage de quelqu'un.

— Je crois, chers frères, que vous devez tous être équipés d'uniformes de Manley Maids, dit Mac comme si ce n'était pas le glas de son image.

— Je ne porterai pas de tablier.

Les mots étaient sortis de sa bouche avant même qu'il y ait réfléchi, mais cela prouvait simplement que ses instincts étaient justes. Tous les réalisateurs avec lesquels il avait travaillé l'avaient dit, et Bryan en était sacrément reconnaissant en ce moment.

Un tablier. Bon sang. Les tabloïds allaient se régaler avec ça. Son agent? Pas vraiment.

Curieusement, aucun des frères n'essaya de dissuader Mac de cette ridicule compensation. Ils avaient fait leurs paris et perdu à la loyale.

Mais, bon Dieu. Une femme de ménage.

— Quand veux-tu qu'on commence, Mac? Liam fut le premier à se remettre — si on pouvait appeler ça comme ça.

— Quand vous pourrez. J'ai l'entreprise.

Si Bryan ne connaissait pas mieux Mac, il jurerait qu'elle essayait de ne pas rire. Mais ce ne serait pas du genre de Mac ; elle les avait toujours idolâtrés tous les trois. Les appelait ses chevaliers en armure étincelante. Ou en tenue de football à l'occasion. Mais jamais ça. Jamais un... un *tablier*.

Il aurait juré que c'était une blague, mais Mac avait parié la seule chose qui pouvait se rapprocher de ce que lui et ses frères avaient parié : quatre semaines de service de nettoyage si elle perdait, quatre semaines de servitude si elle gagnait. Elle ne risquerait pas son entreprise pour une blague.

— J'ai le temps maintenant. Je commencerai lundi matin.

Sean empila les jetons de poker. Méticuleusement, ce qui était la seule indication des émotions de Sean. Il était en colère. Contre lui-même, probablement. Ils avaient tous agi contre leur instinct en la laissant jouer alors qu'elle ne pouvait pas se permettre l'enjeu.

Le fait qu'ils soient ceux qui payaient était sans importance. Ils avaient protégé Mac, leur petite sœur, pratiquement toute sa vie depuis que leurs parents étaient morts et que Mamie les avait pris en charge. Ils auraient dû s'en tenir à leur règle "Pas de filles" pour cette partie, mais elle avait tellement voulu participer et ils avaient toujours été faibles face à elle, alors ils l'avaient laissée faire.

Et maintenant, elle allait être leur patronne.

Une femme de ménage. Bon Dieu.

Le seul point positif était que les leçons de ménage de Mamie allaient enfin servir à quelque chose. Leur grand-mère avait eu fort à faire avec quatre jeunes enfants, et lui et ses frères en particulier avaient été assez turbulents et bordéliques.

Il n'aurait jamais pensé être reconnaissant pour ces leçons. Bon sang, il avait même Monica, sa propre femme de ménage de l'entreprise de Mac pour maintenir son appartement en ordre justement pour ne *pas* avoir à se rappeler ces leçons de ménage.

— Hé, je peux faire mon appartement?

Faire d'une pierre deux coups, pour ainsi dire, bien que les gens de la PETA auraient probablement quelque chose à redire là-dessus.

Mac fronça les sourcils.

— Tu priverais Monica de son travail pour te défiler du pari? Vraiment?

Quand elle le présentait comme ça...

— Je ne me défile de rien.

C'est tout ce dont il aurait besoin que les tabloïds s'emparent.

— Tu peux compter sur moi pour lundi aussi. J'ai un peu de temps entre deux projets et je cherchais justement quelque chose à faire.

Il avait espéré que ça aurait quelque chose à voir avec une certaine actrice, une plage et quelques Heineken, mais ce n'était plus d'actualité maintenant. Au moins, il serait à l'abri des regards pendant un moment ; peut-être qu'il pourrait s'en sortir sans que personne n'en ait vent.

Ouais, et Mamie allait quitter sa nouvelle maison pour le manoir qu'il voulait lui acheter, aussi.

Voici Judi !

Auteure primée et à succès, Judi Fennell adore rire et adore l'amour. Il n'est donc pas surprenant de retrouver un peu des deux dans chacun des livres qu'elle écrit. Découvrez ses contes de fées revisités pour avoir un avant-goût de ses comédies paranormales et romantiques, légères et pleines d'ironie. Des tritons au large des côtes de la Jersey Shore, aux génies et leurs tapis volants, en passant par les strip-teaseurs à la Magic Mike et les domestiques virils dont la devise est *Satisfaction garantie*, rires et amour sont toujours au rendez-vous.

Et, durant ses (très ?) nombreux moments de temps libre, elle aide d'autres auteurs sur tous les aspects de l'écriture et de l'autoédition avec son entreprise de mise en page, de création de couvertures et de supports promotionnels, de relecture, de conseil et de livres audio, www.formatting4U.com.

Judi vit dans la banlieue de Philadelphie avec une ménagerie de compagnons à quatre pattes, et le jour où ces créatures commenceront A) à chanter, B) à coudre des vêtements, ou C) à faire le ménage, sera aussi le jour où elle prendra sa retraite d'écrivaine... !

Livres de Judi Fennell

Royally Sunk

Les tritons et les sirènes ne sont qu'un mythe, n'est-ce pas?

Essayez de dire ça à ces humains qui ne se doutent de rien et qui tombent éperdument amoureux de ceux qui n'ont pas toujours de talons...

Par-dessus la Tête

Reel est un triton sans queue, et Erica est terrifiée par l'océan. Une seule chose pourrait la faire entrer dans l'eau: un pistolet. Et une seule chose pourrait l'y retenir: le séduisant triton qui lui sauve la vie, au risque de perdre la sienne.

Le Grand Bleu Sauvage

Valerie est une princesse sirène coincée au cœur du pays. Rod est le prince qui part à sa rescousse. Mais parviendront-ils à déjouer le complot d'un usurpateur et à regagner l'océan avant que sa queue—et sa prétention au trône—ne disparaissent à jamais?

La Prise de sa Vie

Logan a fui le cirque; tout ce qu'il souhaite, c'est mener une vie normale. La femme nue qui débarque sur son bateau est tout *sauf* normale. Surtout quand Angel se révèle être une sirène, poursuivie par un monstre marin en colère.

L'amour sur les Rochers

La princesse Mariana n'a rien d'une frimeuse; c'est une véritable artiste, et elle est sur le point de le prouver avec la statue qu'elle sculpte sur une île déserte. Le problème, c'est que Jace se cache là-bas. Ainsi, la seule chose qui libérera Mariana de sa prison dorée est aussi celle qui vaudra la mort à Jace. Une romance, c'est déjà assez compliqué, mais quand un tsunami est annoncé, l'amour est vraiment sur les rochers.

Faire des Vagues

Découvrez l'Incident qui a rendu Erica terrifiée par l'océan, la raison pour laquelle Valerie, la princesse disparue, a été retrouvée, et comment Michael, le jeune fils de Logan, a trouvé une sirène. Les histoires *avant* les histoires.

Bottled Magic

Faites attention à ce que vous souhaitez... cela pourrait bien se réaliser!

C'est ce que ces humains découvrent lorsqu'un génie leur tombe littéralement dans les bras... avant d'être emportés dans la plus magique des aventures: tomber amoureux.

Je Rêve de Génies

La chance de Matt a enfin tourné lorsque Eden, la génie, s'échappe de sa bouteille et lui tombe littéralement sur les genoux. Et elle jure de ne jamais y retourner. Malheureusement pour eux deux, l'homme qui l'y a enfermée veut la récupérer, et il ne reculera devant rien pour y parvenir.

Génie a Toujours Raison

Samantha hérite du domaine de son père, ainsi que d'un génie qui n'a plus qu'un dernier maître à servir avant la fin de sa servitude. Sam est plus que disposée à libérer Kal, jusqu'à ce que son ex avide décide que s'il ne peut pas avoir Sam, personne ne l'aura.

Ma Belle Génie

Zane a hérité du manoir familial et il a hâte de s'en débarrasser pour mettre fin aux rumeurs sur le passé extravagant de sa famille. Dommage que la génie à l'origine de ces rumeurs a été libérée et sème à nouveau la zizanie. Seulement, cette fois, c'est avec son cœur qu'elle joue.

Vos Désirs sont ses Ordres

Découvrez comment Kal a été emprisonné dans sa lanterne et pourquoi il doit servir 1001 maîtres. C'est l'histoire avant l'histoire...

Once-Upon-A-Time Romance

Il était une fois» c'est bien joli dans les contes de fées, mais la vraie vie, ce n'est pas comme ça.

À moins que...?

Avec l'aide d'un ange gardien en formation, ces couples chanceux découvriront que tomber amoureux est le plus beau des contes!

La Belle et Le Meilleur

Le jour, Jolie est chef à domicile; la nuit, elle écrit des romans d'amour. Alors, quand elle décroche un contrat pour Todd, un artiste séduisant et reclus, elle tient le héros parfait pour son livre. Jusqu'à ce que Todd le découvre et la chasse de sa cuisine, de sa maison, *et* de son cœur.

Si la Chaussure Vous Va

Il était une fois, il y a bien longtemps, dans un pays lointain, très lointain, une jeune fille nommée Cendrillon. Ceci n'est pas son histoire. *Ceci* est l'histoire de Lucinda Isabella Casteleoni, qui, comme son homonyme, a une méchante belle-mère, deux belles-sœurs vulgaires et d'innombrables heures de dur labeur qui l'attendent (ou pas). Mais contrairement à cette princesse de conte de fées, le Prince Charmant de Bella est introuvable. Jusqu'à ce qu'un petit vieil homme aux yeux verts pétillants ouvre une boutique de chaussures au bout de la rue. Alors la magie commence...

De L'autre Côté du Vitrail

Un voyage accidentel dans l'Angleterre médiévale pousse Kate, responsable de publicité, à chercher un moyen de rentrer chez elle... Mais pourra-t-elle ramener avec elle le séduisant chevalier en armure étincelante dont elle est tombée amoureuse?

BeefCake, Inc.

La soirée entre filles n'a jamais été aussi savoureuse!

Magic Mike peut aller se rhabiller.

Installez-vous confortablement, détendez-vous et profitez du spectacle pendant que Gage, Bryan, Tanner, Dare et tous les autres vous montrent comment on s'y prend...

Beaux Gosses et Petits Gâteaux

Lara veut que ses cupcakes soient un succès. Gage, danseur exotique, ne serait pas contre les goûter, mais son emploi du temps pour payer les factures d'hôpital de son neveu ne lui en laisse pas le loisir. Jusqu'à une fête où les gros bras rencontrent les cupcakes et, *oh*, que c'est délicieux!

Beaux Gosses et Grand Bévues

Quand Bryan prend Jenna pour une prostituée et qu'elle réalise qu'il est le père de son fils adoptif, les erreurs et les malentendus commencent à s'accumuler. Mais quelque chose d'autre grandit aussi entre eux. Parfois, une mauvaise décision peut s'avérer être la bonne...

Beaux Gosses et Nouvelles Prises

Tanner veut que son ex-femme sorte de sa vie pour de bon, mais quand la grand-mère de celle-ci a une attaque et qu'il doit prétendre être toujours amoureux de Juliet, peut-il risquer une seconde chance avec la seule femme qui n'a jamais cessé de l'aimer?

Beaux Gosses et Flocons de Neige

Gina a le béguin pour Darien depuis toujours—jusqu'au jour où il l'a humiliée à l'école. Quinze ans plus tard, il la laisse de marbre. Darien, danseur exotique, est revenu en ville pour régler quelques affaires. L'une d'elles est le bazar qu'il a provoqué pour Gina des années auparavant... et *peut-être* raviver la flamme qu'ils avaient autrefois. Mais la seule façon de faire fondre la glace autour du cœur de Gina est de faire monter la température, au travail... et en dehors.

Manley Maids

Que se passe-t-il lorsque trois frères irrésistiblement sexy perdent un pari au poker contre leur sœur entreprenante? Ils se retrouvent engagés pour son entreprise de nettoyage. Désormais, les Manley Maids sont à votre service. Satisfaction garantie.

Ce Qu'une Femme Veut

Sean, propriétaire d'un complexe hôtelier, prévoit d'acheter un domaine historique, se faire un nom et gagner des millions. Il emménage donc sous le prétexte de nettoyer l'endroit pour contrecarrer l'unique condition de l'héritage. Mais l'héritière Olivia et sa ménagerie lui entrent dans la peau, et il découvre que le pari au poker qui l'a mis dans ce pétrin n'est pas le seul à changer la donne.

Ce Qu'une Femme A Besoin

La star de cinéma Bryan veut la gloire et la fortune, pas une répétition de son enfance «normale» et sans le sou. Après la publicité entourant la mort de son mari, Beth a besoin d'une vie normale pour elle et ses enfants, et la star de cinéma qui a perdu un pari l'obligeant à nettoyer sa maison—avec des paparazzis sur les talons—n'en fait pas partie. Mais alors que le flirt se transforme en séduction, Bryan doit convaincre Beth qu'il est plus qu'un homme de ménage.

Ou qu'un acteur. Parce qu'il joue le rôle principal dans une version inversée de Cendrillon, et cela pourrait bien être le rôle de sa vie.

Ce Qu'une Femme Mérite

Liam n'a aucune patience pour les femmes qui dépensent l'argent d'un homme sans penser une seule seconde à travailler. Mais pour honorer son pari, Liam doit non seulement tolérer Cassidy, une femme du monde, mais il devra aussi nettoyer derrière elle quand son père lui coupera les vivres. Sans argent et sans maison à nettoyer pour Liam, Cassidy n'a d'autre choix que d'accepter une offre d'emploi—comme nouvelle femme de ménage de Liam. Mais quand des étincelles jailliront entre eux, s'agira-t-il du grand amour ou juste d'une autre liaison compliquée?

Quelle Femme

MaryAlice Catherine est prête à nettoyer la maison de l'amie de sa grand-mère, mais elle découvre que le petit-fils arrogant de la femme, pour qui elle avait le béguin en grandissant—et il le savait pertinemment—y vit, et elle est morti-fiée. Jared se souvient des choses différemment; Mac a toujours été une petite chose autoritaire, mais il ne va pas la laisser mener la danse maintenant. Mais avec eux deux vivant dans la même maison, impossible de dire qui en sortira vainqueur.

Ce Qu'un Homme Veut

Beckett est prêt à payer sa dette après avoir perdu son pari au poker. Il n'avait juste pas réalisé qu'il devrait le faire avec son cœur. Jennifer est celle qui lui a échappé et maintenant, elle est juste là, devant lui. Dans sa maison. Qu'il est venu nettoyer. Jennifer n'arrive pas à croire que le bad boy du lycée pour qui elle avait un énorme béguin est dans sa maison, mais s'il y a une chose que son ex-mari lui a apprise, c'est qu'elle ne peut pas compter sur les bad boys. Jusqu'à ce que Beckett abatte toutes ses cartes et se révèle être quelqu'un sur qui Jennifer peut miser, après tout.